不知如何爱你时

梦筱二 著

（下）

四川文艺出版社

目录
CONTENTS

第十三章

希望还能遇到你

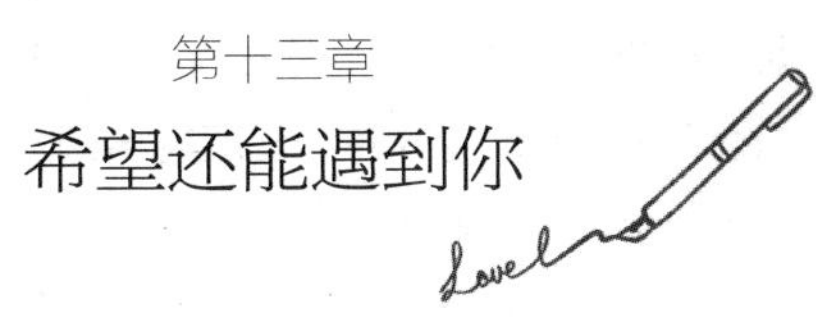

严贺禹在书房里待了一个下午都没出来。

快到吃晚饭的时间，叶敏琼让女儿去楼上喊严贺禹。

严贺言保存文档，关了笔记本电脑。

书房被哥哥占用，她只能在客厅办公。

“我哥到底是什么情况？”哥哥回到家一句话没说，直接上楼，她记得书房没有饮水机，也没见他下来倒水。

叶敏琼说：“温笛和肖冬翰在一起了。”

严贺言目瞪口呆。

“别傻看着我，快去叫你哥吃饭。”

严贺言同情哥哥，到了楼上，连敲门的声音都格外轻柔：“哥？”

“什么事？”

严贺言轻轻推门，书房里没有烟味，桌上花瓶里有一束桔梗花。

“饭好了，妈让你下楼吃饭。”

严贺禹在看完的那页折角，合上自己装订的剧本。

严贺言看到封面上的字，是《人间不及你》。她顺手拿起来翻看，旁边还有哥哥手写的注释。

“不是有电视剧，怎么还看起剧本了？”

严贺禹从她手里抽出剧本，答非所问：“吃饭去。”

严贺言今天很好说话，什么都顺着他，走在严贺禹身后，像小时候那样，两手推着他往前走。

严贺禹扭头看着她：“是不是有新项目需要我投资？”

“我有那么势利？”

“你今天有些反常。”

“因为我是你妹妹。”

这看上去是风马牛不相及的对话，严贺禹却听懂了。

他说：“没你们想的那么脆弱。”

严贺言轻声地问：“他们真在一起了？”

“嗯。”

之后，严贺言沉默了。

吃饭时，她拿起公筷，给哥哥夹菜：“这道菜是妈新研究出来的，你尝尝。”

严贺禹把自己的餐盘往回撤：“你吃你的。”他不喜欢别人给他夹菜。

关心则乱，严贺言一时忘记他忌讳这个，要不是看他失恋可怜，她哪儿有好心给他夹菜？

“哥，那你还继续追吗？”

叶敏琼也看向儿子。

她们都在等他的答案。

“我追不追，其实在温笛那里都一样。想要追求她，得经过她的允许才有机会，我这种是没机会的。”

严贺言不是很明白：“什么叫追求她得经过她允许？”

“追她的人太多，没有一个在她的联系人里。”严贺禹顿了下，说，“我也是。”严贺禹放下碗筷，盛了两碗汤，给母亲和妹妹各一碗，示意她们吃饭。

严贺言转移哥哥的注意力，说明天想到处逛逛，让他当导游。

“想去哪儿逛？”

“随便啊，好玩的地方。我搜索了江城的热门景点，说老城区那边有棵百年许愿树，很灵，节假日很多人排队去许愿，你带我去看看。”

严贺禹看向妹妹：“许愿树你也信？”

严贺言不信，想带哥哥出去散心，不能让他整天待在书房。

她口是心非地说：“信啊，女孩子都信。”

严贺禹说明天下午带她过去，晚上早点儿回来，他后天一早的航班回京城。

叶敏琼担心地问道：“是不是公司出什么问题了？”

“不是。”严贺禹说，“约了人谈事。”

那棵百年许愿树在古城区，一开始并不是什么许愿树，是私人宅院里的一棵树，宅院主人的儿子颇有生意头脑，他开放了院子，弄了一家许愿小店，里面卖许愿祈福的丝带，又在树下修建了一个许愿池。

随着古街红火起来，这棵许愿树也火了，成了景点。

天冷了，树叶落光了，只剩光秃秃的树干，从远处看，连树干都看不到，全是密密麻麻迎风乱飘的红色丝带。

今天温笛带肖冬翰逛街，江城的城区不大，他们从商业街一路逛到古城老街。

肖冬翰远远看到了那棵许愿树，满树飘红，他问了温笛才知道，那是许愿树，他问她：“要不要去许愿？”

温笛收回视线，说：“不准。”

肖冬翰没有追问她为什么说不准。

他牵着她的手，路过她感兴趣的商店，他们会进去挑挑选选。她喜欢淘咖啡杯，看上的都会买下来。

“今天买的杯子分一个给我。”

温笛点头，随他要哪一个。

如此慢节奏的生活，肖冬翰不适应，也不理解，不买东西为什么还要从街头逛到巷尾，但她喜欢，他就陪她。

“我明天下午回伦敦。”他告诉温笛。

温笛抓着他的小手指，还在全神贯注地看商店的橱窗，说：“我不送你，你自己去机场，我只接机。”

“那我得多来几趟。”

“下次来是什么时候？”

肖冬翰说：“我有空的时候。”他看看自己的行程表，“尽量周末，我再飞来看你。”

“……”

今天是周一。

她不再看咖啡杯，转过头看他：“你忙工作，不用飞这么勤。”

肖冬翰说："反正闲着也是闲着。"

她知道，他不可能有闲着的时候。他比她的父母还忙。春节期间，父母陪她吃了两顿饭，其余时间都在应酬，她从小就习惯了。

"我没那么黏人，不会因为异地，跟你闹情绪。"

肖冬翰笑了笑："是我异地恋容易闹情绪。"

温笛也笑了出来，伸手抱抱他："给你点儿安慰。"

"温笛，想不想去我家庄园看看？想去的话，等天暖和了，那边景色好了，我带你过去。"

"等五月份吧。"

两人边聊边往前走。

他们走到一家咖啡馆门口，肖冬翰要给她买咖啡。

温笛正好走累了："在店里坐着喝吧。"

店面很小，只有三张桌子。

温笛在靠墙边的位子上坐下，肖冬翰给她点咖啡："你在这儿等我，我出去一趟。"

"去哪儿？"

他说："花点儿钱。"

肖冬翰不管许愿准不准，还是买了一根许愿丝带。

旁边有人在写心愿，他看了几眼，问老板："只能自己手写？"

老板说："有印好的，在你左边，想要什么祝福语自己挑。"

肖冬翰挑了一根写着"平安快乐"的丝带。

他的汉字写得实在不好看，只有写名字能勉强入眼，在丝带的最下方，他写上了自己和温笛的名字。

付款之后，他去了院子里，把丝带系在树上。

在他离开十几分钟后，严贺言和严贺禹过来了。

严贺言问过价格，最贵的 88 块钱，便宜的只要几块钱。她问老板："还有更贵的吗？"

老板："……"

严贺禹无语地看着妹妹，这是典型的有钱没处花。

老板会做生意，瞅着严贺言气质不一般，立马改口说：“有，我们店里还提供私人定制服务。”

严贺言连价格都没问，不关心价钱，跟老板说：“我要把丝带系在树顶。”

“没问题。”他这里有升降梯，多高都能挂上去。

以前树顶很少有人挂，太高了，上去一趟不容易。前几年有个姑娘过来，说多给他钱，要把丝带和许愿牌系在最上面。

她跟今天的这个姑娘一样，也是不问价钱。

那位姑娘连着来了四年，最近两年没过来了，不知道是嫁到外地，还是去了国外。

老板拿来了一根最大号的丝带，又给严贺言一支防水笔。

严贺言让哥哥到店外等着，不许偷看她的愿望。

她不会煽情，写道：“希望严贺禹美梦成真，在江城有个家。”

写好，她把笔还给老板。

老板惊讶地道：“这么快就写好了？”

“嗯，心愿不在长，能灵就行。”

“对对对。”

老板附和着，喊来家里一个亲戚，给严贺言开通 VIP 通道。

严贺禹站在院落一角，仰头望着升降梯上的人，他理解不了严贺言在搞什么名堂。

一根心愿带而已，挂在树底和挂在树梢有什么区别？

“你小心一点儿。”

他提醒妹妹。

“没事。”严贺言并不相信因为她写了许愿丝带，哥哥跟温笛就能破镜重圆，她只是想给哥哥一个祝福，又不想被人看到他的名字，还是挂高一点儿好。

到了梯子顶端，她踩稳。

树顶也有人挂了丝带，寥寥几根，还有几块自制的许愿牌，用细铁丝给固定了几圈，看来这就是 VIP 顶级待遇。

许愿带经不起风吹日晒，但自制的塑封许愿牌没问题。

严贺言有了经验，要是明年哥哥还没追到温笛，她要定做一个许愿牌，带到这里挂上。

好奇心作怪，严贺言没顾上系自己的许愿丝带，看起了许愿牌上的内容。

第一个绑着红丝带的许愿牌的落款日期还是六年前的春节，只有简单一句：

“我看上一个人，希望他能追我。——笛”

第二个许愿牌看完，严贺言愣住了，赶紧掏出手机把四个许愿牌都拍下来：“哥。”

她往下看，到处找严贺禹，找遍整个院落也没找到。

严贺禹在店里，问老板要了一根丝带，在给温笛写祝福语。

“平安喜乐。——严”

手机振动，妹妹给他发来几张照片。

严贺禹先付了款，连同妹妹的许愿丝带一并扫码支付，这才点开照片。一共有四张，是四年的愿望。

“我看上一个人，希望他能追我。——笛”

“我去年的愿望实现了，你追了我三个月零五天。每次在我想见到你的时候，你总能出现。人间不及你。今年许个愿，吵架次数少一点儿，我不喜欢跟你吵架，不喜欢跟你冷战。——笛”

“老公，新年快乐。可惜，去年的愿望没实现，还是跟你冷战了。今年接着许愿，依旧跟去年一样。——笛”

“老公，新年快乐。前年的愿望还是没实现，可能实现不了了。我今年的愿望是你一辈子爱我。你说你的愿望跟我的一样，希望我一辈子爱你，我在这里跟你说一声，你的愿望实现了，但我不会告诉你。再期待一下，你明年来江城，你说过的，我当真了。——笛”

“哥。”严贺言系好自己的许愿丝带，回店里找他。

严贺禹把照片保存，声音沙哑地问妹妹：“还有其他许愿牌吗？”

严贺言摇头：“只有四年的许愿牌，这两年都没有。你们都分手了，她肯定不会再来。”

走出小店，严贺禹望向许愿树，树下站满了人，都在忙着系许愿丝带。

严贺言问他，要不要上去看看，梯子还没收。

“不看了。”

“也对，梯子那么高，万一你摔下来，腿断了，温笛更看不上你了。”

“……”

严贺言挽着哥哥的胳膊，走出院子。

她不知道往哪边走，看了哥哥一眼，他现在应该在被那几张许愿牌凌迟，问他也是白问。

第二天，肖冬翰离开江城，温笛也订了去京城的航班。

《欲望背后》的剧本初稿完成，她去找周明谦。

刚从机场出来，温笛接到了瞿培的电话，瞿培问她什么时候来京城，一起吃饭。

温笛说：“我们师徒心有灵犀，我刚刚到京城。”

她们把吃饭时间定在晚上。

瞿培约温笛见面是知道她跟肖冬翰在一起了，找她聊聊。

她们许久没见，瞿培的状态比上一次见面时精神许多。

瞿培瞧着她：“没什么好消息要跟我说吗？”

温笛故作不懂，告诉她，剧本初稿完成了。

“我对你的剧本不感兴趣。”

温笛笑道：“二姑妈跟你说的？”

“也不算。”瞿培实话实说，“我一个朋友家的儿子，心心念念要追你，跟我打听你的联系方式。我觉着他各方面条件不错，家庭跟你们家也相当，就问问你二姑妈，你最近状态好不好。”

温其蓁告诉她，温笛已经名花有主，那人是肖冬翰。

“我觉得你答应肖冬翰，一点儿不意外，一般人你又看不上。”

温笛不解地道：“那您还专门约我吃饭聊这件事？”

“还不是我家儿子和媳妇，我当时说了句，说你有男朋友了，是肖冬翰。看把他们给急的，让我必须跟你见面，把肖家的情况详细跟你说说，让你别冲动。”

说着，瞿培也无奈地笑笑：“你答应肖冬翰之前，肯定慎重考虑过。”但儿子的一片好心，她不能辜负。

之前她住院，都是温笛陪着她，忙里忙外，天天去医院照顾她，儿子和媳妇一直念着这个人情。

他们小两口在伦敦工作，肖宁集团是他们公司的大客户，所以多少对肖家的情况了解一点儿。

温笛感激地道："替我谢谢哥哥和嫂子。"

"这么说就见外了。不觉得我们多管闲事就好。"

"怎么会？"

瞿培笑道："我这两年生病也变傻了，来的路上我突然想起来，沈棠可不就是肖冬翰表妹吗？她比谁都清楚肖家什么样。"

"我儿子让我提醒你，说肖冬翰的叔叔肖正滔很阴险，跟肖冬翰最不对付，两人一直为肖宁集团的控制权明争暗斗。"

温笛知道肖正滔，以前听沈棠提过几句，倒没听肖冬翰说过。不过他再阴险，应该没有肖冬翰阴险。

瞿培把儿子的话都带到了，之后聊起了周明谦，说《人间不及你》电影版的导演好像也是周明谦。

温笛一愣："找他拍？"

她感觉周明谦不会接。

温笛的第六感很准，周明谦确实不打算接。

他不是不给严贺禹面子，是觉得拍不出新意。

"没想到是你买下了电影版权。"周明谦说，"关向牧都没打听到资金来源。"

严贺禹："他打听不到就对了。"

连关向牧都打听不到，温笛就更打听不到了。

周明谦扔支烟给他："《人间不及你》剧版太成功，连我都追剧。电影版想要超过剧版的口碑，实在是太难了。最主要的是，我不喜欢炒冷饭。"

严贺禹把烟搁在一边，翻开自己带来的剧本，翻到折角那页，递给周明谦。

"什么意思？"周明谦接过来。

严贺禹让他看用荧光笔圈出来的那段："从这个点切入，这是剧版没有的内容，不让你炒冷饭。”

周明谦看着那段，记得这句话，是女主人公写在日记里的一段话：

“今年，我去看了撒哈拉的星空、维多利亚瀑布、冰岛极光，还有莫赫悬崖，人间再美都不及你。”

周明谦抬头：“你想干什么？”

“到这些地方取景。”

“你知不知道想拍出你要的效果要多少钱？”

“钱我出，又不用你出，你心疼什么？”

周明谦让他认清现实：“人家温笛不要你了，你还要拍？”

“拍。这是唯一跟我有点儿关系的作品。”

“你早有这个觉悟多好。”周明谦把剧本收起来，“我拿回家好好研究研究。”

他这是答应了接下这个工作。

他又道：“不过，我先看《欲望背后》，如果《欲望背后》剧本合适，我先拍那部，你这部排在后面，先来后到。”

“没问题。”

那天晚上，严贺禹回了一趟别墅。

家里灯火通明，管家带着几个人正在打包物品，他们明天去江城。

得知他要回来，管家让人给他热了一杯牛奶。

他睡眠不好的事，家里现在无人不知。

“不用带那么多，我一年顶多有一两个月住在江城。”

管家的意思是，不带的话放在别墅也浪费，毕竟他一年半载才来别墅一回，要不是他们住在这儿，别墅都落一层灰了。

严贺禹瞥了一眼茶几，零食盘里空空的。

两年过去，零食早已过期，已经扔了。

温笛喜欢看的杂志还在沙发扶手上。

“要带过去的衣服都整理好了？”他问道。

管家说：“整理了一半，留一半在这边。衣帽间有一部分礼盒还没拆，看不出是什么，全带过去了。”

严贺禹微微颔首，端着牛奶上楼，他没打算在这里过夜，还是回老宅去住。

今天他过来是找温笛创作《人间不及你》时的部分手稿。他没丢，都给她放在书柜里。

刚才管家说，只整理了一半衣服，他又去卧室看了看，还有没有想要带去江城的衣服。

路过床，他没看，但余光还是扫到床头摞在一起的两个枕头。

以前他没觉得卧室大，今天走了几十秒才到衣帽间。

严贺禹打开橱门，入目的是温笛的礼服，挂了一排，应该是崔姨把她的衣服整理在一个衣柜里，恰好被他打开了。

他关上橱门，在衣柜前缓了半分钟，没再看自己还有没有需要带的衣服，离开了卧室。

找出所有手稿，他装在文件袋里。

桌上的牛奶凉了，严贺禹才想起来喝。

严贺禹再次见到温笛是四月底的一个周六晚上。

天气转暖，蒋城聿家又有烧烤聚餐，他在群里看到消息，忙完工作过去了。

康助理趁着路上这点儿时间，向严贺禹汇报华北大区市场的情况，这段时间老板忙着京越集团的其他投资，跟肖宁集团有关的事，他一律不问，可现在不汇报不行。

“严总，上个季度，我们华北市场又被肖宁集团吃掉 10% 的市场。”这个数字有点儿惊人，他看到时也觉得不妙。

“有姜家的资源铺路，肖宁集团抢占市场很顺。”

不知道从什么时候开始，严贺禹听到姜家，有点儿陌生的感觉。京越集团失去了 10% 的市场，已经不是小问题。

他不可能把市场拱手相让。

“接下来，该怎么样就怎么样。肖冬翰不可能不跟我争市场，我也没必要再让着他。”

康波：“我会尽快安排下去。”

汽车停在蒋城聿家的别墅门口，院子里停车坪停满了车，等严贺禹下车，司机掉头驶离。

今晚很热闹，来了十几个人。

他们打麻将打得太投入，直到严贺禹站在麻将桌边，秦醒这才注意到："严哥，你怎么来了？"

"我怎么不能来？"严贺禹忙到现在，晚饭还没着落，"你们先玩，我拿点儿东西吃。"

"严哥。"

傅言洲出声："你喊他回来也没用，院子就这么大，不过是早一分钟迟一分钟碰上的区别。"

秦醒叹气，不管怎么样，他还是不想严贺禹被当众戳刀。

严贺禹直奔烧烤架，快到跟前时，看到了被蒋城聿挡住的肖冬翰，他们两人身高差不多，蒋城聿站在外侧，他没注意看里面那人是谁。

肖冬翰在，温笛肯定也在，因为没要紧的事，不牵扯到肖宁集团的核心利益，肖冬翰不会来找沈棠。

温笛也是被沈棠给挡在里侧了。

蒋城聿在等沈棠烤扇贝，肖冬翰端着盘子，等着温笛手里还没烤熟的虾。

温笛说："这个没烤好，我再给你重新烤一个。"

肖冬翰："没事，一样吃。"

严贺禹想退回去，还没转身，他们抬头看了过来。

看到他，所有人都是一怔。

沈棠不喜欢严贺禹，因为他伤了温笛，可眼下这个场面，她不能不理严贺禹："扇贝刚烤好，先给你。"

"谢谢。"

沈棠给他夹了两个扇贝。

严贺禹没看温笛，端着餐盘去牌桌那边。

蒋城聿跟了过去，以前温笛没跟肖冬翰在一起时，他能奚落严贺禹，现在不能："以为你出差还没回来，不然提前跟你说一声了。"

严贺禹："没什么。你去陪沈棠吧。"

秦醒见严贺禹过来，让了位子："严哥，你坐。"

严贺禹没客气，坐下来，把盘子放在一边。

他问："今晚赢什么？"

傅言洲："你就别想着赢了。输了的话，你那辆跑车归我。"

严贺禹让人把麻将收了，拿扑克牌出来，挽起衣袖，说："你赢不了我。"

秦醒见过傅言洲洗牌的速度，但跟现在的严贺禹比，似乎没有严贺禹快。

院子里很静，只有"唰唰"的洗牌声。

他们都以为严贺禹今晚必输，因为温笛在这里，他肯定很难受，结果从第一把到最后一把，他全赢。

上次他这么认真玩牌、算牌，还是两年前，他在会所赢包那次。

最后一局结束，严贺禹起身："你们玩吧。"他看向秦醒，"你开车送我一趟。"

黑色的越野车消失在别墅区，院子里的热闹远去。

秦醒问他："严哥，去哪儿？"

严贺禹正靠在座椅里闭目养神，道："公司，加班。"

秦醒尽量找话题打破沉默："以为你今晚准输呢。"

严贺禹道："我那辆跑车是温笛喜欢的。"

所以，他不会输给别人。

五月初，温笛和肖冬翰去了伦敦。

他这次来京城是专程接她带她去庄园看看的。

他们到了伦敦，肖冬翰先去肖宁集团处理了一些工作上的事，他们隔天才回庄园。

庄园在远郊区，要几个小时的车程，肖冬翰安排了车带她兜风。

天气有点儿凉，车窗只开了一会儿，温笛就关上了。

她问："肖董在庄园？"

肖冬翰看着望不到尽头的路，他跟爷爷水火不容，一点儿感情都没有。

"他最近在不在庄园，我不清楚，也不关心，只是带你去庄园看看。你要是不想看到他，不用跟他见面。"

庄园占地面积很大，这两年进行了扩建和改造，他在庄园里面有独栋别墅、独立泳池和休闲娱乐区，完全不用跟他们任何人打照面。

温笛正好不想见肖家人，反正他们这儿也不存在见不见家长之说。

她不喜欢肖董，心太狠，不择手段地打压自己的孩子。反正肖家没好人就是了，包括她身边这位。

肖冬翰扫了她一眼："在想什么？"

温笛笑笑："在吐槽你。"

"吐槽我不是东西？"

"你本来就不是东西，是个人。"

"文字游戏我玩不过你。"

肖冬翰说："要不你考考我名言名句，我最近背了不少。"

"……"

温笛转头看车外，不自觉地笑了出来。

"温笛，把头转过来，偏向我这边。"

温笛不听，就不看他。

今天天气出奇地好，高远辽阔的天，一片蔚蓝。她又把车窗打开一条缝。

一路的风景不错，他们路过一个小镇，教堂、巴士、咖啡馆，还有路边悠闲的人，从车窗倒退而过。

前面又有一家咖啡馆，车子慢慢停下。

温笛转身，想问问肖冬翰为什么在这儿停下。

肖冬翰解开安全带，身体压过来："让你看我这边，你也不看。"

温笛笑道："现在不是在看吗？"

"晚了。"他握着她脑袋，微微咬着她的唇，撬开她的牙关。

明明是晴朗的天，眼前却一片昏暗，好像还有迷迭香从车窗缝隙里钻进来。

在她缺氧之前，肖冬翰的唇退开，要求她："亲我一下，给你买咖啡。"

"我不喝。"

"那我亲你，你去给我买。"

"……"

肖冬翰在她的唇边又印了一下。

温笛说："我也不想去买。"

他跟她商量："那你背一句我没听过的名言给我听，我下车给你买。"

温笛笑了出来，但还是说了一句："君子坦荡荡，小人长戚戚。"

这句话肖冬翰知道，在鲁秘书给他整理的名言范围里，他很赞同她的话："我处事就属于坦荡的那类。"

温笛推开他的脸："要点儿脸。"

肖冬翰笑了，下车给她买咖啡去了。

温笛把整扇车窗降下来，支着下巴，看着肖冬翰走进对面那家小咖啡馆。

她不经意间看向倒车镜，眉心紧皱。

后面那辆跟了他们一路的车也在不远的路边停下。她之前以为只是同路行驶，现在过于巧合了。

她赶紧给肖冬翰发消息："后面有辆车跟着我们。"

肖冬翰："现在才发现？"

"我早就发现了那辆车，现在才发现异常。"

肖冬翰："我的人。"

温笛抬头从前挡风玻璃看出去，负责他安全的车停在前面，一路上也是在前头。

肖冬翰解释道："我不喜欢被别人追尾，尤其被你追尾后，有点儿后遗症。"

温笛笑笑，退出了对话框。

那是他的人就好，她不用再担心。

咖啡馆里，肖冬翰在等老板给他磨咖啡，他从窗户侧头看后面那辆车，微眯着眼看向车牌。

刚才他骗了温笛，那根本就不是他的人。

前车的鲁秘书也发现了异常："老板，一会儿你先走，我们在后面。"

肖冬翰："不用，我知道对方是谁。"

他找出肖正滔的号码直接拨了出去。

对方很快接听。

肖冬翰用中文质问他："一大早，你很闲？"

肖正滔听得懂中文，也会说，只是口音太重，说不过肖冬翰，于是用英文回他：“没有你忙，我在父亲的球场打高尔夫。”

“找辆车明晃晃跟在我后面，你想干什么？”

“保护你。你经常被追尾，这不是好事。”

“想吓唬温笛，你得看我乐不乐意。让你的人滚回去。”肖冬翰挂断电话。

咖啡好了，他问老板：“多少钱？”

老板没听懂。

肖冬翰用英文又问了一遍，之后付款离开。

温笛趴在车窗上，笑着跟他挥手。

肖冬翰走向她，不动声色地看一眼后面，那辆车在掉头。

他把咖啡从车窗递给温笛，俯身，侧脸对着温笛。

温笛从车里探出头，在他脸上亲了一下：“谢谢你的咖啡。”

肖冬翰从车头绕到驾驶座，特意又从倒车镜看了看后面，那辆车离开了。

他发动车子。

无尽的路，香浓的咖啡，她喜欢的爵士乐，旁边还有人给她开车，温笛又找到了旅游的乐趣。

本来以为坐几小时的车会很无聊，温笛还没看够沿途的风景，汽车驶进了庄园，整个园子掩映在一片绿色之中，跟她想象中有点儿不一样。古典和高雅，迎面扑来。

这片庄园比江城的整个别墅区还大。

汽车直达肖冬翰的别墅，车门打开，温笛愣住了。

通往别墅大厅的路上铺满了玫瑰花瓣，厚厚的一层，至少有半厘米厚。

肖冬翰示意她：“脚伸过来，我把你鞋子脱了。”

温笛回过神来：“花瓣铺到哪儿？”

“客厅沙发前。”

“这得多少玫瑰？”

“没人数。”

“……”

肖冬翰站在玫瑰花瓣铺成的小路旁边，尽量避开踩到花瓣，他扶着车门，弯下腰，捉住她的一只脚，将她的鞋子脱下：“另外一只。”

“我自己脱。”她把另一只高跟鞋脱下来。

肖冬翰说：“一路鲜花和掌声送给温编剧，创作剧本辛苦了。掌声的话，你要是需要，我给你鼓两下。”

温笛感动着，又哭笑不得：“‘一路鲜花’不是你这样理解的，不是要用花瓣铺满一条路。”

肖冬翰：“我愿意给你这样的理解。”

温笛伸手，他看懂是什么意思，身体倾斜过去，她用力抱抱他。

肖冬翰催她：“趁着没风快下来走，用人们一上午都在捡花瓣。”

温笛赤脚走在玫瑰花瓣上，一脚踩下去也踩不到下面的地毯，柔柔软软的，带着一丝凉意，她周围弥漫着淡淡的香气，也被爱意包围。

她走到别墅客厅，就听肖冬翰吩咐用人，说不用再管花瓣，随便吹到哪儿，在花瓣变枯前，不需要清理。

温笛到楼上换了一套休闲装，让肖冬翰陪她打高尔夫。肖家庄园里有高尔夫球场，很奢侈，她想去看看。

肖冬翰也去换了衣服，跟她的是情侣款。

他第一次穿情侣款的衣服，感到很不适应。

他牵着温笛的手，沿着河边往前走。

河沿有玫瑰花瓣，是被风吹到了这里。

温笛四下欣赏庄园的景色：“秋天应该很美吧？”

“不知道。”肖冬翰说，“没注意过。”他很少来庄园。

每次肖家聚会，都是剑拔弩张，谁有心情看景色好不好看？

“等秋天我带你再过来。”

温笛看到高尔夫球场那边有人，拽拽他的小手指，让他看。

那人正是肖正滔。肖正滔从早上待到现在，与其说在打球，不如说是在这儿等着他。

“肖董的小儿子。”

他不称呼肖正滔“叔叔”。

温笛点头，原来这人就是肖正滔，也是瞿培的儿子叮嘱她让她注意防范的人。

肖家人的颜值都不错，肖正滔年近五十，依然能看出年轻时的英俊轮廓，鼻梁高挺，面带微笑，眼神阴冷。

这会儿他收了球杆，递给球童，顺手从用人的托盘里拿了一杯红酒。

他看到他们，并不意外。

“温小姐，很高兴见到你。”

温笛略微点头：“久仰。”

肖冬翰松开她的手：“我去给你选球杆。”

温笛没随他过去，做编剧做久了，似乎能洞悉别人是不是有话要跟她说，她支开随行人员，在肖正滔旁边的椅子上坐下。

用人给了她一杯红酒。

“谢谢。”温笛接过来，转着酒杯。

“温小姐了解我哥哥一家吗？”

“你是指肖冬翰的母亲出车祸这件事？”

她单刀直入，直接劈开挡在她跟肖正滔之间那层虚伪的面具。

肖正滔握着酒杯的手一紧，他面不改色地道：“看来知道。”

温笛转头看着他：“何止知道。”她微微一笑，“了解得很。”

她既然敢来庄园，就做足了心理准备。

关于肖冬翰的父母，她在沈棠那里了解了一点儿。

肖冬翰的父亲是肖老爷子的长子，性格和善，是肖家人里的异类，肖冬凯就遗传了父亲的性格。

十多年前，肖冬翰的父亲驱车载妻子出游，途中遭遇车祸，撞击程度不足以致命，但导致妻子留下终身残疾。

当时肖宁集团正是如日中天的时候，有人揣测，那起车祸是竞争对手干的，但查来查去，什么蛛丝马迹也没查到。

之后，肖冬翰的父亲辞去肖宁集团的所有职务，远离权力中心，带着妻子定居国外，他也不希望自己两个儿子再掺和集团事务。

肖冬凯本来就对管理公司不感兴趣，跟别人合伙开了律所。但肖冬翰不听劝，一头扎进这个利益旋涡。

肖家家族内部极为复杂，肖老爷子有两个儿子，还有三个侄子，都在肖宁集团，都不是善茬。

肖冬翰比其他人还狠，于是在集团里站稳了脚跟。

“还有要给我科普的吗？”温笛晃着红酒，酒杯上隐隐映着庄园的苍翠。

肖正滔道：“你这么聪明通透的女孩子，不该搅和进来。”

“请你注意用词，不是我搅和进来，是你非觉得我要搅和进来，觉得我跟肖冬翰在一起后，沈棠作为我最好的朋友，说不定会跟肖冬翰彻底和解，会帮着肖冬翰拿到公司控制权，影响你的董事局主席梦。”

“……”

肖正滔轻笑一声。

温笛让他认清现实：“沈棠只是制衡肖冬翰，让他别走极端，而不是刻意打压他，你得分清楚。其实所有人心里都清楚，公司的控制权早晚是他的。当然，除非肖老爷子活到一百五十岁，把肖冬翰给熬到七老八十，肖冬翰估计就会打消掌控肖宁集团的念头。”她话锋一转，“不过也不一定，以肖冬翰的好胜心，说不定他坐轮椅也得参加董事会选举。但那一幕，你肯定看不到。你那时得有一百多岁了吧，你这个心态，估计很难长寿。”

肖正滔抿着红酒，脸色紧绷。

风吹过，温笛好像又闻到了迷迭香的味道，大概庄园里也有种植。

她转动手里的红酒杯，闻了闻，一般，没喝。

“温小姐，现实不是你写的剧本，剧本是童话，主角最后都能善终，现实里不是。”

他问她，来的路上，看没看到后面那辆车。

温笛不惧他的威胁：“你的车？”她夸了一句，“颜色不错，我也喜欢那个颜色的跑车。”

肖正滔：“……”

他一拳打到棉花上，被反弹回来后，砸在了自己胸口上。

温笛言归正传：“你不用拿肖冬翰母亲的车祸来暗示我什么，也不用威胁我。吃饭都能噎死人，我是不是就不吃了？”

肖正滔举起酒杯，轻轻斜了一下，做了个碰杯的动作，一口喝了下去。

话说到这个份上，没有再多谈的必要了。

他说：“好自为之。”

温笛淡淡一笑：“你也是。”

肖冬翰选了球杆过来：“还没聊完？”

“没呢。”温笛说，“你叔叔对我剧本里的反派人物的下场很感兴趣，我正要说给他听。”

肖冬翰：“下场是什么？”

温笛没说下场，而是道：“我觉得可以把下场改得再凄凉一点儿。”

肖冬翰把球杆给她：“你先过去。”

他留下来，等她走远，一字一句警告肖正滔：“你要嫌活得久了，你可以试试动她。”

温笛在前面等他。

肖冬翰追过去：“他威胁你了？”

“我不怕。”温笛抓着他的手，“十多年前的那场车祸跟他有关？”

“不是他，是肖家的其他人，早就被我收拾了。他是想拿这个吓唬你，让你自己萌生退意，省得他大动干戈。”

今天来庄园的路上有车跟随，如果心理素质差，又知道他们肖家是什么德行的女孩子，禁不住肖正滔这么吓。

肖冬翰抱抱她：“真不怕？”

温笛摇头：“我连你都不怕，我还怕其他人？”

肖冬翰笑了：“不提他了。我们去打球。”

他们在庄园玩了一下午，除了肖正滔那个令人不快的小插曲，温笛在庄园的沉浸式体验不错。

温笛的时差没倒过来，天刚黑，她就开始犯困。

她洗过澡，喝了点儿红酒后，更困了，上下眼皮直打架。

肖冬翰在书房，她去找他。

“我困了。”

“那你先睡。”

“我现在睡的话，半夜就睡醒了，下半夜我干什么？”

肖冬翰在处理电子邮件，抬头看了一眼，她倚在门框上，没有要进来的打算。他伸手：“过来。”

“不打扰你工作？”

“不影响。”

温笛靠在他的椅子上，看看他书架上都是什么书。

她看了一圈，没有她感兴趣的书。

她瞥到他书桌边角有一沓机票，拿过来看。

那都是从一月份到五月份伦敦到上海的机票。

她数了数，一共十七张。

他一共到江城看了她十七次。

她背对着他，肖冬翰不知道她在干吗："看什么呢？"

"机票。你怎么还留着？"

"留个纪念，你去接机的我都留着。"

"复印一份给我，我也留着。"

"你拍下来。"

"纸质的更有纪念意义。"

肖冬翰说："等我忙完，给你打印彩色的。"

他把座椅的扶手掀起来，箍住她的腰，让她坐在他的腿上，他另一只手握着鼠标，不影响看电子邮件。

回复时，他单手敲键盘。

温笛连着打了两个哈欠，国内这时候应该是凌晨三点。

她放下机票，眼睛实在睁不开了。

肖冬翰拍拍她的肩膀："睡吧。"

温笛把脸埋在他的脖子里，闭上眼。

看完所有的电子邮件，肖冬翰摘下眼镜，揉揉鼻梁，再垂眸看看怀里的人，已经睡着了。

他反手从椅背上扯下自己的风衣，给她盖在身上。

鲁秘书给他发消息："已经安排了人跟着肖正滔。"

肖冬翰："这是次要，盯紧他私人资金的动向。只要他有对付温家的苗头，不用跟他客气。"

鲁秘书应下，又问："明天给温小姐安排去什么景点？"

肖冬翰："不着急，等我不忙陪她逛。她在这儿待一个月。"

五月份，槐花开了。

风大，卷落了小小的白色槐花，散落在汽车引擎盖上。

严贺禹从二手书店出来，老板将他送到门外，他让老板留步。

老板笑道："有些日子没看到你了，多送两步。"

严贺禹将近半年没来书店淘书，有空他还得飞江城，挤不出时间过来，之前淘的书看完了，他今天正好休息，便过来转转。

"你的车呢？"老板没看到他的车，问道。

严贺禹指指胡同口："停在那边，没让司机过来。"

他今天自己开车过来的，开了辆新款跑车，就是那晚傅言洲想赢的那辆。

他还没走到跑车前，手机就响了。

一个很久很久都没有联系过的号码。

严贺禹接听："印总，有什么吩咐？"

"吩咐不敢，折煞我了。"印总跟严贺禹接触过不少次，知道他不喜欢别人拐弯抹角，直接打开天窗说亮话，"想请你帮个忙。"

"跟我不用客气。"他和印总不管多久没联系，只要联系，他从不推辞举手之劳的小忙。

印总是温笛的伯乐，当初最先看中温笛的剧本，大手笔投资制作，让温笛的第一部作品一炮而红。

他当初跟温笛认识，就是在印总的饭局上。

严贺禹打开车门，坐了上去，把书放在副驾驶座上："您说。"

印总有在江南建分厂的计划，考察了几个城市，目前江城园区给的扶持力度和优惠政策最大。他有意向进驻园区，但不想太主动。

严贺禹会意，印总想让他从中牵线，让对方抛橄榄枝，这样能争取一点儿主动权。

这跟暧昧中的双方一样，都想让对方先捅破那层窗户纸。

"没问题。以后去江城不用担心麻将三缺一了。"

印总笑了，感谢之后，问他："哪天有空？饭局我安排。"

严贺禹这周没时间："下周六晚上吧。"

挂断电话，严贺禹发动车子，看向前挡风玻璃时，忽而一怔。

玻璃上落了几片细碎的槐花。

车子开起来，槐花不知道掉在了哪儿。

严贺禹原本以为今天能在家好好看书，康波给他打电话，说温其蓁公司研发资金链出现问题，拖了两周还是没能解决。

“不是远途资本给了公司 B 轮投资？”

远途在行内很靠谱，他曾经也通过远途资本拿到《人间不及你》的电影版权。

远途为所有大客户保密，谁都查不出来，这也是关向牧查不到资金来源的原因。

三月份时，他得知温其蓁公司在寻求融资，想给他们投资，但后来那边说，已经获得远途融资，而且还签了排他协议。

一旦签订排他协议，他的资金就进不去。

他问康助理：“到底什么情况？”

康波也不是很清楚：“好像是投资方那边拿捏温其蓁，想要研发的专利权。”

严贺禹一直以为是关向牧通过远途资本给温其蓁解决了研发资金困难的问题，现在看来应该不是。

“等一下回给你。”

严贺禹挂断康助理的电话，打通关向牧的电话，跟关向牧确认，是不是他投资了温其蓁的公司。

“不是我，投资的话，我还能瞒着你？怎么了？”

“没什么。”

“你别说一半。”

“她的公司出了点儿问题。”

严贺禹已经知道是谁了，没时间和关向牧多聊，随即吩咐康助理：“瞅准肖正滔的弱点下手，让他的钱有来无回。”

康助理大吃一惊：“是他？”

“不知道。”

“这样稳妥吗？”老板向来都是有了证据才精准打击的。

严贺禹：“没什么不妥的。”

一周后，肖正滔找到严贺禹，怎么都没想到，自己会在严贺禹手里栽个跟头，还栽得不轻。

严贺禹刚开完会，晚上要去印总的饭局，他关了电脑，拿上西装离开了办公室。

他刚到电梯间，手机有电话进来，是一个陌生的海外号码。

他算准就在这两天，肖正滔会找他。

“我不记得，我跟你之间有任何过节。”这是肖正滔的开场白。

严贺禹没跟他说温其蓁公司的资金链问题，说了，肖正滔也不见得承认。

“你是肖家的人，这已经是过节了。”

肖正滔冷笑：“肖冬翰跟温笛分手，你应该高兴才对。”

严贺禹：“我要是想用这种手段拆散他们，他们不会走到今天。”

挂电话前，他警告肖正滔：“你跟肖冬翰怎么斗，是你们肖家的事，别把手伸到江城来。”

挂断电话，他把肖正滔的号码拉入黑名单。

印总的饭局订在常青娱乐旗下的饭店，离京越集团大厦不远，只有十几分钟的车程。

他只要在常青娱乐应酬，都是乘坐专梯。

包间在八楼，他从地库坐电梯上来，以前都是直达，这一次，电梯在一楼停了。

电梯门缓缓打开，酒店领班笑着对温笛说：“温小姐，您请。”

温笛感谢，下一秒看清电梯里的人时，脚步一顿，最后还是进去了。这个时候她要是退出来，领班肯定会多想。

门合上，密闭的空间只有他们两人。

他们还没分手时，那一年阮导生日，严贺禹找人给她送了一瓶凉白开，饭局散的时候，又让领班带她坐专梯下去。

刚才她在酒店大堂，领班认出了她，跟她打招呼。

今晚酒店有婚宴，坐电梯的人太多，还不知道什么时候能排上，领班说，经理的电梯卡正好在她手上。于是，领班带温笛过来坐专梯，谁能想到他在电梯里？

温笛扫了一眼电梯键，她正好也去八楼。

严贺禹主动问道："一直在京城？"

"不是。"

其他的她没说。

她今天刚从伦敦回来，之前印总找她吃饭，说以后要去江城发展，还请她多多照顾。这是玩笑话，不过印总确实想跟温家搞好关系，在江城多个朋友。

她跟印总基本没什么联系，但当年的知遇之恩，她一直记得。印总找她吃饭时，她在伦敦，下午回来后给他打电话，回请他。

印总说今晚有聚餐，让她过来。

电梯在八楼停下，严贺禹按住开门键，让她先下去。

严贺禹紧随其后，说道："槐花的花期过了，上周回来的话正好。"

温笛："我早就不庆祝了。"

她以前庆祝槐花，是因为槐花开了以后，离他生日就不远了。

现在，她只认真记得肖冬翰的生日，其他的已经不放在心上了。

两人往同一个包间走，严贺禹意识到，她也是来参加印总饭局的。他怕她误会，解释道："我没让印总喊你来，印总也不知道我们的关系。"

温笛并没有误会他，因为是她主动给印总打电话的。

他们到了包间，印总起身跟他们俩打招呼。

印总早不记得六年前的饭局了，因为他天天有饭局，而且那天饭局上没什么特殊的人和事。

能清楚记得当年饭局上每个人说的话、每道菜是什么，甚至餐后水果是哪几样的人，大概只有当时的温笛。

印总见他们一起来的，随口问道："你跟严总认识？"

温笛说："不算认识，以前见过。"

那句"不算认识"，严贺禹听懂了是什么意思，不是不认识他这个人，是不认识他这个人的心。

包间里除了他，其乐融融，畅聊起来。

印总翻看手机通话记录，上次打温笛电话还是二十多天前："你这是在伦敦待了多长时间？"

严贺禹正在让服务员给他加热水，微微转头看向温笛。

温笛的视线落在印总那边，她说：“差不多一个月。”

有人打趣：“去看男朋友？”

温笛：“嗯，他在伦敦。”

印总接过话：“我说呢，你以前可从来不在一个地方旅游那么久。”他举起酒杯，“必须祝福一下，永结同心。”

温笛笑笑：“谢谢。”

她喝干半杯红酒。

印总突然想起来，转头跟旁边的严贺禹说：“你好像也冠名过温笛的剧？”

严贺禹：“嗯，你牵的线，六年前的一个饭局。”

印总揉着眉心，还是想不起来哪一次：“瞧我这记性，不服老不行。”他自罚一杯。

严贺禹拿起空的高脚杯，让服务员给他倒红酒。

“温编剧，恭喜。”他隔空敬她。

温笛也往酒杯加倒了一点儿酒：“谢谢严总。”

这样的对话和六年前一样。

那时也是他先敬她，恭喜她第一部作品获得那么好的成绩。

现在，他不知道自己在恭喜她什么。

六年，画了一个圈，但并不圆。里面尽是遗憾，还有他带给她的那些不堪。

他一直抓着不想放手的这一切，他知道，她早就不记得了。

“你那部《欲望背后》听说快开机了？”

“嗯，九月份开机。”

“你是制片人？”

“我干不来那个，老老实实做我的编剧。这次我跟组。”

严贺禹的思绪被印总和温笛的对话打断，他知道《欲望背后》的开机时间，是从周明谦那里听说的。

这顿饭在他断断续续的回忆里吃完了，他心思不在这儿，印总看出来了。

结束时，印总陪严贺禹走在最后：“什么情况？”他检讨一番，又不觉得是自己招待不周。

严贺禹自然没说实话：“公司的事。”

印总理解，不再多说。

“印总，您去送其他朋友，我去找温编剧说几句话。”他解释，“跟她男朋友有关。”

“你认识温笛男朋友？”印总这人对别人私生活不感兴趣，刚才在饭桌上也没问温笛男朋友是谁。

“肖冬翰。京越集团跟他有合作。”

印总惊诧不已，原来温笛的男朋友是肖冬翰。

印总跟严贺禹握手道别，不影响他办要紧的事。

严贺禹在酒店门口找到温笛，她有司机来接，车没停到地库。

“温编剧。”旁边有人，他只能是这么称呼她。

温笛已经拉开车门，转身看了过来。

他走近，道：“耽误你两分钟，跟你说几句话。”

温笛扶着车门：“抱歉，我还有事。”

她坐了上去，车门关上。

司机等了几秒，见温笛低头看手机，没再看车外，发动车子离开。

温笛算好时差，肖冬翰午睡应该醒了，她打电话过去，却无人接听。

肖冬翰没带手机，正在肖正滔的办公室。

“忘了我当时是怎么警告你的？你要嫌活得长，我成全你。”他膝盖顶在肖正滔的胸口，单手掐住肖正滔的脖子。

肖正滔没挣扎，冷冷地看着肖冬翰。

喉咙被卡着，他说不出话，脸色由紫红一点点变得惨白。

肖冬翰松了松手，肖正滔大口喘气：“有本事你就弄死我。”

“弄死你，我也不会亲自动手。”肖冬翰的邪火过去之后，他松开了肖正滔。

肖正滔揉了揉胸口，怀疑胸骨是不是裂了，疼得厉害。

肖冬翰去洗手间洗了手回来，眼神足以杀了他：“别以为我查不出来是你干的。”

昨天他送温笛去机场，半路上，对面一辆车失控地向他的车撞来，眼瞅着要撞上时，对方猛打方向盘，汽车甩了出去，但跟他的车也撞了一下。

之前他是尾随吓唬，这回直接撞上来了。

肖正滔按着胸口说："温笛要是变成跟你母亲一样，一辈子坐轮椅，你弄死我又怎样？你能改变什么？"他冷笑，"你什么也改变不了。"

肖冬翰拿下眼镜，没有眼镜布，直接拽出衬衫衣摆低头擦眼镜："肖宁集团到我手里的那天，就是你们一个个生不如死的时候。"

肖正滔起身，胸口还是疼，他忍痛点了支雪茄："你最好祈祷肖宁集团别落在我手里，不然你更惨。你私人名下那些投资，我也叫你一点儿不剩。"

肖冬翰冷嗤，戴上眼镜，他的西装还搭在椅背上，他扯着西装衣领拎出去，衬衫不整，他懒得弄，直接穿上西装，边走边扣扣子。

他回到办公室，手机有两个未接电话，都是温笛打来的。

肖冬翰立即回了过去，解释说，刚才他在洗手间。

温笛担心地道："没跟肖正滔有冲突吧？别吃亏。"

"我只吃你的亏，别人的不会。"

"你打他了？"

"放心，他死不了，也没残。"

温笛想到机场路上那一幕，仍然心有余悸，在飞机上她做了个噩梦，突然找不到肖冬翰了。

她不怕威胁，可这种压抑的日子，要是天天过，谁能熬得住？

肖冬翰点开手机扬声器，把手机扔到桌上，开始整理衬衫。

她的声音从扬声器里传过来："这么多年，你有没有感到累？想不想找个地方歇歇？"

肖冬翰的手一顿，他继而把皮带扣好，说："不累。"

"你要是累，就到江城来。"

"温笛，"他拾起手机，"我习惯了。已经过不惯被人拿捏的生活。"他想掌控肖家所有人，不能让他们把自己攥在手心。

肖冬翰已经查清楚肖正滔为什么突然发疯，没瞒着温笛："肖正滔在国内折了一大笔钱，差点儿动了他的老本。"

"什么意思？"

“我还在追你时，他就开始下手了，先把你二姑妈公司的研发资金断了，之后通过远途资本，让自己的资金进入，试图通过你二姑妈的公司要挟你，结果被严贺禹给收拾了。”

肖冬翰倒了一杯咖啡，他应该早点儿察觉的，可那时他在干什么？

肖正滔的资金一月初已经到了远途资本，他五月份让鲁秘书盯紧资金动向时，已经晚了一步。

鲁秘书顺着往前查，查到了异常，恰好严贺禹也发现了异常。

“还好，你二姑妈的公司没受到太大的影响。”他抿口咖啡，跟她说，“抱歉。”

“这哪儿能怪你？”

他笑道：“要不是当时沉迷于跟你谈恋爱，不至于到这一步。”

他用了“沉迷”二字，温笛问他：“你后悔吗？”

“不后悔。”

那段时间他有空就背名言名句，啃各种他看好几遍才勉强看得懂的书，是他三十年来最轻松的日子，很开心。但他把精力过多地放在一个女人身上，有了感情软肋，不适合在肖家生存下去。

肖冬翰看了眼手表，换算时差：“温笛。”

“嗯？”

“早点儿睡。”

“今晚在外面吃饭，还在路上，没到家。”

肖冬翰已经翻开了文件，又合上，想起她在伦敦住了一个月，时差没倒过来，根本不困。

“我陪你聊一会儿。”

“不用，你忙。”

“不算忙。”肖冬翰跟她说，“我可能要七月底才能去看你。”

“行，我那时还没进组。”

肖冬翰最终又打开那份文件，边看边跟她说话，问她选角选好了没，是谁饰演他授权的那个角色。

温笛告诉他是顾恒。

她没想到顾恒会接这个斯文败类的角色，还是二番。

顾恒说，他不在乎是主角还是配角，想挑战一下不一样的角色。

斯文败类绝对颠覆顾影帝的形象。

肖冬翰说：“角色确实不讨巧，但影帝都接下了，说明还是有魅力的。”

“谁有魅力？”

“我打算低调一点儿，你非得让我再夸一遍自己。”

温笛拆穿他：“你省略主语，不就是想让我这么问你？”

肖冬翰笑了，翻了一页文件。

温笛听到“哗啦”的纸张声，猜到他在忙：“挂了，前面有药店，我买点儿褪黑素。”

肖冬翰不喜欢她靠药物助眠：“我不在你身边，你又要靠褪黑素睡觉？”

“不是，倒时差用。”

“来庄园也没看你吃褪黑素倒时差。”

“不跟你说了。”

“你说不过我。少吃点儿褪黑素。”

“嗯，知道。”

有那么一刹，肖冬翰想对她说，温笛，要不来伦敦定居吧。

这样他们不用再分居两地。最后，他欲言又止。

他不能把她圈在身边，国内有她的事业，有她的家人和朋友，就像他不会随她去国内，不会把肖宁集团拱手让人。

“实在睡不着，给我打电话。”

“会的。”

温笛结束通话。

司机在药店门口停下，她下了车。

公寓里好像还有半瓶褪黑素，时间久了她记不太清楚，于是买了三瓶褪黑素备用。

肖冬翰的消息进来：“是不是因为机场路上的事，你害怕才睡不着？”

温笛：“不是，我不害怕你叔叔，答应跟你在一起之前，我家里人已经提醒过我，你们家是狼群虎窝，我心里有底。我只是担心你，你好好的，行吗？”

肖冬翰把这条消息看了很久很久：“会的。”

当晚，温笛吃了褪黑素，还是煎熬了一会儿才入睡。

第二天早上，她醒来看手机，有未读消息，是大表弟发来的，他总是半夜给她发消息。

他问她："你什么时候回来？"

今天是六月三号，温笛回复："放心，我肯定送考。"

六月是一年一度的高考季。

温笛订了明天中午回江城的高铁票，晚上她收拾行李，把常穿的衣服都带回去，九月份她直接进剧组。

收拾好行李箱，她去厨房倒水，打算吃药睡觉。

她拿着杯子还没走到餐厅，门铃响了。

温笛放下杯子，过去看是谁。

她手机没有消息和电话，不知道是谁不提前打个招呼半夜造访。

"温笛。"

温笛怔了下，是肖冬翰的声音。

她再看可视门铃上他旁边还有一个行李箱。

她忙打开门："你怎么来了？"

肖冬翰弯腰单手抱起她，另一只手拎起行李箱，两步跨进屋，胳膊肘往后一撞，带上了门。

"你怎么来了？"她又惊又喜，重复问道。

肖冬翰扔下行李箱，两手托住她，将她放在吧台上："来看看你买了几瓶褪黑素。"

温笛笑着搂住他的脖子："你疯了。"

肖冬翰捧着她的下巴，亲了上去。

他也觉得自己疯了。

"难得谈情说爱，我再疯狂一回，这辈子都不会有了。"他答应她，"我会好好的。你是第一个希望我好的人。"

他用力抱住她。

第二天一早，温笛醒来时，肖冬翰已经离开了，他上午九点多的航班飞伦敦，这会儿应该已经到机场了。

他给她留了一张字条："褪黑素我拿走了两瓶。"

字不是很好看，勉强认得出来。

温笛收起字条，简单吃了点儿早饭，让司机送她去高铁站。

她到了江城，来接她的是二姑妈。

温其蓁休了十天假，孩子高考是一部分原因，主要是她这几个月连轴转，一天没休息，有点儿撑不住了。

她没想到公司会卷入肖家的纷争，肖正滔太卑鄙了，釜底抽薪，切断公司其他资金来源，乘机让自己的钱进来。

温笛关心地问道："公司的事，全部处理妥当了？"

温其蓁点头，道："这次我欠严贺禹一个人情。"肖冬翰后来也帮了忙，不过这件事因他们肖家而起，也不算是欠他人情。

她对侄女说："人情我还。"

她不喜欢欠人情，侄女更是。

温其蓁见识过肖正滔的卑劣："肖冬翰是怎么受得了那样的家庭的？"

"他更不是善类，别人都得天天防着他。"

温其蓁忽而一笑："那倒也是。"

她在等红灯时，看了一眼侄女："跟肖冬翰怎么样了？"

"我想把他往我这边拽一拽，希望他别那么累，他不来。我跟他一样。谁也不会跟谁妥协。"

她连恋爱期间都要住自己房子的人，放弃那么多去伦敦，不现实。

"那……分了？"

"没。"

温笛想了想他们还没分手的原因："《欲望背后》马上开机，他可能不希望拍摄的时候，我们已经分开，会影响我的心情。"

温其蓁感慨地道："你要是分手，你爷爷奶奶又要心口疼了，觉得你不幸福。"

"……"她无奈一笑。

其实，她比谁都幸福，一直是被纵容的那一个，即使她有那么多缺点。

回到爷爷家，温笛脑袋昏昏沉沉的，睡了一觉。

这一觉睡到傍晚五点钟。

二姑妈喊她起来吃饭，说睡多了夜里睡不着。

温笛下楼前，泡了个澡，精神了很多。

吹干头发，她拿着电吹风走神片刻，放下电吹风，快步到床头柜前，拿起手机输入号码。

这时，京越集团大厦里，严贺禹正在会议室开会，高管会议还没散。

桌上的手机振动，屏幕上闪烁着“老婆”二字。

严贺禹盯着手机屏幕，两年三个月零九天，他终于接到了她的电话。他以为这辈子这个号码都不会再打进来。

他没敢接。

他抬头看看会议室大屏幕，屏幕似乎不清晰，其他人汇报工作的声音也不算大。

他害怕是做梦，要是按了接听键，梦就会醒。

直到康波小声提醒他：“严总，再不接就接不到了。”

温笛能打进来，但老板打不过去。

“你们继续。”严贺禹拿起手机，先按下了接听键，大步跨出会议室。

“温笛，什么事？”

“是要感谢你。替我自己和肖冬翰谢谢你，也替二姑妈说声谢谢。你对付肖正滔花的钱，我会转给你。”

严贺禹握着手机，半天才说话：“没什么，不用客气。”

“严贺禹，能不能以后不要再管与我有关的任何事？不管什么事都不要再插手。行吗？”

严贺禹没说话。

“可不可以别再插手？你给句话。”

严贺禹沉默许久，道：“好，答应你。”

“谢谢。还有，我现在对你已经无怨无恨，如果你非要一个原谅，我现在原谅你了。你往前走吧，别等我了，等不到的。”

那头挂了电话。

严贺禹看着通话断掉，屏幕暗了下来。

一直到会议快结束的时候，他才回会议室。

她现在对他无怨无恨，是因为已经没有爱了。

严贺禹再次听到跟温笛有关的消息，是八月初的一个周末。

严贺禹去会所玩，快半年没踏入这里了。

他的包间天天借给秦醒玩，他们都快忘了这是谁的包间了。

看到严贺禹出现，秦醒还是那句："严哥，你怎么来了？"

"我的包间，我为什么不能来？"

"你平时不是有空就去江城吗？"

"昨天是贺言的生日。"

"哦，我说呢。"

有人感叹："要不是知道你心在江城，你说你跟六年前有什么区别，就是一个赚钱机器。有意思？"

严贺禹反问："不赚钱干什么？"

他没打牌，拉张椅子在旁边坐下。

他们接着刚才的话题聊，把严贺禹也带上了："刚才我们在骂你，说你把人家温笛好好的恋爱观给彻底毁了。"

桌上有烟和打火机，严贺禹不管是谁的，摸了过来。

"她的男朋友一个接一个地换，就是不理你，你送给人家人家都不要，你说气不气？"

"可以了啊。"严贺禹警告一声，点上烟。

这是今年的第三支烟。

"你知不知道她又有新男朋友了？跟祁明澈一个类型的，很年轻，二十岁出头，比祁明澈还帅，她的眼光不错。"

严贺禹吐出烟雾："什么新男朋友？"

"我今天吃饭遇到的，温笛一直挽着那个男的胳膊，听说她跟肖冬翰好像分手了，肖冬翰最近一直在欧洲，没来国内。"

严贺禹摁灭烟，肖冬翰这两个月确实没来国内，他上周还去伦敦跟肖冬翰开了一次项目协调会。

原本三个小时左右的会议，他们直接缩短到一个半小时，当场在文件上签了字。

秦醒补充一句："温笛一直在江城，润色《欲望背后》的第三版稿子。"

他现在很矛盾，希望严哥追上温笛，又希望温笛能开心一点儿，过自己的生活。追她的人那么多，不是非得找严哥。

"你们继续吧。"严贺禹站起身来。

秦醒瞅着他："你要去找温笛？"

严贺禹没吱声。

答案不言而喻。

他没喝酒，自己开车过去。

她新公寓的路，他不知道开过多少遍，每晚加班回家，他都从那边绕一圈，不知道意义何在。

时间还早，九点半，他将车停在她的停车位上，等着她。

此时，温笛正在肖冬翰的别墅里。

他今天下午的航班落地京城，她过去接机。

这是她第十八次接机，却是他来看她的第十九次。

上一次，他自己坐车去了她的公寓。

夏夜，虫鸣，不时有蚊子在耳边绕一圈。用人点了蚊香，可还是有蚊子"嗡嗡"的声音。

肖冬翰在泳池游泳，温笛坐在岸边，喝着果汁，替他数游了多少个来回。

第十九个来回时，他上了岸。

温笛扔给他一条毛巾："饿不饿？我让人给你煎牛排。"

"不饿。"肖冬翰让她在院子里坐会儿，自己进屋冲澡。

温笛给他倒了一杯红酒，又去给他拿来一块甜品。

肖冬翰很快冲了澡，换了衣服过来了。

"你表弟一个人在家行吗？"

"都快二十岁的人了，又不是小孩子。"温笛说，"我给他点了餐，他正在打游戏。"

大表弟和小表弟都如愿考上了最高学府，小表弟天天忙着约会，大表弟说快三年没来京城了，她带他过来转转。

"你呢？这回要不要跟我去伦敦？反正九月才进组。"

温笛摇头：“这一个月最忙，要跟周明谦对接的东西很多，上次改一场戏，我跟他在咖啡馆讨论了一下午加一个晚上，去了你那边，有时差，沟通不方便。”

肖冬翰理解，这是她投资的第一部剧，把所有的身家都押上去了，压力肯定很大。

他吃着她给他准备的甜品：“知道我刚才游泳的时候在想什么吗？”

温笛认真回他：“在想，你来看我的这两天，肖正滔是不是又比你多积累了一点儿财富。”

肖冬翰笑道：“别那么说我。来看你的时候，还是能一心一意想着你的。”

他道：“刚才在想，我要没生在肖家，出生在一个普通人家，我是不是也能成为一个很好的伴侣，踏踏实实陪你过日子。”

温笛托着下巴看着他：“你不踏踏实实过日子也不行啊，已经很普通了，你哪儿来的钱嘚瑟？”

肖冬翰：“……”

他忍住没笑，拿红酒杯碰她的果汁杯：“鱼和熊掌不可兼得。”

温笛待到十点半，大表弟问她什么时候回去，要不要他来接她。

“不用，我马上走。”

肖冬翰把她送到车前，本来让司机送她，她没让。

温笛提醒他：“你半个小时后有视频会议，别忘了。”

“忘不了。”

肖冬翰把手从窗户伸进去，递给她。

温笛将自己的手放在他的手里，他的手掌温热有力。

肖冬翰看着她：“还记不记得我跟你说过，任何时候，你都可以信我，不管是现在，还是分手后。”

温笛点头：“记得。”

肖冬翰握了握她的手：“记得就好。我会抽时间到剧组探班。”

温笛知道他最近很忙：“打电话就行，别把你的欧美市场给丢了，那可是你的大本营。”

“不会丢，不是答应过你，我会好好的。丢了的话，我就没法好好的了。”他在她手背上亲了一下，“开车小心。”

温笛跟他道别，开车离开。

她的车子刚驶出去不久，肖冬翰就让人护着她的车送她回去。

回去的路上，温笛一直开着车窗，八月的热风朝车里灌，闷热又干燥，偏偏她又开着空调，冰火两重天。

她在想，要是她跟肖冬翰提前一年或是推迟一年认识，在她不那么忙，没有押上所有身家投资这部剧时，是不是结局会不一样？

好像也不行，就是因为她找他给了授权，花心思写了这部剧，才想自己投资，想多点儿话语权，免得被魔改。

他们好像什么时候遇到都不会正好，因为最后他还是那个肖冬翰。

在不知不觉中，汽车开到公寓的停车位，她的车位被一辆跑车给占着，那辆车看到她过来，主动往前挪，她还没来得及停进去，就被那辆车堵住了。

温笛鸣笛，那辆跑车没动。

肖冬翰安排过来的人，看到温笛被堵，刚要下车查看什么情况，就看到那辆跑车里下来的人是严贺禹，他们没再过去，驱车离去。

严贺禹手撑在她的车门上，直直地看着她，冷声质问："你让我往前走，你怎么就不能好好往前走？从你跟祁明澈在一起，到现在两年了。我一直都以为你是真心真意在谈恋爱，再难受，我都没插手。我希望你能走出来，能开心一点儿。你呢？你一直抱着游戏人间的心态是不是？就算玩，玩了两年，你还没玩够？"

温笛不知道他忽然发什么疯，但她又没闻到酒味。

他的眼神是冷的，她没去看。

"我是不是在玩，又要玩多久，关你什么事？"

她将车熄火，握着车门："你让开，不然撞到你白撞。"

严贺禹抵在车门口，问她："温笛，你这次谈恋爱，又打算谈多久？听他们说，你又有了新男朋友。"

温笛倏地抬头："谁嚼舌根？我男朋友是肖冬翰！"

她后知后觉明白是怎么回事了："我这两天跟我大表弟逛街，是不是被你什么朋友看到误会了？"

今天中午逛街时，她给秦醒发消息，沟通投资上的一些细节，当时边走边聊，于是，她挽着大表弟的胳膊往前走。

“抱歉。”

“没什么。”她冷声问，“现在是不是可以让开了？”

严贺禹没动，还在看着她：“我知道，你心里已经没有我了。我会往前走的。”他不往前走也不行，否则会离她越来越远。

“希望运气好一点儿，能遇到你，我们再重新开始，还是我追你，到时我不会再跟你吵架，也不会再跟你冷战。”

第十四章

在同一空间，不同时间相逢

温笛今晚的心情不是很好，从肖冬翰别墅回来的路上，一度糟糕透顶，闷热的空气让她麻痹，车里的空调又让她清醒。

这时候她又碰到严贺禹，他说她两年都在玩。

在开门之前，她调整表情，换个笑脸面对大表弟。

家里很安静，大表弟没打游戏，正在客厅看书。

“肖冬翰的别墅离你这里很远？怎么这么久？”

他很担心，但没表现出来，去厨房给她倒水。

温笛换了鞋进来，在京城，堵车是万能的借口。

她煞有介事地道：“路上堵了一段。”她随便说了哪条路跟哪条路的路口两辆车撞上了。

大表弟信了，把水杯给她，瞅着她的额头：“你怎么回事？”他现在有严重的被迫害妄想症，“有人跟踪你？”

温笛笑道：“是不是考完试闲得慌，思维也跟着发散。”

“还是因为肖正滔？”

“你妈怎么跟你说这些？”

“不是我妈，我爸跟我说的。”他补充一句，“考完试才跟我说的。”

妈妈公司资金链的事情他全知道。爸爸说他现在成年了，该知道的得知道一点儿，得知道父母赚钱有多不容易。

温笛先去洗手间卸妆，脸上清爽后，心里稍微不那么闷了。

她在大表弟旁边坐下：“所以，你要去肖冬翰那儿接我，一晚上也没打游戏？”

大表弟没吭声，去看书。

温笛拍拍他的手臂：“没事的。”

大表弟连翻了几页书，对小说不感兴趣，又合上："你跟肖冬翰这样，是因为我妈公司的事？"

温笛摇头，端起大表弟给她倒的水喝了一口。

"我又不是小孩，不用瞒我。"大表弟说，"你怕再这样下去，会连累家里更多人。"

他用很肯定的语气说的这句话。

"也不全是，还有我自己的原因。"

大表弟把书放在一边，实在没事干，从零食盘里拿了零食拆开吃。

"姐，你要是想和肖冬翰在一起，就在一起，别犹犹豫豫的。"别像他，喜欢了那么久的女孩子还没表白。

温笛笑笑："没犹豫。"

大表弟道："你都以他为原型拍剧了，肯定欣赏他的能力，他应该有办法保护好你。"

"是有办法，不然我不会跟他谈恋爱。"

温笛说到这儿，喝了几口水。

"就是有些事，超出我们的预料。还有些事，身不由己，一句话说不清楚。"

温笛起身，揉揉他的脑袋："早点儿睡。"

她拿着水杯回了自己的房间，给肖冬翰发消息："我到家了，晚安。"

肖冬翰回复道："晚安，不准再吃褪黑素。"

温笛嘴上答应他，又问他："视频会议结束了？"

"刚结束。"

"现在不只是肖正滔，你几个堂叔也开始对付你，小心点儿。"

"不用担心我应付不来，我现在不背名言名句，不看那些看不懂的书，你也不在我身边，完全有时间对付他们。"

温笛再次跟他道晚安，她信他有手段对付他们，可还是担心他。她自己也没想到，她的出现，让肖家那些人如临大敌。

她以为，哪怕肖家人内部争斗得再厉害，再不是东西，她像沈棠一样，远离他们就行了。可事实不是那么回事。

当初肖家老爷子赠予股权给沈棠，唯一的条件是，沈棠必须保证制衡肖冬翰，不能让肖宁集团分崩离析。

在肖家，沈棠和蒋城聿两人是唯一有能力牵制肖冬翰的人选，当初蒋城聿能顺利进入肖宁集团董事会，是肖家人全部力挺他。

蒋城聿是肖家其他人选出来对付肖冬翰的，现在他们觉得，因为她的出现，蒋城聿迟早要跟肖冬翰握手言和，他们开始不安。

其实就算哪天她跟肖冬翰结了婚，沈棠和蒋城聿也不会在肖宁集团这件事上和肖冬翰握手言和。

沈棠既然承诺了肖老爷子，就一定会做到。拿了人家的好处，反手再给人家一刀这种事，不管是沈棠还是蒋城聿都做不出来。

然而肖家人不信沈棠，他们自己是为了利益出尔反尔的人，觉得别人也跟他们一样。

现在不只肖正滔，肖冬翰几个堂叔也视她为眼中钉。

肖冬翰一直在跟他们周旋，肯定很累。

温笛把手机扔在床头，拧开药瓶，不靠药物根本睡不着。就着温水吃下药，她发现自己还没洗澡。

她泡过澡，躺到床上，还是没有困意。

温笛摸过手机，给肖冬翰发消息："明天我送你去机场。"

肖冬翰："怎么还不睡？"

"这就睡。"

"你不是不喜欢送机？"

"现在喜欢了。"

次日清早，温笛起来后给大表弟留了字条，开车去肖冬翰别墅，他已经坐上车，在等她了。

她停好车，坐上他那辆车。

肖冬翰见面的第一句还是："不是说不喜欢送机？不喜欢还要勉强自己？"

温笛说："没勉强。接机次数少了，送机来凑。"

肖冬翰吩咐司机开车，握着她的手："我昨晚睡不着时在想，我又把你丢了。"

温笛摇头：“哪儿有？”

肖冬翰把她的手攥紧了一点儿：“是我丢了你。”

他沉默了一瞬。

“你跟其他和我在一起过的女人是不一样的，你又不图我钱，唯一想图的可能就是恋爱后，如果我们相处下来很合适，你想图我最后会不会愿意为你放弃什么，远离肖家的纷争，陪你安安稳稳过一辈子。”

她现在即使随他去伦敦，她最终想要的，他还是给不了她。

所以，她不会去伦敦。

所以，他也放弃让她去伦敦。

肖冬翰转头看着她：“我现在也开始揣摩你的心理，不知道对不对？”

温笛笑笑，没说话。

肖冬翰说：“应该揣测得差不多。”

也许一开始，他不该给自己破例，不应该谈情说爱，一叶障目后，他这次收拾肖家那些人，牵扯了太多的精力，导致国内这边跟严贺禹竞争时，有些分身乏术。

她就是那片叶子，让他一时没看清形势。

可能他看清楚了，但心思都在她的身上，麻痹大意，顾不上那么多。

在他放下集团事务，跑去哥斯达黎加给她摘粉菠萝时，他已经处在危险的边缘，但他还是想走一趟钢丝。

人要是能掌控和收放自己的感情就好了。

他盯着她的睫毛：“今天没化妆？”

“没。时间有点儿紧，洗漱好就往你这里赶。”

肖冬翰最喜欢看她素颜时的眉眼，当初让他为之心动的就是她的素颜。

他低头，凑过去亲了亲，轻轻地吻了吻她的睫毛。

他又说起送机：“我还是会过来看你的。”

温笛仰头看着他：“你不用为了我把分手往后拖。”

肖冬翰：“不是为了你，是为了我自己，想拖到我的生日。”

温笛不跟他争辩，他说什么就是什么吧。

肖冬翰说出来的时候有点儿后悔，因为他的生日不远了。

说出口的话，他也没有再收回。

他不喜欢这种沉闷的气氛，道："以后我会经常来国内，也会去江城，肖宁集团在江城有厂子，你忘了？"

"没忘。那时我没空接你，我要赚钱。"

肖冬翰笑道："等你靠投资赚到大钱，你的心思就不会再在情情爱爱上了，什么事都不如征战江山有成就感。"

他松开她的手，找出鲁秘书给他打印的名言名句："你现在做老板了，送你两句话。"

"你不是已经不看这些了？"

"最后一次看。"

肖冬翰翻到第二页，读给她听："'人见利而不见害，鱼见食而不见钩。'以后投资时切忌盲目。"

温笛："记住了。"

他指指扉页上手写的几个字，温笛看后不禁失笑，他写的是"绝版"，下面又来了一个"珍藏版"。

他是打算把这些名言名句当藏品一样收藏起来。

今天去机场的路格外短，眨眼间便到了。

肖冬翰不许她送他进去，也不喜欢离别。

下车后，他说："你直接回去。"

温笛还是下来了，想说的话很多，又一个字也说不出口。

肖冬翰把西装穿上，随后又脱下，自我调侃："傻了，八月份我穿西装。"

他伸手抱抱她："好好拍你的剧，以后，不管你什么剧获奖，我都会捐一笔钱出去，做做善事。"

温笛努力笑了笑，不想太伤感："借你吉言，希望以后我的剧成为各大奖项的大赢家。"

分别时，时间再长都嫌短。

肖冬翰拉开车门，让她上车。

他目送汽车离去。

他认识温笛已经两年多了，时间过得太快。

傍晚时，温笛接到周明谦的电话，说剧本还有些地方不妥当。

她跟周明谦约在经常见面的咖啡馆，同去的还有他们的助理。

刚见面，周明谦便好奇地问道："换男朋友了？"

温笛哭笑不得："秦醒说的？"

"嗯，他以为我最近经常跟你见面沟通剧本，知道一点儿，他又不敢问你。"

"在他们眼里，我现在是玩咖（网络用语，指某一方面的达人）。"

周明谦觉得秦醒的话不太靠谱："应该没换吧？"

"你说呢？"

"要我说肯定没换，你现在压力那么大，不至于找个累赘。"

"……"

温笛喝口咖啡，送机的情绪持续到现在还没缓过来。

周明谦问她，是什么让其他人误会她又交了新的男朋友。

"我表弟过来玩。"

周明谦知道她表弟来玩，上次她来沟通剧本，给她表弟打电话，说要晚一点儿回家。不过能让秦醒他们误会，还有一个原因，她跟肖冬翰之间出了问题。

"他不想授权了？"

温笛突然笑了出来："你的脑回路很清奇。"她说，"不是。我跟他挺好的，又不是太好。"

周明谦有点儿听懂了，又不是很懂。

他宽慰她："分手了没什么，正好忙事业。"

温笛惆怅不已："我还好，自己慢慢调整。主要是我奶奶，她嘴上说不要紧，心里又要开始操心，觉得我不幸福。"

周明谦说："你跟奶奶说，你总不能什么都占着，老天给了你这么多，已经很偏心你了，你说你爱情再顺顺利利的，还有天理吗？"

温笛笑道："我奶奶什么都懂，就是心里惦记。"

奶奶惦记她，惦记二姑妈。别说她分手，就算她跟肖冬翰结婚，如果哪天吵架了，奶奶也会觉得她不幸福，过得不怎么开心。

"老人家可能觉得，你被严贺禹伤了后，现在所有的幸福都是装出来的。"

“就是这样，怎么跟她说也说不通。”温笛打开剧本，“不说这些了。”

周明谦说话向来直接又尖锐，直接指出，在她修改了三版后，女主角跟男主角之间的较量和感情碰撞的火花还是不够，有些场景设置得不行，打动不了人，至少没打动他。

“你以前的作品，谁看了谁夸。现在少了点儿东西。”他又道，“你这些场景设置，不是不可以。是我对你要求高了点儿，想看到你以前跟剧本里面人物共情的水平。”

温笛看了后，说：“反正还有时间，我再修改。”

“虽然这是现实商战剧，可男主角和女主角之间的火花碰撞不到位，会给你整个故事减分。”

温笛知道这一点，所以当初在写感情戏时，她竭力去共情，沉浸式创作。

她往后翻，跟周明谦讨论其他存在的问题。他们讨论到晚上九点钟才散。

她跟周明谦说，接下来一周，要是有什么问题，他们视频沟通，她出去走走。

周明谦说：“是得出去走走。你打算去哪儿？我可以给你推荐几个好玩的又不太知名的地方。”

温笛有自己的打算：“先去趟寺院。”

“去寺院为开机祈福？”

“不算是。去求个平安符。”

肖冬翰在生日的前一天收到了一份礼物。

鲁秘书拿进来，告诉他，是从国内带过来的。

送来的人应该是温董的司机，温董到这边出差，顺便带来的。

他不用想，是温笛给他的生日礼物。

肖冬翰打开外包装纸，是很精致的礼品盒。

两样礼物，一个是平安福袋，还有一副袖扣。盒子里还有一张卡片。

“三十一岁生日快乐。愿余生，平安喜乐。——温笛”

肖冬翰把那行祝福语，一字一字，在心里默读了好几遍。

他拿下眼镜，按了按鼻梁。手拿下来，几秒后又按了按。

他拿起手机，给她打了个电话。

温笛那边是晚上，她正在电脑前改剧本。

肖冬翰清了下嗓子：“礼物我收到了。”

“一点儿小礼物，你喜欢就好。”

“最珍贵的。”他顿了下，整理好情绪才说话，“许愿祝福之类的，你不是说不准吗？还专门去给我求了一个来。”

“我又信了，觉得它会准。”

肖冬翰跟她聊别的：“你呢，现在在哪儿？”

“在家。过几天我二姑妈给两个表弟办升学宴，等忙完升学宴，我就去京城了，开机前要忙的事很多。”

肖冬翰听到她点击鼠标的声音，不知道是在看剧本，还是在那儿乱点：“温笛，你忙吧。有事打我电话。我这个号码，不会换的。”

“好。”

肖冬翰等她挂了电话，按熄了屏幕。

鲁秘书等老板把礼物放进保险柜，才汇报，肖宁集团上个月在国内的华东大区营收下滑3%。

肖冬翰戴上眼镜，敛起所有情绪：“直接跟严贺禹抢吧。”

严贺禹之前怕出手狠了，温笛不高兴。

他之前怕不择手段后，温笛以为他故意打压肖冬翰。

现在，谁都不再有顾虑。

自那天之后，温笛再也没收到肖冬翰的行程报备消息。

他们像两个世界的人，都在忙着自己的事。

爷爷奶奶从来不提肖冬翰的只言片语，也不会多问她为什么又分手了。

唯一的变化就是，家里的粉菠萝再也看不见了。可能是怕她触景伤情，爷爷奶奶给收了起来。

升学宴后，她订了隔天的高铁票回京城。

这次是母亲送她去高铁站，临走时，爷爷奶奶给她收拾了一些零食装在箱子里，说想吃的时候不用再现买。他们还拿她当小孩。

去车站的路上，赵月翎抓过女儿的手，假装欣赏她新做的指甲，轻轻拍拍女儿的手背："要是难受，跟妈妈说说。"

温笛扬扬唇角："还好。妈，你不用担心。"

赵月翎哪儿能不担心："我就怕你以后，可能再也不想谈恋爱。"

温笛提前让母亲有心理准备："还真有这个想法。我不打算在感情上耗费时间了，趁着年轻，多多赚钱。"

赵月翎对女儿的感情和婚姻不强求，只要不消沉，专心搞事业也行："缺钱的话，跟妈妈说。"

"我有钱，真不够的话，找你们融资。"

到了车站，离别时，温笛抱抱母亲："妈，对不起。"

"跟妈妈说对不起干吗？"

"老让你们操心。"

"已经很省心了好吧。"在赵月翎的眼里，女儿的所有缺点都不值一提。

坐上北上的高铁，温笛找出耳机插在手机里，单曲循环一首慢歌，又从包里拿出眼罩戴上。

心里很空，什么都无法填满。

昨天大表弟给她发了一封电子邮件，标题是"失眠症克星"。

她点开附件，是奥数题集锦。

这小孩欠打。

最先知道温笛分手的是沈棠，然后是秦醒。

秦醒本不想跟严贺禹说，但这事也瞒不了多久，他问严贺禹："你知不知道温笛分手了？"

严贺禹不知道，但有预感。因为这段时间，肖冬翰疯狂抢占华东大区的市场。

他想去确定一下他们分没分，又打消了念头。不想让秦醒有心理负担，他说："知道。"

秦醒："那就好。"随即他又发了一条，"其他的我不知道。"

他是告诉严贺禹，不要再打听温笛的其他消息，他不会透露。

严贺禹没回。

他看了秦醒的消息一会儿，抓起车钥匙往院子里走。

“哥，你去哪儿？马上吃饭了。”

“你们先吃。”他头也没回地答道。

严贺禹发动车子，还没开到院子门口，突然一脚刹车踩下去，人也跟着往前倾了下。

他不知道要去哪里找温笛。

他跟她，跟其他陌生人一样，他没有她的联系方式，不知道哪天在哪儿能遇到，或许，再也遇不到。

他挂上倒挡，车子一路退回到停车位上。

严贺禹停好车，到扶手箱找烟。

之前秦醒开他的车，在里面扔了两包烟。

烟和打火机都有，他拆了一包。

院子里只开了几盏小地灯，光线昏暗。

白色烟雾袅袅升起，车窗外，烟头闪着猩红。

严贺言在不远处站了会儿，踱步过去。

严贺禹偏头：“外头热。”

“你也知道热啊。”

车熄了火，空调没开。

严贺禹说：“抽完下去，你先回屋。”

严贺言靠在后车门上，被晒了一天的车身，到现在还是热乎乎的。

她在吃冷饮，院子的闷热，暂时能忍受。

“是不是温笛和肖冬翰订婚了？”不然哥哥不会这么失控，突然跑出去，汽车开了又倒回来。

“分了。”

“啊？”

严贺言夺过他手里的烟，在石子上摁灭了烟：“那你抽什么烟？以后别再抽了，温笛不怎么喜欢烟味。”

严贺禹推开车门下去，走了几步又退回来，再次拉开车门，弯腰，把扶手箱里的烟都拿出来。

温笛应该不会再坐他的车了，但他还是把烟拿走了。

严贺言先回客厅，今天爸爸在家，他好不容易休息两天。

“爸爸，今晚我陪您喝一杯。”

“说吧，要爸爸赞助你什么？”

“先攒着，我还没想好。今晚高兴。”

严鸿锦好说话：“行，先记着。”

严贺言倒了三杯酒，给哥哥倒了一杯温水。

一家人在餐桌前坐下，严鸿锦瞅着儿子的水杯：“还胃疼？”

叶敏琼：“不是胃疼，他现在哪儿都疼。”

严鸿锦不是拿儿子开涮，是真心实意地关心他：“实在不行，你去做做心脏彩超。”

严贺言笑出了声：“爸，他心脏离康复近了一点点，不过也不好说，万一人家不答应他，他心脏直接开裂。”

严贺禹瞥了一眼妹妹：“好好说话。”

看在她以前经常关心他的分上，他没再说别的。

叶敏琼看向女儿：“什么意思？”

严贺言开心地抿了一口酒：“温笛跟肖冬翰分手了。”

严鸿锦终于明白为什么女儿要开酒庆祝了。

在严贺言说完刚才那句话后，几个人都沉默着。

严鸿锦语重心长地跟儿子说：“这都几年了，你还没过去这个坎？你要想追就去追，我跟你妈不管你。要是管多了，你心里头会一辈子留下遗憾。谁知道有没有下辈子？”

叶敏琼插话：“关键不是他追不追的问题。”

严鸿锦：“我知道，是他追不上。”

这两年儿子在江城下了多少功夫，他还是知道一点儿的，但人家姑娘就是不回头。

“你愿意倒贴，你就贴，但我看哪，倒贴也悬。”

“……”

严贺言乐不可支，乐完了，还是替严贺禹说两句：“爸，我哥现在改了不少，应该还是有点儿希望的。”

严鸿锦点头，开玩笑道：“改了之后有点儿像我。”

“哈哈。”

严贺言笑了出来，嘴里的酒差点儿喷了。

严贺禹后来一句话没说，沉默地吃着饭。

他不知道温笛现在是什么样的状态，是不是很难受。

翌日晚上，他加班到七点，今天时间早，路过影视公司楼下，秦醒办公室的灯还亮着。

他让司机拐过去。

秦醒在研究剧本，眼睛都快看瞎了。

他办公室的门从来不关，听到门口有脚步声，他抬头去看。

“严哥，你今天不忙？”

“忙完了。”

秦醒起身，要去给他倒水。

严贺禹说：“我自己来。”

秦醒没跟他客气，又坐下了。

严贺禹经常来他的办公室坐坐，从去年九月份开始，一直到现在，只要在京城，不加班没有应酬的时候，他都会过来。

有时他坐十几分钟，有时也能待一两个小时。

他书柜里的书，严贺禹都看不上，还自己买了几本带过来，每次过来，都是看书打发时间。

秦醒知道，严贺禹是为了偶遇温笛。但一年下来，他一次也没遇到过。

今天他们又完美错过。

温笛半小时前刚走。

严贺禹倒了一杯水，到书柜拿书。这几本书还是五月份时，他在二手书店淘的，带到秦醒这里来，断断续续地看了一本半。

他拿过上次只看了一半的书，坐回沙发上。

“你动我书了？”

严贺禹抬头看秦醒。

秦醒一头雾水地道：“没啊。怎么了？”

严贺禹说：“上次看到一半左右，现在书签夹在 28 页。”

秦醒眨眨眼，只有一个可能：“那是温笛看的。她今天来公司找我，当时我在开会，她可能闲着无聊在书柜里找了本书看。”

因为他从来不看书，所以估计温笛以为那枚书签是他随意夹在书里的。

严贺禹没动书签，还夹在28页，往后翻找自己看到了哪页。

这么久，他跟她唯一的联系可能就是这本书和这枚书签。

不知道下次，她还会不会再接着看？

严贺禹翻到自己看的那页，但很快又翻回去，打算从29页往后继续看，把看过的再看一遍。

他从来没觉得，一本书也可以有生命，有灵魂。

“给我支笔。”他想了下，“铅笔，笔头要圆润。”

秦醒从笔筒里找了一支铅笔，笔尖很细，他找出几张不用的废纸，在上面磨圆笔尖。

“严哥，你要干吗？”

严贺禹：“做笔记。”他叮嘱秦醒，“别跟温笛说这是我的书。”

“放心。”

秦醒把磨得粗细正好的铅笔给他送过去。

“再给我一张纸。”

秦醒搞不懂，做笔记在手机上做多好，费那么多事干什么？他从记事本上撕下几张活页递给严贺禹。

严贺禹坐到秦醒办公桌对面，在桌子上方便写字，把那几张活页垫在书上，写了几句话，推到秦醒跟前：“看看左边和右边的字像不像同一个人写的？”

秦醒拿起来仔细端详：“不像。”

怕自己看不准，他又喊来小助理园园，让园园辨认，是不是出自一人之手。

园园看了半天：“怎么看也不像啊。”

右边的一笔一画，左边的龙飞凤舞，笔锋也不一样。

严贺禹放心了，等园园出去，他把放回书柜里的书再次拿了出来。

第39页有个剧情，他在一旁写了几句自己的看法，又写了两句诗佐证。

每一笔，每个字都写得很轻。

写好，严贺禹又将那段笔记看了一遍：“找块橡皮擦给我。”

秦醒在笔筒里翻了半天，只能在心里默默吐槽。

严贺禹看着橡皮擦，想到温笛以前就喜欢在他手上、胳膊上写字，还不准他用水洗，非要用橡皮擦擦去。

他把刚才写的“撷”小心翼翼地擦掉，然后用拼音代替。

秦醒以为那个字严贺禹不会写，刚才写错了，纳闷地说道：“你不是知道拼音吗？怎么不查一下？什么字？我帮你查。”

他打开手机。

“不用。”

严贺禹在笔记下边写上一个日期，是他编的：2004.06.22。

秦醒看到日期是十几年前，总算明白了，严贺禹是不想让温笛猜到，这些笔记是他有感而写。

严贺禹放下铅笔，接着往下看。

今天他从 29 页看到了 56 页。但书签还是夹在温笛看到的第 28 页。

时间不早了，严贺禹把书放回书柜。

温笛的剧本还有两周开机，他问秦醒：“要不要给温笛送份开机礼物？”

秦醒想过请温笛吃饭，礼物的话，他没想过，也不知道送什么合适。

严贺禹说：“我帮你选，钱你付。”

秦醒看他可怜的分上，决定帮他：“行啊。”

他这棵墙头草，又没原则地歪了一回。

从影视公司出来，司机把车直接开回严家老宅。

半路上，严贺禹让司机掉头，说去趟二手书店。

书店只开到七点半，早已关门了。

严贺禹到了胡同口，给老板打电话，问方不方便去书店。

老板摘下老花镜，笑道：“我一个老头子，每天最多睡三四个小时，半夜都不困，有什么不方便的。你来吧。”

他让人给严贺禹开门，自己去茶室沏了一壶茶端出来。

严贺禹晚上来过两次书店，每次老板都在书房，桌上堆满了书，手边是一壶茶，听说有时不知不觉坐在那儿看一本书看到天亮。

“我该问你忙呢，还是不忙？”老板笑呵呵地给他倒茶。

要说忙，他还能挤出时间过来。如果说不忙，他这么晚才来挑书。

严贺禹道：“再忙，给她挑书的时间还是有的。”

老板认识严贺禹的时间不算短，说来快三年了。他来他这里挑书，说是送给女朋友的三周年纪念日礼物。

后来，他说分手了，犯了不可饶恕的错。

“这么长时间，你还没放下？”

严贺禹觉得跟一个长辈讨论爱情，有点儿难以共情，即便他说了，老板这个年纪的人未必理解他。但他还是如实回答：“放下了。又重新开始了。”他怕老板不理解，“发觉以前给她的并不多。”

他特意强调：“不是指物质上。”

老板把茶递给他：“理解。”

然后，老板笑道：“别看我一把年纪了，年轻时不输你们现在年轻人的疯狂。我算是个懂浪漫的人。”

老板头一回跟一个只认识几年的书友提及自己的私事，指指偌大的书房：“这些书都是我买给我家老太婆的。”

“她从小爱看书，但那会儿她家里实在太穷，根本就买不起书。结婚后我年年给她买。可惜她走得早，买给她的书还没看完。”

中间他沉默了片刻。

“她走了后，我就替她看。我替她看了快二十年。”他笑笑，说，“快要看不动咯，能多看一本是一本。”

他明知道妻子根本看不了那么多书，就算不吃不喝不睡，一辈子的时间都用来看书，又能看多少本呢，但他还是给她淘来那么多。

老板又重新戴上老花镜：“你挑吧。”

他坐回椅子里，很快沉浸在书中。

严贺禹选了很久，最终决定拿一本英文旧版的《重返普罗旺斯》。

这里是老板不对外开放的书房，不像楼下的二手书店，看中直接付钱。

他先征求老板的意见：“这本，您还看不看？”

老板推推老花镜：“这是我一个人去国外旅游时买的书，当初边复习英文边看。”

他说：“送你了。”

严贺禹坚持付钱，今天他只淘了这一本。

他从书店离开，康波的电话打了进来。

就在今天下午，他们老板的华源实业在华东大区丢了两个大客户，被肖宁集团给签去了。对方打的是价格战。

肖冬翰的秘书打电话给他，问他们华源实业打不打价格战，打的话，他们肖宁集团就奉陪到底。

老板是华源实业的幕后控股股东，以前很少参与华源实业的运营，这次是因为跟肖宁集团交锋，对方的负责人又是肖冬翰，老板才亲自出马。

“严总，要不要打价格战？”

“打，为什么不打？”

严贺禹又问：“肖冬翰什么时候来国内？”

康波上哪儿知道具体的时间，不过知道个大概：“今年的金融高峰论坛，肖冬翰肯定参加。”

今年的 GR 金融科技高峰论坛还是在江城举办，理由就是：上一届在江城举办得很成功。

这是老板向 GR 其他大股东推荐江城时的说辞。

温笛是从秦醒那里得知，肖宁集团和严贺禹的华源实业正在打某新材料的价格战。

秦醒以前只顾吃喝玩乐，步入正轨不到两年，不懂做生意的门道，他在会所打牌时听别人闲聊了几句，肚子里搁不下秘密，他担心他们打价格战，是因为温笛所致。

今天温笛和周明谦都在，出席一个开机前的讨论会。

会议结束后，秦醒招呼他们去他的办公室坐坐，终于把门带上了。

温笛觉得有些反常，问他怎么回事。

秦醒将价格战的事和盘托出：“温笛，要是有可能的话。”他求生欲很强，反复强调，“我是说，假如你不介意，劝劝他们俩，这种把对方往死里整、自己又大伤元气的蠢事，能不能别干？”

他一直以为，严贺禹和肖冬翰是最理智的人，现在看来，完全不是那么回事。

温笛问他："剧本你看完没？"

秦醒说："我正在看。"复杂的商战内容，涉及的行业知识又多，他看得眼睛生疼，不过也竭力在看。

温笛说："等你看完，我们再聊聊。"

茶几的水杯里，依旧养着两朵花，今天是两朵朱丽叶多头玫瑰。

温笛拿出一朵闻了闻，很清香。

周明谦边喝咖啡边回消息，注意力不在他们的聊天内容上。

秦醒发现自己被温笛带沟里去了，她这是转移话题，不过也不怪她。

"他们要是单纯商业竞争，哪怕是恶性的、不择手段的，我都觉得没问题。"

温笛反问："那你以为呢？以为他们打价格战的导火索是我，他们咽不下自己心里的气，找对方出气？"

秦醒点了点头："你刚分手，他们就这样。"

这很难让人不想歪。

温笛把朱丽叶放回杯子里："他们是为自己。你不用替他们心疼打价格战的钱，也不用担心他们谁输谁赢，谁都不会输，他们最后都是赢家，只是赢多赢少而已。"

她指指他面前的剧本："等你看完，你要还是不知道答案，再来找我。"

秦醒："希望是这样。"

他就那么几个真心实意的朋友，一起玩到大，待他都不错，从心底里，他希望严贺禹是理智的。

温笛给他吃颗定心丸："不信你问周导。"

周明谦被点名，收起手机："什么？"

秦醒："……"

合着他没听他们说什么。

他乘机捉弄周明谦，忍着笑道："温笛说，我现在收心了，能力不错，一年多就把影视公司领上正轨。我说温笛姐谬赞，我哪儿有什么本事。温笛说，本来能力就很强，让我不信问你。"

周明谦："你当我耳朵聋是吗？我没听你们聊什么，但温笛绝对没夸你，少往自己脸上贴金。"

没成功糊弄周明谦，秦醒哈哈大笑。

秦醒言归正传，拿起看了三分之二的剧本，虽然不专业，但他对有些内容还是有点儿自己的见解和看法的。

“今天正好有空，跟你聊聊。”

他拿着剧本，坐到周明谦跟前。

“我跟温笛交流过意见，再跟你这个导演碰碰。”

温笛没什么事干，又想起上次在秦醒这里还没看完的那本书。这本书她早前就看过，一度看入迷了，背景是民国时期的，结局是悲剧。

没想到，秦醒的书柜里也有这本书，她又看了一遍，依然不可自拔。

她从书柜拿出那本书，秦醒和周明谦在讨论剧本，她在秦醒办公桌前的椅子上坐下。

她直接翻到书签那页。

秦醒无意间偏头，温笛坐在上次严贺禹坐的地方，跟严贺禹看同一本书。

同一个空间，不同的时间，他们像是在这里重逢。

不时地有“哗啦”的翻书声，一页又一页。

看到第 39 页，温笛注意到旁边铅笔的标注，这是一本二手书，应该是书的上一个主人看书时的随手感想。

看完随手感想，她呆了两秒，觉得不可思议，这人跟她的理解竟然出奇地一致。

当初读的时候，温笛就觉得，女主角掉眼泪不是因为副官训斥了她几句，是女主角觉得男主角懂她。

在那个时局动荡的年代，女主角家里败落，家破人亡，暂时寄居在男主角家里。

男主角的心思不在儿女情长上。

在男主角北上之前的那晚，他跟人商量事情商量到凌晨四五点。

当时家里只有女主角起得早，她是因为担心男主角此去的安危，睡不着。

男主角的副官让女主角帮忙，给男主角准备点儿吃的，天亮后他们就要出发。

女主角做了红豆饼，又做了点儿绿豆饼。

男主角不喜欢吃绿豆和红豆，看到这些饼，副官一气之下口不择言地数落了女主角一通。

男主角说："没关系，我多吃几块。"

他多吃的那几块全是红豆饼，绿豆饼没动。

女主角在男主角走后，掉了眼泪。

那次离别，他们三年后才见到。

温笛几年前看的时候就感觉女主角其实只想给男主角做点儿红豆饼，又怕心思过于明显，于是多做了绿豆饼打掩护。

但最终男主角懂了她的心思，可在那样的时局下，生死不由自己，也许他此番有去无回，所以没回应女主角。

女主角怎么可能不知道他不喜欢吃红豆和绿豆，但当时她能想到表达心意的方式，只有红豆。红豆寄相思，不管表达爱情准不准确，她只想尽可能地将自己的心意寄托在这几块红豆饼里。

男主角说要多吃几块，吃的还全是红豆饼。

女主角才泪流满面，而绝不是因为被副官当着那么多人的面数落，觉得难过委屈才哭。

温笛再看书上空白地方用铅笔写的两句诗："愿君多采 xié，此物最相思。"

"撷"用了拼音代替，大概这本书的前主人一时忘记这个字怎么写。

这本小说没什么名气，却是她喜欢的类型，里头描写爱情的部分特别少，没有卿卿我我的场景，只能在字里行间中寻找。

不管里面的内容解读有没有错误，难得碰上想法一样的书友。

温笛从秦醒笔筒里找了一支铅笔，在下面空白的地方写了一个字：撷，然后写上今天的日期。

她只能遗憾地以这样的方式跟这位书友隔着时空交流一下。

休息区那边，秦醒和周明谦聊得差不多了。

温笛问秦醒："你这些书是从哪儿买的，还是从你家亲戚那里拿来的？"

"哪儿呀？"秦醒说，"是园园买的。"

他喊助理园园过来，因为园园比他还不爱读书，买了一年半的书，估计园园也记不得哪本跟哪本了。

园园小跑进来：“秦总，什么事？”

“你温笛姐想问问，你这些书在哪儿买的。”秦醒指指书柜。

“是在小摊上买的，100 块钱十本。”

“……”

温笛扶额，笑了笑。

她很难想象这本书的前主人怎么舍得把这本书给卖掉。

园园猜测：“估计跟我小说的遭遇一样，被家里人给误伤了，搬家时直接当废品给卖了。”

她初中时看的小说，有点儿破旧，封面都快掉下来了，被她妈妈当废品卖掉了，好多书，卖了 17 块 5 毛钱。

园园没想到自己随手买来的差点儿论斤卖的书，能被温笛看入眼。

“温笛姐，那个老板常年摆摊，都是卖些旧书，等我再给你买一些，反正也不贵。”她笑道，“买来还能给秦总充门面。”

温笛一口应下：“行，你去淘，钱我出。”

秦醒忽然灵光一闪，严贺禹让他送给温笛的那本书，终于有办法送出去了。

如果以他的名义，突然送本旧书给温笛，还会引起怀疑，要是乘机把书混在园园淘来的那些书里，这就名正言顺地成了温笛自己买的。

他跟园园说：“哪天买的时候，我开车帮你把书带回来。”

园园道：“不用，我打辆车，很方便的。”

那天晚上，园园下班后直奔她常去的夜市淘书。

温笛把那本没看完的书又放回秦醒的书柜，她看到了 51 页。

秦醒说：“这么麻烦，带回去一次性看完多好。”

温笛：“我看过，知道结局。”

只是没事的时候，她再拿来品品。

因为是悲剧，后劲儿太大，睡前可不敢看。

她忙了一天，回到车上，整个世界好像都安静下来。

温笛在车里坐了半分钟，回过神来，随手打开车载音乐，发动车子驶离地库。

从公司回公寓的这条路，她有时觉得很近，有时又感觉远得不得了，就像今天，漫长得好像开了两个钟头。

到了公寓楼下，温笛减速，朝停车位缓缓开去。

忽而前面横出来一辆车，她猛地一脚刹车踩了下去。

那是陌生的车牌，陌生的车型。

那辆车往后倒，掉转方向，车窗慢慢跟她的车窗平齐。

温笛眼神剜向对方："下次再不长眼，我直接撞上去。"

肖正滔不跟她逞口舌："我这次来，是谈生意，顺道来……"

温笛打断他的话："我对你的行程不感兴趣，麻烦你让开。"

肖正滔警告她："温小姐，我已经对你够客气了，给你足够的时间处理你跟肖冬翰之间的感情。"

温笛握着方向盘，没看他那边："看来你的消息不灵通，难怪你一直输给肖冬翰。"

肖正滔微微一怔，肖冬翰生日时，还收到了来自国内的生日礼物，他以为他们还没分手。

不过以温笛的性格，要是没分，她不会这么说。

他没敢轻举妄动，先核实再说。

"希望你识时务。"

肖正滔吩咐司机和其他车先回去。

汽车刚拐出去，他的手机屏幕亮起，有电话打了进来。

肖正滔凝眉，但还是接听了。

"我看你是活腻了。"

肖正滔对着手机："我活不活腻，不是你能说了算的。"

"我最厌恶别人碰我的底线，跟你说过别动她。"

肖正滔道："别紧张，我来找温小姐，只是想跟她聊几句肺腑之言。"

严贺禹不跟他闲聊："你是不是想让你的家人跟你的那些钱一个下场？"

肖正滔还要说什么，那边挂了电话。

在他接严贺禹的电话时，肖冬翰的电话打了进来，不过没打通。

他没打算再回电话，发了条消息过去："判断有误，现在听说你们已经分手。”

肖冬翰回道：“就你这个消息的准确度，你说你怎么跟我争？”

肖冬翰删掉消息，把手机扔到一边。

肖冬翰知道肖正滔去了国内，但没想到他会去找温笛，不知道她有没有被吓到。

鲁秘书之前安排了人保护温笛，只是在京城那么堵的地方，要暗中保护一个人，还是有点儿难度的，经常被车流给冲散。

现在肖正滔知道他们分手了，应该不会再暗中盯着温笛。

肖冬翰拿下眼镜，按按眉心，跟肖家人周旋的这几个月，他感到心力交瘁，这么累的情况下，他还得靠褪黑素才能睡着，不科学。

鲁秘书拿来一些数据表，让他看后定夺，跟严贺禹的价格战，到底该怎么打。

肖冬翰喝了几口黑咖啡，放下咖啡杯拿起数据表，过了几秒问道：“GR的金融峰会是什么时候？”

“跟去年一样。”

肖冬翰点了点头，到时又要跟严贺禹碰面了。

他要戴上那副新袖扣。

鲁秘书等了半天都没等到老板接下来的话，不知道老板忽然问 GR 峰会的时间是要干什么。

九月十六号，《欲望背后》开机。

这部剧一共在五个城市取景，第一站是上海。

开机仪式那天，温笛收到一束鲜花和一盒巧克力，来自大表弟和小表弟。

晚上有开机宴，温笛去找秦醒，同他一起去酒店。

秦醒正在角落里打电话，压低声音说：“严哥，你怎么今天就要来探班啊？这还没开拍呢。我们昨晚不是还在会所打牌吗？你等几天再来探班行不行？不知道的还以为你是我亲哥呢。”

“那我再等两天。”

温笛找了一大圈，终于在角落看到秦醒的身影，他把手机贴在耳边，声音很小，在跟人打电话。

她站在原地没动，耐心地等他说完。

秦醒一抬头，看到抱着鲜花和巧克力的温笛，跟严贺禹说了声，挂断了电话。

“你两个表弟怪懂事的。”他走向温笛。

温笛被百合的花香包围，表弟可能担心粉玫瑰和洋桔梗不够香，特意让鲜花店加了两朵百合花。

“他们怕没人送我玫瑰和巧克力。”他们是安慰她失恋。

她跟秦醒一道去停车场。

秦醒开玩笑道：“你还怕收不到玫瑰花吗？微信随便通过个追求者，保准明后天你能收到路易十四。”他又忙解释，“不是让你通过谁。”

两人坐上车，前往酒店。

秦醒想跟温笛闲聊，可能因为心里有鬼，开口之前总是瞻前顾后，明明一句玩笑话，他生怕温笛误会他。

这种感觉太折磨人。

“有话你直说。”温笛瞧出他如坐针毡。

秦醒：“你不懂夹缝里求生存的难处。”

他索性跟温笛开诚布公地聊聊。

“严哥要来探我的班，我想两边都做个好人，又不现实。”

温笛理解他的难处，让他放宽心：“你即使不让他来，他要想来，你也拦不住他。”

秦醒感激不尽：“还是你讲道理。”

他这会儿能明白康助理的心情，康助理说过，这世上再没有比温笛讲理的人了。

温笛打开包，拿出一本书。

秦醒看了一眼封面，是严贺禹让他送给温笛的那本英文版《重返普罗旺斯》。

前几天，他把这本书混在园园淘来的五十多本旧书里，温笛一共挑中两本，其中一本就是严贺禹给她挑的书。

温笛看了几页，从包里拿出笔袋，里面什么笔都有，比她上学时的种类还齐全。

她找出铅笔，边看边把自己喜欢的句子在下面译成中文。

秦醒问她，这本书讲的是什么爱情故事。

“不是故事，是作者和妻子在普罗旺斯的生活日常，治愈系。”

秦醒点了点头，还以为她只喜欢看言情小说。

温笛说：“我看书很杂，凭感觉和眼缘。”

那严哥应该是能感觉到她感觉的人。

秦醒的手机有消息进来，周明谦问他们到哪儿了。

他看了看外面的建筑物：“五分钟就到。”

开机宴在酒店五楼的宴会厅，他们到的时候，人来得差不多了。

温笛和秦醒坐在主创人员这桌，桌上的氛围一开始不怎么样，几个主演不熟络。

顾恒在剧中饰演肖冬翰授权的那个角色，这一个多月沉迷在剧本里，还没开始拍，他都有点儿入戏的感觉了。

他跟饰演女主角的尹子于不熟，跟另一位饰演男主角的谈莫行更不熟。

他和谈莫行不管是演技还是成绩向来都是被比较的命运。私下里，两人没有任何交情。

顾恒愿意接下这个角色完全是因为剧本和人设，谈莫行应该也是。

尹子于是新人，出道至今，她只拍过一部剧，在剧里饰演一个十八线的小角色，但温笛看好她，坚持让她演女主角。

要不是知道这部剧是温笛投的资，他们都会认为尹子于是带资进组。

尹子于在见过两位影帝之后，心理压力更大了。

自从《欲望背后》官宣了演员，各种质疑声铺天盖地。

温笛坐在尹子于旁边，看出她的紧张：“有颜值，有演技，你怕什么？”

尹子于呼出一口气，笑笑：“就你看到我有演技。”

“那就让所有人都看到你有演技。”温笛从包里拿了两块巧克力给她，“沾沾我的好运。”

“谢谢。”尹子于啃了一个多月剧本，反复地看，每次看后收获都不一样。她跟温笛聊起其中一场戏：“温笛姐，我对谈老师当时应该是防备中有欣赏，不自觉中产生了一点点好感，但又很矛盾，强行被自己给扼杀了。”

毕竟他们是竞争对手，有了感情，那就是自掘坟墓。

温笛看着她：“确定感受到了那场戏里，你对谈莫行复杂的感情？”

“之前没感受到。”尹子于说，“昨晚反复看的时候，沉入进去时感受到了。”

温笛说：“那你继续沉入，这种感受，别人就算直白地告诉你，你要是没体会到，演不出那个感觉。”

温笛敬尹子于，给她一点儿鼓励。

开机宴一直到十一点钟才散。

温笛回到酒店，泡过澡，靠在床头看书。

大学暑假时，她在普罗旺斯住过一段时间，去过的地方能在书里找到，边看书边回忆以前的旅行。

手机响了，是肖冬翰的电话。

她猜到他会给她打电话，因为分手前他说过，要来探班，现在显然不合适，他要是再来，肖家人又要误会了。

她接通电话，他的第一句话是：“开机一切顺利。”

温笛笑笑：“谢谢。还算顺利。”

“本来想去看看你。”

“你的心意我收到了，不用专程跑一趟。”

肖冬翰问她，自己当老板的感觉怎么样。

“有点儿累，但很充实，每天都想着要好好拍，不能让钱打水漂。”

肖冬翰又跟她聊了几句轻松的话题，催她早点儿睡觉，这才结束通话。

温笛在通话期间，康波的消息进来。

“祝开机大吉，一切顺利。这是我个人的祝福。”

温笛还是很信任康波的，他没消费过她的信任：“谢谢。”

康波没再多说，发这条消息老板不知道，希望能在温笛那里给老板加一点点分。

严贺禹在开机后的第三天如约而至。

《欲望背后》这段时间的戏份都在写字楼里拍，秦醒正在抽烟区抽烟，助理园园来找他，说严贺禹在休息室等他。

秦醒手里的烟刚抽一口，心里骂了两句，他又不得不过去。

掐灭烟，他拿上手机去找严贺禹。

“哥，过两天来不是真的只过两天就来。”秦醒服了他。

严贺禹在看《欲望背后》的剧本，抬眸看了他一眼：“是你听不懂话，我没说过三天。”

他放下剧本，问：“温笛在哪儿？”

“她在拍摄现场。”下午几场戏都是在会议室里拍的，温笛也在。

严贺禹又拾起剧本：“那我在这儿等她忙完。”

秦醒还有别的事要忙，留他一人在休息室。

他没告诉温笛，严贺禹在这儿。

一个下午，温笛没回休息室。

快傍晚时，温笛拿着水杯来倒水。

园园迎面走来，手里抱着一束鲜花，抽了一朵给她：“温笛姐，心情愉快。”

“谢谢。”温笛笑着收下了鲜花。

休息室的门半掩着，她直接推开。

跟屋里人的目光交会的刹那，她嘴角的笑容瞬间没了。

严贺禹先开口，道：“最近瘦了。”

“没瘦。”温笛把门关了一半，径直地走到饮水机前倒水。

“严贺禹。”她转头看他。

他已经起身走到她的旁边。

“你说。”

温笛又找了一个纸杯，给他倒了一杯水。

严贺禹不习惯用纸杯喝水，还是接了过来。

“我跟你说过了，我们不可能。”她跟他对视，“我跟你回不去的，中间夹了那么多人和事，我没想过再回去。”

严贺禹：“那就不回去，我们往前走，我陪着你走。以后我跟你之间不会再有任何人。”

温笛沉默以对，拿起水杯喝水。

严贺禹明白，她心意已决。

“今天以前的过去，我放下了。”他指指沙发上的风衣，还有自己身上的衬衫以及腕表，“都是新的。分手的两年半里，我所有用的东西，都还是那时候你送我的。现在全部换了。”

休息室门口不时地有人经过，脚步匆匆。

他们说话不是很方便。

严贺禹把纸杯里的温水喝完：“我们找个地方喝杯咖啡，让我想一下，我怎么放手。”

温笛盖上杯盖，最后一杯咖啡，她请他。

严贺禹拿上西装，告诉她车牌号，他先下了楼。

温笛跟周明谦打了声招呼，从助理那儿拿上自己的包，去楼下找严贺禹。

他的车停在大厦门前，她怕上错车，特意瞅了一眼车牌号，没错。

她拉开后座车门，严贺禹坐在驾驶座上，回头说：“我开车。”

温笛关上后车座的门，坐到副驾驶座上。

路对面就有咖啡馆，严贺禹说要去那家他常去的，咖啡不错。

温笛不知道是哪家，也不知道在哪儿。

车里过于安静，好像只有彼此的呼吸声。

她打开包，拿出还没看完的《重返普罗旺斯》接着看。

严贺禹不时地看一眼身边的人，他跟温笛现在如同陌生人，而她在看他给她挑选的书。

他开了轻音乐。

温笛看了几十页书，忽而眼前一黑，她往车窗外看，汽车驶入过江隧道。

光线不足，她把书放进包里。

汽车疾驰，谁也没有打破沉默。

车厢很暗，他和她的轮廓有些模糊。

有那么一瞬，温笛有点儿恍惚，车子行驶在隧道里像迷路了一样。

严贺禹调小音乐声：“你要是想看书，把顶灯打开。”

“不用。”

她望着前面，感觉过了很久，还是看不到隧道口。

“温笛。”

“嗯？”

“温温最近怎么样？”

“挺好的，跟以前一样，大多时间在书房玩。”

严贺禹微微点了下头，告诉温笛，十月份他要去江城参加 GR 高峰论坛，到时想去看看温温。

那只喊过他“爸爸”的小布偶猫，他有时也惦记。

他用余光看她，车里的光线不好，他看不清她的表情：“以后应该没机会再看温温了，我待一会儿就走，不会打扰温爷爷太久。”

“何必。”

“不方便的话，我就不过去了。”

严贺禹没勉强。

前面终于看到了隧道口，迎来了光。

这一路昏暗，时间似乎很长。

温笛再次拿出那本书，没看多少页，车停在一家咖啡馆门口。

那是一家不大的咖啡馆，严贺禹点了两杯黑咖啡，他又要了一杯温水。

温笛以为他只是想让她陪他喝最后一杯咖啡，所以她也没多说话，没问他是不是还有话要跟她说。

她端着咖啡杯，一直望着咖啡馆窗外。

从窗前经过的人，有推推搡搡的闺密，有牵着手相视说话的小情侣。

一杯咖啡喝完，天也黑了。

温笛放下咖啡杯，看向严贺禹：“我自己回去，不用你送了。”

在她站起来前，严贺禹道：“我找到了一个能说服我自己放手的方式。”

“你说。”

“你写二十个你想去旅游的地方，我去找你。”

温笛让他说详细一点儿。

“我不带手机，不让任何人帮忙，你找个人跟着我，这样我也能证明自己没有作弊。”

严贺禹刚才在过隧道的时候已经想好：“你随便在二十个地方里选一个地方玩七天，我也在这二十个地方里挑一个我以为你会去的地方，然后去找你。我把你丢了一次，想再把你找回来。”

他看着她的眼睛："要是找回来，你给我一个机会，不是复合的机会，是我们重新认识对方的机会。"

温笛问道："要是你找不到我呢？"

严贺禹说："以后我再也不会打扰你。"

"你说到做到？"

"承诺你的，我都做到了。"

温笛也想彻底了结，他该往前走了，而不是像现在这样。

她从包里拿出了本子和笔。

严贺禹只有一个要求："你遵从你的内心写。"

要是瞎写，他根本猜不出来。

温笛想了想她最近想去故地重游或是以前打算去又没去的地方。

严贺禹道："你先把想去的地方写二十个给我，至于到底去哪儿，你可以随机决定，不用现在就想好。"

温笛之前有过出游计划，打算等忙完《欲望背后》再去趟撒哈拉沙漠。冰岛她也想再去一次。

这几天看《重返普罗旺斯》，勾起了她以前旅行的回忆，想再去看看。

莫赫悬崖也是备选。她还想去拉萨转转。

跟严贺禹刚分手时，爷爷奶奶给她推荐了云树村，她一直想去，只是那时候没什么心情。

越想越多，她停下笔，数了数自己写了多少个。

结果多写了一个，她把最后一个划掉。

严贺禹问："写好了？"

"嗯。"温笛拍下自己写的地名，把那张纸撕下来给他。

二十个地方，有十个在国内，有十个在国外，南半球、北半球都有。

"国外的话，到时让我爸找个人跟着你，他们办签证方便。国内，让我大表弟跟你在一起，就定在国庆节吧，正好让他出去旅旅游。"

温笛让他放心，她也不会作弊："我提前一天决定好去哪儿，以邮件的形式发送到我另一个邮箱，不会再改。发完邮件，我会马上通知康助理，你就可以决定去哪个地方。"

她把大表弟的微信号告诉了严贺禹："你加他吧，要是你决定在国内，到时候你联系他。我爸的联系方式反正你也有。”

温笛喊来服务员买单，付过账，拿上包起身：“不用你送，我想自己走走，再给我爸打个电话。”

严贺禹已经拿起车钥匙，又放下了。

走出咖啡馆，温笛迎着江风往前走。

她把自己跟严贺禹的赌约告诉了父亲，包括自己写了哪二十个地方。

温长运：“他还没放弃啊？”

“没。今天他又来探班。爸爸，我给不了他希望，不想困住他，也不想给周围的人带来困扰，所以他提出的最后一个要求，我答应了。”

“你想好去哪儿了吗？”

“没。都想去，没决定好去哪儿。”

“那严贺禹找到你的希望基本为零。”二十个地方太多了。

就算运气特别好，跟温笛选了同一个地方，可不同时间出发，每个地方又有很多景点，要是不同的旅游路线，他想遇到温笛，也没什么可能。

“爸爸，又要麻烦你了。”

“你这孩子，还跟爸爸客气？你正好也出去散散心，《欲望背后》不管怎样，别给自己太大压力。”

温笛和爸爸又聊了一会儿，挂上电话后，把自己跟严贺禹的约定告诉了大表弟。

大表弟道：“受人所托，忠人之事。你就放心吧。”

出发的前一晚，严贺禹提前离开公司。

今天母亲和妹妹都在家，他要离开七天，主要是不带手机，她们联系不上他，于是跟她们说了这件事。

叶敏琼在看到温笛写的这二十个地方后，心里叹了好几次气。

严贺言也凑过来看，看完目瞪口呆。

这可不是两个地方，二选一还能赌对一半。

二十个地方，就算双胞胎来做选择，也不一定能选到同一个地方。

“哥，你有多少把握？”

“这些都是她想去的地方。”

“那你疯了？你为什么非要说二十个？”

严贺禹：“说少了，她不会给我这个机会。”

这也是他唯一的机会。

他跟温笛之间的僵局，无论他怎么做都打不破，再这样下去，会给她带来困扰，只有这一条路可走。

严贺言坐到严贺禹身边，给他点儿信心：“我也帮你选。”

“不用。”

严贺禹跟她们一边聊着天，一边还在处理工作，将集团事务安排好，因为有七天的时间，他无法接触电脑和手机。

严贺言问：“哪天走？”

“明天。”他在等康助理的消息。

叶敏琼安慰儿子：“挺好的，不管结果是什么，努力过，以后不会遗憾。”

她还是抱着一丝希望的，但悲观情绪更多。

“贺禹，要是你没找到呢？”

“妈，我会找到她的，其他的我不想。”

“那妈妈给你收拾行李。”

“我收拾好了。”

严贺禹手机振动，是康助理的消息：“严总，温小姐刚发消息给我，说她选好了。”

他不想让温笛怀疑他找黑客黑她的电脑，秒回康助理：“我去普罗旺斯。”

决定了去国外，严贺禹告知了大表弟，让他国庆节自由安排时间。

他前几天添加了温笛的大表弟，对方话不多，两人没多聊。

大表弟回过来：“我有法国的签证，本来打算陪我妈过去玩，她这几个月都没空，一起吧。”

要是严贺禹选了其他的地方，他无法陪同。

康助理给老板和大表弟订了第二天傍晚的机票，叶敏琼去送机，去学校接上大表弟。

大表弟这几天没和温笛联系，不知道她去了哪儿，现在在哪儿，也没问。

严贺禹下车时，把手机给了母亲。

他穿着西裤衬衫，拍拍口袋给大表弟看，没有其他通信工具："箱子的话，到了那边酒店给你检查。"

大表弟："我对你这点儿信任还是有的。只是我姐对你没信任了。"

严贺禹道："也还是有一点儿的，她跟我说了把想去的地方发到另一个邮箱。你姐很信任你。"

"嗯。"

他以前在姐姐跟前提过一次，说有机会的话，想了解一下严贺禹到底是什么样的人，这次姐姐满足了他的愿望。

坐上飞机，大表弟问严贺禹，为什么选普罗旺斯。

"直觉。"

这次飞行的时间有种度日如年的煎熬。

严贺禹拿出《人间不及你》的剧本，几个小时下来，他没看几页。

他瞥了一眼手表，不知道温笛现在在哪儿。

飞机落地时，天空晴朗，是温笛喜欢的那种蓝，水洗过似的。

而此时的云树村，大雨滂沱。

温笛被困在民宿里，暂时没法出去。

云树村多雨，一周有四五天都在下雨。

她坐在窗边看那本《重返普罗旺斯》，还剩最后几页没看完。

几天过去了，表弟没跟她联系，她也没主动找他，不知道他是回家了，还是陪严贺禹在国内某一个景点。

"怎么停下来了？"大表弟推着行李箱，看向旁边的严贺禹，他们正在酒店门口。

严贺禹说："我感觉离你姐越来越远了。"

"那你觉得我姐去哪儿了？撒哈拉沙漠还是莫赫悬崖？你现在再飞过去，肯定来不及了，等你到了那边，我姐差不多也离开了。"

严贺禹："我们回国，还赶得上。"

第十五章

新生

温笛来云树村的第五天，终于碰到一个早上是没下雨的。

天将亮未亮，她被民宿老板娘喊醒，说今天的云海好看，让她抓紧时间起床，别错过，等太阳一出来，云海就散了。

温笛拉开窗帘看看，外面云雾蒙蒙，都是水汽，怎么看也不像晴天。

老板娘贴心地给住民宿的所有旅客打包好热乎乎的早饭，让他们现在就去景区的乘车点买票排队。

她还提醒："带上雨衣哦，这天上午晴，下午说不定就来场大雨。"

温笛装上雨衣和雨伞，拿着早饭出了门。

她走在山林间，云雾像春雨，细细密密地打在脸上，睫毛沾了一层水汽。

热乎乎的包子硬是被她吃凉了还没吃完。

云海她看过很多次，每一次都极为震撼，但看完又回想不起来当时的震撼。

温笛排在长队里，等待着在最佳地段观赏云海。

她拿出手机，准备待会儿拍照。

父亲给她发来消息，问："你们去的是一个地方吗？"

温笛："不知道。"

温长运："明天旅行就结束了吧？"

"嗯。"来回路上的时间，再加上在这里的六天，一共七天。

温长运："玩得开心一点儿。"

"会的。爸爸你不用担心我。"

一拨拨看完云海拍完照的游客离开，很快排到了温笛。

温笛进入最佳观赏点，眼前是一眼望不到边的云海，山头忽隐忽现，犹如人间仙境。

温笛录了一段几十秒的视频，接着去其他景点打卡。

像民宿老板娘说的那样，午后下起了骤雨。

山上风大，雨伞撑了跟没撑差不多，只能挡住脸不被淋湿，套在身上的薄薄的一次性雨衣，勉强起了点儿作用，等她回到民宿，裤腿和鞋子全湿透了。

温笛从来没这么狼狈过，又觉得还不错。

淋雨还是小时候喜欢干的事，每次下雨，趁爷爷奶奶不注意，她不打伞，冲到院子里专挑水坑踩，还没尽兴踩几下，便被拎回屋里。

温笛洗过澡，吹干头发，出神了几秒，忽然抓起床上的手机打给周明谦的助理。

周明谦正坐在监视器前。这场戏拍完，助理把手机递给他，说："是温编剧。"

周明谦问电话那头："你怎么连玩都不能专心点儿？"

温笛答非所问："尹子于在雨中那场戏，有个细节要改一下，她应该拎着鞋子走，那才是她当时该有的举动。"

镜头前，尹子于抹了一把脸上的雨水，手上拎着高跟鞋。

导演喊了"卡"，她还没出戏。

剧本里这场戏，尹子于是穿着鞋走在雨里，周明谦决定改成拎着鞋。对那时的尹子于来说，她再难过，也不能把自己买的最贵的一双撑门面的鞋子给弄废了。因为经济条件不允许她再那么奢侈一次，清醒又悲哀。就连难过都不能肆无忌惮，才最痛苦。

他对温笛说："你终于能沉入到你笔下的角色里了，现在是共情她的痛苦，离共情她动心，应该不会太远。慢慢来，你还有时间修改后面的细节。"

"你现在在哪儿？"他又问温笛。

"在民宿。"温笛走到房间的窗边，打开窗户，雨中的空气潮湿，也很清新。

周明谦点了支烟，今天跟她多聊几句："怎么突然想起这个细节来？"

温笛坦诚道："自从跟严贺禹分手，我是逼着自己沉入到创作里，所以你看到的那些角色总少了点儿什么。今天我走着走着，突然想到了女主角，她当时走在雨里是什么感觉。反正跟我走在雨里的感觉肯定是不一样的。"

但之前的创作，她把自己的痛苦无形中给了女主角，以为那就是女主角的，其实并不是。

她不会心疼一双鞋子，但女主角会。

女主角跟男主角该有火花时，她自己的状态写不出来，这就导致女主角和男主角之间感情的张力不够。

周明谦问："严贺禹找到你了？"

他只想到这么一个可能，不然她怎么突然有心情想到这些细节？

温笛："没。遇不到，他应该去了普罗旺斯。我猜的。"

不管他去了哪儿，过去的这六年，以这样的方式释怀了。

翌日，旅程的最后一天。

温笛这几天把所有景点都逛完，今天打算去爷爷奶奶说的那家小卖部转转。

之前奶奶跟她提过小卖部的名字，时间久了，她记不得了。

吃过早饭，她跟爷爷奶奶视频。

奶奶看她状态还不错，感叹道："早知道，你应该早点儿去旅游。"

温笛笑道："这跟旅游没有关系。我之前就是来十趟八趟也没用。"

问清了小卖部的地址，她结束视频通话，前往小卖部。

小卖部离民宿很远，还好，都在景区里。

她转了三次景区电瓶车，走了一大段路才到。

老板娘的孙子在店门口玩迷你玩具车，三四岁的模样。

小卖部卖一些速食，店门口摆了三张桌子，有对情侣正在吃泡面。空气里都是泡面的香味。

温笛买了一杯速溶奶茶和一根烤肠，找空位子坐下。

直到隔壁桌的小情侣吃完走了，温笛的烤肠还没吃一半。

老板娘见她不慌不忙的样子，告诉她，要去山顶尽量早点儿去，天气预报说下午还有雨。

温笛道谢："我不去景点，就在这儿坐坐。"

见老板娘不忙，她跟老板娘聊了几句："我小时候来过这里，过来看看。"

有人来买东西，老板娘过去招呼客人。

温笛好不容易吃完烤肠，点开手机，翻出之前爷爷奶奶整理给她的、在云树村旅游的旧照片。

在差不多的地点，她自拍了几张留念。

所有的地方都逛完，旅程全部结束。

傍晚，云树村又下起了雨，淅淅沥沥的。

大表弟撑着伞，走在严贺禹身后，山上的游客都往下走，他们却朝上走。

“严总，确定还要上去吗？景点快关了。”天也快黑了。

严贺禹不甘心，这是他们约定的最后一个晚上。

他回头道：“我上去再看看。”

方圆几十公里的大山，都是云树村的景区范围，景点散落在各处。他到哪里去找温笛。

大表弟随他往上走，雨越下越大。

路过一家小卖部，老板娘在收门口的桌子，见他们往上走，多说了句：“别上去咯，还有二十分钟车子就停了，天黑了上面也没什么景可看的。”

严贺禹点点头：“谢谢。”

他进了店里，顺便买两瓶水。

店面不大，老板娘的孙子在地上玩回力滑行小玩具车。

玩具车横冲直撞，撞到他的鞋上，翻了车。

蓝色迷你卡通小汽车翻在脚边，严贺禹弯腰将小玩具车往后回力，车子“噌”地滑到小男孩面前。

他付了两瓶水的钱，从小卖部出来。

严贺禹递了一瓶水给大表弟：“回去吧。”

大表弟欲言又止，默默跟在他的身后下山了。

到云树村的行程太过匆忙，只订到明天下午返程的机票，即使姐姐在云树村，也会上午或中午飞回去，他们连在飞机上遇到的可能性都没有。

约定的时间结束，候机时，严贺禹借用了大表弟的手机，给康波打电话，问康波知不知道温笛去了哪儿。

康波：“温小姐去了云树村，这会儿应该快落地京城了。”

“好，我知道了。”

严贺禹挂了电话。

“我姐选了哪儿？”

“云树村。”

大表弟不善安慰人，只好沉默。

如果不是十一，景区没那么多人排队，他们是不是能省出时间找到姐姐？

到了飞机上，严贺禹戴了眼罩补觉。

这七天，他没有一晚能睡安稳。

到了普罗旺斯那天，他就有预感，跟她没可能了，当时心里莫名恐慌和不安，无法形容。

他眯了一个小时，还是没睡着。

严贺禹掀开眼罩，拿出那本马上快看完的民国背景的小说。来旅行之前，他专程到秦醒办公室拿了这本书。

大表弟问：“是我姐喜欢看的书吧？”

严贺禹这几天有空就看，还会做笔记。

严贺禹点头：“这是我跟她一起看的最后一本小说。”

以后他也不会再打扰她，替她淘书了。

“你看完借我瞅两眼。”

“行。”

他们到京城时是晚上九点钟，严贺禹的司机来接机，司机把手机带给他。

大表弟理解此时严贺禹的心情，不打算让他再送。

这七天里，他们一直在赶路，在景区也一刻没敢耽误。

在人山人海中，大表弟走着走着，不时突然回头寻找，生怕姐姐在他的身后。

以前他不是很理解，受不得一点儿委屈脾气又倔的姐姐，怎么会跟这样高高在上的人相处三年。

这几天，他似乎明白了一点儿。

“我自己打车回去，很方便。”

严贺禹说："我送你去你姐那儿。"

十一期间，京城下了一场雨，气温陡降。

温笛穿了一件卡其色风衣下楼，在楼下等了三分钟，他们才到。

严贺禹把大表弟的行李箱提下来，拍拍他的肩膀："这些天辛苦你了。"

"没什么。"

大表弟推着行李箱，对温笛指指楼上，他先上去了。

温笛两手插在风衣口袋里，跟严贺禹面对面站着。

她不知道要说什么，等着他最后说几句。

严贺禹盯着她的脸，看了又看。

他跟她道别过好几次，这次却不一样。

"对不起，曾经那么伤害过你。没有好好珍惜那三年的感情，我一直很后悔。最遗憾的是，没能找回你，再陪你回江城，也没能和你一起陪温温玩一次。"他想抱抱她，又改为伸手，"追了你这么久，我从来没后悔过。认识你这六年，对我来说，特别值得。谢谢你不计前嫌，陪我走了最后一程。"

温笛从兜里拿出右手，递过去。

严贺禹很轻地握了一下，随后松开。

温笛看着他："往后，一切都好。"

她朝后退了半步，转身往公寓楼走去。

严贺禹也转身走向汽车，没再回头看她，坐上车离开。

他点开手机联系人，第一个就是她，他删除了她的联系方式。

他又打开微信，备注"老婆"的对话框依旧是唯一的置顶。

他指尖顿了下，随后删掉。

严家老宅，叶敏琼和女儿在家。

她们从康波那里得知，严贺禹没找到温笛。他一开始判断失误，飞去普罗旺斯耽误了时间。

严贺言肠子都快悔青了，要是她当初多句嘴多好，她当时想选云树村，可哥哥说不用她帮忙。

叶敏琼拍拍她的肩头："又不是你失恋，你哭什么？"

“哎呀，你干吗？”严贺言晃掉母亲搭在她的肩上的手，“谁哭了呀？”

她拿手背抹把眼泪，把耳机塞好：“我是听到悲伤情歌被虐的，跟我哥有什么关系？”

院子里有汽车进来，她从沙发上起身，趿拉着拖鞋上了楼。

“贺言！”

严贺言头也没回。

叶敏琼做了个深呼吸，她突然有点儿紧张，不知道要怎么面对儿子。

严贺禹进来的第一句话问道：“妈，贺言呢？”

按理说，妹妹应该会等他回来。

叶敏琼指指楼上：“她哭了。”

严贺禹走到母亲身前，轻轻抱抱母亲：“妈，抱歉，让你们操心了两年零八个月。我没事。”

叶敏琼摇头，拍拍儿子的后背。

她没看到儿子的行李箱：“箱子怎么没拿下来？”

严贺禹：“我以后不住家里，搬到我自己的公寓住。”他让人收拾了一套离公司比较近的公寓，上下班方便。

他回老宅不是很方便，在路上要耽搁一个多小时。

叶敏琼担心儿子：“实在放不下，就慢慢放。”

“已经想通了。”严贺禹往楼上走，“我去看看贺言。”

严贺言房间的门反锁着，灯也关了。

严贺禹敲门：“贺言？”

无人回应。

严贺禹握着门把手：“开门。”

等了半天，里面还是没动静。

严贺禹道：“我没那么脆弱，这一趟很值。你不用难过。”

严贺言不甘心，明明最后去了同一个地方，就差那么一点点就可能会遇上，可还是错过了。

他嘴上说着不难受，又怎么可能不难受？

“别哭了，早点儿睡。我还有不少工作要处理，先回去了。”

门外，脚步声远去。

七天没看手机，没处理集团事务，严贺禹坐到书桌前，有种恍如隔世的感觉。

这套公寓以前他很少住，里面的东西都是新的，跟温笛无关。

他已经安排管家，把这边别墅和江城别墅所有的东西都妥善处置，该捐赠的捐赠，该送人的送人。

严贺禹忽然想起来，给康波发消息："以后，你不要再打扰温笛。"

康波："好的。"

他又问老板："那以后还往秦醒那里送花吗？"

这一年来，秦醒办公室杯子里养的花，都是老板订好了让花店送去的，也不知道温笛看过几次。

严贺禹："不送了。"

他看邮件看到凌晨一点半，只看了不到三分之一。

他揉揉额角，关了电脑。

跟温笛有关的东西几乎处理得差不多了，还有一辆跑车。当初温笛说喜欢那个颜色，他让康波订了新款。

他在群里发消息："明天晚上我去会所，谁赢了我，那辆跑车送谁。"

消息发出去后，他把群消息设成免打扰。

秦醒的电话打了进来，严贺禹挂断，回他消息："不需要安慰。"

秦醒不是安慰严贺禹，是问严贺禹明天打牌时放不放水，要是放水的话，他从上海飞回来，赢了跑车再回剧组。

他不放水就算了，浪费来回的机票钱。

严贺禹："给你放水，你也赢不了我。"

秦醒受到暴击，但碍于他失恋了，不跟他一般见识。

次日晚上，严贺禹加班到十点钟，群里狂轰滥炸，问他人呢，怎么还不来会所，他们差点儿望眼欲穿，把包间墙看出个洞来。

严贺禹："知道我钱为什么多了吧？我在赚钱，你们在玩，这就是差距。"

底下发来一排鄙视的表情包。

只有一人破坏了队形："你终于活过来了！"

严贺禹拿上风衣，离开了公司。

今晚包间从未有过的热闹，他们开了几瓶好酒，宽慰严贺禹没找到温笛，也恭喜他魂归。

“就等你了。”

严贺禹从托盘里拿了杯红酒，尝了一口，倏地抬头看向傅言洲：“你开的是我放在酒窖的酒？”

傅言洲反问：“不开留着干什么？”

这些好酒是他买给温笛的，现在确实不用再留着了。

严贺禹在牌桌前坐下，挽了几下衣袖。

“你还来真格的？不是放水输给我们？”

“第七把让你们赢。”

“口出狂言，不信我们三打一打不赢你。”

傅言洲的关注点是：“为什么不是第六把？”

“今年是我和温笛认识的第六年。”他们没有第七年了，所以输在那年。

严贺禹说到做到，赢了六把后，第七把放水。

傅言洲给秦醒打电话，让秦醒不用来了，车已经归他了。

秦醒：“不是说要打到后半夜？我刚下飞机。”

傅言洲：“那你别出机场了，再买张票回去，不耽误你明天工作。”

他挂断了电话。

秦醒回来不是为了赢车，是来看一下严贺禹。

严贺禹输了后，让位子给别人打，坐到一边看牌。

桌上有烟，他倒了一支烟出来。

烟、红酒，还有失去她，所有后劲儿一块来了。

十月底的一个周六，温笛接到大表弟的电话，问她在哪儿。

温笛声音略沙哑：“你怎么来上海了？”

“来看你。”大表弟问她声音怎么有鼻音。

这几天降温，温笛有点儿感冒：“没事，多喝点儿热水就行了。”她把定位发给大表弟。

他们上周转场，片场不在写字楼里，这两周在公寓楼里拍摄。

公寓楼附近有咖啡馆，她跟表弟约在那里见。

大表弟点了一杯咖啡，给温笛要了一杯牛奶和一杯热水。

温笛托着下巴："你是不是担心我难受？真没事。"

"不是担心你。"

大表弟在来的路上已经想好怎么说了："姐，我是冷静了两个多星期才来的，不是冲动。"

温笛问："你要跟我说什么？"

大表弟想说的事跟上次七天约定有关，姐姐跟严贺禹彻底断了，成了他的遗憾。

他到现在都意难平。

"姐，我们最后去了同一个地方，差一点儿就找到你了。你们这一刀，可能要伤我一辈子。"

温笛："对不起。"

"跟你没关系，谁能想到他那么疯魔，又去那个地方找你。"

大表弟打开背包，里面是严贺禹在飞机上看的那本书，最后送给了他。

"这本书，你记得吧？"

他把书放到温笛面前。

温笛坐直，诧异地说："怎么在你这儿？"

大表弟道："这书是严贺禹买了带到秦醒办公室自己看的，没想到你也喜欢这本书，后来他知道你在看，还特意做了笔记。红豆相思那两句诗是他留的。"

至于严贺禹为什么最后把书送给了大表弟，大表弟说："严贺禹在飞机上看完结局，发现是悲剧，他说你不喜欢看悲剧结局的小说，看完缓不过来，他从秦醒那里听说，你看过一遍，严贺禹决定不让你看了，不想让你再重温一遍悲伤结尾。"

然后他问严贺禹，能不能借给他看。

严贺禹直接送给了他。

大表弟本来答应严贺禹，不告诉姐姐这本书是怎么回事："这是我第一次食言，想让你知道这本书是他做的笔记。"

"姐，你以前说过，书和另一半在你心里一样重要。"

他也不知道说这句想要表达什么。

大表弟端起咖啡，轻轻吹了吹，没心思喝。

“我不会劝人，反正，我希望你能遇到一个懂你的人。”

大表弟喝完一杯咖啡才说：“姐，我做你们的桥梁吧。以后遇到了，你再给他一次沟通认识的机会。不然，连我都不甘心。”

温笛翻到第 39 页，上面有她跟严贺禹的隔空交流。

大表弟把牛奶放到温笛手里，温笛还在看那本书。

外面，天空晴朗，跟他和严贺禹落地普罗旺斯时一样蓝。

当天晚上，还在公司加班的严贺禹收到了大表弟的消息。

“严总，你现在忙吗？”

严贺禹看到消息，心里“咯噔”一下，还以为温笛出了什么事。

他放下手里的工作：“不忙，你说。”

大表弟说：“我在上海回京城的高铁上，我今天来看我姐，给你争取了一个不算是机会的机会，最后成不成，还是得靠你自己。”

“我也不知道我这次来是对是错，我姐以后又会不会幸福。但要是不来，我心里又不舒坦。以后遇到了，你好好对她。”

他问：“你知道我姐为什么怎么都不愿意回头吗？”

严贺禹知道：“不回头是她唯一的一点儿自尊和骄傲。”其他的骄傲和自尊曾被他给毁了。

大表弟回复道：“那你好好善待我姐这点儿仅存的骄傲，她真的不剩什么了。”

严贺禹拿手抵在鼻梁上，鼻腔有些酸胀，眼眶也是。

他单手打字：“谢谢。我会好好爱她的。”

温笛的感冒持续了一周还没彻底好，从之前的头痛欲裂，到现在人清醒也轻松了几分，不再有浑浑噩噩的感受。

她没有持续高烧，所以她没打针没吃药，全靠喝热水。

园园今天给她准备了五六样水果，让她多补充维生素。

温笛吃不完这么多，分给园园一些。

园园不是很喜欢吃酸的水果，但为了皮肤好，坐下来跟温笛一起吃：“温笛姐，我要是有你一半的忍耐力，我也不用每次感冒都吃药，吃两天药不见好，我受不了立马去打针。”

温笛笑着自我调侃：“我那是习惯了，谈不上忍耐力，跟我吃饭慢一样。”

说到细嚼慢咽，园园叹了口气，她吃完了四块奇异果，温笛一块刚吃完。她要是能慢条斯理地吃东西，说不定还能再瘦两斤。

尹子于的戏份结束，她穿上外套，过来凑热闹。

果盘放在一个折叠凳上，条件简陋，几人围坐在一起，说说笑笑，这是只有在剧组她们才能享受的休闲时光。

园园说：“今天的奇异果还行，不酸。”

尹子于觉得哪天的奇异果都不酸，可能她跟园园对酸的理解不一样。

温笛瞅着尹子于眼睛，黑眼圈有点儿重，那么厚的妆都没怎么盖住，仔细看还能看得清。

尹子于拿手遮住：“温老板，别看了，我知道我没出息。”

昨天常青娱乐的慈善拍卖会在上海举办，温笛带她过去的，走红毯也是温笛带着她一起走的。

喜欢她的人比以前更多，负面的消息也跟涨潮时的海水一般汹涌而来。

网上的评论，她告诉自己不要过多关注，但又忍不住去看，她两年前的妆容衣品有点儿土，现在也成了黑料和笑料，看完后彻底失眠。

“还有不少人在扒我的金主是哪位。”

园园开玩笑地道：“结果扒到不是金主，是金姐。”

温笛笑着附和：“糟了，我是土豪的秘密快要藏不住了。”

她吃了一口鲜柠檬片，跟尹子于说，味道不错，酸和苦里能品出一点儿甜。

尹子于懂温笛想借用鲜柠檬片跟她说什么，尝了几片，忍着酸吃下去。

“顾老师那场戏拍完了，我找他去对戏。”她起身，“温老板，我会调整自己。”

园园仰着脑袋：“你今天怎么开始喊温笛姐‘温老板’？”

“她是我的金主。”

园园笑了起来。

温笛对着尹子于的背影，突然想起来一句话：“子于，送你一句莱昂纳德·科恩的名言。”

尹子于转身，问:“是什么？”

“万物皆有裂痕，那是光进来的地方。”

“我记住了。”尹子于呼出一口气，找顾恒对戏。开机一个半月，她终于敢主动找两位影帝对戏了。

尹子于对戏去了，这边可忙坏了园园，她想找支笔记录一下刚才温笛说的话，在包里好不容易找出支笔，却发现没有纸。

温笛瞧着园园:“你乱翻什么呢？”

“我记得我包里有便笺纸，不知道弄到哪儿去了。”

“我这儿有。”温笛的大尺寸包包里什么都有，像个百宝箱。

她拿出四种便笺纸，让园园随便挑。

园园挑了有点儿浪漫又有点儿冷冽的蓝色那款，让温笛把刚才那句话和人名再说一遍，要写下来送给自己。

“温笛姐，以后我也要多看看书。我发现很奇妙，有时候好几个月甚至好几年都想不明白又有点儿丧气的事，经常因为一句话很感动。”

她也不清楚自己在感动什么。

温笛把包里看完的那本《重返普罗旺斯》借给她：“你最近不是在补习英文吗？试着看看原版，实在读不懂的地方你买本中文版的对照着看。”

园园收下那本书:“不懂的我请教你。”

她让温笛放心，会好好保管这本书。

她们的水果还没吃完，影棚里飘起了火锅香味。

今天剧组改善伙食，全体吃羊肉火锅，工作人员一早去菜市场买了食材回来。

桌凳有限，只能分批吃。

温笛和周明谦他们一起吃，七八个人挤在一张小桌子旁。

尹子于说最近好像少了点儿什么，又说不上来哪里少东西。

顾恒道:“桌上没花了。”

所有人恍然。

从开机至今，剧组里每天都有不同的鲜花。

休息室、吃饭的桌上，但凡能摆花又不妨碍拍摄的地方，都会有杯子或是矿泉水瓶里养着花。

大家都知道鲜花是秦醒订的，说是养点儿花心情好。

他忽然不订了，不知道是什么原因。

周明谦看向秦醒："最近手头缺钱？"

秦醒："还是你了解我。"说着他自己也笑了。

他很心虚地看了一眼温笛。

这个眼神正好被温笛捕捉到。温笛猜到是怎么回事，原来这么久的鲜花都是严贺禹订了送来的，为了让她看上几眼。

吃过饭，秦醒去休息室找温笛。

温笛正在琢磨剧本，他进来时她只是抬头看了一眼。

秦醒主动给温笛倒了一杯热水，在温笛对面坐下。

他坦白交代了鲜花的事，包括每次让园园专门抽一朵出来送给她。

温笛还能说什么："都过去了。"

"是啊。"秦醒浑身轻松，现在终于不用再做墙头草了，无须在夹缝里求生存。温笛跟严贺禹的那场七天旅行之约，不仅让他得以解脱，也让严贺禹放下过去，回到正轨。

而温笛，连周明谦都说，她的状态很不错，慢慢找到剧本里人物该有的情绪。

他们都心死过，又轻装上路。

过去翻了篇，秦醒跟她聊工作。

他们十一月底要转场去曼哈顿拍摄，在那边要待两三周，需要提前协调场地。

秦醒说："下周我过去一趟。"

温笛抬起头："我跟你一起过去。"

"那最好，你知道什么场地更能还原你想要的场景。"

秦醒让园园给他们订下周五的机票。

温笛的手机响了，是母亲的电话。秦醒让她先忙，他带上门出去了。

赵月翎打电话给女儿是让女儿帮忙，他们大学班长的女儿生了孩子，是双胞胎，这周六办满月宴。

她在国外出差，暂时回不来。

这么重要的朋友关系，安排公司的人把红包送过去不是很合适。当年女儿担任编剧的第一部电影上映，班长包场请了亲戚朋友去看。有些人情，不是多给点儿份子钱就能还清的。

所以当初他女儿结婚，她千里迢迢地赶过去。

温笛一口应下："没问题。"

她问母亲，在京城哪个酒店。她记得母亲当初专程去京城参加的婚礼，还说婚礼特别盛大。

她感觉好像只是不久前的事情，没想到过去三年了。

赵月翎："在上海，距离你们片场不是很远。要是在京城办满月宴我也不会让你跑过去。"

班长女儿的公司在上海，就在上海坐的月子，也在上海举办宴请。班长请的人不多，都是经常往来的朋友和老同学。

她还特意从班长那儿打听有没有邀请叶敏琼，班长说哪儿好意思让人跑这么远。

圈子差得远了，他确实开不了口。他也怕请了人家不来，到时候尴尬。

赵月翎说马上把满月宴的酒店和宴会厅发给她，随后挂了电话。

温笛看了眼酒店的名称，离她住的地方也很近。

"不在京城再办一次？"严鸿锦问妻子。

他们家也在讨论班长女儿孩子的满月宴。

叶敏琼摇头，她没听说。班长一家都在上海照顾女儿和宝宝，不会专程为了收份子钱回来办酒席。

她是从校友群里得知这周六班长女儿要在上海办满月宴，说是双胞胎宝宝，把班长给高兴坏了，人年轻了好几岁。

"他跟赵月翎关系一直不错，女儿、女婿的公司跟运辉集团有业务往来，他肯定邀请赵月翎。"

叶敏琼说："我带贺禹一块去。"

严鸿锦盯着妻子，不懂何出此言。

叶敏琼解释道："贺禹犯了错，得面对。得拿出态度好好表现。"

严鸿锦越听越糊涂，他没记错，这事翻篇了。那晚女儿给他打电话，哭得稀里哗啦，怪他不给想想办法。

这实属不讲理，他能有什么办法？

“不是翻篇了吗？贺禹还有什么表现不表现的？”

叶敏琼：“温笛算是给他一个机会，也不叫机会，贺禹对她来说，现在是陌生人，不在她的黑名单里，但也没在白名单里。全看以后他跟温笛有没有缘分。”

严鸿锦还是不太明白，关了电视，问妻子：“你带他去见家长？”

“见什么家长呀？他这几年在江城搞那么大动静，GR 两次金融论坛都是在江城举办的，为园区和江城出了力，梁书记都是委托温长运和赵月翎好好接待的。人家不接待又不好，接待了又不爽，压得人家喘不过气来。”

他追温笛已经不是他自己的事情了，给身边太多人带来了困扰。

之前不管谁劝都没用，直到他在云树村没找回温笛，总算放下了执念。

叶敏琼说：“这件事困扰了温长运跟赵月翎两年，让人家哑巴吃黄连，不得跟人家好好道歉？”

严鸿锦点头：“道歉是应该的。”

他是觉得温笛给严贺禹机会这事有点儿不靠谱。

“贺禹这么跟你说的？”

“嗯。温笛将过去一笔勾销。人家想往前走，不想一直被过去缠着，也不需要贺禹的追悔跟弥补。”

那就看贺禹还能不能再打动温笛一回了。

这些她帮不了儿子。

有缘怎么都能遇到，没缘分的话，就算都去了云树村，还是错过了。

严鸿锦神情严肃，他总觉得，是不是儿子的执念太深，嘴上说着放下了，心里压根没放下，于是不断暗示自己，温笛把他当陌生人，原谅他过往的一切，就等于温笛给他机会了。

他对妻子说：“要不你找个心理医生给儿子看看？”

叶敏琼：“……”

她眨了眨眼。

她忽然间不太确定，儿子所谓的机会，到底是不是真正的机会。

“你们是不是接下来要开始商量替我预约哪个医生？”

严鸿锦和叶敏琼齐齐回头，儿子从楼梯上走了下来。

严鸿锦看手表："以为你回去了。"

今晚儿子回来吃饭，吃过饭他们没看到他，没想到他在楼上。

严贺禹在书房开了个视频会议，打算回自己的公寓，结果在楼梯上听到父亲要给他找心理医生。

他点开和大表弟的聊天对话框，把手机递给母亲。

叶敏琼看了之后，递给严鸿锦。

"你心理没毛病，我们求之不得。"严鸿锦将手机还给儿子。

叶敏琼起身："我去给你们泡茶。"

严贺禹坐下，他跟父亲很多年没这样好好坐下来聊聊天了。

严鸿锦现在说了实话："我觉得你没必要再跟温笛有交集，各有各的生活多好。她原谅你，不是你值得原谅，是她想跟以前做个了结。"

严贺禹难得没反驳，颔首："我知道。"

他也说了实话："就是现在让我去追她，我也不知道该怎么追。"他想好好爱她，又不知该从哪里爱起。

自从那天接到大表弟的消息，他一直在想这个问题。直到今天，这个问题还是无解。

周六那天，严贺禹陪母亲去参加满月宴。

他现在不再去江城，那边的分公司上了正轨，有高管人员负责。

今天他来见赵月翎，是想在一个不是很正式的场合下，向她道歉。

如果他专门约了见面，又会让赵月翎有心理负担，见与不见都难做。毕竟运辉集团跟京越集团在江城有合作。

那是战略层面的合作，是运辉集团董事会决定的，不是温长运一个人说了算的，再者，他也不可能感情用事，不会因为自己女儿的感情问题不顾集团的长远发展，不顾其他股东的切身利益。

这两年，他跟运辉集团，跟温长运和赵月翎之间，一直都很压抑。

他想让他们看到他的改变，可这无形中又困扰了他们。

到了宴会厅，母亲去找她的校友，也就是赵月翎的班长。

班长姓张，严贺禹跟对方打招呼，喊对方张叔叔。

他怎么都没想到会在这里看到温笛。

张叔叔还将他和母亲跟温笛安排在一桌，可能觉得他跟温笛家有合作，能聊得来。

叶敏琼这时只能假装不知道他们的过往，笑道：“真人更漂亮。”

温笛客气地道：“阿姨过奖。”

叶敏琼又替他们介绍：“这是我儿子，严贺禹。他不忙时也看过你的剧。”

严贺禹伸出手：“久仰。”

温笛：“幸会。”

叶敏琼让他们聊，她去另一桌跟老同学打个招呼。

严贺禹替温笛拉开椅子，他在旁边坐下。

他解释为什么出现在这儿：“我是专程来给赵阿姨道歉的。以后两家公司的合作，全部回到理智状态，我也不会再掺和原本不该我过问的合作。代我跟阿姨和叔叔说声抱歉。”

温笛：“我会带到。”

她给自己倒了杯温水。

严贺禹也想要杯温水，但没让她帮着倒，等她把玻璃茶壶放在桌上，他才拿起来往自己杯子里倒水。

他跟温笛聊起《欲望背后》，里面有肖冬翰授权的角色，他知道她对肖冬翰那几个并购案例感兴趣。

他提醒她：“你要是按真实情况拍，拍出来不一定能过审。”

肖冬翰收购的手段只能被拿来津津乐道，不能被当成正面的例子。

温笛点头：“改过了，也咨询过律师。”

“那应该没问题。”严贺禹不再刻意找话题。他拿出手机，给父亲编辑了一条短信：“赵阿姨没来，我遇到了温笛。爸，您那天的话我认真考虑过，是不是跟温笛该各过各的。今天遇到后，我不想各过各的，还是想以后每天都能跟她坐同一张餐桌吃饭。不用再回，勿泼冷水。”

严鸿锦正在吃午饭，手机在身上，他尊重儿子的任何决定，但还是忍不住说一句：“你不用出差了啊，还每天坐同一张餐桌吃饭。”

严贺禹删除短信，不想多言。

他收起手机，转身问温笛：“有没有纸和笔借我用用？”

温笛撕了一张便笺纸，又找了一支笔给他。

严贺禹写了自己的两个号码，一个是她知道的，另一个是江城的号码。

“想找你合作一部电影——《人间不及你》。”

他把便笺纸和笔一起给她。

“电影版权被你买去了？”

“嗯。”

严贺禹原本打算直接拍好，等放映时给她惊喜，但也只能是个惊喜，当时她或许会被感动，可她不会因为感动对他改观。还有一个原因，他不想再瞒着她，自己想追求她。

“我跟你联合编剧这部电影。分开快三年了，你跟以前不一样了，我也是。在共事过程中，我们再认识一遍。”

温笛道：“我记得你的号码，但最近太忙，没时间接其他工作。”

严贺禹：“等你忙完《欲望背后》再开始，导演也是周明谦，他不拍完《欲望背后》，我这边也没法开工。”

他看着温笛：“温笛，我们都给自己一个机会。电影版跟剧版的故事不一样，我找了一个新的切入点。”

温笛很关心自己的作品：“什么切入点？”

“就是女主角写在日记上的那段话。”他问，“还记得吧？”

温笛点了点头，那段话的每个字她至今记忆犹新。

严贺禹看着她：“二次创作《人间不及你》，也是你再次相信爱情的过程，沉入不进去肯定就没法创作出让你满意的作品。等成功完成新剧本，你差不多找回了你失去的灵感，你会感觉人间不及你自己。那时，你对我要是还没感觉，我也没有任何遗憾，至少我还有一部电影。”

他伸出手：“希望合作愉快。”

温笛转着笔，《人间不及你》是她将爱情写到极致，写到让很多人再相信爱情的巅峰之作。里面有她喜欢的山城，有她喜欢的所有角色，主角和配角，哪怕是路人都那样鲜活。

后来，她连《人间不及你》的电视剧都没追完。

她把笔塞进包里，伸手：“合作愉快。”

严贺禹依旧是很轻地、虚虚地握了一下她的手。

温笛最终也没添加他的联系方式。

十一月初，温笛和秦醒前往美国曼哈顿。

园园给他们订了上午的航班。昨天温笛刷剧刷到快天亮了，登机前吃了褪黑素，打算在飞机上倒时差，这样到了那边不会没精神。

秦醒手机振动，有消息进来。

秦醒看完，望向温笛："严哥说他本来明天的行程是去美国曼哈顿，想提前一天，跟你在飞机上商量《人间不及你》的取景点。"

温笛："商量不了，我已经开始犯困了。"

秦醒把温笛的意思转达给严贺禹，现在他只是个传话人，不需要当个连自己都唾弃的墙头草。

严贺禹说："我马上到候机厅了。"

秦醒下意识地转头寻找，浩浩荡荡一行人已经过来了。严贺禹走在中间，正低头看手机。但他太高，一眼就能看到。

温笛支着下巴，脑袋昏昏沉沉的。

有道黑影走了过来，在她身边坐下。

严贺禹问："昨晚怎么不好好睡？"

"还行。"

她应了一句。

他们同一航班去美国曼哈顿，座位隔得有点儿远。

秦醒很自觉，到了飞机上主动跟严贺禹换了位子。

温笛要了条毛毯，找出眼罩戴上。

飞机似乎没飞多久，她意识混沌，很快就睡着了。

严贺禹拿了一本书，等他再转头时，她的手从身上滑到座椅上。他倾身给她盖好毛毯。

他感觉她手放的地方不是很舒服，握着她的手轻轻挪了挪，下意识地，他把手指放在她的手里，看她还会不会攥。

他等了很久，她没有任何反应。

严贺禹把她毛毯又整理了一下。不管怎样，她还在他身边。

他还有机会，再把他自己一点点送到她心里去。

温笛这一觉睡了六七个小时，睁开眼，一时不知道自己在哪儿。

她转头一看，旁边的人已经睡着了。

她看了严贺禹几秒，发现不是做梦。醒醒神，温笛坐了起来。

座位中间的隔板没升，严贺禹的手搭在扶手中间，当时她太困，不记得睡前是忘记升隔板，还是严贺禹将隔板又放下来了。

简单洗漱后，温笛要了一杯温水。

严贺禹醒来，他睡得不沉。

刚才她去洗漱间，不在旁边，他便醒了。

“不吃点儿东西？”

温笛摇头，还不饿。

严贺禹把毛毯叠好，放在一边，说：“等回来，让秦醒给你订头等舱。”

“不用，习惯了一样。”

头等舱是包厢式的，私密性和舒适度比这儿强。

园园当时订票时头等舱的票没有了，给她和秦醒订了商务舱。

这大概是严贺禹第一次坐商务舱。但她习惯了。

她创作剧本需要体验生活，什么舱都坐过，再旧的房子都住过，时常穿梭于纸醉金迷的场所，也经常行走在乡间小道上。对物质上的这些东西，她早不讲究了。

严贺禹知道她不讲究，私心里还是想给她最好的。

怕影响其他人，他问温笛要了一本便笺纸，跟她写字交流。

“《欲望背后》转场到美国曼哈顿，你工作量是不是少了？”

温笛：“不少，等年后到江城拍，那时才不忙。”

严贺禹问她，一共在多少个地方取景。

温笛：“五个城市，周导马上去英国伦敦拍，接下来还有美国曼哈顿、京城和江城。”

严贺禹之前把英国伦敦漏掉了，但一想，有肖冬翰授权的角色，伦敦的戏份自然不可能少。

他说：“那等年后你不忙了，我们再细谈《人间不及你》。”

温笛：“你不是要做联合编剧的吗？你先按自己的思路来。”

严贺禹不吱声，他充其量挂个名，给她一点点思路，哪儿有那个本事写剧本？

再说，他也没时间。

接下来，他们没什么可聊的。

严贺禹写了一个名字和号码给她："是二手书店老板，他还有几个不对外开放的书房，里面的藏书很多，你有空去淘淘，说不定也能给你带来灵感。"

温笛收下了那张便笺纸："谢谢。"

严贺禹告诉她："老板的妻子去世快二十年了，他一直替妻子看书，看了快二十年，也是一个人间不及你的故事。"

温笛有被触动到，决定等回京城去看看老人家。

严贺禹："你的便笺纸再给我一本。"

温笛看看他手里的便笺纸，再看看他。

那意思：不是还有吗？

严贺禹："当我问你借的，回国后再还给你。"

温笛："……"

她又从包里随便抽了一本给他，抽到了蓝色那本。

之后，两人回到安静状态。

严贺禹忙工作，温笛修改剧本细节，一直到航班落地，他没再找她说话。

他们住在不同的酒店，接下来几天的行程安排也没有任何交集，在美国曼哈顿的这几天，根本遇不到。

康波询问老板："要不我们换个酒店？"

严贺禹在看文件："用不着。"

他问："肖冬翰到了没？"

"到了。"

"直接过去吧。"

司机直接开往他和肖冬翰约好的地方。

京越集团跟肖宁集团合作的项目，历时三年，终于接近尾声，这是最后一次协调会。

他去伦敦找过一次肖冬翰，后来肖冬翰主动联系过他一次。这回，他们谁都不用去找谁，约在美国曼哈顿见面。

到了约见的会议室，肖冬翰和他的律师以及鲁秘书都已到齐。

肖冬翰在玩袖扣，有人进来，他连眼皮也没掀。

鲁秘书瞅了一眼自家老板，老板没有打招呼的欲望，他只好代老板问候严贺禹一行人。

严贺禹点了下头，在肖冬翰对面坐下。他翻开文件，进入正题。

肖冬翰也没有一句多余的话，这次见面后再也不用以合作方的身份坐下来商谈，总算盼到头了。

他摘下眼镜，专注地看文件。

每到这个时候，最煎熬的是康助理和鲁秘书。但这次还好，一个小时就走完了所有流程。

严贺禹签上自己的大名，收笔时说道："温笛在美国曼哈顿。"

"知道。"

严贺禹抬眸："你因为她来美国曼哈顿，才把见面地点放在这儿？"

"我不知道她来美国曼哈顿，猜的，不然你不会好心提前一天过来。"肖冬翰拿起眼镜戴上，"严总，我不像你，合格的前任不该跟死了一样吗？"

康波："……"

严贺禹合上笔盖："说得好像你死了一样。别说她新剧开机时你没给她打电话。"

肖冬翰不紧不慢地道："我那不叫没死，只是偶尔诈尸。"

严贺禹："我和你一样，只是诈得比较频繁。"

肖冬翰半天不知道要怎么回撑，把签好的文件收起来递给鲁秘书。

鲁秘书想提醒一下老板，别说些不体面的话，但转念一想，老板跟严贺禹之间面子这个东西根本不存在。

等今天见面结束，他们之间只剩竞争。

片刻后，肖冬翰再度开口："今天过后，我不会再嘲笑你，也不会再跟你逞口舌之快，不想让人觉得我没格局，我也想为温笛考虑。"

重点是"今天之后"，所以现在他抓住最后一点儿机会，把那副刚才摘了的袖扣再次戴上。

这个行为在严贺禹眼里是高调炫耀。

他从文件袋里拿出便笺纸，边写边说："上次江城的金融论坛，我就想给你拉条横幅，当时太忙，没顾得上。"

肖冬翰不懂拉横幅是什么意思，看向严贺禹。

严贺禹撕下那张便笺纸，推给肖冬翰："你不就是想对我说这几个字吗？"

便笺纸上写着"袖扣是温笛送我的"几个字。

肖冬翰看完，道："是又怎样？"

鲁秘书如坐针毡，他好几次看向老板，提醒老板可以走了。

肖冬翰想把这张便笺纸收起来，突然意识到这是严贺禹的字，又想撕掉，可上面还有温笛的名字。

临走时，经过严贺禹旁边，他把那张便笺纸拍在桌子上。

虽然他看严贺禹不顺眼，当然，严贺禹看他也不爽，但有些话还是要说："我和温笛之间是我没舍得放弃肖宁集团的利益，我对不起她，所以，她以后不管跟谁在一起，我都会真心祝福，包括你。以后，我们之间只有商场之争，我跟你的个人恩怨，到此为止。我想尊重温笛，我想，你也是。"说完，肖冬翰指指便笺纸上的几个字，"我感觉跟我写的字也差不多嘛。"

严贺禹猛地抬头："你再说一遍。"

"老板，有电话找你。"鲁秘书赶紧过来解围。

肖冬翰大步流星地出去了。

严贺禹拿起便笺纸，盯着上面的字，迄今为止，他的字还没人说不好看。

肖冬翰写的汉字严贺禹看过，还不如幼儿园大班的水平，他居然说他写的字跟自己差不多。

康波给老板递了一杯温水，让老板消消火气。

每次商谈时剑拔弩张的气氛，最后都被老板和肖冬翰两人的互撕给冲淡了。

严贺禹没喝水，把便笺纸小心地撕开，多余的字撕下去，只留下"温笛"两个字。他拿出钱夹，把她的名字跟他的证件放在一起。

严贺禹此番行程，除了跟肖冬翰商谈，还约了其他人谈合作，不过都是明天之后的安排，今天没有其他商务活动。

下午他有空闲，康波问他，是去找秦醒还是回酒店。

严贺禹不假思索地道："回酒店，温笛有工作要忙。"

温笛和秦醒一刻没闲着，跟这边的设备租赁公司对接租设备、签场地，忙完回到酒店时快九点钟了。

刚洗过澡，她接到尹子于的电话。

温笛笑着问："这会儿不忙？"

尹子于说："不忙，在候机。"

他们今天转场去伦敦拍摄。

《欲望背后》在伦敦的戏份要两周多点，最多三周。

剧组大部分时间是在庄园拍摄，肖冬翰免费提供的场地，为了这部剧，特意开放了肖家的庄园给他们拍摄。

其间都是鲁秘书跟秦醒对接的，温笛没参与。

后来，她专程打了电话感谢肖冬翰。他说："客气。深秋过来拍吧，那时候庄园景色最好。"

她没打算跟剧组过去，不想见到肖正滔和肖家人。

即便肖正滔表示，一码归一码，不喜欢她是肖冬翰女朋友，但欢迎她以温长运女儿的身份去做客，她还是拒绝了。

尹子于打这通电话，是想跟温笛讨论一下剧情。

温笛让她说是哪场戏的剧情。

尹子于："我和我的老板闹翻那场戏。"

剧本里，她跟老板电话沟通一个收购计划，她在打电话时不小心被室友听到，老板因此停止收购计划，她失去了老板的信任。等转场到了伦敦拍摄，也是她离职跳槽到顾恒公司的时候。

"温笛姐，因为一通电话，老板疑心我的室友说出去，随即终止收购，这会不会有点儿强行让我跟老板关系破裂的嫌疑？"

温笛："别忘了你室友的职业。"

室友在金融中介机构上班。

"你觉得你是无心的，但你的老板会怀疑，你是不是故意让室友听到。吃里爬外这种事，在名利圈数不胜数。你的老板还会怪你不够专业，这种机密的事怎么能让人听到。"

尹子于："行，我再继续沉入一下，补补专业知识。"

拍戏不是按故事顺序来的，她刚刚拍到跟剧中老板的对手戏，有点儿蒙。

温笛说："剧本里我很多地方的处理没现实残酷，毕竟要服务剧情。你这种情况，在现实中要是碰到的老板是严贺禹或是肖冬翰，失去的会更多。"

在现实中，严贺禹跟肖冬翰之间也在上演这一幕。

严贺禹正在酒店房间处理工作，康波来敲他的门，说姜正乾约他见一面，姜总现在在酒店二楼的咖啡厅。

严贺禹："他没说什么事？"

康波："没，只说要当面聊，还说就是为这件事专程来美国曼哈顿的。"

他深夜造访，这件事又不能在电话里说，严贺禹不用想也知道这是商业机密。

严贺禹答应见面不是想知道机密，是想警告姜昀星的小叔。

换上西裤和衬衫，严贺禹下楼了。

姜正乾靠在沙发里，慢悠悠地喝着咖啡。

他时差没倒过来，这会儿精神正好。

有脚步声靠近，他转身淡淡一笑："这么晚，打扰了。"

严贺禹面无表情，坐下来的第一句话就是："你竟敢查我的行踪。"

姜正乾："又不是害你，只是来跟你做个交易。"

"那也要看我乐不乐意。"

"这笔交易你只赚不赔。"

姜正乾直奔主题："我的交换条件很简单，别再暗中给我们家项目使绊子。"

服务员给严贺禹送来一杯咖啡。

待服务员走远，严贺禹道："我没兴趣听你说商业机密，你记住了，查行踪这件事，别有下次。"说罢，他起身就走。

姜正乾抿了一口咖啡："你确定不后悔？"

严贺禹连头都没回，已经走远了。

回到房间，他吩咐康波："把姜正乾来找我的消息透露给肖冬翰。"

康波："严总你怀疑，肖冬翰想恶意收购华源实业？"

"差不离，除了恶意收购我的公司，他还有可能想收购行业里的其他公司，而且是以姜昀星的名义收购。"

那时，肖宁集团和姜昀星名下的公司会一起围攻华源实业。

不管肖冬翰收购哪家公司，他都不能让肖冬翰得逞。

第二天，姜昀星接到了肖冬翰的电话，说一切收购的合作停止。

姜昀星一头雾水，问怎么回事。

“你小叔把你卖了，还能是怎么回事？”

“肖总，我一会儿回给你。”姜昀星挂了电话，揉了揉眉心，又喝了一大杯凉水，还是平静不下来。

带着满腔怒火，她去质问小叔。

电话响铃快结束时，姜正乾接听：“这么晚了，还没睡？”

“你在哪儿？”

“出差。”

“在哪儿出差？！”

姜正乾正在吃早餐，脸色渐变：“姜昀星，我是你小叔，你注意语气。”

“你还知道你是我小叔呀！你知不知道你快害死我了？！我跟你说过多少回，不要再去找严贺禹，你怎么就是不听？！”

姜昀星抵着发疼的心口：“你跟他做了什么交易？”

姜正乾：“我什么也没说，他不感兴趣。”

他原本想用商业机密去换取姜家其他项目顺利进行。

姜昀星莫名松了口气，但对小叔的行为深恶痛绝：“我跟你说过，背叛肖冬翰没有好下场，也跟你说过，严贺禹是不会跟吃里爬外的人合作的。”

“姜昀星！”姜正乾放下叉子，厉声呵斥。

姜昀星在气头上口不择言，可小叔的行为就是吃里爬外，她也没道歉，气氛僵持着。

“姜昀星，我这么做是为谁？”

“我知道你是为了整个姜家。”

确实，如果严贺禹答应了合作，小叔这个计划行得通，毕竟肖冬翰收购案的成功概率只有六成。

严贺禹不需要跟他硬碰硬，因为时间上来不及，但只要破坏了肖冬翰的计划，两人打个平手即可。

这样一来，严贺禹不损失什么，肖冬翰也不会太亏，而小叔是渔翁得利，以后严贺禹也不会再针对姜家。但严贺禹压根儿就不可能被别人牵着鼻子走，他宁可蒙受损失，也不会受制于人。

“小叔，肖冬翰和严贺禹是什么人，他们怎么可能被你玩弄在股掌之中？又怎么会让你占尽便宜？”

姜正乾道：“我想到严贺禹可能不愿合作，但没想到他会反手将我卖给肖冬翰。”

“你不了解他吗？他什么时候任人宰割过？”姜昀星被气到没什么力气说话，“你以前都提醒我，不要对他抱有幻想，怎么到了你自己，却糊涂起来了？”

姜正乾如是道：“没指望他在利益上做出让步，以为他至少还能念一点儿旧情，不至于连这点儿面子都不给。”

姜昀星什么都不想再说，挂断了电话。

她还是有点儿喘不上气的感觉，披了件外套，到露台上透透气。

她跟严贺禹分手也是在深秋的时候。她还计划着等天再冷一点儿，陪他去滑雪；还计划着等第二年春天，他不那么忙了，让他陪她去欧美小镇玩半个月，可一个也没实现。

她当初提分手，他是不想分手的，问她：“确定吗？”

其实她不确定，可是又走不下去了。

每次两个人有矛盾，他不妥协，搞得她很累。

她回复他：“不分怎么办？”

但凡他说，他以后会改改，她怎么可能分手？可他没说。

现在再看，他也是会改变的，只不过不是为了她。

他经历了跟温笛的六年，尤其是后面痛苦的三年，要是现在再问他，他初恋是谁，他八成还要想想才能想起。

连她都看透的事情，小叔为什么还心存侥幸？

站在他的对立面，她也难受。可她又能怎么办？

感情和利益总得占一样。

姜昀星吹了一阵冷风，给肖冬翰回电话，说小叔什么都没说。

肖冬翰：“说和没说对我来说都一样，严贺禹差不多知道了我的计划，接下来他肯定挖好坑等着我了，这个收购案没法继续下去了。以后，我跟你们姜家只有利益和资源交换，涉及商业机密的收购案和其他领域的深度合作不会再有。”

姜昀星极力挽回：“肖总，这次是我的失误。”

“在我这里，没有下次。”

华源实业和肖宁集团的价格战持续了近半年，直到年底，还是没分出胜负。秦醒替他们肉疼，主要是心疼打价格战的钱。

明天就过年了，他们剧组也转场到倒数第二站——京城。

今年所有人都在剧组过年，秦醒虽然家在京城，还是决定跟他们一起热闹热闹。

从昨天开始，他们忙着包饺子，人多，吃得也多，买了两个冰柜冻饺子。

温笛包得不好看，坐在旁边跟着园园学。

秦醒咕哝了一句：“他们俩看来是没完没了了。”

温笛问他：“剧本还没看完？”

秦醒：“没。商战部分啃不动。”

“那就继续啃，等你啃完，你就明白他们俩为什么还在打价格战。”

尹子于拍完今天的戏份，过来找温笛。

她放下剧本，轻拍脸颊，脸紧绷了一下午，差点儿僵掉。

“温老板，今天我被一句台词给伤害了。”

温笛问：“哪句台词？”

“你有能力又怎样，可惜，你没那个实力。”

秦醒记得这句台词，应该是顾恒对尹子于说的话。

温笛说：“你这是入戏了。”

尹子于叹气：“我现在拍的这段，天天被碾压。温老板，把我后面黑化的台词改得强势一点儿。”

温笛笑：“好。”

秦醒手机响了，有电话进来，他看了一眼号码，到角落去接听。

严贺禹问他：“剧组什么时候放假？”

“不放假，我们都在剧组过年，温笛也不回江城。”秦醒小声问，“这都三个月了，温笛还没加你？”

“没。”

秦醒宽慰他：“反正现在也没什么工作要联系。等明天，一切都会好的。”

两人没多聊，没一会儿就挂了电话。

第二天，又是一年的除夕。

吃过年夜饭，严贺禹在姥爷家待到晚上十点，陪家里人打了几局麻将，铃声准时响起，他关了闹铃。

表哥问他：“还有场子？”

“嗯。”

跟家里其他亲戚招呼一声，他拿上大衣离开了。

他还没走到门口，姥爷喊他：“贺禹，你过来一下。”

严贺禹刚穿上大衣，左手拿着手机和两包烟，单手在扣纽扣：“什么事？”他掉头回去。

姥爷正在看电视，把声音稍微调小：“蒋城聿都当爸爸了，你落后他一大截。”

严贺禹无奈地一笑，道：“您怎么不提我比他小两岁呢。”

“两年后你能做爸爸吗？能的话，当我没说。”

严贺禹没接话，屋里热，他把扣好的扣子又解开。

姥爷：“该收心的收心，这几天来家里拜年的不少人问起你，说你还不打算结婚？人家想给你介绍，我没接茬，怕你谈了，到时弄得像温笛那姑娘一样。你要是现在没谈，我也好回复人家。你去跟对方见见面。”

他跟温笛的七天之约，家里无人不知，所有人都以为他跟温笛彻底断了。他决定再次追求温笛，母亲没张扬，只有几人清楚。

“姥爷，联姻我不考虑。”

姥爷沉默了几秒，最终说：“随你。”

手一挥，姥爷示意他可以走了。

从姥爷家离开，严贺禹去了蒋城聿家。

蒋城聿家的牌局比往年晚了两个小时，蒋城聿今年做了爸爸，说要多陪陪孩子。

路上，严贺禹发了条朋友圈：“新年快乐。”

很快有人回复：“同乐！干吗呢？”

严贺禹：“没干什么，在想怎么追求一个人。”

“合着我自作多情了，那句‘新年快乐’不是跟我们这些人说的。”

严贺禹：“确实不是。”

随后，好几个群里都在猜测，严贺禹最近又看上谁了。

能让他追求的，肯定不是一般人。

他就在群里，他们聊天时一点儿不避讳他，甚至@他：“谁的排面那么大，让你单独给她发条朋友圈？当初温笛可没这个待遇。”

严贺禹回道：“我以前哪条朋友圈不是专门发给她看的？”

朋友翻出严贺禹六年前到今天的朋友圈，数了数，一共二十三条动态，其中十条动态是分享歌曲，十二条动态是分享书籍。

还有一条，来自三年前的冬天：“手机坏了，收不到消息。”

他们哪儿能把这些动态单独跟温笛联系起来，当时严贺禹和温笛已经在一起了，要是分享歌曲和书给温笛，也应该是私发，用不着发朋友圈。

严贺禹：“当时吵架了，跟她不说话。”

他不想主动私发给她，于是发了朋友圈。

他又在群里发了一条：“不聊这些。”

“也是，不聊了，都翻篇了。那聊聊你现在追的人。”

严贺禹没回应，到了蒋城聿家，退出了聊天框。

今年秦醒不在，没有往年热闹。

严贺禹把带来的两包烟扔到桌上，他现在几乎不抽烟，搁在他那儿浪费。

傅言洲拆了烟，扔一支给他：“今天过年，抽一根。”傅言洲又道，“以为你今年去剧组过年。”

严贺禹在打火机上磕了磕烟头：“去了她不自在。”

他们这桌三缺一，关向牧还在赶来的路上，旁边两桌热闹得不行，他们叫他：“严哥，先来玩两把。”

“你们玩。”严贺禹扬扬手里的烟，“抽支烟。”

他衔着烟，拿上打火机到了院子里。

今年温笛不在江城过年，江城的烟花她看不到了。

院子里冷飕飕的，一个人抽烟无聊，严贺禹点开手机，在拨打键盘上输入她的手机号码打发时间。

烟抽了不到一半，他掐灭了。

右手拇指悬停在绿色拨号键上方，停留几秒，他点了下去。

这几年，他断断续续地打过几次温笛的电话，有时想她了，明知打不通，还是会拨一下试试。

因为他的号码被她拉进了黑名单，所以毫无例外，每次都是传来机械的声音："您所拨打的电话正在通话中。"

而这一次，他依旧没抱希望。

"嘟嘟嘟——"手机里传来有节奏的响声。

严贺禹怔了下，他们分手三年，他终于拨通了她的电话。

第十六章

回头看到他

时间一秒一秒地流逝，电话那端无人接听。

院子里有汽车驶进来，关向牧下了车，花园旁的人盯着手机，连头也没抬，他大概猜到严贺禹在给谁打电话。

严贺禹看着屏幕上的时间从十几秒跳到二十几秒。

刚才那支烟抽了一半被他掐灭了，他下意识地拍了下大衣口袋，没有烟，突然想起来他把烟扔在了桌子上。

时间滑过三十秒。

“嘟嘟”声依旧。

关向牧走到他旁边：“来一根？”他递了烟给严贺禹。

“三十五、三十六……”

严贺禹没再看手机，也没跟关向牧说话，把烟夹在唇间，心里却还在不自觉地跟着数数。

关向牧也没废话，给了烟后快速走进别墅。

“啪”的一声，严贺禹点着了打火机。

院子里有风，幽蓝的火苗被吹得乱窜。

火光晃动，照亮院落一角。

“四十一”，时间卡在了这一秒。

那头不再是“嘟嘟”声，突然传来欢笑声与嘈杂声，而他如同被困在荒岛已久的人，终于找到了联络信号。

打火机不需要了，他松了手。

火光熄灭了。

周围都是小地灯的彩光，刚才他没注意到。

“严哥，你听得见吗？我们这边太吵，温笛刚才在煮水饺，这里听不见说话，她去找外套了，马上到外面回给你。”

这是秦醒的声音。

严贺禹夹下嘴里的烟，说：“听到了。”

听筒里，喧闹声渐远，手机回到温笛手里。

她把羽绒服拉链拉到最上头，来到影棚门口。

“喂？”

终于听到熟悉的声音，严贺禹道：“我在听。剧组过年这么热闹？”

“是啊，人多，比在家热闹。”温笛道了声，“新年快乐。”

温笛没有说：“严总，你好，打电话什么事？”

电话里没有回应。

“喂？”温笛问，“是不是信号不好？”

“不是。”严贺禹回过神来，低声说，“信号挺好。你也是，新年快乐。”

“要是没什么事的话，我去给他们煮水饺了。”

“没其他事，就是给你拜个年。你去忙吧。”

他们只聊了几句，这通电话就结束了。

严贺禹给她的号码添加备注，反复修改，最后决定备注为“温编剧”。

今晚这通电话，算得上他近几年来最高兴的事情——她把他真正当成一个陌生人。

因为他们要合作剧本，她将他视为合作伙伴，给予该有的客气，不再冷漠，不再排斥。

他回到客厅，关向牧和傅言洲几乎异口同声：

“以为你会去探班秦醒。”

“还以为你去探班秦醒了。”

没等严贺禹说话，旁边一桌不知情的人转头说：“他去探班秦醒干吗？你们是不是没看他的朋友圈？”

关向牧还真没刷朋友圈，也没看群聊，在家里吃过年夜饭，紧赶着到这里打牌：“发了什么？”

“内容没什么，但他要追人了。”

关向牧不信，看向严贺禹。

严贺禹：“追求现在的温笛。”

“不是吧？”他们不敢置信，却又莫名觉得挺好。之前他们听说他在追其他女人，还挺感慨的。不然意难平的反倒是他们这些看客。

“那你这次有追到的希望吗？”

“不知道。”严贺禹拿上车钥匙，“我出去转转。”

关向牧弹弹烟灰：“你走了，我们还是三缺一。”他又道，“你自己开车？没喝酒？”

“没。”这是他第一个没喝酒的除夕，年夜饭时他喝的是温水，家里亲戚谁都没劝他酒，以为他的胃还在疼。

严贺禹发动车子，离开了蒋城聿家。

他没想好去哪儿，车子路过以前他跟温笛的公寓，路过他的公司，后来一路开到影棚。

停好车，他看了看手表，十一点四十六分，离新年倒计时还有十四分钟。

熄了火，严贺禹解开安全带，靠在椅背里看手机。

严贺言问他：“哥，你去看温笛了？”

“不算是。”

严贺言：“那就是在剧组附近。”

她事先声明：“我没喝酒，人很清醒，清醒得不得了，想跟你聊几句。

“哥，你现在这个状态不行，照这样下去，再追三年还是追不到温笛，还是被她甩的命运。”

严贺禹：“我在调整。”

严贺言：“还在调整？你打算调整到哪年？等蒋城聿家孩子会喊你‘叔叔’？你得让温笛直观感受到你有魅力的那一面，还能让她再心动的一面，别让她一看到你就感觉：他又来弥补我了。”

严贺禹：“……”

严贺禹催她：“睡觉吧。”

他按熄了手机。

此时是十一点五十六分。

严贺禹再次发动引擎，掉头回家。

倒车镜里，出现了一个穿着白色羽绒服的身影，光线昏暗，他看不清轮廓。

他轻踩刹车。

温笛在低头打车，这个地方和这个时间点很难打到车。

她回头看了一眼身后，园园还没出来。

今晚她和园园都喝了酒，没法开车。

里面在打牌，吵吵个不停，没人看电视，也没谁关心新年几点到来。她的牌技一般，也没牌瘾，被吵得脑仁疼，和园园先回家。

引擎声靠近，温笛看了过去。

一辆黑色越野车朝她这边倒开过来，她再一看车牌，很熟悉。

车窗降下。

“要回去？”严贺禹问道。

温笛点头：“你什么时候来的？”

“几分钟前。刚要走。”严贺禹倾身，打开车门，“上来，这里不好打车，我送你回去。”

叫车软件还是没人接单，温笛只得退出叫车软件，说：“园园还没出来，她跟我一块回去，要麻烦你绕路了。”

严贺禹：“没事。”

半分钟后，园园在门口喊道：“温笛姐，我不回去了，秦总说我牌技差，我不服，今晚非要碾压他。”

她跟温笛挥挥手，让温笛先走。

园园看到是严贺禹的车子，她哪儿能在新年里做电灯泡？

温笛坐上副驾驶座，关上车门。

新年的钟声敲响了。

严贺禹转头跟她说了句：“新年快乐。”

温笛礼节性地道：“你也是。”

这是七年来他们在一起过的第一个新年。

严贺禹轻踩油门，车子缓缓驶离。

就在刚才，他突然彻底释怀，过去三年挖空心思却求而不得，在他不再执迷后，生活又给了他另一种圆满。

他转头道：“你要是不困，带你去二环转一圈，今晚车最少。”

“半夜了，能不困吗？”

严贺禹：“那送你回去。”

“你找秦醒跟你跑二环，他感兴趣。”

“不用，我现在又没兴趣了。”

车里很静。

他问她：“你最近都听什么歌？”

温笛：“不少。”

她说了几首歌名。

严贺禹把自己的手机解锁递给她，他的手机连着车里的音响，让她自己播放。

温笛打开他的歌单，她听的歌有三首在他的歌单里，重合率已经很高了。

她切成随机播放模式，放下手机，靠在椅子里看向车外，忙了一天，这会儿眼皮很沉。

严贺禹跟她聊起《人间不及你》，他有个不成熟的想法，说给她：“你在山城体验生活的那个出租屋，出现在剧版里了，电影版肯定不会再在同一个地方取景。我想了下，你在江城找个合适的房子，这样还不耽误你忙《欲望背后》的工作。”

如果她找到合适的房子，租下来后既能重新体验一下《人间不及你》里的生活，又能作为电影版取景的地方。

温笛也有过这个念头，但最近工作很忙，就没顾上。

她转过身，看着他：“对房子，你有具体的想法吗？”

“有个大概的轮廓，等过完年，我陪你一起到江城老城区找。”

“你不忙？”

严贺禹看了她一眼，又看向前边的路：“忙剧本也是为了赚钱。”

温笛告诉他，正月十五以后，他们这边的戏份差不多就结束了，直接转场到江城，也是《欲望背后》的最后一站。

严贺禹：“我到时候去江城找你。”

他们聊了一路《人间不及你》的剧本改编，汽车停在了温笛的公寓楼下。

严贺禹习惯性地想要给她解安全带，手从方向盘上抬起，在半空中顿了下，他意识到什么后，又收了回来。

两人一道下车。

温笛让他回去，不用送。

严贺禹坚持道："太晚了，还是送到家门口。"

他锁了车，随她上楼。

电梯里，严贺禹点开手机，随后按熄屏幕，之后又按亮。

温笛听了一路的歌，手机电量耗尽，发出提示声。

趁着还有最后一点儿电，他偏头看着温笛："加个微信吧，方便联系，短信有时看得不及时。"

温笛考虑了几秒，从包里拿出手机，点开二维码让他扫。

电梯里信号不是太好，严贺禹扫了两次才扫出来，但手机突然黑屏，电用完了，自动关机。

"我回去加你。"

温笛点了下头。

电梯停下，严贺禹按住了开门键让她先下。

温笛回头："你直接……"下去吧。

话还没说完，严贺禹已经迈出电梯。

他走在她的身后，像一起深夜回家。

严贺禹在门口止步，看着她："新的一年，有什么愿望吗？"

温笛："新剧大卖，再找回灵感。"

他跟她的愿望一样。

严贺禹下巴微扬："快进去，早点儿睡。"

"今晚谢谢你。"温笛叮嘱一句，"开车慢点儿。"

她顿了下，关上门。

严贺禹回到车里的第一件事是找出数据线充电。

辞旧迎新的除夕夜，他陪她在零点倒计时，也加回了微信。

他们的第七年，也是重新开始的第一年。

严贺禹过年这几天住在老宅，回到家，母亲也刚从姥爷家回来。

叶敏琼以为儿子在蒋城聿家玩牌，往年他们都是玩通宵。

“怎么这么早就回来了？”

严贺禹脱下大衣，道：“没打牌，从温笛那儿回来的。”

叶敏琼笑道：“难怪晚上不喝酒。”

看着儿子心情不错，她也松了口气。

严贺禹去酒柜里拿出一瓶酒，问母亲要不要来一点儿。

叶敏琼摆手：“你妹妹没喝完的半杯我喝了，后劲儿大，上头。”

“贺言呢？”

“她喝多了，在你姥爷家住下了。”

提起女儿，叶敏琼长叹一口气，被气得头疼。

“怎么了？”

“你妹妹喝多了，非要看电视剧，还让所有人都陪着她看。”

“什么剧？”

“《大梦初醒》，真不适合阖家欢乐的时候看。”

“……”

“电视片尾曲还不许跳过，她跟着唱。”

严贺禹倒了半杯红酒，放下酒瓶，拿出手机，给妹妹转了 2 万块钱，备注“压岁钱”。

“妈，您早点儿睡。”

他拿着红酒上楼了，边走边给温笛发消息：“我到家了。”

温笛：“好。”

“晚安。”

隔了几十秒，温笛回过来：“晚安。”

严贺禹微微仰头，抿了一口红酒。

看到她的“晚安”，他突然有点儿想她。

大年初六，严贺禹应酬完所有人，打算去二手书店看看老板。

这几天他也没跟温笛联系，不知道她今天忙不忙。

“我下午去书店，你要是不忙，我把你介绍给老板认识。”

温笛正准备这几天抽空去看看老板：“那一起吧。”

两人约在胡同口见面。

严贺禹比她先到几分钟，站在路边等她。

温笛停好车熄火，抱上副驾驶座上的鲜花下了车。

她本来能早到一点儿，买花耽误了点儿时间。

“等久了吧？”

“我刚到。”严贺禹打开后备厢，他也给老板买了一束花。

两人买的都是向日葵。

老板接到严贺禹的电话，听说两人在书店门口，专程来拜年，他喜出望外。

孩子们陪他热闹了几天，但都有事情要忙，家里工人也放假了，偌大的屋里只有他一个人，有人来说说话，总是值得高兴的事。

“你们俩这是商量好了？”

他接过两束鲜花。

严贺禹笑道：“要是商量好了，不会买一样的花。您将就着看。”

老板：“年纪大了，就喜欢这个花。”

他招呼温笛进屋。

他不晓得两个年轻人现在什么状况，严贺禹跟他说过七天之约，在严贺禹从云树村回来的第二天，到他店里坐了坐，说以后淘书的次数可能会少了，但还是会常来看看他。

现在两人又一同出现，应该关系缓和了吧。

老板带他们去了书房，他家没有客厅，除了吃饭睡觉的地方，其余的地方都被他改成了书房放书。

他把两束花放在他常年看书的桌上，靠着一摞书。

“你们俩随便看，我去给你们煮咖啡。”

他笑呵呵地说去年年底网购了一台咖啡机。

严贺禹猜测，咖啡机是为了招待他买的，老板这里只有他来得最勤。

老板只喝茶，怕他喝不惯。

温笛在书架前驻足，盯着最上面一排书，她踮脚，想去抽其中一本。

“我给你拿。”严贺禹几步走了过来。

他问：“要哪本？”

温笛告诉严贺禹书名，说：“这个版本，我爷爷一直想看，他听别人说翻译得最好，找了好多年也没找到。”

严贺禹小心翼翼地抽出那本书，时间久了没打扫，书上面落了一层浮尘。

“等一下。”他找了条干毛巾，拿着书本到窗口仔细清理干净。

温笛走过来：“你经常来？”

“也不是。休息的时候会来坐坐。”

他把书给她。

窗口光线好，温笛站在那儿翻看。

严贺禹搁下毛巾，洗过手回来，两手插兜，站在她旁边同她一起看。

今天温笛穿的是驼色大衣，严贺禹穿了黑蓝色的大衣，屋里没有那么暖和，两人的外套都没脱。

午后的斜阳安静地照在他们身上。

旁边是书桌，摞满了旧书，还有两束灿烂的向日葵。

老板进来时，感觉眼前就是一幅油画。

严贺禹听到脚步声转身，走过去接咖啡。

香浓的咖啡香味在满是书香的屋里散开来。

温笛把封面给老板看：“我在您这里淘到了宝。”

老板说：“不该是你这个年纪喜欢的书。”

“我爷爷爱看，找了好多年。”

“那就送你爷爷啦。”

老板听严贺禹说温笛爷爷家也有个三百平方米的书房：“等有机会，我去你家瞧瞧。”

温笛热情欢迎：“等春天吧，天暖了，江城的风景也好。”

一老一少，见面十几分钟，话都没说上几句，便约好了去江城的时间。

老板说：“是得出去走走，再不走，就没机会咯。”他说起温笛的电视剧《人间不及你》，他全部看完了，是严贺禹推荐给他的，看了两集后，一发不可收拾。

他和妻子以前最喜欢的也是山城，退休后还在那里住了一年。

“这部剧，你写得好，导演导得好，演员也演得好，真不容易。我都多少年不看电视了。”

温笛合上书："这部剧这么成功，主要是导演和演员的功劳，他们把我想到的，没想到的，都拍出来了，也都演了出来。"

老板笑道："互相成就，巧妇难为无米之炊。"

他们相谈甚欢，严贺禹双腿交叠，坐在一旁喝咖啡，偶尔说上一句。他见温笛没再看那本书，手伸了过去。

温笛没问他要干什么，直接将书递给他。

老板和温笛接着聊，问她最近在忙什么新剧本。

温笛品了一口咖啡，苦涩里透着香醇。

她说："在拍一个商战剧，快到尾声了。接下来，我打算写《人间不及你》的电影版剧本。"

老板道："说不定，我还有机会看到电影上映。"

他说："要是取景需要，我这里给你拍。"

温笛先是感激，而后笑道："您还记得里面有家书店？"

"我是认真追了剧的。"说着，他自己也笑了。

温笛："要是取景的话，到时候让导演把您看书的背影拍进去。这些书，这张桌子，这个伴了您很多年的茶壶，都拍进去。"

老板略沉默了几秒："我看电视剧里面，你也穿插了老一辈的爱情，写得真不错。等改天，我让我孙子找你，把我和老太婆的故事免费授权给你，以后创作的时候要是用得上，你就写写。"

温笛突然决定："那我就把您和奶奶的故事，作为副线写到《人间不及你》的电影里，希望你们的故事被更多的人记住。我用时光倒流大法，让你们回到年轻时。书房这里是结尾，也是开始。"

老板连着说了两遍"那敢情好"。

"不过，"他指指自己的脑袋，"以前的事，我很多记不太清了，也回忆不起来细节了，帮不了你什么。"

温笛："这一屋的书就是细节。"

老板忽然想起来，扶着桌沿站起来："我有信，都留着呢，找给你看看。"

一直到太阳西沉，温笛才看了所有信件的三分之一。

她说，等改天接着来看。

他们离开书店时，天已经黑了。

严贺禹问她晚上想吃什么。

温笛："我回剧组，一天没过去了。"

严贺禹替她拉开驾驶座的车门："等你回江城，给我打电话。"

温笛点头。

严贺禹等她的车子开出去，坐上自己的车，吩咐康波，这个月给他安排出一周的时间去江城。

元宵节过后，温笛回了江城。

剧组人员后天转场，秦醒跟她一道提前过来，他要协调拍摄场地，再到处溜达溜达。

她回来的当晚，家里像过节一样，爷爷奶奶给她准备了丰盛的大餐，父母还有二姑妈没有加班，回来陪她吃饭。

今年的年夜饭缺了她，奶奶心里不是滋味，看到她瘦了，更心疼了。

"瘦了好几斤。这段时间在家好好补补。"

温其蓁插话："妈，您不知道我们瘦得快乐，我也想瘦，忙死了也没瘦下来一两肉。"

奶奶根本不听温其蓁的，不停地给温笛夹菜。

温长运觉得女儿这次回来心情和状态都不错："明天不忙的话，我们一家人去看看电影。"

"行啊，不过得晚上看，白天我要找房子。"

"找什么房子？"

"拍电影版《人间不及你》。"

她正说着，手机振动。

严贺禹回了她消息："好，那两点钟见。"

她下飞机后发给他，她到了江城，明天下午去看房子。消息发了三个多小时，他现在才回。

严贺禹又发来一条："我刚下飞机。"

翌日下午，不到两点钟，严贺禹在老城区的一家咖啡馆等她。

温笛停好车过去找他，他打包了一杯咖啡出来。

严贺禹对附近不熟：“开车还是？”

“走路过去。里面太窄，没地方停车，有的地方连车都过不去。”

他没想到是这样的一个机会让他们一起逛了江城。

温笛捧着热咖啡焐手，带他走进了小巷子里。

这是江城最有烟火气息的地方。

严贺禹走在上风口，给她挡着一点儿风。

温笛指指前面：“左拐有一家，我前几年路过这里，感觉有点儿像我想象中的样子，但又缺点儿什么，待会儿你看看，要是不行，再换。实在找不到合适的房子和院子，我们还得去山城。”

房东已经在那儿等着他们了，带他们进了院子。

严贺禹问：“有自行车车库吧？”

房东：“有，几平方米，里面堆了东西。”

严贺禹先去车库，看看符不符合要求，说不定里面还要重新改动。

看过车库出来，严贺禹跟温笛说：“还行，不用大改。”

温笛：“主要是楼上的房子。”

房子的楼梯在外面，这是这栋房子的特色。

严贺禹走在前面，温笛喊他：“等一下。”

他转身：“怎么了？”

温笛说：“你大衣上蹭了白灰。”

严贺禹反手拍拍，应该是在车库里不小心蹭到了墙上。

他没拍干净。

温笛替他拍了几下，还有一道白痕。

她从包里拿出湿纸巾，帮他擦了擦。

严贺禹转头看着她，心也跟着快跳了几下。

那道白灰擦干净后，温笛去扔湿纸巾。

“给我。”严贺禹从她手里抽过来，他只想拽纸巾，不可避免地碰到了她的手指，他说了句“抱歉”，拿着湿纸巾走向墙角的一个纸篓。

他转身回来，温笛已经上了二楼。

这栋老房子只有两层，带着一个不算大的院子，院子还不是房东一家独有。

跟温笛上次的感觉一样，房子还不错，就是少点儿味道。

他们接着去看下一家。

他们转了一下午，看了三处房子，几乎将老城区给转遍了。

温笛走累了，在路边椅子上坐下来。

她抬头看着严贺禹："相比起来，还是第一家不错。"她又问他什么意见。

严贺禹："再回第一家看看，合适的话，我们买下来。"

之前看车库时，他问房东这房子打不打算卖。

房东说，那得看给的价合不合适。

温笛不建议买："那片房子没有升值空间。"

"买下来改成我们想要的。"

"那也不值。"

"能拍出你想要的场景就值。"

他看了看手表，五点十分。

"你再给房东打个电话，我们过去谈谈价格。"

温笛起身："不用打，他家住在另一条巷子里，一会儿要路过他家。"

他们从这里走回第一家房子那儿，至少得半小时。

严贺禹担心她走不动："打个车过去。"

温笛指指前面："我骑共享单车走巷子里的小路，你打车先过去。"

她今天穿了运动套装，看来是做好了骑车的准备。严贺禹哪里会把她单独留下，说："你骑慢点儿，我跟在你后面走。"

温笛随他，从包里找出江城的一卡通，里面有押金，可以租单车。

这张卡还是她三年前办的。当时跟严贺禹分手，她回江城待了一段时间。因为灵感枯竭，她骑车、坐公交、坐地铁去调整心情，顺便办了一张卡，方便出行。

她没想到现在还能用得上。

她穿梭在小巷子里，找回上高中时周末跟同学出去玩的乐趣。

严贺禹快步跟在她的身后，刚开始她还照顾他，骑得不是很快，后来骑着骑着忘了他在后面，一溜烟骑远了。

"温笛。"他在身后喊她。

温笛一踩刹车，单脚支地，没往后看，靠在路边等他。不知谁家门口放着几盆三角梅，含苞待放。

太阳快落下去了，花还放在外面。

“喝点儿水。”严贺禹在路边小店买了两瓶水，拧开一瓶递给她。

“谢谢。”温笛接过来。

严贺禹刚才走得急，这会儿热了。

他把自己那瓶水递给温笛，让她帮忙拿一下。

“你干吗？”

“有点儿热。”

严贺禹脱了大衣，挂在臂弯，里面只穿了一件羊绒衫。

温笛让他穿上：“别着凉。”

严贺禹恍惚了一下，他们在一起时她经常这么叮嘱他。

“没事，以前冬天经常跟蒋城聿他们去户外攀岩，穿得也不多。”

他拿过自己的水，仰头喝了小半瓶。

稍做休息，温笛拧上水瓶盖，顺手把水放在前面的车篮里。

严贺禹看了一眼车篮，也将自己那瓶水放进去，她的靠右，他的靠左。他那瓶水比她那瓶剩得少，很好区分。

温笛看他把水放在车篮里，扫了他一眼：“你拿不动半瓶水？”

“就放一下，又没多重。”他说，“你要觉得多载半瓶水累，我推你一阵。”

严贺禹将风衣折了一下，拿风衣抵在她的后背上，没用手直接推。

“不用你推。”

她脚下一用力，蹬出去很远，远离了他的大衣和手上的力道。

巷子里的路没那么平整，遇到坑洼的地段，车篮一颠，两瓶水往中间滚落，滚到了一块儿。

温笛单手骑车，把他那瓶水推到了一边。

她没骑出多远，拐弯时，两瓶水又挨在了一起。

温笛犯了强迫症，停下车，把斜挎的链条包从肩上拿下来，包带绕车把一圈，直接将包横在车篮里，隔开两瓶水。

“这样包容易磨损，我帮你拿。”

严贺禹从后面赶了上来。

“不用。”温笛忽然转头，“要不你把你的水拿走？”

严贺禹似乎没听见，从她旁边走过去。

温笛看了他的背影两秒，骑车赶路，几秒后赶超他，后来也不再等他，按正常速度骑行。

巷子尽头，严贺禹看不到她，前面是三岔路口，不知道她拐去了哪个方向。

他给温笛打电话，问她在哪儿。

“我到了。你开导航过来，我把地址发给你。”

严贺禹按照温笛发过来的地址找了过去，她在那边等着他，这条路变得很近。

走了近十五分钟，他看到熟悉的房子，关了导航。

温笛和房东在门口用家乡话聊天，他听不懂他们在聊什么。

“你男朋友来了。”

“那不是我男朋友。”

“哦，还以为你们是小两口，买房子结婚用呢。你们挺有夫妻相的。”

温笛笑笑，说：“可能是我跟他都长得好看。”

房东哈哈大笑。

严贺禹走近，看到温笛手里只拿着一瓶水。

“我的水呢？”

“被我遗弃了。”

“它又没得罪你。”

温笛不想跟他争辩，把手里的水扔给他，随着房东进了院子。

她的那瓶水刚才已经喝完了。

房东给他们开了房门，让他们随便看，再考虑一下要不要买：“这附近你们买不到我这样的房子。”

他跟温笛说：“放心，肯定给你们最低价，你在我们江城可是名人，让本地的旅游火了一把。你们慢慢看，我回家先把饭给吃了。反正你也知道我家住哪儿。合适了你跟我说，走的时候帮我把门带上。”

“好，谢谢您。”

房子里只有两张床和几张桌椅，没有值钱的东西，房东先回自己住的地方吃饭，刚才温笛找他时，他吃饭吃到一半。

房东走后，房子里只剩下他们俩。

“你看怎么样？”温笛问严贺禹。

严贺禹环顾房间，楼上是一室一厅，客厅进门的右手边隔了一个小厨房出来，仅够一个人在里面忙活。

温笛去了屋外的走廊，水池在走廊上，水龙头被房东用厚毛巾包裹起来，怕天冷结冰冻坏了。

这些房子当初建的时候，所有的水池都在屋外，改水管很麻烦。

水池边还放着半块肥皂，走廊柱子中间，拉了几根绳子，用来晾晒。

她喜欢这样的烟火气息，可惜院子里少了点儿氛围感。

严贺禹从屋里走出来，太阳落山了，有点儿冷，他扣上大衣扣子，说：“买下来吧。我跟你一起布置。需要改动的地方，找人来改。”

温笛包揽下布置的活儿，不用他帮忙。

严贺禹说了下自己要参与布置的原因：“在《人间不及你》里面，主角在创业成功之前，那些生活和快乐的细节，我没办法共情，体会不了，就没法很好地诠释人物的内心。”

温笛扔下一句：“那就随你吧。”她转身下楼，打算到院子里瞧瞧。刚走下两个台阶，又折回来，她还没进屋好好看看。

严贺禹没随着她进屋，到楼下去了。

房内的墙壁雪白，白得亮眼。

房东在过年前将屋里重新拾掇一番，刷了大白墙。不过不符合她的要求，到时她得让人把墙壁弄得旧一点儿。

房子的阳台也不大，顶多两平方米。

温笛打开阳台的窗户，看向楼下的院子，忽而一顿，她跟严贺禹的目光猝不及防地撞在一起。

他站在窗户下，正仰头往楼上看。

温笛偏了偏视线：“看出哪个地方要改吗？”

严贺禹：“在看窗户怎么弄。”

她握着窗框，头探出窗外，视野范围内景色都很单调。

“你小心一点儿。”

“不要紧。”她缩回去。

天色渐渐暗下来，严贺禹让她下楼："我们回去，你把房东号码给我，我让康波联系房东。"

他们原路走回去，到了吃饭的时间，巷子里不时有饭香味飘出来。

他们走过这一段，前面那条路沿街是小商铺，人头攒动，烟火缭绕。

"饿不饿？"严贺禹想找家店陪她吃晚饭。

温笛又饿又累，立马决定："我吃点儿烤串。"

她点了几串，问他吃不吃。

"我不吃。"严贺禹拿出手机付款，温笛先他一步，扫码支付过去。

温笛捧着烤串，边走边吃。

严贺禹没陪她逛过这样的街市，在一起的几年，有空时会陪她去国外购物，她也挺高兴，但不像现在，她很享受这样的生活。

"温笛。"

她听到喊声停下脚步，没回头，专心地吃着东西。

严贺禹给她打包了一杯热饮，几步追上来："晚上请你看电影，春节档的电影我还没来得及看。"

他拿出手机，在网上买票。

"我跟我爸妈说好了，晚上陪他们看电影。"

严贺禹："那我自己去看。"

他订了九点那场的票，挑了最后一排。

跟温笛在一起前，他很少去电影院，她爱看电影，什么电影都看，他只要不出差就会陪她看。

两人一路走到停车的地方。

严贺禹还像以前那样，给她打开车门："这周我都在江城，帮印总协调一些手续。房子那边要有什么事，你直接给我打电话。"

印总是温笛的伯乐，也是她最感激的人之一，当初要不是印总投资了她的第一部作品，找了那么靠谱的制作团队，她大概不会有今天的知名度。

"他确定在园区建厂？"

"嗯，他们集团内部走完流程了。"

默了默，温笛说："江城园区招商这么成功，还是要谢谢你。"

严贺禹："不用客气，我只是做了点儿力所能及的事。"

温笛坐上车：“你要是找不到路，我给你指路。”

“我有导航。”严贺禹没麻烦她，让她别耽误跟家人看电影。

温笛点了下头，关上车窗。

严贺禹目送她的车子离开。他现在才明白，为什么所有人都说她讲道理，是最通情达理的。

那会儿，她只是跟他一个人不讲理，只是对他一个人双标。

也不知道什么时候，她会在他跟前再次不讲理。

他们刚才提到印总，不禁念叨，印总给他打来了电话。

印总晚上有个洽谈想让他过去捧场，不知道他方不方便。

严贺禹：“方便。八点半之前都有时间。”

刚到车上，严贺禹收到了严贺言的消息。

严贺言告诉哥哥，她今天去了二手书店，现在还在店里看书，拍了一张书店的照片发给他，证明自己没说谎。

“我决定了，以后每个月来三四次。”

严贺禹：“不用那么麻烦，你一次性多拍点儿照片，换几件外套的事。”

严贺言气得想把手机摔在他的脸上：“你以为我过来，是为了在朋友圈炫耀我多有文化多有内涵？

“我的才华都快溢出来，我用得着炫耀吗？”

趁着哥哥还没刷朋友圈，她把两分钟前发的一条在书店的自拍照动态删除了。

她发朋友圈只是顺手的事，但来看书也是认真的。

严贺言表决心：“我给自己定了一个目标，以后每个月至少看两本书，向温笛看齐。

“对了，哥。”

严贺禹：“你说话能不能说完整了再发？”

严贺言正在翻书，翻到前一页，把那句话拍下来：“我刚看到一句话，看到时就想到了你跟温笛。”

严贺禹警告她：“不要再说我活该追不上温笛的话。”

“不是不是，单纯感慨你们经历这么多还能像现在这样。”严贺言说，“我发给你看。”

很快，她把拍好的照片裁剪，发给严贺禹。

严贺禹点开图片，短短的一句话："也许，今生我就是为寻你而来。"

严贺禹："煽情。"

严贺言："如果你这辈子真是为找温笛而来，再煽情，我也会替你们感动的。"

严贺禹："我忙了。"

他把手机丢在一边，发动车子离开。

温笛回到爷爷家时天已经黑了，父母今天没去公司，难得休息一天，在家陪爷爷奶奶下棋、看书。

温笛脱下外套，倒了杯热水。

奶奶问她吃什么，汤、水果和蔬菜沙拉都有。

温笛摇头，咽下水才说："我吃了烤串。"

温长运："电影票订没订？不知道你什么时候忙完，我跟你妈没敢提前订。"

"订了。"

"几点？"

"九点那场。"

温笛在奶奶旁边坐下，挽着奶奶的胳膊："您和爷爷跟我们一起去看吧？"

"不去，年纪大了，看不了爱情片。"

"那你们去看其他影片。"

"适合我们看的，过年时跟你爷爷都看过了。"奶奶伸出三根手指头，"三刷，还在点评里写了影评。洋气不？"

温笛笑道："时髦。"

赵月翎给女儿洗了点儿水果端来，问她下午房子看得怎么样。

"一般吧，不过决定买下来，再改建。"

"跟秦醒一起去看的？"

"不是。"温笛捏了个白草莓放嘴里，犹豫片刻，说道，"跟严贺禹一起去看的。"

温长运正在喝茶，直接呛得喷出来，连连咳嗽。

赵月翎给他拍拍背："你干什么呀，不能慢点儿吗？"

温长运拿纸擦擦水："不怪我，茶要呛我，我有什么办法？"他清清嗓子，看向女儿，"你们真打算在江城安个家？"

"是电影场景，想实景拍摄。"温笛解释，"不是复合。"

赵月翎在温长运后背掐了下，警告他少说话。

"笛笛只是工作，她知道自己在干什么。名利圈的资本左右绕不开他们那一帮人，我们公司不也是跟京越集团在合作吗？就算绕开了明面上的，谁知道下一个合作的公司背后的实际控制人是不是他们？要不是肖宁集团跟华源实业有冲突，谁能想到华源实业是严贺禹的？严贺禹到底入股、控股了多少家公司，怕是只有他自己知道。"

这番话，她是特意说给温长运听的，让他心里有数，别再多说女儿。

不管女儿对与错，她一概包容。

女儿的所有决定，她全部尊重。

温长运缓了缓，刚被掐的那一下，真疼。

他对女儿说："感情的事，我们都随你，你要是不想谈恋爱不想结婚，也没关系。"

赵月翎松了口气，给丈夫又倒了一杯热茶。

爷爷奶奶更没多说什么，当初她去肖家，爷爷也就说了句，肖家可是狼群虎窝。至于孙女的想法，他们从来不干涉。

爷爷正在看温笛从二手书店老板那里带来的书，从昨晚看到现在，除了睡觉吃饭，书不离手。

"等天气暖了，让庄老板来我们这儿住几天，秋天我去他那个书店瞧瞧。"

温笛接过话："您去了之后，肯定不想走。"

她问爷爷，有没有加上老板的微信。

"加了，昨天我跟庄老板聊了聊这本书，聊了一个多小时，后来手机没电了，才挂了电话。"

温笛说："等秋天我也差不多忙完了，到时陪您跟奶奶在京城住几个月。"

“那可说好了，不许哄人。”爷爷笑着，很是期待。

温笛把带爷爷奶奶去京城住几个月的事，列入了今年下半年的计划表。

时间差不多了，他们前往电影院。

今天司机开车，他们一家三口坐在后排。

温笛坐在中间，左手挽着妈妈，右手挽着爸爸，很久没这么放松过了。

温长运问她，《欲望背后》在这边的场地有没有安排好。

“都安排好了。”

“要是用到别墅什么的，我们家别墅借你用，省得再租，省点儿成本。到时我跟你妈妈住你爷爷这边。”

“不用。秦醒租了一套，在另一个别墅区，说是房东刚装修一年多，还挺符合剧本要求。”

赵月翎用手指刮刮女儿的下颌线：“这回可是真瘦了，别给自己太大压力。放心，你的作品口碑在那儿，又是周明谦导演，收视率不会差的。”

温笛也不想给自己压力，可压力时刻悬在头顶，赶都赶不走。

温长运为转移女儿的注意力，说起春节前的一件事。女儿没在家过年，他们就没在电话里跟她说。

“梁书记想要给你介绍男朋友，说有人早前托他牵线，他觉得是好事，于是应了下来。”

“我可不相亲。爸，您不要答应，谁答应谁去相。”

“我给推了，说你忙，今年连过年都回不来。”

赵月翎跟温长运猜了半天，没猜到是谁家托梁书记做媒人，要是江城本地的，一般直接找范智森，不会轻易去麻烦梁书记。

她对女儿说：“我倒是有点儿好奇。”

“别好奇。”温笛还是那句话，“你们谁答应谁去。”反正她不去。

赵月翎：“我只是好奇，怎么可能不跟你说一声就随便答应？”

温长运也说：“梁书记那么忙，哪儿有空老记得这些事，只是年前团拜会上，提了一嘴。”

“万一要是梁书记突然想起来呢，我忙不能成为借口。下次他要是再提，您就说我有男朋友了，说我看破红尘也行。”

赵月翎被气笑了：“说什么呢？”

温笛也笑了，反正她不相亲，不管谁来做媒。

车子驶入商场的地库，温笛松开父母的胳膊。

他们到了影院，香甜的爆米花味扑鼻而来。

温笛去取票，赵月翎给女儿买了小桶的爆米花。

温长运跟工作人员说：“再来一小桶。”

赵月翎看他：“你也要吃？”

“买给你。”

赵月翎笑笑：“我和女儿吃一桶就够了。”

温长运坚持买两桶，问妻子，还要不要其他零食。

赵月翎摇头：“吃不下那么多。”

他们提前十分钟入场。

银幕上在播广告。

他们一家同一个动作，都在低头刷手机。

温笛坐在左边，中间的位子留给了妈妈。

手机上跳出消息，来自严贺禹：“往后看。”

温笛一愣，忙转头。严贺禹坐在后排最边上，正看着她。他们离得远，他的眸光她看不太真切。

他穿的不是今天下午那件大衣和羊绒衫，换了商务西装和衬衫，可能晚上跟人约了谈事情，谈完赶过来的。

想不到他会一个人来看电影，他跟周围甚至跟整个放映厅似乎都有点儿格格不入，但他确确实实就坐在那里。

严贺禹冲她晃晃手机。

温笛转回去，看手机消息。

严贺禹发来一张截图，是他下午订票的消息提醒。

那个时间她跟他还在老城区，他发截图是想告诉她，他没跟踪她，只是凑巧看了同一场次的电影。

这家电影院距离别墅区最近，他们同时选这家观影很正常，但没想到选了同一部电影，还选了同一场次。

温笛回他：“挺巧的。”

严贺禹：“嗯。猜到你可能会看这部电影，没想到同场。给你准备了一份小礼物，就当作请你看了电影。”

温笛拒绝：“谢谢，心意领了，礼物不需要。”

严贺禹说：“不是贵重的东西，已经下单了，你等会儿签收一下。”

电影放映前，温笛收到了那份礼物。

赵月翎瞅了一眼：“你还买了套餐呀，早知道我少买一份爆米花。”

温笛打开外包装盒，他不再是送她昂贵限量版的礼物，而是一份很贴心的冬季五件套小食拼盘：板栗、奶茶、烤红薯、冰糖葫芦、爆米花，还有一朵朱丽叶玫瑰。

放映厅的灯光忽然暗了下来，严贺禹看向银幕，余光也扫过温笛所在的位置。

影院的温度不是很高，他把大衣又穿上了。

放映厅里各种小零食的香味弥漫，严贺禹又瞅了一眼她的座位，不知道她吃没吃。

最近严贺言没事就给他发消息：“哥，我在二刷《人间不及你》电视剧，想问你个问题，里面有些浪漫的桥段，是你为温笛做过的？”

严贺禹：“没有。我在看电影。”

严贺言没再打扰他。

放映厅的灯再次亮起时，周围的人纷纷站起来。

温笛有个习惯，总要等着听完片尾曲再走。

严贺禹再次看清她的侧颜，她剥了一个糖炒栗子放在嘴里。

那个小食拼盘，他们一家在分食。

很快，严贺禹手机振动，温笛给他转了账。

严贺禹再次抬眸，他们一家已经起身往外走。忽而温笛转身，她手上还拎着没吃完的小食，对着他很轻地晃了下那个拼盘盒。

他明白什么意思，那是她在感谢他。

严贺禹微微点了下头回应，随后回她消息：“多给了，不能多收你的钱。”

温笛很确定：“没多给，我看了网上套餐的价格。”

严贺禹解释道：“我是首单，有优惠。”

温笛：“……”

严贺禹："总不能赚你的差价。"

温笛也很爽快："那多余的钱你退给我。"

严贺禹把下单的金额截图发给她："你多给了我 5 块多钱。"

之前他还觉得下单的金额不吉利，因为首单有优惠，扣除优惠的钱，零头成了 4.8 元，但当时也来不及再去其他家买，只能争分夺秒，让配送员在电影放映前送来。

现在他又觉得，所有看似不太吉利的数字，谁知道下一个瞬间，会不会带来好运？

严贺禹发了一个 5.20 元的红包，把她多给的钱退给了她。

影厅里已经空无一人，他是最后一个离场的。

他到了车里，司机告诉他，姜正乾跟到了这里。

严贺禹差点儿以为自己听岔了："他在江城？"

"就在商场地库。"

"开过去。"

司机倒车，直奔斜后方的银色汽车。

姜正乾降下后座车窗，迎上严贺禹阴冷的眼神，却淡淡一笑："严总一个人来看电影，好兴致。"

"我记得我警告过你，别查我的行踪。"

"我今天来是看在你父亲的面子上。"

"不需要你看任何人的面子。"

姜正乾的话被打断，他嗤笑："年轻人，别太猖狂。这几年，你搅黄了我三个项目，抢走我两个项目。现在又打我新项目的主意。我说，适可而止。别以为我拿你没办法。"

严贺禹的手搭在车外，他睨着姜正乾："我被肖宁集团抢去的利润总得找补回来。让步这种事，在我这儿就没可能。"他话锋一转，"不说这些没用的，说说你今晚又查我行踪这件事，该怎么给我个交代？"

姜正乾笑了，是他觉得好笑。

严贺禹拿出手机给康波打电话，在电话接通前，对姜正乾说："我看你越活越回去。我脾气改了点儿，是为温笛。不然你以为我为所有人改了脾气？是你想拿捏就能拿捏的？"

“严总，什么吩咐？”电话里，康波的声音传来。

严贺禹开了扬声器：“你把姜正乾的行踪查一下，现在就查，查仔细一点儿，查清楚发给他老婆，他岳父那边也抄送一份。”

挂了电话，他看向姜正乾：“我跟你不一样，查你干了什么事，我提前告诉你，你可以销毁证据，不过就看你能不能快过我。”

他吩咐司机：“走吧。”

黑色轿车缓缓驶离商场地库。

十分钟后，严贺禹接到康波的电话。

他问老板，刚才姜正乾是不是在边上。

“嗯。”

“那他知道了，查起来难度很大。”

“那也要查，不然他还以为自己一手遮天呢。”

“行，我心里有数。”

结束通话，严贺禹看向窗外。

汽车在江城夜色下疾驰，夜里十一点半，路上安静、空旷。

司机插了一句话，说：“严总，后面没车，您可以休息会儿。”

严贺禹“嗯”了一声，表示知道。

他最不喜欢跟肖正滔和姜正乾这类人打交道，他们总喜欢用些不入流的手段，但名利圈又不乏这样的人。对付他们，他只能更不入流，不然他们不长记性。

不像肖冬翰，他再卑劣再不择手段，那也只是针对生意，不会私下搞那些小动作。

现在再看，肖冬翰还是有那么一点点可取之处。

“哥，看完电影了吧？”严贺言又给他发来消息。

严贺禹回过神来：“还不睡？”

严贺言：“马上，睡前聊几毛钱的。听说《欲望背后》剧组租了你的别墅，我还挺想去探探班。这部剧可是我今年最期待的剧。”

严贺禹希望这部剧收视长虹，却又最不期待，因为这部剧跟他无关，但又是温笛倾注全部身家和心血的一部剧。

他希望能大爆，也会追剧，不过不会看得那么投入，说不定看到跟肖冬翰角色有关的戏份，他还会快进。

他点开温笛的对话框，跟她说了句：“晚安。”

隔天，温笛收到康助理的消息，那套房子已经签好合同，接下来去办理过户手续，说她可以随时过去布置房子。

中午时，她收到一个同城快递，是那套房子的钥匙。

“爷爷，下午不陪您看书了，我去家具市场逛逛。”

温爷爷：“你忙你的。”他翻页，忽然又想起来，“要是买不到合适的家具，家里有合适的，你直接拿过去。”

“不用，我想试着去一件件淘。”温笛揉揉温温的脑袋，放下它。

温温不舍地从她怀里下来，在她的胳膊上蹭了又蹭。

“妈妈去给你赚买零食和玩具的钱。”

温笛换上休闲服和平底鞋出了门，她没让司机送，自己开车过去。江城有家具批发市场和高端家具城，她选了批发市场。

以前在山城体验生活，她租了带院子的房子，房间里所有的家具都是她花心思淘来的。

她喜欢给笔下的女主角布置一个家，简单的，温馨的，累了一天之后，有个属于自己的地方。但这三年，她再也没干过这样的事。

因为她体会不到为爱布置家的快乐。今天她又试着从头开始。

工作群里热聊起来，剧组人员上午全部到了江城。

园园问她：“温笛姐，来不来啊？我们今晚聚餐，吃遍江城美食街。”

温笛在等红灯时用语音回复：“晚上再说吧，我下午去家具批发市场。”

周明谦：“为电影淘家具？”

“嗯，买了个带院子的老房子，看看能不能找到合适的家具。”

尹子于为《欲望背后》里的女主角喊话：“温老板，不公平呀，我们剧里都是简单粗暴的别墅和大平层，我之前那个房子也是直接租了套小公寓，我也想要带院子的周边有夜市的房子！”

温笛笑道：“红灯倒计时，先不说啦。”

家具批发市场在西城区，她开了快四十分钟才到。

下车前，温笛找了口罩戴上，免得有人认出她。

老房子的布局在她脑海里，她先从门口布置起，右边是小厨房，左边能凑成一个小玄关，放个斗柜，地方不宽敞，对斗柜尺寸要求很高。

温笛转了一层，看了十多家，最终在一个有点儿旧的斗柜前站定。她在想，女主角看到这个柜子的颜色、样式，会不会很欢喜地买下来。

老板走过来："这个柜子是纯实木的，就剩这一件了，前几年的款式，要的话给你最低价。"他又指指柜子背板，"这里有瑕疵，不然早就卖出去了，其实一点儿不影响用，往墙边一靠，谁看得见？"

当然，很多人介意新家具上有瑕疵。

温笛用江城方言问："多少钱？"

老板考虑了两秒，叹了口气，用很勉强的口吻说："这样吧，给你 1350 块，不能再还价，运费另算。我是一分钱不赚，白搭工夫，还贴房租。"

温笛觉得还是有点儿贵："1000 块能卖吗？"

"卖不了卖不了，我亏本亏大了。"

"那我们去另一家看看。"忽然一道男音打断他们的对话。

温笛猛地转身，严贺禹走到了她旁边。

她眼神中带着疑惑，他怎么找到了这里？

严贺禹温和地道："我看楼上有家店的柜子也不错，你先去看看。"

温笛很配合，点了下头。

两人一前一后离开。

"哎，你们回来回来。"老板很是无奈地道，"1000 块亏本卖给你们。"

"我跟你们说，1000 块到哪儿也买不到我这个质量的柜子，你看看这儿，全是真材实料。要不是最后一件，我肯定不卖。"

一直到温笛付过款，老板还在絮絮叨叨地说着。

还好，她听习惯了。

以前她在山城淘家具时，十个老板有八个这么说，都说不赚钱。

温笛把运费钱一起付了，留下房子的地址和联系方式。

"你怎么会找到这儿？"从店里出来，温笛问他。

"我给秦醒打电话要去剧组探班，他说你不在，来家具市场淘家具了。"严贺禹一路找到这边。

家具市场一共五层，他从一楼找上来的。

“不是让你布置房子的时候给我打电话？下次记得叫上我。”

温笛：“我不知道你有没有兴趣挑，自己先来转转。”

严贺禹看看她，没再多言。

这一层转得差不多了，他们坐扶梯去了楼上。

温笛靠边站，跟他保持适当的距离。

严贺禹往后退了一点点。

温笛说：“没想到，你还知道配合我砍价。”

严贺禹看着她：“你以前跟我说过，你是怎么跟老板砍价的。”他到现在还记着。

那时她每淘到一件心仪的家具，晚上跟他打电话时都会绘声绘色地说半天，还说可惜他没空，想让他陪她一起逛市场淘宝。

温笛没接话，正好到了楼上。

严贺禹适时地岔开话题，问道：“还要买什么？”

“折叠的餐桌、餐椅，看看能不能淘到合适的书桌。”

房间太小，只能寻找适合的尺寸。

他们进了一家店，严贺禹和温笛分开看，他想知道他跟温笛能不能看中同一样家具。

老板娘给严贺禹介绍了几款价格贵一点儿的书桌：“这几款适合你媳妇。”

对“媳妇”这个称呼，严贺禹没反驳，也没应声。

“贵是贵了点儿，但一分钱一分货。买回家一摆，档次不一样。”

严贺禹说：“看她喜欢什么样的。”

“我跟你说，女人都舍不得花钱给自己买贵的，男人该有主见的时候得有主见，得知道心疼媳妇儿，你说是不是？”

严贺禹点头。

老板娘还以为他有点儿松动，接着给他介绍。但严贺禹最后还是那句：“我听她的，她觉得哪款好就买哪款。”

老板娘无语了，后来连话都不想说了。

两人把所有书桌看完，温笛问他：“你看好哪款？”

严贺禹看中的是很简洁的一款，价位中等，他告诉温笛："右边第三张。"

巧了，温笛也想买那张书桌，看来他把剧本研究得很透彻，了解主人公的喜好。

跟老板讨价还价后，他们买下那张书桌。

今天收获不小，赶在批发市场下班前，他们买齐了餐桌、餐椅，还订了小尺寸的沙发。

严贺禹和温笛在买沙发时眼光不同，最后订了温笛看上的那套。

从家具市场出来，温笛接到一个陌生号码，是江城本地号，她接听。

电话是送斗柜的师傅打来的，问家里有没有人，天黑前给她送过去。

温笛看了一眼手表，告诉师傅，她半个小时左右到家。

约好了时间，她跟严贺禹说："我去趟老房子那边，你先忙。"

严贺禹："我晚上没有其他事，跟你一块过去。"

他绕过车头，走到副驾驶座那边，等着温笛开车锁。

温笛瞅着他："你自己的车呢？"

他的理由很充足："知道你肯定开车来，我让他们回去了。"

温笛："……"

不想跟他斗嘴，她拿出车钥匙打开车门。

严贺禹坐上副驾驶座，把座椅往后调，空间勉强够他伸开腿。

他系上安全带，已经想不起上次坐她的车是哪年了。

两人沉默了半路。

严贺禹手肘抵在车窗上，帮她一起看前边的路况。

"《欲望背后》大概多久能拍完？"他借着说话看了她一眼。

温笛："顶多一个月。"

后续的剧本都改好了，周明谦挺满意的，说男女主角之间的对手戏终于有了张力。

"我现在能腾出精力忙你的电影了。"

严贺禹建议她："你先出去玩几天，接下来又得忙七八个月。"她喜欢滑雪，今年肯定没时间过去，去年应该也没去。

"趁着天还冷，你找个地方滑雪。布置房子的事交给我。"

"下个月吧，这个月二姑妈没空。"

温笛和温其蓁约好了去滑雪，但温其蓁这个月太忙，走不开。

“你表弟开学没？没开学的话，我们一起吃个饭。”

“早去学校了。”

接下来，他们又没什么可聊的了。

严贺禹打开音乐播放器，找了一首粤语歌。

他把声音开得很小，歌词他记得，于是关了手机屏幕，到了副歌部分，他状似无意地低声跟着唱。

以前秦醒就说过，没有哪个女人能抵抗得了严哥唱歌时的嗓音。

温笛握了握方向盘，以前他经常唱歌给她听。

思绪飘得有点儿远，她给拽了回来，瞥他一眼：“你是不是很久没去唱歌了？”

“你怎么知道的？”

“唱跑调了。”

严贺禹确定没跑调，是她让他别唱了。

他把音乐声调大，没再跟着唱。

车子还是停在前天停车的地方，他们走着去房子那边。

夕阳收回最后一抹余光，天色暗了下来。

严贺禹跟她并排走，不自觉就会想，要是没分手，她现在会怎么走路。她肯定是整个人都赖在他身上，拖着他走，一点儿力气不想花。

“温笛。”

“嗯？”

他指指卖烤串的店铺：“要不要吃？”

“不吃，晚上剧组有聚餐。”

严贺禹只能作罢。

送货的师傅已经在院门口等着了，柜子不算重，师傅直接背上二楼。

严贺禹要帮忙抬，师傅说抬着不方便，不如背着走。

斗柜直接贴左手边的墙放着，大小正合适。

温笛双手抱臂，站在厨房门口，盯着柜子，要是再高三四厘米会更洋气一点儿，但市场上没有高矮正好又恰好是她喜欢的样式的柜子。

“看什么？”严贺禹开了客厅的灯。

温笛说："要是高一点儿就更好了。"这样也不错，上面再摆几本书，放个花瓶装饰一下，不影响整体效果。

严贺禹思忖半刻："我有办法。"

"什么办法？"

"加可收缩的支撑腿。"

温笛刚才没想到这个法子。

"你等我回来，可能要一个小时左右。"

温笛对着他的背影问："你干吗？"

"买支撑腿。"

"不着急，等明天白天我找师傅来安装。"

"我自己装。"

严贺禹拿上钥匙已经匆匆下楼。

温笛反锁上房门，在屋里溜达，脑海里想象着哪些地方该添置什么。

手机响了，秦醒给她打来电话，问她几点到。

温笛看了一眼时间："你们先吃，别等我。我这边不知道什么时候忙完，斗柜要稍微改一下。"

"你在老房子那儿？"

"嗯。"

"那我给你打包一份送过去。"

秦醒不等她说话，就挂断了电话。

温笛给他发消息："不用打包送来，我回家吃。"

秦醒："知道了。"

一个小时零十分钟，严贺禹回来了。

他拿钥匙开门，没打开。

"温笛。"他叩门，"是我，开门。"

温笛有一瞬间的恍惚，这一幕很熟悉。

她大步过去开门："在哪儿买的？"

"不知道，找了房东帮忙带我过去的。"除了支撑腿，他还买了一套工具。

刚才他走得急，温笛没来得及问："你会安装吗？"

"没什么技术含量，我看过视频，很简单。其他人都是网上买的支撑腿回家自己安装。”严贺禹放下工具箱，在客厅地上铺上纸板，让温笛帮忙抬一下斗柜，“把柜子倒过来放。”

放好柜子，严贺禹脱下外套，又摘下手表：“帮忙拿一下。”

温笛接过来，他摘下袖扣递给她，然后将衬衣衣袖一直挽到小臂。

客厅太小，温笛往后退了几步，不影响他干活。

她靠在卧室的门框上，看他认真地给斗柜加支撑腿。

客厅柔黄的灯光打在他的身上，将他冷冽的气质晕染了一层暖色。

不知道为什么，她居然想到了“洗尽铅华”这个词。

她感觉没用多久，他就给斗柜加上了四条腿。

严贺禹又仔细拿卷尺量了每个腿是不是一样高，确定无误后，他将卷尺放在一边：“再帮个忙。”

温笛把手表递给他，等他戴好，他们一起把斗柜抬到原来的位置。

严贺禹问：“现在怎么样？是不是你想要的样子？”

温笛看后，道：“比我想的还要洋气一点儿。”

“那就好。”

严贺禹去收拾工具。

这时有人敲门：“你好，外卖，一位姓秦的先生给你们点了火锅外卖。”

温笛忙去开门，是两位小哥配送过来的，还给他们送了一个电火锅和两套餐具，就连擦手的毛巾都准备好了。

秦醒考虑周到，又买了一个超长的插线排。

房子里有简单的桌椅，他们将外卖放下后，一一交代清楚才离开。

严贺禹用其中一条毛巾擦桌椅，说：“正好想吃火锅。”

温笛没吱声，把洗干净的锅通电，开始煮汤底，又将菜一份份打开。

严贺禹帮着倒蘸料，他们已经很久很久没有两个人一起吃顿饭了。

屋里很安静，只有打包袋的窸窣声。

他们相对而坐，严贺禹倒了两杯饮料。

汤底煮开，温笛在往锅里倒牛肉。

他拿起自己的饮料杯，跟她面前的杯子轻轻碰了一下：“没想到，我还能跟你一起吃饭，更没想到，我们兜兜转转还能又遇上。温笛，以前我能给你惊喜和浪漫，以后也能平平淡淡陪你过日子。”他又加了一句，“惊喜也不会比以前少。”

他把她杯子里的饮料倒在他的杯子里，一个人将一杯饮料喝完。

温笛始终没说话，牛肉很快涮好，她全部夹到两个碗里，把多的那碗给他。

严贺禹默默吃着她给他涮的牛肉，心里涌出的滋味省了蘸酱料。

家里过于安静，他打开手机，找了一首歌。

这次不是傍晚放的那首粤语歌，换了一首她以前喜欢听的。

优美的旋律在空空的客厅回响。

“亲爱的旅人，没有一条路无风无浪，会有孤独，会有悲伤，也会有无尽的希望。”

第十七章

攒钱买戒指

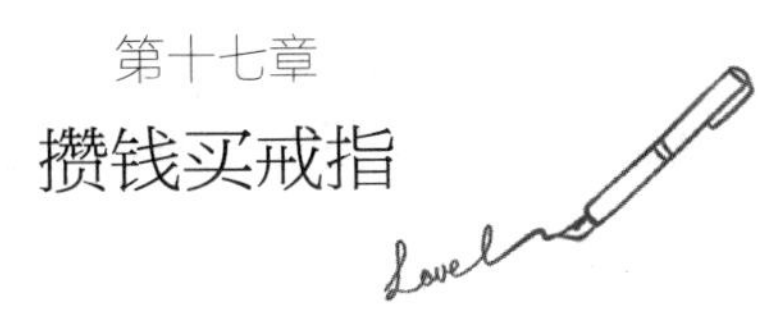

这首歌在循环播放，温笛对他播什么歌似乎没有异议。

严贺禹忽而放下筷子，拿着手机起身。

温笛抬头看他，但也没问他要干什么。

严贺禹走到卧室，把手机放在床头柜上。

从卧室传来的歌声俨然成了背景音乐，不影响他们聊天。

即便他们不聊天，也不至于沉默着太尴尬。

温笛看他碗里的牛肉不多了，她把羊肉倒进锅里。

严贺禹拿起勺子，盛了几勺热汤放在她的碗里。她吃得慢，吃到最后都是冷的，他以前也会盛汤底给她的菜加热，保证菜是热的。

“是你订的火锅？”温笛出声。

因为从酱料到菜品，都是她喜欢的，她不爱吃的菜一样没有。秦醒粗枝大叶，根本不可能记得她喜欢吃什么，不喜欢吃什么。

那只有一个可能，是他以秦醒的名义下的单。

严贺禹把勺子搁在一边，说：“不算是。秦醒问我，你喜欢吃什么，我列了清单给他。”

温笛“哦”了一声，拿起手边的饮料杯，跟他做了个碰杯的动作，没说话，仰头喝饮料。

严贺禹一直看着她，自己忘记了喝饮料。

“看我干什么？吃菜。”

“歇歇再吃。”严贺禹抽了纸巾递给她。

温笛顿了下，接过纸巾，直接擦擦嘴角，唇边沾了点儿果汁。

屋里的火锅味太浓，严贺禹去阳台开窗通风。

院子大门开了，有个孩子抵着门，外面一辆电动车驶了进来。

那是院子里的另外一户人家，是一个三口之家，他们住在一楼，旁边的一间平房也是他们家的，用来做饭和堆放杂物。

邻居不经意抬头时看到他，热情打招呼："搬进来了呀？"

严贺禹道："没，还在置办家具。"

"哦，那也快了。"邻居停好电动车，转头叫孩子回屋。

他从房东那里听说，楼下邻居姓黄，两口子都在园区一家厂里上班，早出晚归，儿子今年上小学二年级。

严贺禹没急着进屋，在小阳台上站了片刻，等温笛慢慢吃完碗里的牛肉。

楼下平房的灯亮了，他这个角度刚好看到挂在墙上的一个黄黄的电灯泡。

光从门缝钻出来，在平房门口斜铺开来。

窗户里、灶台前，黄先生系上围裙开始做晚饭。

楼下阳台的窗户可能也没关，他听到男孩背诵课文的声音。

这是他从来没有经历过的生活，简单、踏实。

没多一会儿，铁大门从外面被人推开，又一辆闪着灯的电动车驶进来，应该是黄太太下班回来了。

"妈妈！"

"哎。作业写完没？"

"早写完了，我在背课文。"

"真乖。"

他这边阳台的灯亮着，黄太太也看到了他。

两口子连打招呼时说的话都差不多："住进来了呀？"

严贺禹："没，还没收拾好。"

黄太太拿下头盔，一边给两辆车充电，一边跟他说话："我和孩子他爸早上经常得很早出门，这铁大门声音有点儿大，万一吵着你们睡觉，还请你们多担待一点儿。"

"没关系的，我们平常不住这儿。"

黄太太懂了："给孩子买的学区房是吧？"

严贺禹："……"

他含糊其词地应了句。

黄太太问："你们家是男孩还是女孩？几岁了呀？"

严贺禹："女儿，五岁。"

"哦，那也快上小学了。"

黄太太拿着头盔和包进了屋，院子里安静下来。

温笛这时走过来："不知道你还有个五岁的女儿。"

严贺禹听出她的嘲讽，说："是温温。"

温温小仙女今年五岁。

它喊过他"爸爸"，那就是他的女儿。

温笛刚才猜到他说的女儿是温温："温温跟你没关系。"

"我觉得有就行。"

温笛瞅他一眼。

严贺禹岔开话题，让她看院子里的平房，以及周边的人家。

温笛的头探出窗外，这一片是江城最旧的房屋，平房居多，白天看着单调，夜色下万家灯火。

严贺禹关了阳台的灯，看夜景的视觉效果更好。

平房那边传来爆炒的声音，油锅里"刺啦刺啦"直响。

他们虽然闻不到菜香味，但感觉味道很好。

严贺禹说："不知道是什么菜？"

温笛："可能是醋熘土豆丝。"

严贺禹笑笑："你想吃这道菜？"

温笛摇头，趴在窗台往远处看。

他看着她的侧脸，她的脸上带着慵懒与温柔。

有那么一瞬，他想低头亲一下，又努力克制住。

"进屋吃火锅。"他回了客厅，把煮好的菜捞出来。

这顿火锅他们吃了两个多小时，温笛把所有菜都吃了点儿。除了家里人，只有跟严贺禹一起吃饭，她能吃饱，且没有任何心理负担。

她跟其他人吃饭，也不是对方会催她，是她自己潜意识里想尽量吃快点儿，实在没办法，只好少吃。

她咀嚼一口饭菜至少要三十下，是从小养成的习惯，后来成了强迫症。

小时候她会有意识地去数嚼多少下，后来不用，肌肉和细胞有了记忆力，若是嚼十几下匆匆咽下去，就感觉胃疼。秦醒说是她心理作用，也有这种可能，但确实就是吃得快了，胃不怎么舒服。

他们吃完，严贺禹把锅洗干净，提着厨余垃圾下楼。

温笛锁上门，跟在他后面。

他们带着满身的火锅味，离开充斥着烟火气息的老城区。

《欲望背后》转场到江城的第二周，开始拍别墅里的戏份。

秦醒和周明谦他们没去酒店另开房间，一直住在别墅里，温笛觉得不方便，没来看过。

今天片场在这儿，她才过来看看。

别墅区大同小异，温笛不甚在意，直到看到大门上贴着的那副春联。

“秦醒！”

“来了来了。”

秦醒正在院子里抽烟，把烟头在石子上摁灭。

“怎么了？”他大步流星地走过去。

温笛盯着他：“别墅是谁的？”

秦醒眨眨眼：“房东的。”

“房东是谁？”

“我想想啊。房东好像姓严，跟严哥一个姓。”

“扑哧”一声，秦醒笑出了声。

他全招了，把房子的事和盘托出。

他租严贺禹的别墅那是因为合适：“周明谦看了我拍的视频，拍板说行，没谱的事儿咱不干。再说，严哥现在跟你见面还用得着房子？”

温笛看在房子确实跟剧本出入不大的分上，不跟他计较。

她明白严贺禹什么心思，想着法子往她电视剧里加塞他自己的东西。等剧播出，要是有他别墅出现的镜头，他得倒回去多看几遍。

秦醒环顾院子一周，没看出哪里有特别的地方能让温笛猜到这是严贺禹的房子。

“你是凭什么判断的？”

温笛指指门上的春联：“我写的。”

“不得了，这是妥妥的被编剧耽误的书法大师呀。”

“再接着吹。”

秦醒笑了。

上午的几场戏拍完，温笛去找尹子于。

刚才那场戏是尹子于跟谈莫行的对手戏，是两人感情崩了的一场戏，谈莫行已经离开，房子里只剩下她。

导演喊停后，尹子于还在掉眼泪，没出戏。

谈莫行见她眼睛哭红了，去洗手间洗了一条热毛巾递给她：“再哭，下午的戏没法拍了。”

尹子于坐在懒人沙发上，仰头泪眼蒙眬地看着他，质问他：“你为什么非得走？”

谈莫行在心里无奈叹气，剧里的他，丢下了她。

他在她身前半蹲下来，拍拍她的肩头，哄着她：“不是没走吗？”

“可你就是走了。”尹子于哽咽，泪流满面，她把脸埋在膝头，哭得不能自已，肩膀跟着一起颤抖。

顾恒扔给谈莫行几袋零食，示意他给尹子于。

尹子于头也不抬，沉浸在剧中人物的悲伤里。

谈莫行试着把零食塞进她手里，被她猛地一把推开。

他半蹲着，重心不稳，直接坐在了地板上。

尹子于的助理赶紧过来，尹子于没出戏时不喜欢别人打扰，谈莫行不清楚。

她小声致歉：“谈老师，不好意思啊。”

“没关系。”谈莫行起身，拍了几下衣服，只留下一袋零食，其他又丢给顾恒。

他饰演的男一跟顾恒饰演的男二对手戏很多，比跟尹子于饰演的女一的戏份都多。

他跟顾恒相处了五个多月，两人的话虽然依旧不多，但比刚进组时熟络了不少。

温笛来了，打过招呼，她坐到尹子于旁边。

尹子于又抱着她哭了一会儿，心里的悲伤哭完，眼泪哭干，也哭累了，她仰头倒在身后的懒人沙发上，长长出了口气。

“温老板，你这场戏后劲儿太大，比我自己失恋还难过。”

周明谦带头给她鼓掌，今天这场感情戏最难拍，尹子于一条过。

尹子于擦干眼泪，整理好妆容，去给谈莫行道歉。刚才入戏深，把怨气都撒在他身上了。

谈莫行：“没事。”

尹子于在顾恒和谈莫行跟前，还是有点儿拘谨，她没多聊，去温笛那边吃水果，缓缓情绪。

温笛给她剥了一个橙子：“剥得不好看，凑合吃。”

“谢谢温老板。”

尹子于呼出一口气，咬了一大口。

她揉揉太阳穴，脑仁哭得生疼。

园园忙完秦醒交代的事情，也凑过来。她不清楚尹子于怎么哭得这么惨，虽然天天在片场，但她兼着秦醒和温笛的助理，要忙的琐事多，有时整场戏只能看三分之一。

“怎么哭成这样？”

尹子于笑道：“你问温老板，她让我哭，我敢不哭？”

温笛告诉园园，刚才那场戏，尹子于跟谈莫行彻底闹崩了。

园园点头，原来是失恋才哭的。

“温笛姐最会写哭戏，我前年看那部古装剧，大结局差点儿把我哭死，夜里做梦都是男女主角，被虐得五脏六腑都疼。”

园园好奇：“温笛姐，你写的时候，自己会不会哭？”

温笛又给园园剥了个橙子，递给她，道：“会哭啊，不然怎么代入？比你们哭得还惨。”

尹子于：“那写我这场戏时，你眼睛不得哭肿呀？”

温笛笑笑：“差不多。”

园园问尹子于：“你跟谈老师在剧里分手后还会复合吗？”

“不复合，开放式结局。”

园园作势捂着自己的心脏：“那我会受不了的。”

温笛最近在考虑，要不要让尹子于和谈莫行再合作一次。

她想让尹子于试镜《人间不及你》电影版的女主角，尹子于的可塑性很强，可纯可欲，可甜可咸，挑战一下这个戏，说不定能演出跟剧版完全不一样的感觉。

但她要看严贺禹是什么意思，毕竟他是资方。

“今天严总在家。”园园的话打断了温笛的思绪，她顺着园园的视线转身看过去，严贺禹穿着白衣、黑裤，从楼梯上走下来。

可能他没出门的打算，手表没戴，衬衫的袖扣也没戴，随意挽了几下。

“你们都知道这是严总家？”温笛问园园和尹子于。

园园说：“早上刚知道。”

她拉尹子于起来：“走吧，看看今天中午吃什么。”

她们不能在这儿当电灯泡。

两人说说笑笑地离开了。

严贺禹径直地去了厨房，很快端着一杯温水出来。

剧组的人都知道，严贺禹在追温编剧，他们自觉避开，给他们留下空间。

严贺禹在温笛旁边坐下，把水杯放在她面前的茶几上。

他问：“剧组的盒饭好不好吃？中午跟你一起吃盒饭。”

“不好吃。”

“那我尝尝到底有多难吃。”

“……”

温笛拿起剥橙器，从果盘里拿了一个橙子，说起大门上那副春联：“是范伯伯送给你的吧？”

严贺禹颔首：“嗯。我第一年在江城过年，什么也没准备，范总送了几副春联，我当时猜是你写的，今年就没换新的春联。”

温笛惊讶地抬头看着他：“你怎么猜到的？”

严贺禹跟她对望，道：“也不算猜，看到任何人给我的东西都能想到你，都觉得跟你有关。”

两人之间沉默了几秒。

沉默被手机振动声给打破了。

严贺禹看了一眼手机屏幕，是姜昀星小叔的号码。

他没避着温笛，按下了接听键。

姜正乾处理自己在外面出轨的证据时，没快过严贺禹，还被严贺禹掌握了其他要命的证据，主要是他私吞集团利益的事。

他厉声警告严贺禹："年轻人，劝你三思，想想你发了邮件给姜家其他人后，你是不是能承担得起后果？"

严贺禹波澜不惊："不知道有多少人威胁过我，你看我怕了谁？你这样的，我还没放在眼里。"

他习惯性地看手腕上的时间，可没戴手表。

他看向温笛，对温笛说话时像变了一个人，声音瞬间变得温和："手表借我看下。"

温笛听出他跟对方的谈话火药味十足，没多问，直接摘下手表借给他。

"不用摘，我看一下就行。"严贺禹捏着她的针织衫的衣袖，把她的手腕往自己跟前拽了拽，看清了表盘上的时间。

他冷声提醒姜正乾："你想想怎么善后吧，还有六分钟，邮件会准时地发到你的邮箱，并抄送了你们一大家还有你岳父家的所有人。这只是你私下勾当证据的三分之一，我那儿还有三分之二，好自为之。"

他挂了电话。

温笛往回拽自己的衣袖："能松开了吗？"

严贺禹还拽着，等他把手机放下来说："能。"然后他才放开她的衣袖。

温笛无语，不想跟他多说什么，接着剥橙子。

严贺禹拿起那杯给她倒的水，自己喝："有人威胁我，你不关心一下？"

"你自己都不怕，用得着别人关心？"

"其实，心里也很害怕的。"

温笛想翻白眼，但忍住了没翻。

严贺禹笑了，放下水杯去厨房洗手，坐回来后，从她手里拿走橙子和剥橙器："我来。"

剥橙器在他指下快速滑动，几下就将橙子剥好了，橙子皮整齐美观，像一朵鲜花。

这都是以前他给她剥橙子练出来的。

温笛在剧组待到傍晚才离开，修改后的几场感情戏，周明谦给了她很高的评价，说终于找到了以前的感觉。

剧组后期没什么需要她忙的，她跟二姑妈明天去滑雪。

她回到家，二姑妈下班回来，正陷在沙发里逗温温玩。

奶奶拿着玻璃瓶从洗手间出来，玻璃瓶里养的是那朵朱丽叶玫瑰，快两周了，花瓣慢慢枯萎。

“这种玫瑰比其他的好看，等彻底败了，我给你晒干收起来。”

温笛：“一朵花，不用那么上心。”

奶奶说：“反正不麻烦。”

每次出远门，奶奶总会给她收拾一包零食带上，这次去滑雪也不例外，奶奶给她和二姑妈各准备了一袋零食，塞进她们的箱子里。

奶奶叮嘱她们，给她们买了一样的，不许为抢零食打架。

二姑妈笑道：“我是那样的人吗？”

奶奶：“你差点儿连温温的零食都抢。”

二姑妈笑出了眼泪，抓着奶奶的胳膊使劲儿晃两下：“不许这么说我。”

翌日清早，温笛跟二姑妈坐上了飞机。

她想不起来上次跟二姑妈出游是哪一年，久到好像是上辈子的事情。

二姑妈主动提及关向牧，说他入股了她隔壁的新材料公司，不时去厂区考察。

温笛拆了一盒巧克力，拿出两个勺子，跟二姑妈分享。

她问：“你经常碰到关总？”

“也不是，他每次去隔壁公司，都会给我发条短信，说来了。”温其蓁从来没回复过，然而他还是若无其事地继续发。

温其蓁舀了一勺巧克力放在嘴里，转而说道：“《人间不及你》的电影剧本什么时候开始写？”

“滑雪回来着手写。”

“找到感觉了？”

“不知道算不算，反正这几天断断续续挑齐了所有的家具，还有些装饰品没买。”温笛顿了一下，说道，“感觉还不错。”

“那就好。”

吃完巧克力，温笛和二姑妈戴上眼罩休息。

她们一觉醒来，飞机落地北国。

她们订了特色民宿，也是民宿老板来接机的。

她们在这儿一共玩了三天，二姑妈带了两套滑雪服，给温笛准备了三套。

温笛呵着热气，眼前是青松、木屋，还有一眼望不到边的雪地。

她第一次滑雪是四岁那年，二姑妈带着她去国外的滑雪场，那时个子矮，摔倒了也不疼，几天摔下来，学得有模有样。

滑雪之行的第二天，秦醒问她玩得怎么样。

温笛随手拍了一张滑雪场的照片发到群里：“今天周六，人比昨天多。”

她跟二姑妈今天玩了单板，刚刚收起板子，滑了一上午，终于找到几年前滑雪的感觉。

到了午饭时间，她们先去觅食，下午接着玩。

秦醒问过温笛，又问严贺禹：“严哥，今天找到温笛没？”

严贺禹刚从山上滑下来，没看到消息。

康波这次跟老板一起来滑雪，老板说是奖励给他的冬季游。

他清楚，老板是来找温笛的，但两天了也没找到。

他玩归玩，工作也不能放松。

到了中午吃饭的饭店，康波汇报姜正乾那边的情况，姜家乱成一锅粥，姜正乾更是自顾不暇。

“严总，姜家那个新项目？”

“抢过来。”

“好，我这就安排。”

屋里像夏天，严贺禹脱了滑雪服，从饭店的窗户往外看，找遍了滑雪场，就是碰不到她。

还剩今天下午和明天上午，她应该是明天傍晚的航班返程。

“严总，温小姐说不定还会到附近的景点转转。”他们只在滑雪场找她，肯定遇不到人。

严贺禹："她滑雪就是纯滑雪。"

康波点了点头，不再乱出主意。

他下午不打算再滑，喝了点儿酒暖胃。

吃过午饭，稍作休息，他们再次回到滑雪场。

严贺禹让康助理和保镖在山下，不用跟着他。

他坐着缆车上山了。

连坐缆车时他也在四处寻人，视线范围里，滑雪道上都是人影，根本分不清谁跟谁。

从山上滑下来时，严贺禹滑得不快，以找人为主。

整个滑雪场的人都穿着差不多的滑雪服，又戴着滑雪镜，得仔细辨认每一个差不多的身影。

不知道她今天穿什么颜色的滑雪服，可能是白色的，也可能是黑灰色的。

严贺禹今天滑的是双板，转弯时用雪杖点了一下，视线始终在周围的人身上。有人快速从他身旁经过时，他会多看两眼。

就这样，在不知不觉中，他又到了山下。

严贺禹慢慢滑到边上，转头往后看滑雪道，到处是人。

有道黑色的身影从上面下来，也是双板，姿势优美，山下的人多，那人轻松避开了所有人。

从他身边过去时，他跟着转身。

"温笛。"

那人明显一顿，倏地转过头。

严贺禹推上滑雪镜，看清了她今天的滑雪服，黑灰相间，鞋子和滑板是红黑相间。颜色跟他身上的滑雪服差不多。

温笛也推开滑雪镜，冷风有点儿迷眼："你怎么也在？"

严贺禹看着她："来找你。"

把她弄丢一次，他总想找回她，今天终于找到了她。

他用雪杖轻推，慢慢滑到她跟前，伸手牵住她戴着手套的左手："我陪你再从山顶滑一次。"

严贺禹开始是牵着她的手，后来改成攥她的手腕。

温笛左手还拿着雪杖，从他手里抽回来："你这样，我怎么滑？"

这是答应了跟他从山顶再滑一次。

温笛也不是为了他去滑的，她的计划本来就是要再滑三次，她不想因为他的出现改变自己的安排，来一趟实在不容易。

"二姑妈呢？"严贺禹问道。

"不知道，我们各玩各的，天黑前在出口集合。"

温笛收起滑板，往缆车走去，之后不再说话。

严贺禹走在她的身后，踩着她踩过的地方。

"我前天来的。"他主动告诉她。

"我没问你。"

严贺禹说："我在自言自语。"

温笛转头看了他一下，又继续往前走。

刚才她回头的那一瞬，应该是在翻白眼，但她戴着滑雪镜，他看不见她是什么动作。

严贺禹问她："你多久没滑雪了？"

温笛只在拍摄《如影随形》综艺节目时去过滑雪场，但没玩尽兴，自那以后没专程滑过。

她说："这几年都没空。"

严贺禹："我也是，上次滑雪还是跟你在圣莫里茨。"

温笛没搭腔，他总是没话找话。

远处的康助理确定老板找到了温笛，于是，他急忙联系旅拍摄影师，让他们跟拍老板，还特意交代摄影师，要尽量拍得像情侣。

摄影师有点儿费解。

康波道："他们是夫妻，七年了，正在冷战。"

摄影师懂了，要拍出当年谈恋爱时的感觉。

严贺禹和温笛从山上下来时，他起初跟在她的身后，之后并行，中途超过了她。

温笛不甘落后，拿出全部的技巧跟他拼。

互相追逐是他们在滑雪时的乐趣，以前是，现在也是。

上次在圣莫里茨，七天的行程，他们有五天在滑雪场，两人乐此不疲比赛，温笛非要赢他，然而每次都差那么一点点。

严贺禹为了调动她的兴致，每次就输一点点给她。

温笛不甘心，回到酒店，让他睡沙发。

严贺禹走神时，被温笛赶上。

他收回思绪，去追她。

有无人机在跟拍他，他想到应该是康波安排的摄影师。

这一次，又是严贺禹先到终点，比她快一点点。

温笛用自己的雪杖敲了几下他的雪杖，意识到他们并不是从前时，她收住雪杖，跟他说："不用陪我耗时间，你去忙你的工作。"

她再次走向缆车，打算自己再滑两趟。

严贺禹叮嘱她："早点儿回住的地方。"

温笛没回头，挥挥雪杖回应他。

找跟拍摄影师这件事，康波先斩后奏。

要是有不妥，他甘愿被训斥。

严贺禹说："钱你自己出。"

康波笑了，老板应该很满意跟拍。

他们回到酒店，严贺禹截取了不少精彩画面，打包发给温笛。他又挑了几张发朋友圈，每张都有另一个身影乱入。

照片上温笛的身影在他身后很远，看上去不像同行的伙伴，但每一张都有。

他的心机和那点儿心思，在发朋友圈时，已经无处可藏。

三月初，江城的天气回暖。

温笛滑雪回来后，去了一趟剧组。

秦醒已经看完了剧本，但还是没找到严贺禹和肖冬翰打价格战的答案，至少剧本里没有明确指出。

在现实中，肖冬翰跟严贺禹的竞争还在继续。

秦醒把剧本扔给温笛："你找给我看看，哪里有？"

温笛笑了："你不能动动脑子？"

“不能，一动就疼。”秦醒捋捋头发，“我不想中年掉头发。”

温笛无语，把剧本又还给他。

秦醒玩惯了，除了应酬，其他不走心，不是真不懂，是不想操心生意场上那些事，懒得弄懂。

他要是懂太多得回自己家公司出力，那是他的噩梦。

“严哥终于找到你了？”

“嗯。”

“你看把他嘚瑟的，他发朋友圈时就差把你名字放在上面了。”秦醒起身，“不跟你扯了，我去研究一下新剧本。”

“什么新剧本？”

“给尹子于接了个新戏，看看合不合适。”

尹子于现在签约了他们的影视公司，是公司的重点培养对象。

《欲望背后》再有一个星期就杀青了，温笛也开始着手《人间不及你》的电影剧本。她创作剧本时有个习惯，得闭关。

周六那天上午，她带着笔记本电脑来到老城区的房子。

里面全布置好了，两平方米的阳台被她改成了书房，当初跟严贺禹一起淘来的书桌放在阳台上正合适。

自从滑雪之后，她就没来过老房子。

今天黄太太休息，大门没锁。

温笛推门，眼前的景象让她一怔，以为自己走错了门，赶紧退回去，可再看看门牌和这个有特色的铁大门，确定自己没走错。

她再次开门，黄太太正好从屋里抱了被子出来晾晒，笑盈盈地跟她打招呼：“好久没看到你了，不敢认这个院子了吧？”

温笛笑笑：“还真不敢认。”

她进来，随手关上大门。

黄太太把被子搭在折叠晾衣竿上，说：“院子是你老公翻新的，说没提前让你知道。一个星期赶完工期，弄这个花园和买那些海棠树花了不少钱，我们要给他钱，说两家平摊，他不要。”

现在院子弄得像个小景点，每天看着心情也跟着敞亮。

温笛沿着花园看了看，里面还栽了两棵桂花树。沿墙边栽了西府海棠、垂丝海棠，还有北美海棠。

黄太太看了看她：“你跟一个明星长得很像。”

温笛微笑不语。

黄太太只是顺口一说，没多想，又转身回屋里去抱其他被子。

温笛上楼了，家里打扫得一尘不染，窗明几净。

她把电脑放在阳台书桌上，打开窗户，楼下的花园、院子里的海棠树，尽收眼底。

在书桌前坐了会儿，平静下来，她打开电脑进入工作状态。

四月中旬，花园里的花开了一部分，海棠花也开了，移栽来的头一年，开得不是很多。

温笛每天待到天黑才回去，黄太太家的小厨房是她喜欢的一处夜景，平平淡淡，却又温馨至极。

他们家大多是黄先生回来早，给孩子弄点儿吃的后，开始炒菜。有时黄太太先回来，她跟黄先生一样，系上围裙开始做晚饭。

油锅翻炒声是她喜欢的声音之一。

他们都是话不多的人，她很少听到他们吵架，唯一一次争执是因为辅导孩子作业。

他们吵了两句便消停了。

那天下雨，温笛准备回爷爷家，撑着伞从楼上下来，黄太太正好回来。

电动车进了院子后，在小厨房忙活的黄先生忙去关火，小跑着进了院子，扶着车把，对妻子说：“你进屋去。”

黄先生把电动车推进后面的车库，车库小，进出不是很方便，他们平常都是把车停在院子里充电。

黄太太见她下楼：“雨不小，路上小心啊。”

温笛浅笑：“好，谢谢。”

黄太太甩了甩雨衣上的水，把雨衣挂在走廊的挂钩上，开门进了屋。

温笛刚走出大门口不远，巷子里有一道挺拔的身影撑着伞往这边走来。

“温笛。”那是严贺禹的声音。

温笛站定，待他走近，看清楚他的风衣衣摆被雨水打湿：“你什么时候来的？”

严贺禹：“我刚到江城。”

他看天气预报，说江城这两天大雨，他安排好工作便过来了。

他上次来江城还是三月中旬，一个多月没见到她了。

温笛说：“我有车，雨大了还有司机呢。”

严贺禹让她走在他前面：“我把你送到巷子口。”

他陪她走了一段几百米的雨天小巷。

周围很安静，只有雨砸在伞顶的声音，偶尔有电动车从他们身边过去。

到了车前，严贺禹让温笛坐在副驾驶座上：“我开车。”

“不用，雨不算大，视线还行。”

“我把你送回去。”

两人各说各的。

双方争执不下，温笛把车钥匙给他。

严贺禹把自己的伞撑高给她遮雨，温笛收了自己的伞，拉开车门坐上去，全程没淋到一点儿雨。

严贺禹从车头绕到驾驶座，脱下风衣，折了两下放在后座上。

他左手手背上有雨水，温笛抽了几张纸巾递给他。

“我明天也在江城。”他发动车子后，跟温笛说道。

温笛：“来分公司开会？”

“不是，明天我休息。”

他这句话是提前跟她打声招呼，明天他要去老房子那边。

第二天中午，温笛刚写好一场男女主角互动的戏份，敲门声响了，声音随之而来：“温笛，是我。”

温笛保存文件，去给他开门。

外面大雨滂沱，他拎着一些食材，雨伞放在了外面的水池边。

温笛瞅着他手上的东西：“你从哪儿来的？”

“生鲜超市，中午给你做饭。”

“你从京城跑来，就为了给我做顿饭？”

“嗯。”

严贺禹把食材放在厨房，说：“复杂的我不会，给你做一菜一汤。”

温笛不管他，随他折腾，又坐到书桌前。

严贺禹给她倒了一杯水送过去：“有没有定闹铃喝水？”

“有。”

严贺禹放下水杯进厨房忙活，来之前他在家里跟着厨师学了几个晚上，勉强过关。

阳台上，温笛没再打字，端起水杯喝水，从桌角拿了本书翻看。

这顿午饭，他做了两个半小时还没好，她差点儿饿晕，连看书的力气都没有了。

一点钟时，严贺禹喊她吃饭。

折叠餐桌紧挨着沙发，客厅也是餐厅。

温笛刚才在阳台就闻到了香味，进来一看，桌上有盘醋熘土豆丝，不能称为丝，他切得有点儿粗，这盘土豆丝应该叫醋熘土豆条。

他们在老房子吃火锅那晚，黄先生在平房里炒菜，她猜那道菜是醋熘土豆丝，他便记在了心上。

这是严贺禹第二次给她下厨，菜的味道一般，她却吃得很香。

下午，严贺禹没出门，问她要了一本书，坐在客厅看了起来。

等她休息的间隙，他问道：“剧本大概什么时候能完成？”

温笛：“五月底吧。”

温笛提前一周交稿，在家休整了几天，飞去京城。这个月底，《欲望背后》举办招商会，届时全部主创人员都得到场。

严贺禹收到剧本后，打印了三份出来，给周明谦送去一份，又给关向牧和印总各寄了一份。

关向牧是电视剧版《人间不及你》的最大投资人，而印总是温笛的伯乐，投资了她的第一部作品。他们两人当初都是看了温笛的作品才决定投资，他请他们帮忙，看看温笛是不是回到了以前的创作状态。

关向牧：“看完给你回话。对了，下周五是《欲望背后》的招商会。”

严贺禹知道，这次招商会关注度很高。

关向牧：“你这个广告冠名商大户，去不去捧场？”

严贺禹："去，但不是捧场。这部剧是温笛的心血，我要是给她抬价，就抹杀了她的实力。"

关向牧放心了："那就好，怕你脑子一热，找人陪着你一起给她捧场。"关向牧又好心提醒，"姜正乾这次被你修理得不轻，他能善罢甘休？"

严贺禹没空关心这些无关紧要的事："他要是记性没长够，我再给他上一课。"

关向牧不再多说："你心里有数就行。"

《欲望背后》招商会那天，严贺禹处理完公司的事，提前去了会场。

以往他都是坐在第一排中间的位子，今天找了后排角落的位子坐下，他今天过来是见证温笛人生里比较重要的时刻。

蒋城聿也到了会场，打电话给他问他坐在哪儿。

"你来干什么？"

"我替沈棠过来看看。"

严贺禹把自己的座位号发给蒋城聿，很快，他找了过来。

"沈棠出差了？"

"没。"蒋城聿坐下来后，道，"两个孩子到了晚上就缠着她，她走不开。"

他打开孩子的视频，把手机递给严贺禹："你好几天没看到了吧？又长大了一点儿，你看看。"

严贺禹拿过他的手机，看着视频里的龙凤胎，顿了一下，说："我也会有的。"

蒋城聿轻哂。

严贺禹觑他一眼："我不跟你一般见识。"

看完，他把手机重重扔进蒋城聿怀里。

台上，到了温笛上台说话。

严贺禹全神贯注地看着。

"听说你们很好奇，我这几年怎么创作了《大梦初醒》和《欲望背后》这样的作品。

"跟你们猜的差不多，我遇到了一些事情，那些我有段时间以为再也过不去的事情。后来过去了，我称它为成长。

“有几个月，我靠褪黑素都会半夜惊醒，我不甘心自己被打败。熬过两个通宵后，我突然转变了思路，我没有灵感了，也找不回来了，那我就努力让悲伤成为我的精神财富。反正不管怎样，我天天告诉自己很多遍，我不能就此颓废，往前走一步我都是成功的。”

底下响起掌声。

温笛接着道：“所以就有了那两部作品，在《欲望背后》的后期，离开我三年的灵感又回来了。你们刚才看的片花里的男女主角感情的碰撞，就是灵感回来后创作的。在这里，我要感谢周明谦导演，最开始的剧本其实很差劲，但他说，不是不好，是他对我要求高而已。”

严贺禹看着台上快掉眼泪的温笛，做了好几个深呼吸。他知道她灵感没了之后的痛苦，听她说出来，对他来说又是另一种凌迟。

后来她说了什么，他有点儿没听清。

他想专注地去听，她的声音忽近忽远，他听不真切。

招商会圆满结束后，严贺禹给她发来消息：“忙完给我打电话，我去找你。”

温笛：“我找你吧，我的休息室借给尹子于用了。我正好有事跟你说。”

采访结束，她去找严贺禹，《人间不及你》的电影剧本圆满完成，后续没有她什么事了。

严贺禹在楼上的贵宾休息室，她轻轻地敲门。

严贺禹开门，手机还放在耳边，他正在打电话。

看到门口站着的人是她，他对着手机道：“有点儿事，一会儿回给你。”

挂了电话，他对温笛说：“恭喜，今天你双喜临门。”《欲望背后》广告招商超出预期，年底将在两个卫视和三个视频平台同步播出。

《人间不及你》的电影剧本验收过关，周明谦、关向牧还有印总都觉得她二次创作的电影版剧本，赶超了电视剧版的创意和氛围感。

温笛客气地表示感谢，看来周明谦给他打过电话。

“严总，按照合同约定，接下来你那边需要支付尾款。将来在拍摄过程中需要改动的地方，我全力配合。”

严贺禹笑了笑：“你来找我是催要尾款？”

温笛："也不是，知道你不会欠我的钱。我是想跟你说一声，我的工作到今天全部结束，这几个月合作下来，还算愉快。提前祝开机顺利，票房大卖。"

她主动伸出了手。

"谢谢。"严贺禹轻握她的手。

没有别的话要说，温笛略微颔首，转身离开。

"温笛。"在她握住门把时，严贺禹叫住了她。

温笛转过头来："还有事？"

严贺禹走了过来。

他离得近了，她有压迫感，看他需要抬头。

严贺禹垂眸看着她："从去年十月到现在，七个月，对我一点儿好感也没有吗？一点儿也行，一个瞬间也行。只要有过，我们可以试着再谈一次。"

"我近几年没考虑过再恋爱，想趁着找回的灵感，多创作几部作品。"

"你不用谈，我跟你谈。"

"……"温笛无言。

她看向他："有区别吗？"

"有，你不用付出，不会耽误你的任何工作，我只要你的休息时间。最重要的一点，温温不用在单亲家庭长大。"

"我不是跟你说过，温温跟你……"没关系。

后面三个字她还没说出口，他的吻封住了她的嘴唇，悉数吞下她想说的、所有他不想听的话。

亲上去时，他心里跟着疼了一下。

他们分开的时间太久，他实在是过于想念她。

严贺禹将她转过身，背对着门板。

"咔嗒"一声，门被他反锁上了。

温笛想推开他，但他不愿往后退的时候，她推也推不开。

严贺禹没有深吻，松了力道，贴着她的唇。

"温笛。"他短暂地离开了一下她的唇，又覆上去。

温笛抓着他的西装，乱了呼吸，她全力调整，但丝毫没有用。

严贺禹又喊了一声她的名字："你找回灵感，我在滑雪场找到你，我终于没有遗憾了。”

他贴着她的脸颊：“我不想再跟你分开，这次我要是放开你，就再也遇不上了。过去不美好，我们把以后每天都过好。”

温笛把脸往旁边偏了偏，他的唇立即又靠过来，紧贴着她的唇角。

“严贺禹，你得清楚一件事。”

“你说。”

“到目前为止，世界上还没有谁能完全控制自己的情感和理智。”

严贺禹：“你想说什么？”

“想说，你要是落在我手里，会很惨。”

“我就怕落不到你手里。”

“……”

她还想说什么，又被他吃下去。

严贺禹放开她的唇的同时，俯身，单手箍住她的腰将她抱起来，他坚实的手臂抵在门板上。

温笛两脚悬空，没了任何支撑点。

严贺禹另一只手握着她的后脑勺，把她往自己这边推，自己也向她那边送，他抵开她的唇齿，攻城略地，强势里又带着一点儿温柔。

在温笛快要呼吸不顺时，他退出来，给她吸几口气，热吻落在她的鼻梁上。

温笛两手圈住他的脖颈。

严贺禹亲她的鼻梁、鼻尖，随后落在她的唇上，然后深吻。

他的喉结跟着她剧烈的心跳一起滚动。

隔两分钟，他给她换气。

温笛呼出口气，周围都是他清冽的气息，吸进去的也全是。

严贺禹换成两手在怀里抱紧她，低头又去亲她的唇，再次深入，席卷了每一处。

舌尖相抵，意乱情迷。

严贺禹从强势到温柔。

而温笛最受不住的就是他无意中的温情，他轻轻钩着她的舌尖。舌头这个时候好像是她自己的，又好像不是，完全不受控，她不自觉跟着他掌控的节奏走。

他带着她，一路感受疯狂、情动和酥麻，直到最后沉迷。

严贺禹不忘给她呼吸的时间，隔一两分钟松开她的唇几秒，在她刚要侧脸想结束这场亲吻时，他又覆上她的唇。

温笛偏头："放我下来，我得回去了。"她不能在这里待太久。

严贺禹看着她，在她的手心吻了一下。

温笛倏地缩回手。

严贺禹没放她下来，从竖抱改成横抱，她被他紧扣在怀里。

他提出条件："你亲我一次，我就放你下来。"

这可不是在他唇上蜻蜓点水就能糊弄过去的。

温笛不可能主动深吻他："你要不怕胳膊累断就一直抱着，我跟你耗到底。"

严贺禹有分寸，再胡闹也不会耽误她的正经事："晚上送你回家再继续，你先去应酬其他人。"

他放她下来。

温笛从包里拿出口红，补好妆开门出去。

好巧不巧，她迎面遇到了严贺言。

严贺言专程来接哥哥回家，看到温笛在这儿，不是很意外。温笛跟她同龄，比她大两个月，她跟温笛打招呼："温笛姐，好久不见。"

温笛笑笑："过来找你哥？"

"对，找他有点儿事。"

谁都没刻意停下脚步，她们打过招呼就错身过去了。

严贺禹听到妹妹的声音，从里面拉开了门。

他戴上手表："你怎么在这儿？"

"路过。"严贺言没说实话，靠在门框上，盯着哥哥的脸，他脸上表情是一贯的寡淡，辨不出喜怒。

她不知道温笛过来是不是彻底跟他划清界限了。

她听说《人间不及你》的剧本二创完成，他跟温笛的合作暂时告一段落，七个多月的相处都没能让温笛回头，看来他们复合无望了。

温笛基本不跟组，除了她自己投资的《欲望背后》。估计哥哥也没那么大面子让她跟组《人间不及你》。

“我的车在楼下，你让你的司机早点儿下班回去吧，我送你。”

“不用。”严贺禹拿起茶几上的包和文件袋，“我要送温笛回去。”

严贺言在心里默默叹气：“那行。”她跟哥哥并肩下楼，好几次转头看着他，欲言又止。

“缺什么你直接说。”

“我能缺什么？”

严贺言其实今晚是专门过来接他的，怕他又失恋。

“我跟温笛在一起了。”

严贺言太激动，推了一把哥哥，又推了一把，然后抓起他的胳膊用力甩了几下：“这么高兴的事你怎么不早跟我说？我替你担心了一晚上了。”

严贺禹：“刚确定关系。”

这里是公共场所，严贺言约束自己的言行，那种喜悦难以言表。

“那你赶紧公开呀。”

严贺禹找了一个合适的说辞：“地下恋情不适合大张旗鼓。”

严贺言将信将疑：“你们这个情况，用不着地下恋了吧？温笛又不是七年前还在上大学那会儿。再说了，现在她的名气这么大，再沉淀几年，完全是业界的天花板，别人不会觉得她跟你在一起是有所图。”

她起哄：“公开吧，让别人知道你有主了。”

严贺禹：“身份不太合适。”

“什么身份？”严贺言一头雾水。

严贺禹避而不答：“回去吧。合适的时候自然会公开。”

严贺言盯着哥哥：“你实话实说，你到底是身份不合适，还是压根儿就没身份？”

“……”

“哈哈，你慢慢熬吧。”

严贺言猜到了，跟他挥挥手。

严贺禹觉得自己并不在乎名分，那都是很虚的东西。

回到车上，他跟康波说，自己跟温笛刚复合了。

康波欣喜不已:“恭喜严总。”老板终于守得云开见月明。

他替老板去温笛那里拿出差行李箱的日子，又要提上日程了。他祈祷老板以后跟温笛少冷战几次。

“严总，您自己开车还是？”

最懂老板的还是康波。

严贺禹顺着他的话说:“我自己开，你们下班吧。”

康波跟司机下去，把车留给他。

保镖在后车，他们安心下班。

严贺禹坐上驾驶座，给温笛发消息:“我在停车场等你。”随后他把停车位信息发了过去。

他靠在座椅里，盯着前挡风玻璃走神片刻，然后点开温笛的朋友圈，下载了几张温温的照片。有两张是温笛抱着温温，低头在逗温温玩。

他配文:“我女儿温温，今年五岁。”

有朋友留言:“你到底是晒仙女猫，还是晒仙女？”

“这么漂亮的布偶猫，随妈妈的气质。”

他们都知道严贺禹对宠物猫并不感兴趣，朋友圈这么高调晒猫，最想晒的是抱着温温的那个人。

留言很快过了一百条。

大多是在调侃他:“哟，转正啦？”

“温温知道你是它爸爸吗？”

“知道什么？他是在温笛朋友圈盗的图。”

他们只敢在温笛这件事上调侃他，他从来不计较。

严贺禹退出朋友圈，往窗外看温笛从酒店出来没。

他瞥了一眼手表，不确定她看没看到刚才他发的消息，给她打了电话。

温笛接听:“出来了。”

严贺禹看到了熟悉的身影，挂断电话。

待她走到近前，他推开驾驶室的门:“从这边上车。”

从驾驶室坐到副驾驶座，她以前最喜欢干这件事。

严贺禹把座椅往后调，前边留出足够的空间，把衬衫衣袖撸上去，手递给温笛:“上来。”

温笛坐到他的腿上，他将她打横抱着，在她嘴上亲了下，才将她托起，双臂肌肉绷紧，用力上举，快速越过中间的扶手箱，把她稳稳当当地放在副驾驶座上。

他平复一下呼吸，把她的腿从中控台拿下去放好。

温笛反手揉揉自己的腰，又捏捏腿弯，然后淡淡地扫他一眼，没说话。

这个眼神，严贺禹熟悉，那是找碴的眼神，怪他业务不熟练，弄疼了她。

“几年没抱了，生疏不是很正常？”他重新调整座椅，“以后多抱几次。”

座椅弄好，严贺禹把衣袖拽下来，刚才摘下来的袖扣放在了仪表盘上，他捏了一个慢条斯理地戴上。

之后他又想起什么，再次把戴好的袖扣摘下。

他手指一弹，袖扣掉到了温笛脚下。

“帮忙捡一下。”

严贺禹发动引擎。

温笛刚才看到他故意丢袖扣，没捡，踢了一脚。

严贺禹笑了，却不吱声，看着倒车镜把车子倒出去。

温笛弯腰拾起那颗袖扣，扯了安全带系上。

她抽了张纸巾，仔细擦袖扣，问他：“要不要戴？”

严贺禹看着路，过了几秒，说：“不戴。戴了一会儿还要拿下来。”

汽车驶入主路，速度慢了下来。

严贺禹看着她：“以后住我那儿？你暂时应该找不到比那套公寓更好的看夜景的地方。”

温笛支着下巴看向窗外：“我什么夜景没看过？”

重要的是夜景吗？不是。

严贺禹：“我不是在家？”

他在家，陪她看。

“休息时陪你追剧，不然交的数字电视钱白交了。”

“……”

温笛彻底不跟他说话了。

车路过他的公寓楼下，严贺禹没停，朝她的公寓方向开去。

严贺禹开了车窗，五月的风难得柔和，从她的脸上吹到他的脸上。

他想邀请她跟《人间不及你》的剧组，问她愿不愿意。

温笛拒绝："跟组就算了，我有空多去探班。"

严贺禹不强求："那每去一个取景地，你去探班一次。"

所有取景的地方他都是为她选的。

到了她公寓楼下，严贺禹下车送她上去。

温笛早不记得他在贵宾休息室说的话了，当时没当真。

在她开门前，严贺禹把她拦腰抱起，看着她的眼睛说："现在继续，亲我一次，我放你下来。"

所以他刚才不戴袖扣，说戴了还要摘是这个意思。

反正在自家门口，她不着急进屋，有时间跟他耗。

温笛戳戳他心脏的地方："你这里坏透了。"

严贺禹微微仰头看着她："给你的那块地方，变好了。"

"还有给别人的？"

"你知道没有，非要抬杠。其他地方也尽量变得好一点儿。你也知道，商场弱肉强食，能怎么办？"严贺禹哄着她，"亲我一下，我回去还要处理点儿工作。"

温笛："那你放我下来，多简单。"

"我想多抱会儿。"

温笛的手指描绘着他凌厉的轮廓，从额头一直刮到下巴，严贺禹就这么静静地看着她。

温笛的手又回到他的额头上，沿着他的鼻梁朝下摸，指尖停在他的下唇上，戳了一下。她低头，咬住他的下唇。

深吻是不可能的，她给了他点儿疼痛感。

等她松开他时，严贺禹贴着她的脸颊低声说："反正在你手里了，以后慢慢收拾，今晚睡个好觉。"

温笛开指纹锁，严贺禹把她放在门里，替她关上门。

今天他就跟做梦一样。

严贺禹回到公寓时，崔姨还没回去，正在拆包裹，是他从网上订购的猫窝，给温温的。

他不能让它一直过着单亲家庭的生活。

崔姨问，什么时候接温温回来。

这是严贺禹一厢情愿的事，不知道温笛愿不愿意："这要看温笛的意思。"

他正说着，康波打来了电话。

严贺禹去书房接电话："什么事？"

书房两面落地窗的窗帘都没拉上，他只开了一盏落地灯。

康波说："姜正乾除了针对我们京越集团和华源实业，其他没什么大动静，但这两天他投资了一家不是很出名的影视公司，暂时还不清楚他要干什么。"

老板最担心的是姜正乾拿温笛的事业下手。

严贺禹："这家影视公司老板是什么来头？"

"没什么背景，三十来岁，才华和能力还是有的。"

严贺禹单手插兜站在落地窗边，看着璀璨的夜景，思忖片刻："先盯着姜正乾。我刚谈恋爱，不适合做太狠的事，等过段时间，我让他鸡飞蛋打。"

"好，明白。"

康波心想，老板最想说的应该是他刚谈恋爱几个字。

挂了电话，严贺禹坐回电脑桌前，趁着开机，给温笛拨去了电话。

第一遍她没听到，刚去洗澡。

他打过去第二遍，温笛从浴室出来，头发还没吹干。

严贺禹登录电子邮箱，对着手机道："你也不问问我到没到家？"

温笛拿干毛巾擦发梢的水："你现在是脑补王，问了你，你还不得以为我对你爱得死去活来？"

严贺禹："不至于，会觉得你对我有点儿上心。"

"也不想上心。"

"我要求不高，陪你看电视的位子给我留一点儿就行。"

"不说了，我去吹头发。"

"跟我说句晚安。"

"你忙工作吧。"温笛挂了电话。

严贺禹看着手机备注，还是"温编剧"，考虑要给她取个什么备注合适，最后改成“掌握生杀大权的笛笛”。

严贺禹跟温笛复合的事，家里人全知道了。

第二天，他回了一趟老宅。

叶敏琼今天休息，问他什么时候带温笛回家。

严贺禹道：“不急。以后求婚、订婚、带她回家、买房子都会是坎儿，她心里有结。”

叶敏琼感慨道：“还好你当初没戴戒指。”

就算他没戴，温笛也不会给他买戒指。

“你跟温笛现在还不错？”

“还好。”

严贺禹没告诉母亲，他跟温笛只是他单方面宣布复合，除了严贺言，其他人都以为他们是真的心无芥蒂地和好了。

手机振动，温笛给他发来消息：“这几天不用来找我，陪尹子于去趟上海。”

严贺禹：“我最近正好也忙，回来告诉我，有空我去接机。”

温笛只是应了一声。这次活动行程是四天，活动结束当晚她跟尹子于坐飞机回来了，落地已经十一点多了，她没让严贺禹接机。

尹子于在回来的路上，不时地低头回复消息，嘴角带笑。

温笛问：“恋爱了？”

她从来不关注也不过问艺人的私生活。

尹子于没隐瞒：“也不算是，之前吵吵闹闹分了，都有点儿放不下。”

温笛点了点头，给予祝福。

以前瞿培也从来不管她，给她足够的私人空间，她对尹子于也一样。尹子于努力又懂事，这点她很放心。

“接下来我要忙自己的剧本，秦醒给你另外安排了经纪人，你所有的工作都交给了新的经纪人。”

“我会和经纪人好好磨合的。”

温笛回到家好好睡了一觉，次日睡到自然醒。

严贺禹还不知道她回来，中午，她选了一家餐厅，打开定位，发了条朋友圈。

餐厅离京越集团大厦不远，堵车情况下也不过十分钟的车程。

严贺禹姗姗来迟，坐下来后看着她："回来也不跟我说？"

服务员送来他的那份简餐，是温笛替他提前点好的。

"算准了我会来？"

"你就算没空刷朋友圈，康助理会让人时时刻刻刷，我从来不发带定位的朋友圈。"

严贺禹漫不经心地切着羊排，说道："来餐厅的路上，群里在聊天。"

"嗯。"温笛抬头看着他，"聊什么？"

"聊他们每天有多少零花钱。"

温笛会意："你是问我要零花钱？"

严贺禹是想攒买戒指的钱，要是一次性问她要那么多，她肯定会拒绝。

他看向温笛："以后每天给我 10 块钱零花钱。"

温笛瞅他一眼："你花销怎么这么大？"

严贺禹："……"

第十八章

搬到别墅

在严贺禹的努力下，他每天有 2 块钱的零花钱，不过有总比没有强。

十天过去，他一共攒了 20 块钱。

“商场最便宜的戒指多少钱？”他问严贺言。

“反正没有低于 100 块的。50 块的估计都没有。”

严贺言看哥哥可怜：“要不这样，我在网上给你淘一个几块钱的，还包邮费那种，你先凑合戴，等钱攒够了，到年底咱再换个锃亮的。”

严贺禹考虑几秒，同意了妹妹的建议，让妹妹帮他淘一枚戒指，他付钱。

严贺言：“你无名指指围多少？”

严贺禹不清楚，从来没量过，让康波给他找专门量指围的工具量了一下。

康波为老板开心：“是温小姐要买戒指吗？”

严贺禹面不改色地“嗯”了一声。

三天后，严贺言网购的戒指到货了，亲自给哥哥送到京越集团。

严贺禹放下手里的工作，拿起丝绒戒指盒：“看着还不错。”

“盒子是我自己的，免费赞助给你，能买你好几十个戒指呢。”

严贺禹没吱声，打开戒指盒，戒指看上去的确一般，感觉不怎么圆，甚至有点儿变形。

“这种质量，能戴？”

严贺言凑过来，告诉他戴的时候小心一点儿：“本来戒指是圆的，我给你刻名字时，一用力，弄变形了。”

“……”严贺禹抬头，“刻什么名字？”

“弄个限量的定制款，你看看指环里边，我刻了字母。”

严贺禹旋转戒指，看到里面刻着“W”和“Y”两个字母。这两个字母挨了很多刀才成形。

“你用什么刻的？”

“小刀呀。我亲手刻的。”

“……”

“哈哈。”

严贺言笑了出来，还是觉得很有成就感。

“对了，哥，你洗手时尽量别戴。它虽然不会生锈，但很容易弄上水渍，不一定擦得掉，到时一点儿光泽也没有了。9 块钱的戒指，别要求太高，有这样的很不错了。”

严贺禹把戒指放回它的豪宅里：“你回去吧。”

“你不戴上试试？”

“不用。”

人生第一次戴戒指，他想让温笛帮他戴。

最近温笛忙，他约了三次才约到。

温笛搬了新家，搬到父母名下的别墅去了。以前她喜欢住在高处，现在觉得哪里都一样。

严贺禹过来时，她跟工人在花园里栽花。

“怎么搬到这儿了？”严贺禹戴了手套，帮她松土。

温笛：“觉得有院子挺好。”

可能是因为江城老城区的那个院子让她怀念。

“找我什么事？”

严贺禹：“不着急。”

等栽完所有花，他们进了客厅。

严贺禹洗了手从洗手间出来，温笛在收拾茶几上的书。

“温笛，帮个忙。”

“什么忙？”

“你眯上眼。”

温笛开始时不配合：“别拐弯抹角。”

“不是送你礼物，是我拿你给的钱买了个小礼物，你送给我。”

温笛实在想不到 20 块钱能买什么，又正好是他需要的。

好奇心作祟，她眯上眼。

严贺禹没带戒指盒，从口袋里拿出戒指放在她的两指间。

温笛摸着像是戒指，他一只手包裹着她的手，替她捏住戒指，在她还没反应过来时，戒指已经戴到他的左手无名指上了。

温笛睁眼，盯着戒指瞅了瞅："自欺欺人有意思？"

严贺禹答非所问："我第一次戴戒指，不是有没有意思，是有意义。"

温笛弯腰，接着收拾茶几，手上动作顿了又顿："严贺禹，你不用解释以前的事。我们这种关系，我不关心你以前怎样。"

严贺禹轻轻转着戒指，戒指变形后卡得有点儿紧。

温笛把没看完的杂志放一摞，看完的她打算拿到楼上。

他沉默了一会儿，问："你怎么定义我们现在的关系？"

温笛看都没看他："要是结婚的话，我肯定不找你这样的。"

她抱着那摞杂志去了楼上书房。

她的脚步声远去，严贺禹定定地看着戒指。

家里阿姨送来咖啡。

"谢谢。"

严贺禹没喝咖啡，在沙发上坐了一会儿。温笛上楼后没再下来。

咖啡渐渐凉了，楼梯上还是没动静。

要是搁以前，他应该会离开，之后他们就是冷战。

严贺禹端起咖啡杯，把半冷的咖啡喝完。

他搁下杯子，起来去了楼上。

他第一次过来，不清楚楼上的布局，只能一间一间地找温笛，卧室、客房和书房都找过，没有她的身影。

严贺禹去东面露台，她趴在露台栏杆上正在看楼下的花园。

温笛听到了身后的脚步声，没回头。

他从她身后把她圈在怀里："以后我不跟你冷战了。"

温笛没说话。

严贺禹扳着她的肩膀把她转过身，跟他面对面。

"我在楼下消化了几分钟，你刚才那几句话应该是口不择言，我不生气。"他低头，在她的唇上亲了亲。

“温笛。”严贺禹抓着她的两只手环在他的腰间，“我虽然没名分，但一心想着往上爬，你别老是泼凉水。”

温笛两手相扣，抱了抱他。

严贺禹也用力把她拥在怀里。

搬到新家的第二周，温笛请了沈棠和园园来家里玩，尹子于今天刚好没工作，跟着沈棠一道过来蹭饭。

远离镜头，她们不用再顾忌形象，盘腿坐在矮桌前，吃着零食聊八卦消息。

尹子于没想到她们最后吃瓜吃到她身上，园园说：“你真恋爱了呀？”

“还没正式确定关系，在处着。”

园园的心碎了一地：“我一直嗑你跟谈莫行的 CP（影视作品中将角色配对为情侣），剧里是悲剧，现实也是悲剧。你说我还活不活？”

尹子于笑道：“谈老师有喜欢的人。”

“谁？”

“没问，但应该有。”

“我再问最后一个问题，你准男友有我们谈老师帅吗？”

尹子于摇头：“但在我心里最好看。他对我特别好，为我成立了一家很小的影视公司，资源和人脉都有限，走得特别艰难，我们熬过了最苦的日子，终于有盼头时，结果分了。”

温笛把坚果仁递给她：“以后好好珍惜。”

尹子于点头。

沈棠剥了瓜子仁，示意温笛：“手给我。”

温笛笑了，双手去接瓜子仁：“你多给我剥一点儿。”

“美得你。”

“沈棠，我们什么时候再回海棠村一趟？”

沈棠逗她：“你要用自行车推我，我考虑考虑。”

温笛：“让蒋城聿推你，我让严贺禹推着，让他们推一天，我们俩坐在后座吃瓜子。”

沈棠缓缓点头：“这个主意不错。”

尹子于和园园挪到旁边坐着，不想被虐。

这时院子里有吵闹声，还有挖掘机的声音。

阿姨从院子里进来，说严贺禹送来几棵海棠树，安排了人过来栽上。

温笛起身到院子里去看，有西府海棠还有北美海棠，跟江城老房子那边的树一样。

她给严贺禹发消息："海棠树收到了，谢谢。"

严贺禹回复："你今天的 2 块钱别忘了给。"

温笛："……"

严贺禹翻看聊天记录，十有八次，都是他提醒温笛，她才想起来发给他。

"你要是忙，实在想不起来，定个闹铃。我天天问你要钱，也有点儿不好意思。"

温笛："我从来没觉得你不好意思过。"

她又说了一句："赚钱不易，你省着点儿花。"

严贺禹刚要回复，司机说道："严总，前面是姜正乾的车。"

他抬头，一辆熟悉的车从大院开出来。

今天周末，他回老宅吃饭。

他大半年没碰到姜正乾，今天倒是巧。

会车时，两车像商量好似的，慢慢停下。

后排车窗相错，差不多的时间，严贺禹跟姜正乾都降下车窗。

严贺禹的左手搭在车窗上，那枚戒指在太阳下还有点儿刺眼。

姜正乾开口便是："给你个机会，把你从姜家夺走的项目还回来，过往一笔勾销，以后井水不犯河水。"

严贺禹不紧不慢地道："可惜，我不给你机会。"

姜正乾冷笑："那好自为之，希望到时别悔青了肠子。"

严贺禹："你也是，自求多福。"

车玻璃缓缓升上去，隔绝了车外的闷热。

今天严鸿锦在家，从儿子进屋，他就看到了那枚戒指。

吃饭时，他实在受不了儿子的举动："我看到你的戒指了，你不用左手拿着筷子在我眼前晃来晃去，换右手吃饭吧。"

严贺言笑喷了，她忍了好几分钟，终于可以笑出来了。

叶敏琼在桌下踢了丈夫一脚："贺禹打小就是左撇子，你忘了啊？"

严鸿锦："我左右不分，你又不是不知道。"

严贺言放下筷子，笑出了眼泪。

严贺禹被说惯了，心平气和地吃饭，不过筷子从左手换到了右手。

严鸿锦问他："求婚成功了？"

"还没求婚。温笛给我买的。"

"那下次我再休假，你带她一起回来吃饭。"

"再说吧。"

叶敏琼插话："他在江城的那关还没过，温笛肯定不会轻易跟他来我们家。"

严鸿锦颔首："也是。"

他有女儿，能理解温长运的心情，所以不再多说什么。

他拿起酒杯，跟儿子碰杯："事在人为。"

"谢谢爸。"

严鸿锦看了看儿子的戒指，有点儿变形，不是很圆润，他也没多想，既然是温笛送的戒指，那肯定是最好的："现在都流行这种不规则的款式吗？"

严贺禹面不改色地道："对。"

七月底，温笛投入到新剧本的创作里，这回她没去度假村，别墅区的环境足够幽雅安静，她在家闭关。

今天的工作提前完成，温笛又有了泡玫瑰澡的心情，光有玫瑰精油还不够，她去楼下冰箱拿了几朵玫瑰花。

窗外的雨势渐大，雨被风裹挟着往窗玻璃上斜扫。

她关了灯，靠在浴枕上听歌。

忽然想到温温，她这几天在考虑要不要把温温接过来。

这里有宽敞的院子，够温温玩耍了。

置物板上的手机振动，温笛睁开眼，拿过来看，是手机闹铃，提醒她给严贺禹发今天的零花钱。

温笛转了 2 块钱过去，备注："你攒多少钱了？"

严贺禹秒收红包，回她："一天 2 块，你说我能攒多少？"

温笛放下手机，顺手撕开一张面膜敷在脸上。

十几分钟后，严贺禹又发来："在去你别墅的路上。"

温笛："出差回来了？"

"嗯。"

温笛看一眼窗外："别过来了，雨大，路上不安全。"

严贺禹说："你很久没关心过我了。"紧接着他又道，"过去看看你。"

第三条他发的是："我在开会。"

看来他是在车里开视频会议，温笛没再打扰他。

不知道他现在到哪儿了，她揭下面膜，只能匆匆结束泡澡，去洗头发。

她做好基础护肤，吹干头发，严贺禹还没到。

总不能穿着睡裙见他，她又到衣帽间找出一条长裙换上。

院子里还没有汽车开进来，温笛倒了一杯红酒，去书房边看书边等他。

看到一段推理的剧情，她沉浸在里面，没注意有没有车来。

"温笛。"严贺禹从一楼上来，在走廊上喊她。

温笛回过神来，对着门口道："在书房。"

严贺禹推门进来，刚才从车里下来进别墅，他没撑伞，胳膊上淋了点儿雨，衬衫湿了一块，他卷起来，走到温笛跟前正好卷好，露出一截小臂，线条流畅。

"在看什么？"

温笛捧起书给他看封面："等我两分钟，把这段看完。"

"不急，你先看。"严贺禹倚在桌沿上，她看书，他看她。

上次不算冷战，但她对他似乎不冷不热，只有今晚对他说，雨大路上不安全。

温笛又翻了一页书，看得津津有味。

严贺禹端起桌上的高脚杯抿了一口，口感不错。

他弯腰，把她的椅子调高。

温笛拿手抵着桌沿，抬头看他："你干吗？"

严贺禹又抿了一口红酒，低头压住她的唇，喂她喝红酒。红酒在两人唇间留香。

温笛没怎么尝到酒，都被他给咽下去了。她偏头，扬扬手里的书："还有半页看完，杯子里的红酒都归你了，你慢慢喝。”

“我跟书争一下你的时间。”严贺禹放下酒杯，抽走她手里的书，手从她腿弯穿过去，将她抱起来。

他抱起她时，两人的唇也始终贴在一起。

严贺禹把她放在书桌上坐着，温笛下意识两手撑在身后，稳住重心。

现在他们不住在一起，他很难碰到她不化妆的时候，她脸上皮肤柔软细腻，他的唇从她的眼睛一直亲到她的下巴，连着亲了两遍。

湿热的吻跟窗外的狂风骤雨一样，像是要将人吞噬。

温笛右手撑在桌面上，腾出左手抓着他的肩膀，坐直：“我刚才看手机天气预报，凌晨有暴雨，你快回去。”

严贺禹的吻从她的鼻梁直接堵在她的唇间，吮着她上唇，不让她说话。

过了片刻，他说：“亲我一下。”

温笛抬起撑在桌上的右手，环住他的脖子，然后似有若无地回应他的吻。

“快回去，明天给你加 1 块钱。”

她就亲了一下，却撩起严贺禹的所有荷尔蒙。

严贺禹抵着她的额头，试图冷静。

他转移自己的注意力：“你刚才说什么？”

温笛：“你也看过我了，再不走，雨大了路上不安全。”

“为了安全，我在这儿住下，住在你隔壁。”

“你还想干什么？”

“你别墅也不差一间我住的房子，我住进来还能跟你平摊物业费和水电煤气费。”

“我不缺交物业费的钱。”

严贺禹跟她商量：“那以后你每天多给我 2 块零花钱。”

“……”

温笛拍他：“得寸进尺。”

严贺禹望着她漆黑的眼眸：“我还想再进一点儿。”

温笛还没捋清他这话什么意思，严贺禹将她公主抱抱离书桌，他拿胳膊肘摁灭了书房的灯。

窗帘没拉上，借着院子里微弱的光，温笛勉强能够看清屋内的摆设。

严贺禹抱着她走到靠窗边的沙发前，把她放上去，将她的腿屈起。

温笛陷在沙发里，两只脚踩在沙发边沿。

烟粉色的长裙裙摆不长，这样的坐姿连膝盖都遮不住。

她扯过旁边的毛毯胡乱搭在身上。

她靠窗近了，外面滂沱急促的雨声跟屋内的心跳混在一起。

温笛看不清他眼中的情绪，只感觉到他的强势。

严贺禹想起什么，又起身，几步跨到书桌前，拿起桌上的高脚杯。

杯子里的酒不多，他没舍得再喝，把红酒杯递给温笛。

酒是她的，她是他的。

严贺禹随之在她身前蹲下，把她身上的毛毯拿起来放在一边，握着她的脚踝，埋头亲了下去。

“严贺禹。”

但她没能阻止他，他的唇已经贴了上去。

温笛偏头看向窗外，指间的酒杯不自觉地轻轻晃了一下。

他唇间的红酒香，她身上的玫瑰香，在空气中蔓延开来。

今晚他给她的才是真的舌尖上的盛宴。

温笛弄洒了红酒，不偏不倚，全洒在严贺禹的衣领上了。

那一瞬她的理智被抽走，仅存的意识也被他吸走，哪儿还顾得上手里有酒杯，更记不清杯子里的酒她喝没喝完。

反正等安静下来，他的白色衬衫衣领变成了酒红色。

还好，杯中的红酒不多，没洒到其他地方。

温笛搁下酒杯，主动说道：“干洗费我出。”

严贺禹从她身前起来，给她拿毛毯：“也行，到时和零花钱一起转给我。”他问她，“酒没洒到沙发上？”

温笛摇头：“没。”

严贺禹看看自己的衣领：“衣服脏了没法穿了，我去洗澡，换干净的衣服。”

他出差的行李箱在汽车后备厢里，里面有备用的衣服。

温笛一把攥着他的衣领，拉着晃晃："你刚给我酒就是有预谋的。"洗澡耽搁时间，凌晨有暴雨，然后顺理成章在别墅留宿。

严贺禹平静地道："我要是料事如神，就多给你倒点儿，最好洒我一身。"

她还抓着他的衣领不放。

他又蹲下，刚才蹲累了，便单膝跪地，跟她对视："你不放手，我怎么走？"

温笛："……"

她瞬间松开了他，但为时已晚，他又开始亲她。

"严贺禹！"温笛制止他，已经没什么力气再折腾了。

严贺禹站起来，把酒杯拿到楼下清洗干净。

天气预报不准，凌晨没有下暴雨，严贺禹没打扰她休息，回了自己的公寓。

这场雨断断续续地下了三天，天放晴后，温笛去了一趟公司。

今天尹子于在公司，温笛才抽空过来。

尹子于是近期公司重点培养对象，资源都往她身上倾斜。

秦醒把尹子于接下来半年的工作安排表发给温笛，大多是为了配合宣传《欲望背后》的工作。

《欲望背后》不仅是温笛的心血，也是他们影视公司倾其所有打造的第一部高质量剧。

温笛点开秦醒发给她的文档，尹子于下半年的工作安排不算密集。

九月有个综艺节目，是跟顾恒搭档一起参加的。

十一月她有两个综艺节目，都是飞行嘉宾，只录一期。

十二月份，是常青娱乐年终盛典，尹子于跟谈莫行一道走红毯。

十二月底，是《欲望背后》开播发布会。

其间还有几个站台活动，都在京城。

目前也有人找尹子于拍戏，但都不是很合适，秦醒毫不犹豫给推掉了。

尹子于没闲着，在拍摄《欲望背后》期间，跟合作方谈判，全程都得用英语交流，温笛的剧本台词也是英语，她英语水平不怎么样，只会几句简单的口语，而且发音不怎么准确，当时苦练英语，之后一直没放松，现在每天都在坚持上课，有空就练习。

温笛看完工作安排表，看向尹子于：“下个月，你去试戏《人间不及你》，说不定能争取到机会。”

尹子于担心地道：“周导的剧，但凡要试戏的，竞争太惨烈。”还不知道有多少一线演员过去，她实在没底气。

她又道：“我都觉得自己的气质跟里面的女主角不搭。”

“忘掉电视剧版。”温笛实话实说，“不管谁，想要超越电视剧版的演员，很难。你只有演出不一样的《人间不及你》，把我二创的人物演活了，观众才有可能认可你。”

尹子于也想挑战一下自己：“好，我去试试。”

话音落下，桌上的手机振动，有消息进来，昵称备注是“预”。

预：“今天收工没？晚上一起吃饭。”

尹子于按熄手机，没有回复。

温笛说：“不要紧，又不是什么重要的会议，该回的回。”

尹子于笑笑，感激温老板，这才回复：“在公司，我老板在。”

预：“你老板不是天天在公司？”

尹子于：“不是秦总和沈总，是我的金主，温老板。”

预：“那你忙完给我打电话。我先订餐厅。”

尹子于：“找个偏僻点儿的私房菜馆，《欲望背后》播出前，不想被狗仔拍到，到时又说我靠绯闻炒作，影响不好。”

预：“行，听你的。等你不忙，我们去国外度假。”

温笛跟秦醒又聊了半个多小时，几人的小会散会。

她打算晚上和严贺禹吃西餐。她在公司附近找了一家餐厅，坐下来后把定位发给了严贺禹。

严贺禹：“终于想起我来了？”

很快他又发来：“半个小时到。”

温笛先点餐，让服务生三十五分钟后上餐。

她托着下巴看外面的夜景，刚才进来时，碰到了一个人。

不到半个小时，严贺禹到了，在她对面坐下。

她杯子里的水凉了，他拿起来喝完，又给她加上热的。

温笛展开餐巾布，铺好。

严贺禹一直看着她，等她说话。

温笛的视线从他左手的戒指转移到手表，最后落在他的脸上："遇没遇到谁？"

"遇到了。"

姜昀星也在这家餐厅，她的餐位在他过来的必经之路上。

温笛："依我以前的脾气，今晚这顿饭你没得吃，只能靠边看着。"

严贺禹伸手，握住她的手："我跟她，是过去，是认识你之前的过去。"

"是过去就该好好在过去待着，你不该让你的过去在三年前我和你恋爱期间，一直进行。打个招呼是人之常情，我不计较。"

温笛点到即止。

严贺禹也想到了汽车追尾，然后他送她去跟她父母吃饭那件事。

温笛从他手里抽出自己的手："我跟你说过，没谁能完全控制自己的理智，更别说记忆，我不是有意找你碴。"

"我知道。"严贺禹再次覆上她的手，之后跟她十指紧扣，"你的心结，我会一个个解开。"

他摩挲着温笛的掌心："温笛，你了解我的，真要那么久了还放不下她，我是会为难自己的人吗？我早就把她重新追回来了。再说我跟她之间没什么大矛盾，复合并不是什么问题，没追是因为放下了。你说你当年那个折腾人的劲儿，我还有心思去想别的女人？谁都想不起来了。

"我跟她在一起时，确实对她还不错，也只是在一起时。

"跟你在一起后，我跟姜家没有任何合作。"

今天温笛愿意听，他索性一次都解释了。

"有时好几年不见，跟她碰到面心情会有点儿起伏，跟喜欢无关，就是大脑不自觉的反应，告诉我，这个人是我以前喜欢过的。打个招呼就这么过去了，没其他的。"

他又开始解释撞车那天的事："我当时就是那么一想，我要跟她站在一块，别人以为当时开车的是我，肯定误会她，毕竟是她追尾我的车。我不想把事情闹那么大，我想她也不是故意撞的，但架不住其他人喜欢编派。如果那天撞车的是其他人，我不会送你。"

严贺禹起身，走到她那边，在沙发前半蹲下，把温笛抱在怀里：“我跟她的过去，没有跑到我和你中间来，从来没有。”

温笛低头看着他，半晌后说：“放心，不会不给你饭吃。”

严贺禹亲了她一下，这事算是翻篇了。

吃饭时，他说了自己的打算：“我搬到别墅去住，住你隔壁，你现在在创作剧本，没时间约会，住过去之后，我回家就能看到你。”

温笛扫了他一眼，没搭腔。

“搬过去之后，我的零花钱自动减少一块。”

“……”

隔天早上，严贺禹让人把自己的行李送到了别墅。

三个箱子，都是他常用的生活物品。

严贺禹搬到新家，想看看自己住的地方什么样，准时下班，跟康波说，以后早上不用去家里接他，不顺路。

康波问道：“您又搬回老宅了？”

“没，跟温笛住在一起。”

“……”

康波想恭喜，但场合不对：“那好。”以前他跟司机去接严贺禹，路上时间汇报工作，现在只能等老板到公司再汇报了。

严贺禹回到别墅，温笛今天工作忙完了，正在瑜伽房练瑜伽，她借助墙壁，弯成S形，他看着都感觉心惊肉跳，没敢找她说话，怕分散她的注意力。

在门口站了片刻，他上楼了。

搬到这里来住，离公司远，他早上没了锻炼的时间，只能改为晚上。

严贺禹换上运动服，又回到了瑜伽房。

温笛这会儿在吊床上吊着。

瑜伽房里唯一适合严贺禹锻炼的器材就是跑步机，他跟温笛商量：“等你不忙，给我添点儿健身器材。”

温笛从墙上的镜子里瞅了他一眼，没搭理他。

严贺禹走到吊床旁，展开手臂：“下来，我抱你跑步。”

以前他们在一起时，他跑步锻炼偶尔来了兴致，也会抱着她跑两分钟。今晚他抱她跑步是因为没有其他的健身器材，把她当负重练臂力。

温笛从吊床跳到他的怀里，严贺禹后退半步，接住她。

她穿着灰色瑜伽裤，上身是烟粉色露脐背心。

严贺禹将她托举起来，低头在她的肚脐上吻了一下。

温笛掐了一把他的下巴，用眼神警告他。

她把跑步机调到合适的速度。

严贺禹调整合适的抱姿，怀里的人还算配合，靠在他身上没闹腾。

以前温笛喜欢架起手机记录这样的时刻，分手后视频全部清空，很长一段时间对着空空的相册缓不过来，现在她没心思记录。

这次比以往任何一次抱着她跑步的时间都长。

温笛的一只手贴在他的心口，他的心跳如擂鼓一般剧烈。

“放我下来，等会儿你心脏会难受，又要赖我身上，说不定还要我夜里陪护。”

严贺禹瞧着她，没争辩。

他发梢的汗沿着额头滑到鼻梁。

从跑步机上下来，他放下温笛，几乎没有停歇，接着跑，速度比之前快了一倍。

温笛到厨房倒了一杯温水回来，放在瑜伽房的柜子上，没说要给他喝。

跑完八千米，严贺禹关了跑步机，温笛还在练功，他拿起柜上的水喝起来，问她：“你还没练完？”

“还早。”一天坐七八个小时，她准备多练会儿。

严贺禹拿着水杯上楼，出了不少汗，先去冲澡。

回到次卧，他给康波打电话，让他买一些健身器材。

康波会意：“送到温小姐的别墅？”

严贺禹说：“先送到我的公寓，等温笛同意了，我再搬过来。”

“好。”康波感觉老板不再像以前那样强势，搁以往肯定先买来送过去，货物都到了家门口，温笛总不好再让人拖回去。

严贺禹把自己常用的健身器材列个清单发给康波，放下手机，去浴室冲澡。

温笛在半个小时后回了楼上，路过次卧门口，门敞着，严贺禹洗过澡换了家居服，坐在电脑桌前正在加班。

听到脚步声，他起身道："温笛。"

温笛已经走过门口，又退回两步："有事快说。"

"进来说。"

"楼上又没其他人，你说了也没人听见。"

这不是有没有其他人的问题，严贺禹拉着她的手腕，把她拉进房里，门关上。他们靠得太近，她吸进去的都是他身上清冽的沐浴露味道，下意识地往后退，又被严贺禹拉到怀里。他低头亲了亲她的眼睛，说："今天我第一天搬来。"

温笛颔首，一时不知道他想要干什么："然后？"

严贺禹犹豫片刻："你作为房东，能不能替我庆祝一下乔迁之喜？"

"你的要求还挺高。"

严贺禹平和地道："也不是要求，分开那么久，想要生活里有点儿仪式感。"

温笛以为他想让她买健身器材："非得今晚买？"

"不是，健身器材我让康助理下单了，等你腾出地方，我再把健身器材搬过来。"

温笛最终答应了他："说吧，想要什么，别太贵。"

严贺禹抓着她的手拿起来，她指如削葱，修长又柔软，他在她的掌心吻了吻，道："不用你花钱。"

他的头发还是湿的，没吹干。

他看着她的眼睛："这几年除了大冬天，其他时间我都是用冷水冲澡。"

至于什么原因，不用他明说，温笛也明白。原来他想要的是这个乔迁之喜。

温笛："你现在天天这个要求那个要求，还挺理直气壮。"

严贺禹没说话，过了半刻，说道："不是要求，是帮我一次。"

他尊重她，什么时候她让他搬去主卧，什么时候她心情好了，他们再在一起。

严贺禹再次申明："只是帮我一个忙。"

温笛也沉默了瞬间。

灯熄了。

电脑屏幕亮着，屏保不断变换，时而亮时而暗。

“温笛。”不知道过了十几分钟，严贺禹喊了她一声。

声音低沉沙哑，带着点儿满足。

“谢谢。”他说。

她愿意帮他，他是感激的。

“乔迁之喜给你了，别再跟我提其他要求。”温笛开门走了出去，走廊上的灯光照了进来。

“温笛。”

她回头看他。

严贺禹让她等一下：“我给你洗一条热毛巾。”

“不用。”她回了自己的卧室。

严贺禹开了灯，边摘下戒指边去浴室，打开水龙头，慢条斯理地搓着。

冲过手，严贺禹拿着戒指下楼。

他从酒柜里拿出一瓶红酒，倒了两杯，送给温笛一杯。

敲门声响起，温笛在放泡澡水。

严贺禹在门口耐心等着，不时地品一口红酒。

门打开，她穿着刚才的瑜伽服，脸上的潮红还没彻底褪去，眼眸里带着水。

严贺禹给她一杯红酒，不多，只有杯底一点儿。

温笛看看他，接下红酒。

她本来打算放好泡澡水去倒酒，他先她一步做了这件事。

“多谢。”

她欲要关门，严贺禹上前一步，长臂一伸将她带到身前，轻轻地抱了下：“别泡太长时间，早点儿睡。”

温笛对他的怀抱没有多少免疫力，推开他。

她的卧室比他的次卧大两倍，严贺禹说：“什么时候我们一起住？”

温笛又猛地推他一把：“你做梦比较快。”

她关上了门。

严贺禹兀自笑笑，她不管什么态度，他都不会放在心上，她的什么小脾气是他不能纵容的？

第二天清晨，温笛睡到自然醒，隔壁房间早没人了，院子里只有她的车。

吃过早饭，她收到了一个包裹。

包裹上留了她的号码，收件人却是严贺禹。

这应该是严贺禹送给她的小礼物，温笛拆开，是三盒大号超薄的套。

温笛拍照发给他："……"

严贺禹："你帮忙收着，以后会用到。"

隔了几分钟，他又发来一条："昨天凌晨，我给华源实业各大区上调了第三季度的销售目标。各大区总监估计想破脑袋也想不到，他们老板是因为性生活不和谐（准确说是没有性生活）导致精力旺盛，精神亢奋，半夜睡不着才研究销售报表，发现有上调的空间。

"今天早上去公司的路上，我反思了下，不该让他们为我的原因买单，所以那封上调销售目标的邮件我没发。

"然后，我决定给自己上调目标，争取一个月内，换掉我的次卧。"

温笛："……"

他说那么多废话，其实就想告诉她最后一句，他想搬到她的主卧。

严贺禹住进主卧的渺茫希望被秦醒给彻底搅黄了，秦醒可不知道他住进别墅还只是住次卧。

他想帮严贺禹跟温笛缓和关系，谁知道弄巧成拙。

严贺禹和温笛结婚这条路上，虽说没有九九八十一难，但也够九加九十八难，带她融入朋友圈就是其中一难。

他们曾经在一起三年，严贺禹都没带温笛进圈子，现在再带，温笛肯定有芥蒂。

秦醒借着圈子里一个人办生日聚会的机会，决定带温笛过去玩，跟他们熟络熟络。

"我过去干吗？不太熟。"

秦醒让她好好回想："在蒋城聿家吃烧烤，遇过好几回，你忘了？"

她真忘了。

秦醒说："你记不牢不要紧，人家寿星记得你，说你烤的海鲜好吃。这回过生日还是请那些人，沈棠也去，你过去凑凑热闹。创作剧本也要劳逸结合。"

他怕温笛回绝："寿星让我带你去，不去不是不给面子吗？"

温笛给了秦醒面子，主要是沈棠去，有人跟她玩儿。

他们约好时间，秦醒来接她。

"严贺禹去不去？"路上，温笛问道。

秦醒摇头："不清楚。这种小生日，谁有空谁去。"

他没说谎，确实不知道严贺禹去不去。

这次是他想带温笛彻底进入那个圈子，也算帮严贺禹一回。

温笛跟他们那帮人在蒋城聿家见过几面，但她每次去得晚，他们早围坐在牌桌前打牌，只是点头打个招呼，没有刻意一个人一个人介绍。

她看到人肯定认识，就是人名有些对不上。

秦醒问她："你熟悉的有哪几个？"

"不超过五个，以前就认识。一起吃过饭的只有蒋城聿和傅言洲。"

秦醒点了点头，自我调侃，说自己的分量以前不够严贺禹介绍给她认识。

不是秦醒不够分量，是他没想过跟她有以后，更没想过要带她进圈子。

她认识他几个最好的朋友，跟进入他的朋友圈，现在再想想，根本就不是一回事。

他们那个小圈子，别人很难融入进去，即便牌桌上几句闲聊的话，说不定都是权贵圈的秘密，被其他人听到了，容易断章取义。就连关向牧也是这两年因为严贺禹才融入进去的。

温笛问："在哪家酒店？"

"不在酒店，在会所。"秦醒说出那家会所的名字，"你应该去过。"

"去过，都在二楼的包间，我挺喜欢三楼走道旁边那个镜子和植被的设计。"

"严哥的私人包间就在三楼。"

"听他说过，每次都在那个包间应酬。"

“今晚生日聚会就在严哥的私人包间。”

寿星借用了严贺禹的包间，包间当初花了七位数装修的，唱歌设备一流，也是会所最豪华的一个包间。

他们进了包间，人来得差不多了，沈棠正坐在蒋城聿旁边看牌，看到她，一个劲儿地挥手：“快过来，给你剥了瓜子仁。”

温笛笑着走过去，这是她第一次踏进严贺禹的私人包间。人有时心里突然想什么，并不受自己控制，只能在后续控制自己不去多想。

就如现在，她脑子里突然蹦出来，这个包间，姜昀星和田清璐还不知道来过多少回。

今晚傅言洲也在，跟蒋城聿和寿星在一起打牌。

秦醒任务完成，去了其他桌玩牌。

寿星招呼温笛，指指空位：“三缺一，就等你了。”

温笛推辞：“我牌技太烂，准输。”

寿星：“比秦醒的牌技还烂？”

“那怎么可能？”

所有人哄笑。

秦醒被点名，今晚先忍着。

严贺禹没来，温笛打牌也打得尽兴，还有沈棠给她剥瓜子仁吃。

快十二点钟时，严贺禹来了，是听别人说温笛在他的包间，匆忙应酬完让司机送他过来的。

自打他进门，气氛就有点儿古怪。

而温笛那边，她玩得差不多了，正准备走，蒋城聿和沈棠也打算回家。

严贺禹拎了把椅子，在温笛旁边坐下：“想要什么？我赢给你。”寿星过生日，包间里都是礼物。

温笛摇头：“我回去了，你要不再待一会儿？”

严贺禹专门来接她，怎么可能多待，跟其他人招呼一声，牵着温笛的手离开。

其间温笛想挣脱他的手，他紧攥着没放，一直牵到汽车跟前。

“包间那么多人，走路就正常走路，用得着牵手？”

严贺禹：“我想牵。”

他松开她的手，替她打开车门。

他们上了车，沉默了好一阵。

司机觉察出不对，放下隔板。

“以后你想唱歌，随时过去。”

“包间确实豪华，开了眼界，跟二楼其他包间没法比。”

严贺禹听出了她的嘲讽之意，往她那边挪了挪，把她揽在怀里。

他没什么可解释的，一直抱着她。

秦醒今晚好心办了坏事，也不叫办坏事，这一关，早晚得过。

他原本想一个月搬进主卧，可一个月过去，他连主卧的门都没碰到。

关系不能一直冷着，那晚没加班，他给温笛打电话：“今晚我们出去吃。”

温笛此刻就在餐厅里，下午刷到一个美食视频，突然想吃鹅肝，她忙完便一个人驱车出来觅食。

严贺禹问清楚地址，直接赶过去。

他喜欢吃什么，她都知道，到餐厅时，她已经点好餐了。

“我要是没给你打电话，你打算一个人吃？”

“对啊。怎么了？”

“西餐一个人吃，多无聊。”

“习惯了就好，没什么。”

严贺禹听得不是滋味，分开后她应该经常一个人吃西餐。

“以后再想吃的时候，跟我说一声。”

温笛说：“主要是你的话太多，我想清静清静。”

严贺禹：“我尽量少说。”

温笛拿起水杯喝水，不怎么理睬他。

本来一切还算和谐，后来鹅肝上来，一共两份，一看也是一人一份。

严贺禹抬眸看她，他不吃鹅肝，鸭肝也不吃，她以前都知道。

隔了三年多，她现在好像已经忘记了。

他一直看着她，温笛后知后觉地道：“我想吃鹅肝，两份都归我，你吃别的。”

严贺禹不敢想，过去那么久，她还记得他多少喜好和习惯。

有些被时间冲淡了，有些也许被别人取代了，她大概不记得多少了。

这几天又有大雨，京城今年似乎雨水比往年多。

也可能往年也不少，只是以前他没怎么关注，今年花园里新栽了不少花，又移了海棠过来，他担心雨大了把那些根没扎稳的花给淹死。

今天周六，严贺禹连着四周无休，打算周末休两天，正好也给康波放两天假。

生物钟使然，他六点不到就醒了。

严贺禹去晨跑，别墅区有人工湖，沿湖修了健步道。早上锻炼的人不多，三三两两，可能是要下雨的缘故。

天阴沉得厉害，空气里夹杂着潮气，风起云涌，远处好像有闷雷声。

他跑到第十圈，豆大的雨点砸到他的脸上。

雨下得又急又密，严贺禹还没跑几步，大雨兜头而下。

他跑到家，衣服已经淋透了。

严贺禹脱下湿透的衣服，去冲澡。

隔壁主卧，温笛被雷声吵醒，翻个身想睡回笼觉，雷声不断，她怎么都睡不着，索性起床。

今天是不用工作的一天，昨晚心情不错，突然灵感爆棚，从夜里十二点写到凌晨两点半，效率出奇地高，把这两天的工作量提前完成。

今天下雨，她正好可以看看书。

想看的那本书当初搬家时放在了书柜顶层，她够不着，书房没折叠梯，椅子又带滑轮，踩上去不稳当，温笛去楼下搬餐椅。

她路过次卧门口，脚下一顿。

严贺禹洗过澡，换上了衣服，正往西裤里塞衬衫。

“你下次穿衣服麻烦关上门。”

“穿好了才开的。”他瞧她一眼，低头扣皮带，说，“请多体谅，小房间不比你的卧室，关久了闷得慌，得通风。”

温笛：“……”

他现在三句话不离主卧，不管干什么都能拐十八个弯拐到主卧上。

严贺禹扣好皮带，顺手关上房间的灯：“早饭好了？”他以为她下楼去吃早饭，跟她一起下楼。

“没。阿姨都是八点钟才做早饭。”

严贺禹看手表，现在七点十五分。

温笛道：“我去楼下搬椅子拿书。你要饿了，让阿姨先给你做早饭。”

“不急，今天休息。”

严贺禹打算等她一起吃，问道：“拿什么书？”

“一本小说，放在了最上面的那格。”温笛听说他今天不上班，“那你帮我拿一下，省得我再搬椅子。”

严贺禹跟着她去了书房，以他的身高，伸直了胳膊轻而易举就能够到顶格上的书，但他没打算帮她拿下来。

“你干吗？”温笛看他在书架前蹲下，莫名其妙。

严贺禹拍拍自己的肩膀：“坐上来，我扛着你，你自己拿。”

“费那么大劲儿干什么？你拿一下就行了。”

“最近抱着你跑步，胳膊举不起来。”

温笛根本不信，真要举不起来就没劲再抱她跑，可他每晚还是抱着她照跑不误。

严贺禹催她坐上去：“以前你架个梯子把东西放在最高的地方，想方设法让我扛着你，现在想扛你又不坐。”

他伸手给她：“坐上来。”

温笛扶着桌子，小心翼翼地坐到他的肩膀上。

她告诉他：“在右边第二格。”

严贺禹充耳不闻，扛着她去了最左边的书柜前：“你一格一格找。”

这一排贴墙的书柜，从左到右得有七八米长，他扛着她多走了七八米，最后在右边第二格柜子前站定。

她拿到书，严贺禹放她下来。

温笛谢过之后，问他：“你今天还要出去？”因为他换上了西裤和衬衫，看上去是要出门的样子。

“不确定，等雨不下了，可能要出去一趟。”

然而雨越下越大，吃早饭时大雨倾盆而下。

严贺禹看向窗外的花园，要是雨这么一直下下去，花园迟早要淹。

“看什么呢？吃饭。”

严贺禹转过头来，温笛递给他一块面包。

今天她亲自动手切开面包，涂了一点儿黄油在里面，应该是刚才他扛着她找书，她一高兴，给他弄了个面包。

“谢谢。”严贺禹接过来，不自觉地想起那天晚上的那份鹅肝。他不喜欢吃的，她却忘了。

他一直耿耿于怀。

一桌丰盛的早饭，他只吃了一块面包，喝了一杯咖啡。

温笛沉浸在自己的剧本世界里，没关注他。

“温笛，再给我夹一块面包。”

“你还没吃饱？”

桌上食物太多，温笛不清楚他到底吃了多少，但这一次她已经吃完了，他居然还没吃饱。

严贺禹看了她几秒，说：“今天食欲好。”

温笛放下牛奶杯，又给他切了一块面包，抹上一点儿黄油，把面包递给他：“你慢慢吃，我去楼上看书。”

严贺禹：“陪我不行？”

温笛站了起来，又坐下。她托着下巴看在窗外下个不停的雨，不时也看一眼坐在对面的人。

严贺禹偶尔也看过来，视线似要对上时，她又偏头挪开。

他不说话时，她猜不透他在想什么，以前是，现在还是。

看他把最后一口面包放在嘴里，温笛给他加了半杯咖啡，没等他喝完咖啡，她去了楼上书房。

严贺禹目送她的背影在楼梯上拐到二楼，端起手边的咖啡喝了几口。

手机响了，是康波打来的电话。

他接听：“不是说了，今天给你放假。”

康波闲不下来，在琢磨姜正乾投资影视公司的事：“张乔预那边目前没有异常，影视公司的运营按部就班，姜正乾的钱到账后，他们在着手做一个 S 级的影视项目。”

张乔预是姜正乾投资的那家影视公司的老板，做事还算踏实，有个交往一年的女朋友，是他公司的艺人。

这次S级别的影视项目捧的就是他的女朋友，他跟女朋友是地下恋情，只有他们公司的人知道。

这个月，姜正乾又投资了几部剧，是不同影视公司出品的，加上投资张乔预公司的项目，一共投资了五家。

不知道姜正乾是正常投资，还是有其他目的。

真要是针对温笛，他们不知道要从哪个地方下手防备，就算针对温笛，姜正乾本人不可能亲自指挥，会安排其他人去做。

康波要查他交给谁做的，如同大海捞针。

严贺禹问:“姜正乾的所有资金都走得很隐蔽？”

“嗯，通过其他人的账户走的，要是查得不仔细，根本查不出来。”

严贺禹了解姜正乾，他不会在钱上吃亏，投了肯定是想赚钱，即便针对温笛，他也会用最小的成本去做这件事，不会下那么大本钱。

深思熟虑之后，严贺禹决定成为那五家影视公司的隐名股东:“我用姜正乾投资的钱，替我赚钱。”

康波:“……”

姜正乾知道后，得气吐血。

不过，姜正乾敢投资这几家公司，跟他们的老板肯定关系匪浅。他担心地道:“我们想要成为股东，可能性太小。”

“交给印总和关向牧去运作。”印总在江城园区投资，是他从中牵的线，印总欠他一个人情。

至于关向牧，严贺禹不用跟他客气。

印总早年就深耕影视行业，关向牧更不用说，以他们的名义，不会引起各影视公司老板的怀疑。

“让印总拿下三家，另外两家交给关向牧搞定。”

温笛那边，他交代康波，防是没有用的，姜正乾发的是暗箭，防不胜防:“多关注一下《欲望背后》的几个主演，只要他们不出差错，不会影响到这部剧播出。”

康波:“好。”

他也觉得要改变一下应对姜正乾的思路。

跟康波通话结束，严贺禹去书房找温笛。

温笛正靠在沙发里看书，知道是他进来，她没抬头。

严贺禹在沙发另一端坐下，双腿交叠倚在沙发里，看了她一会儿，问她："要不要看电视？"

温笛摇头，说要看书。

"记不记得以前周末做什么？"

温笛没说话，但显然记得。

以前他休息时，他们看电视，她找他碴，他把她抱在怀里，不让她动弹，然后安安静静地追剧。

"过来坐。"严贺禹把手伸过去，让她坐在他的怀里。

温笛像是没听见，外面雨声大，没听见也情有可原。

严贺禹没辙，握着她的一只脚踝，把她拽过来，将她抱坐到他的腿上。

他单手搂着她的腰："看吧，我不做别的。"

温笛翻了一页书："你要实在闲得无聊，去公司加班。"

严贺禹姿势慵懒，胳膊搭在沙发靠背上："我本来可以不闲，也有很多事做。"他差点儿就说，是你让我闲的。

温笛瞪他一眼，不搭理他。

过了会儿，他说："等雨小一点儿，我出去一趟。"

他没说去哪儿，她也没问。

十点钟时，雨渐小，淅淅沥沥的。

严贺禹驱车出门。

天气预报说，今天晚上到凌晨有暴雨，风也大。不过，天气预报不一定准，之前他来别墅看她那次，也说有暴雨，他待到凌晨想不回去，谁知道后来雨停了。

中午时，温笛收到严贺禹的消息，说他不回来吃饭，让她不用等他。

两个人的周末，她一个人吃了午饭。

严贺禹在午后才回来，温笛正在午睡，没去床上，就在书房的沙发上盖着毛毯眯一会儿。

有熟悉的气息靠近，随后她被抱了起来。

温笛迷迷糊糊地睁开眼，还以为他要晚上才回来："你干吗？"

严贺禹抱着她走出书房："到床上睡。"

"不用。我中午习惯了在书房睡。"

"沙发上睡得不舒服。"

严贺禹把她抱到卧室的床上，遮光帘也拉上，屋里瞬间暗了下来，像傍晚没开灯。

温笛让他出去："帮忙带上门，谢谢。"

严贺禹没打算走："你睡吧。"

"我睡不着。"

"我在你旁边，你有什么睡不着的？"

"你说谁旁边蹲着一头狼，能心大睡得着？"

"……"

严贺禹被气笑了："我为什么是狼，你心里没数？"她晾了他一个多月，别说搬到她卧室无望，连最基本的小福利也取消了。

他两手撑在她的身侧，低声问她："我们一个多月没有过了。"

卧室很暗，气氛正好，他低头亲她的唇："以后我们有点儿小摩擦，你尽管不理我，但不要为难你自己。"

他亲着她的唇角："这次算不上冷战，结束吧，时间长了影响感情。"本来感情就岌岌可危，禁不住折腾。

温笛推开他的脸："和你计较影响我自己的心情，收拾你才不影响我心情。我已经不跟你计较了，你看不出来？让你扛着我拿书，我还给你弄面包吃。"

她让他先出去："你别吵得我睡不着觉，睡醒了我还要看书。"

严贺禹站在那儿没动："简单解决一下，不会很久。"

"你这种话，自己说了都不信吧？"

严贺禹起身，把她的被子拉好，带上门出去了。

温笛以为他良心发现，终于听一回话了。

她打个哈欠，翻个身想继续睡觉，本来睡意正浓，刚刚被他搅和得一干二净。

过了四五分钟，门又被推开。

温笛忽地转身，严贺禹关上门，手上拿着一件他自己的家居服上衣。

“你又进来干吗？”

严贺禹单手解衬衫纽扣：“你身上的衣服下午还要穿，别弄脏了，我的衣服给你穿。”

“……”

他换上家居服，将换下来的衬衫给她穿上，全程没用她动手，都是他来，动作快速利落。

她的衣服被他叠好放在床尾凳上。

衬衫上还有他的体温，而她真空穿着他的衣服。

严贺禹把她打横抱起：“去我房间。”她说不让他住主卧，他总不能趁这个机会上主卧的床。

温笛无言以对。

次卧的遮光帘全部拉上，光线比主卧还暗，关上门，只能看到彼此的轮廓。

严贺禹把她放下，塞进他的被子里。

他俯身，指自己的皮带扣给她看：“跟你以前喜欢解的皮带扣不一样，要不要试试？”

“我只解我自己买的皮带扣。”

“用你给的零花钱买的，四舍五入也算你买的。”

温笛不信，他现在一天 1 块钱零花钱，攒一个月最多只有 31 块，碰到小月才 30 块钱。

这点儿钱哪儿够买皮带？

严贺禹道：“在网上淘的，十几块钱。皮带扣不是很好解，有点儿费劲。我用你给的钱一点点给自己置办点儿东西，你现在不给我买了，我只能自己买。”

他每次都把自己说得那么可怜，温笛尽量屏蔽这些卖惨。

严贺禹拉着她的手，按在皮带扣上，非让她解。

皮带扣解开，温笛忽然想起：“以后你要不回来吃饭，早点儿说，今天中午阿姨做了不少你喜欢吃的菜，你快到十二点才说你不回来，菜都做好了，吃不完浪费。”

严贺禹把右胳膊放在枕头上，给她枕着，将她圈在臂弯里，解释说：“不浪费，等会儿吃，我中午没吃饭。”

温笛：“那你跟我说你不回来吃了？”

“路上堵车，回来得一点钟，怕你饿。”

所以，他说不回来，让她先吃。

他低头亲她的唇，左手埋入被子里。

温笛枕在他的臂弯上，被子上是他的味道，她身上穿的衬衫也是他身上的味道，整个人都被他的气息给包围了。

严贺禹堵住她的唇，吞下她所有的声音。

第十九章

为她改变

他们闹腾了半小时，温笛又困又倦。

她让严贺禹消停点儿:“我昨晚两点半才睡，真的很困。”

严贺禹在亲她，动作一顿，抬头问她:“怎么又失眠了？”《欲望背后》招商会圆满成功后，她压力小了，状态调整过来了，没听说她再有失眠的现象。

“遇到什么事了？”

他在床沿坐下，掰过她的脸面向他。

温笛眼睛睁不开，闭着眼睛说:“没怎么，睡前突然有了灵感，我担心早上起来找不到那个感觉。写到两点半，可能还要晚一点儿。”

她本想早上睡到自然醒，又被雷声吵到了。

严贺禹给她整理好衬衣，拉好被子盖上:“睡吧，不闹你了。”他在她眼睛上亲了亲。

温笛的眼皮越来越沉，意识渐渐混沌。

严贺禹到浴室洗了两条热毛巾，给她清理。

温笛咕哝一句:“严贺禹。”

后边不知道她说了什么。

严贺禹凑近她:“我没听清，再说一遍。”

温笛:“帮我定个闹铃，三点。”

她也不能睡太长时间，不然晚上睡不着。

“这就给你定。”

严贺禹不知道她手机的密码，用自己的手机定了闹铃，放到床头柜上，她伸手就能摸到的地方。

温笛听到浴室好像传来了水声，后来什么印象也没有了。

严贺禹冲了一个冷水澡，只好自己纾解。

他洗过澡，算不上神清气爽，但也没那么煎熬了。他以前可能连自己都不信，能压抑生理需求三年多。

外面又下起了雨，严贺禹穿了衣服下楼。

温笛被三点钟的闹铃叫醒，又赖了几分钟才起来。

她回自己的卧室换上衣服，简单洗漱了下。

她不知道严贺禹去了哪儿，不在楼上书房。

她倒了杯水，到露台上醒醒神。

这雨忽大忽小，从早上下到现在。

楼下花园有动静，是砸东西的声音。

温笛歪头看过去，严贺禹穿着雨衣，在花园里不知道干什么。她从露台最西面快步走到最东边："你干吗呢？"

严贺禹仰头，雨衣帽子掉下来，雨水打在他的脸上，他拉着雨衣帽檐："给这些花弄个棚子，夜里有暴雨，还有大风。"他又指指那几棵海棠树，"也得再加固，风大了容易刮歪。

"温笛？"

他已经看不到她了。

没两分钟，温笛穿着雨衣赤着脚出来了。

"你进去，我自己弄。"

温笛一路踩着水坑走过来，看到草坪旁边堆放着厚厚的塑料布、木桩，还有横撑、竖撑和一袋绑扎带。

"你上午出去，就是买这些东西？"

"嗯。"严贺禹继续砸木桩，"不是说了要陪你过日子吗？不能嘴上说说。"花园里的花大部分是温笛亲手栽的，他尽量给养护好。

"我是挑雨小的时候出门的，你不用担心我路上安全。"严贺禹催她，"你进去。"

"夏天又不冷。"

温笛脚下是水坑，这几天连着下雨，花园里泥泞不堪，一脚踩下去就是一个坑。

她说道："我小时候最喜欢下雨天踩水坑。"

懂事后，她再没踩过。

严贺禹把手里那根木桩夯实，温笛到草坪边抱一根木桩走过去，他接过木桩，跟她说："知道成年人为什么不踩水坑了吗？"

温笛："因为鞋子是自己买的，舍不得踩。"

严贺禹笑笑，低头在她脸上亲了下，亲去了顺着她额头滑下来的雨水。

他示意她："你现在可以踩，正好没穿鞋，除了我，没人看到你那么大一个人还踩水坑。"

踩水坑对孩子来说是乐趣，对成年人来说，更多的是解压，但解压也不行，被人看到会说神经不好。

温笛早已找不到踩水坑的乐趣，踩几下解压，两脚跺下去，严贺禹刚好弯腰，连泥带水喷了他一脸。

温笛："……"

严贺禹站直，抹一把脸，脸上还有泥水。

温笛掬了一捧干净的雨水，往他脸上冲。

一捧水不够，她继续接雨水。

严贺禹原本想回屋里洗洗脸，看她用手接水，他接着干活，让她帮忙把脸上的泥冲洗干净。

这是他们住一起以来，她对他最好的一天，虽然"罪魁祸首"也是她。

脸上冲干净了，木桩也夯完一半。

温笛拿了一把铁锹，把花园里的水引到别处。

她干着活，不时地哼着歌。

"好怀念那夏天……曾为了电影结局哭了好几天。"

严贺禹不知道是什么歌，伴着雨声，听她轻声哼唱。

快傍晚时，花园的简易阳光棚才搭好。

温笛看看几棵海棠树，有三根竖撑："还要再加固？"

"加固一下。"

她去帮忙，和严贺禹给海棠树加固好。

他们收工时，天已经黑了。

两人站在门厅里，脱了雨衣，她脚上湿漉漉的，脚背上全是泥巴。

严贺禹挂起雨衣，抱她去浴室。

“我自己冲。”温笛问严贺禹要花洒头。

严贺禹没给她，让她在凳子上坐好。他蹲下来，本来裤脚就湿透了，他直接把她的脚搭在他的腿上，用温水给她冲脚，一个脚趾一个脚趾仔细冲洗。

“还有两周就是中秋节了，你回不回江城？”

“回。”

严贺禹问她具体哪天回，到时送她回江城。他想去她家里，中秋节算是一个合适的机会：“正好叔叔阿姨也在家。”

温笛两脚踩在他的腿上，蹬了他一下：“我家团圆的日子，你凑什么热闹？你去了没人给你开门。”

严贺禹握着她的左脚脚背：“别乱动，这只还没冲干净。”他先关上花洒，说，“我不会贸然过去，我跟你一起回家。”

“能带回家的，肯定是奔着结婚去的。我们现在连恋爱关系都不是。”温笛问他，“你打算以什么身份过去？”

严贺禹不说话，打开花洒给她冲洗左脚。

他沉默了好一会儿。

温笛看着花洒，他看着她的脚，两只脚全部冲洗干净，他抬头道：“要不，等你有空去我家，我爸这个月底应该会回来。”

“去你家干吗？你经常带人回家，你爸妈不烦得慌？”

“我从来没带过任何人回家，也是我爸妈第一次主动让我带你回去。”

“那我也不去。”

严贺禹扯了一条毛巾，给她擦干脚，又给她拿拖鞋。

“你这次回去，把温温接来吧。”

温笛早有这个打算，爷爷奶奶过完中秋要来京城，去二手书店老板家做客。春天那会儿，庄老板在爷爷家住了一个多月，玩遍了江城，也在爷爷的书房看了不少他自己书店没有的书。

得知爷爷奶奶要过来，严贺禹主动提出：“等爷爷奶奶来了，我回公寓住。”

“你是得回公寓住段时间，让我耳根清净一下。”

温笛趿拉着拖鞋，去楼下吃饭。

严贺禹这才反应过来，爷爷奶奶应该住在庄老板家，他用不着回公寓，一旦搬出别墅，再进来就难了。

身上衣服还是湿的，他又去冲澡。

一下午的辛苦没白费，今天天气预报准，十点钟开始下暴雨，还刮起了大风，似乎能掀翻屋顶，他不用再担心花园里的花了。

有人敲门。

他卧室的门没关，温笛象征性敲了两下，她过来给他还东西，之前他寄来的避孕套，她刚才收拾书桌抽屉看到了："你留着自己用。"

她扔到他的床上。

严贺禹从电脑桌前起来："我哪儿用得着？我用不就是你用。"

温笛说："要是哪天我用得着，我自己买，你买的我不放心，万一扎了洞，我找谁哭去？"

"……"

严贺禹被噎得半天说不出话。

他失笑："你怕我用孩子套牢你？"

"你能干出这事。"

温笛回了自己屋。

严贺禹拾起床上的几盒避孕套，塞进床头柜抽屉里。

自从蒋城聿有了孩子，他也想跟温笛早点儿结婚，生个女儿，但又想，他不至于干出让她不喜欢的事。

转眼到了中秋前夕，温笛提前一天回了江城。回去那天，严贺禹送她到高铁站，到了安检口他还一直跟着她。

"回去吧。"

她这次没带行李，只拿了一个包。

严贺禹说："我也去江城。"

他给温笛买票时买了两张，座位连在一块。十月份的 GR 金融论坛依旧在江城举办，他过去有些事情要协调，但跟她一道走是存了私心，本来节后去江城也行，他提前几天过去。

温笛戴上墨镜："你一个人过中秋节？"

"经常一个人过，有时碰巧在国外出差，飞不回来。"严贺禹末了加一句，"你以前不是知道？"

温笛不关心他以前是不是一个人过，是让他心里有数，他即便跟她去江城，她也不会带他回家。

她让他把别墅的具体地址发给她。他道："现在就发。"

严贺禹看着她："你不是去过？"

"忘了哪栋。"

"你要过去？"严贺禹编辑消息。

"我过去干吗？"温笛说，"我家的月饼每年都吃不完，给你寄两盒。你一个人过节吃不了多少，省得再买。"

严贺禹是抱着一丝希望的，以为在中秋那天她会抽空去别墅看看他，或是亲自给他送月饼。但那天他只收到同城快递，温笛给他寄来两盒江城当地糕饼厂做的月饼。

温笛怕胖，她不敢多吃，温其蓁切了半块鲜肉月饼给她，自己留了一半。

他们一家在院子里吃月饼赏月，院子里有灯，不耽误他们边聊边打牌。

温笛跟二姑妈坐在秋千上闲聊，聊着聊着自然聊到了严贺禹。

温其蓁说，今年的 GR 金融论坛还在江城举办。

温笛点头："听说了。"

温其蓁关心侄女的感情近况："跟严贺禹还好吧？"

温笛想了想，还是不知道怎么定义这个"好"字。

她跟严贺禹选择重新来过，得释然他以前放弃她的事，他也得接受并消化她曾经放下他不爱他的事。这绝不是一天两天能做到的，也无法靠感动或是惊喜真正冰释前嫌。

那些习惯、温暖、爱意还有默契，得完全渗透到彼此的生活里，遗憾才有可能彻底被拔除。

他还得容忍她找碴，她现在都没开始找碴。

"跟他在磨合，要是磨合不好，就不用再见家长了。"

"二哥二嫂对你跟严贺禹复合是什么态度？"

"我爸妈说尊重我的决定，我高兴他们就高兴。"

温其蓁给侄女拿来一些水果，不干扰侄女的任何决定，也不多说一句。严贺禹现在不遗余力地助力江城工业园区的发展，今年在他的努力撮合下，一家大型企业的总部最终选址迁至江城工业园区，这是江城工业园区挂牌以来最盛大的一件事，比当初京越集团和肖宁集团在园区建厂还盛大。

每次在江城有什么重大会议，晚宴上，严贺禹都是毕恭毕敬地伴在温长运旁边，生意场上哪个不是人精，都看得出严贺禹对温长运不一样。

别人都知道严贺禹在江城安了家，每年都来住一阵，也都知道，他想当江城的女婿。在江城，跟严贺禹走得最近的是范智森，接下来就是温长运，范智森家是儿子，早已结婚，所以，严贺禹想成为江城女婿，其实就是想成为温家的女婿。

现在金融圈里没几个人不知道温长运是谁，谁见到温长运都会客气地打个招呼。

江城工业园区名气大了，连带着温长运和整个运辉集团都水涨船高，品牌被更多人熟知和认可。

这时温笛的手机振动，是尹子于给她发来节日祝福消息，又跟她分享一些事：“温老板，我跟张乔预复合了，谢谢你之前的祝福。就算复合，我还是最爱你。”

温笛：“恭喜。”

随后她给尹子于发了一个红包。

“你哪天回去？”温其蓁问侄女。

温笛退出对话框：“后天，跟爷爷奶奶一起，严贺禹申请了航线，正好把温温带上。”

温温以前跟着爷爷奶奶出过几趟远门，但坐上飞机后还是有点儿不适应，温笛把它抱在怀里，安抚它，陪它玩小玩具。

温温很乖，趴在温笛的怀里。

“妈妈给你弄了个很漂亮的大院子，还有草坪，有花园。”

温温像听懂了一样，不时地抬起脑袋看温笛两眼，在她胳膊上蹭蹭。

飞机落地京城后，庄老板和司机来接机。

严贺禹也安排了车子过来，接温温的随行物品。温笛怕温温搬家不习惯，把它所有的东西都打包带来了。

温笛打算陪爷爷奶奶去书店，温爷爷摆摆手：“你忙你的，我们老年人有我们的乐趣。”

庄老板打趣道：“你们年轻孩子尽量少跟我们待在一起，我们是迟暮之年，最喜欢跟孩子们说少走弯路，学会宽容，其实完全没必要，年轻不犯错、不折腾，那就不叫年轻，一帆风顺过一辈子多没意思，是不是？不瞒你说，我们活了一辈子，自己还没活明白，跟你们说的大道理都是瞎讲的。”说着，自己哈哈大笑起来。

三个八十多岁的时髦老人，潇洒地坐上车离开了。

温笛目送他们远去，提着温温的航空箱上了车。

今天是别墅里最有仪式感的一天，比她乔迁那天装饰得还隆重。

严贺禹没加班，准时下班回家，帮着阿姨一起打扫卫生，楼上楼下，彻底清理一遍。

他换上一套干净的衣服，迎接温温回家。

温温适应了好久，才从温笛怀里下来，窝在沙发里抱着自己的玩具玩，前爪挠呀挠。

严贺禹问温笛：“我能抱它了吗？”

“它不要你抱。”

“我试试。”

严贺禹坐到温温旁边，先揉揉它的脑袋：“温温，我是爸爸。”

温笛白了他一眼。

温温记不得严贺禹，但也没排斥他抱它。

严贺禹想，温温对他还是有感情的，他身上跟温笛身上有相同的气息。

温笛坐在沙发另一端看书，放在扶手上的手机有电话打了进来，是一个陌生号码，京城号，而且是老号段，尾号不错。

可能是哪个投资人的电话，她接听，还不等她说话，对方先开口了：“你好，温编剧，我是姜昀星的小叔。”

温笛脸色微变，不想跟严贺禹的前任有任何牵扯：“你找错人了。”

姜正乾笑笑：“没找错。除非你不是严贺禹的女朋友，不是《欲望背后》最大的投资人，也不是尹子于的老板。如果真不是，只是同名同姓，那有可能是我找错人。”

“你是谁？”

“说了，我是姜昀星的小叔。”

“你没名字？”

“……”

姜正乾一噎，怒极反笑：“就你这火暴脾气，严贺禹找你图什么？他有毛病。”

“关你什么事？有话快说。”

她很少这样说话，严贺禹突然转身，问：“谁的电话？”

温笛瞥了他一眼，开了扬声器。

姜正乾的声音从听筒里传过来：“名字不重要，你知道我是为什么来找你就行。尹子于谈恋爱了，男朋友是张乔预，你这个老板知道吧？”

“别废话，说重点。”

姜正乾有种错觉，温笛跟严贺禹说话是一个腔调，要不是女音，他真怀疑电话那边的人是严贺禹。

“可惜，张乔预有个交往一年的女朋友。”他把那个艺人的名字告诉了温笛，“名气不算大，但你肯定不陌生。你要不信我说的，自己查查她是不是张乔预的女朋友。”

温笛脑子“嗡”的一声，原来张乔预找尹子于复合是个陷阱，从头到尾都是有预谋的，到时被对方女朋友一曝光，张乔预再泼脏水，尹子于的演艺生涯就彻底毁了，这也等于毁了《欲望背后》。

“我知道，严贺禹应该在你旁边，不在你边上也在家里，你正好帮忙给他带句话。”

严贺禹想拿过手机，温笛摆了摆手，他只好作罢。

温笛揉揉额角，努力让自己平静：“所以，你在商场混了这么多年，也只能是姜昀星的小叔，只会干这些龌龊事。”

“我是以其人之道还治其人之身，你怎么不问问严贺禹干了什么？”

“不用问。你要是讲完了就可以挂电话了。”

姜正乾：“让我放过尹子于也不是不行，我做回好人，你让严贺禹跟我道歉，再告诉他，让他把从我们姜家抢走的所有项目全给我吐出来。记住，是这三年来的所有项目。我保证以后井水不犯河水。”

温笛不紧不慢地道："我要是不呢？"

"那《欲望背后》不会有机会播出，尹子于也没机会在这个圈子里混下去了，你自己看着办。"

温笛对着手机说："随便你，你想毁就毁。你毁一部，严贺禹会赔我十部，然后把你给弄个半死。"

她直接挂断电话，紧紧攥着手机。她最讨厌被人威胁，可要说不在乎《欲望背后》被毁，那是不可能的。

不是钱的问题，那是她两年多的心血，从前年到今年，她失眠了很多次，一度改剧本改到崩溃。

严贺禹安抚好温温，将它放在猫窝里，在温笛身边坐下，把她搂在怀里："我有办法解决，相信我。"

"你算到他会这么干？"

"没想到，但我能解决。"

温笛抬头看着他，姜昀星的小叔以为她会跟严贺禹闹，但他失算了，她不会没脑子，在这个时候跟严贺禹胡搅蛮缠。

让严贺禹向他低头，那等于要严贺禹的命。

她也不会让他去道歉。姜昀星小叔这种人，道歉也就一时管用，他会一直拿这个把柄来威胁她，以后没完没了。

"听他的话音，他并不想真撕破脸，我们还有时间想办法的。我冷静冷静就去想办法。"严贺禹握着她的手，"我会给你圆满解决的。温笛，别担心，《欲望背后》不会毁了。假如，当然这个假如不可能发生，假如真解决不了，别说是去道歉，我会为了你去求人。所以，你晚上安安稳稳睡个好觉，别想太多，我保证《欲望背后》如期播出。"

温笛能感同身受尹子于的遭遇，那种疼不是别人劝两句，说对方不值得，早看清面目早解脱，就能真的立刻解脱的。

伤口得靠自己一点点愈合，没有任何特效药。

她不能再成为尹子于二次受伤的施加者，慢慢想通之后，《欲望背后》就算受影响，好像也没那么难以接受了。

她拉了一个三人小群，把尹子于的事告诉了秦醒和沈棠，接下来就是危机公关，只是他们毫无头绪，还得从长计议。

尹子于现在沉浸在刚复合的甜蜜里，根本不知道张乔预早有女朋友，他们该怎么告诉她这个残忍的事实呢？

群里沉默了。

一直到第二天，他们还没商量出怎么跟尹子于开口。

姜正乾从尹子于身上找突破口对付严贺禹，没瞒过姜昀星，她查到小叔的资金流向了张乔预的公司。

姜昀星一早到了公司，直接去楼上姜正乾的办公室，质问他："你到底想干什么？你在严贺禹手里吃的亏还不够？"

他怎么就一点儿不长记性？

家里之前闹得鸡飞狗跳，终于安稳几天，他又开始没事找事。一想到小叔非要跟严贺禹争个高下，她气得心口疼，头也疼。

姜正乾装聋作哑，他没回侄女的话，也不想争辩，话不投机半句多。

他今天颇有兴致，亲自动手研磨咖啡，还问侄女要不要来一杯。

姜昀星被气炸了："姜正乾！"

"姜昀星，我好歹是你的长辈，对谁大呼小叫呢？"

姜正乾找出新的咖啡杯，给侄女倒了一杯。

"你有本事就把严贺禹抢的项目再抢回来，实在不济，你给他搅黄也行啊。你拿温笛动手算是怎么回事？"

"他不是也拿我其他事动手？只准州官放火，还不许百姓点灯了？"

"……"

"尝尝，这个咖啡豆是昨天空运过来的。"

姜昀星脸一转，没搭腔。

"你这个脾气，被大哥给惯坏了。"

姜正乾放下咖啡，又给自己做了一杯。

姜昀星快说破嘴皮子了："我们拿了肖冬翰的好处，国内的项目，严贺禹有本事抢那就让他抢，谁让我们帮着肖冬翰抢了华源实业的市场。我跟你说过，我们不可能两边便宜都占着，你怎么就是不听？"

"我就是想都占着，怎么着？"姜正乾拿湿毛巾擦擦手，"姜昀星，一开始我是不想跟严贺禹为敌，是你执意选肖宁集团合作，要开拓海外市场，结果把我的国内市场丢了那么多。我跟严贺禹不是平辈，他抢了就抢了，我比他大二十岁，你说我能忍得下他在我跟前耀武扬威，动不动就威胁我？我项目一个一个地丢，搞得我手下的人都有怨气，换成是你，你心里服气？这光是钱的问题吗？”

他一口气说那么多，说出来又觉得没意思。

“那你也不该拿温笛下手。”姜昀星语气不像刚才那么冲了。

“谁让温笛能要挟到他？我有把柄在他那儿，他有软肋在我这儿，扯平了。我没想跟他撕破脸，谁没事想动不动找碴，那都得花代价，我只想赚钱。”

姜正乾让侄女不用再劝，浪费口舌，他不会改变主意。

“他还了我的项目，以后不在背后给我使绊子，尹子于那件事一笔勾销。”

“张乔预的女朋友是谁？”

“他公司的一个艺人，梁雨。”

姜昀星听过梁雨的名字，不熟悉她的作品：“你有多少把握，她能真心帮你？”

“我找的人，都是严贺禹没辙的人。”他掌握的舆论资源不比严贺禹少，要不然，他不会轻易动温笛。

小叔不可能再收手，事已至此，也收不了手了。小叔敢这么硬刚，因为他心里清楚，不管严贺禹怎么发狠，也弄不死他，就算他一无所有，还有姜家，严贺禹拿姜家无可奈何。

“小叔，我们尽量不要给家里添麻烦，爷爷年纪大了，他给你撑的树荫，你觉得你还能乘凉多久？生意归生意，我不想给我爸添麻烦，你也尽量别让爷爷的晚年不安宁。”

姜正乾突然没了喝咖啡的心情，指指门口。

姜昀星剜了小叔一眼，摔门离开。

回到办公室，她心里不踏实，再周密的计划，都有节外生枝的可能，要是严贺禹公关做得好，小叔接下来的日子会很难过。

城门失火必然殃及池鱼，她跟姜家的利益就是池鱼。

如今温笛对严贺禹来说是谁都动不得的，他当初舍弃田家这艘巨轮，选择给温笛家那条小游艇保驾护航的时候，就已经说明了问题。

姜昀星被赶鸭子上架，逼不得已，只好找严贺禹商量，她这边全力配合，看看能不能找个妥帖的方式解决温笛的事，尽量不牵连温笛，把他跟小叔的矛盾化解了。

她点开手机，瞬间所有道不清的情绪涌了上来。她都不记得有多少年没打过他的电话了，可他的手机号，她记得清清楚楚。

她一个数字一个数字地输入，心下一横，拨了出去。

严贺禹正在办公室交代康波事情，手机有电话进来，他看着尾号有点儿眼熟，想了片刻，想起来是姜昀星的号码。

他以前记得的号码，时间太长，印象已经模糊了。

他自诩记忆力不错，记得上百个号码，有些还是忘了。

这个节骨眼姜昀星给他打电话，无外乎是为姜正乾的事，不管她是因为什么给他打电话，他都没打算接。

温笛小心眼爱吃醋，不能让她不高兴。

严贺禹直接挂断，删除通话记录。

“严总，张乔预跟梁雨那边拒绝任何沟通。”他们被姜正乾收买，甚至是威胁，基本没有攻克下来的可能。

一旦梁雨和张乔预不配合，这场舆论战，他们赢的可能性很小。

尹子于最近走红，商务和时尚资源多了起来，她成了很多人的眼中钉，他们巴不得她出事，等到黑料爆出，还不知道有多少人会乘机踩一脚，踩到她站不起来为止。

严贺禹放下手机：“联系一下梁雨，我跟她见一面。”

“您亲自去？”

“嗯。”

严贺禹又拿起手机，发给温笛：“中午跟我一起吃饭。”他找了家餐厅，把名字发给她。

温笛的状态比想象中好，她放平心态，发现也没那么焦虑了。

她从大一开始事业就顺风顺水，从来没遇到过低谷，突然来个舆情危机，又算得了什么？但严贺禹好像担心她心思重，吃饭时老是喂她。

温笛推开他的筷子：“我自己吃。真要那么脆弱，我还怎么当你的金主？怎么给你发一个月 30 块钱的零花钱？”

严贺禹夹的是鱼片，自己吃了。

“你最新的剧本叫《我该如何爱你》？”他转移她的注意力。他看到了她放在书房桌子上的手稿，上面好像是这个名字。

“嗯。”

“写的我跟你？”

“别自作多情。写了一帮刚出大学校园的年轻人。”她特意加重了“年轻人”三个字的发音。

严贺禹问：“我三十出头，不叫年轻？”

“看跟谁比。跟关向牧比，你是年轻；跟二十来岁的小伙子比，你老了。”

严贺禹慢条斯理地吃着鱼片，一直瞅着她。

“别看我。”温笛说，“我没那个本事替你挡住岁月这把杀猪刀。”

严贺禹道：“没关系，我帮你挡住了。”

“……”

温笛恍惚了一下，她跟他刚才好像回到以前挤人互不相让的时候。那个时候他们无伤大雅的斗嘴，是他们的乐趣。

严贺禹陪她吃了午饭，下午要去公司，两人乘电梯直达地下车库。

温笛的车停在另一个区，他送她到了车前，手抵住车门不让她开，她被他挡在车和他中间。

“忘没忘以前你那些花里胡哨的道别仪式？”

只要她心情好，每次都不一样。

他说：“要个中等花里胡哨的。”

她要是不来个道别，他不放她走，边上不时地有车经过。

温笛抬手搂住他的脖子，用力往下一拉。

严贺禹：“你轻点儿，脖子差点儿断了。”

他主动低头，配合她的动作。

温笛在他的唇间亲了下，又在他的喉结上亲了下。

严贺禹这才放开她，给她拉开车门。温笛坐了上去，他顺手把安全带给她扯过来：“尹子于的事，到时我这边会配合你那边的舆情公关。”

温笛点头，升起车窗驶离。

一个下午，温笛跟秦醒都在忙着准备怎样公关的事，今天尹子于有活动，一切得等她活动结束，跟她面聊，或许她还不相信张乔预是那样的男人。

然而，没等尹子于收工回到公司，梁雨自爆男友劈腿，在半个小时后上了热搜榜前排。

梁雨只是一个三线演员，但最近一个关注度很高、S 级制作的剧，选定女主角由她饰演。当时那个热搜评论两极分化，有些力挺她，觉得她气质符合，大多是不看好，各种明嘲暗讽。

今天这个热搜，网友评论，她想红想疯了，居然用这种低级到不能再低级的炒作方式博眼球，纷纷 @ 那个剧的官方微博，能不能换主演，别糟蹋了好剧本。

梁雨那条动态是篇小作文：

“挣扎了很久，我还是决定放弃一些东西，让自己良心好过。

“一年半前，我跟张乔预恋爱，这段感情最终以他劈腿结束。

“他两头瞒着，那个姑娘以为他是单身。他被我发现后，怕事情闹大，给了我一部大制作剧的女主角，还承诺了更多。

“我拿这些资源不是没条件的，如果那个姑娘以后发现他只是玩弄感情，不是真心真意的，我得帮忙，帮着往那个姑娘身上泼脏水，彻底毁掉她的演艺生涯。

“说实话，为那些资源，我心动过、纠结过。可那个姑娘又做错了什么。

“我是想红，可我还是父母眼里那个懂事又引以为傲的女儿。我一旦错了一步，以后会步步错。趁着我没走远，没对任何人造成伤害，我想回头了。

“就这样吧，愿你以后有跟你皮囊相配的人品。@ 张乔预。”

十分钟后，那部剧的官方微博澄清：“一周前，@ 梁雨出于私人原因，我们慎重考虑后，决定解除合同，重新选角。很抱歉，没想到解除合同一事引起了今天的种种。为了不占用公共资源，以后不会再回应。”

这下评论彻底炸开，原来梁雨人品不行，被剧方解约，结果她报复，反咬一口，把脏水泼到出品方张乔预身上。

网友说那篇小作文一看就矫情做作得不行，还“那个姑娘”，他们问她敢不敢指名道姓。

根本就是子虚乌有的事，现在这年头造谣没成本。

全网都在讨伐她。

梁雨看到官方微博这条澄清动态时，只有苦笑。她的经纪人是张乔预的朋友，已经跟她撇清关系，这个时候合同不合同的，还不是任由他们信口胡诌？

她百口莫辩。

张乔预跟梁雨这事刷爆了各个平台，张乔预年纪轻轻就成了影视公司的老板，有钱有皮囊，近两年风头正盛，大家最爱吃这样的瓜。

“怎么回事？”姜昀星看到手机上推送的消息，看完浑身血液直冲头顶，“你不是说梁雨可靠？现在弄得尽人皆知，我看你怎么收场！”

姜正乾点了支烟，道：“那个女人有病。放着好好的日子不过。”

“我看你才有病！”姜昀星挂了电话，将手机猛地掼在桌上。

还好，梁雨措辞谨慎，没提有人故意要整尹子于，想毁了《欲望背后》，要不然，姜正乾更难收场。

现在姜正乾和张乔预被梁雨釜底抽薪，搞得他们措手不及，十分被动，无法拉尹子于下水，只能努力保住项目不受牵连，保证张乔预和公司名声不受损。

网上一直在骂梁雨，从傍晚骂到晚上十点钟，仿佛只是个开头。

尹子于在十点十五分发了动态：“一直难过到现在，还是得说点儿什么。

“我就是梁雨提到的‘那个姑娘’，她从来没找过我，没有给过我任何难堪，直到我发微博这一刻。

“往后，希望你、我，我们都能遇到真心对我们的那个人 @ 梁雨。

“我再跟《欲望背后》团队说声对不起，马上就要播出了，却因为我的私事把这部剧带进舆论旋涡。”

《欲望背后》官方微博转发了尹子于的微博动态，并评论：“不用跟任何人抱歉。你和 @ 梁雨正诠释了我们这部剧想要表达的立意：欲望背后，那颗心麻木不仁太久，让我们忘记自己是善良的。但我们都心存善良。善良的两位姑娘，从今往后，一切顺遂。”

凌晨时，事情彻底反转。

张乔预被骂上热搜。

“梁雨人美心善”被打在公屏上，收获了一大批粉丝。

尹子于收到梁雨的消息，只有两个字：“谢谢。”

主创群里的人，都在宽慰她。

尹子于擦把眼泪，手机又振动了，谈莫行给她私发了消息：“还在哭？”

“没啊，有什么好哭的。”她眼泪又掉了下来，一晚上她用了半包抽纸。

尹子于岔开话题：“谈老师，这么晚了，您还没休息？”

谈莫行：“没，你在那儿掉眼泪，我暂时没困意。”

尹子于：“……”

“谈老师，《欲望背后》杀青半年了，您还没出戏？”

谈莫行：“你就当我没出戏。”

温笛一直忙到凌晨两点，热搜词条慢慢往下沉，热度散去。秦醒在他们三人小群里说，剩下的他负责盯着，让她跟沈棠早点儿休息。

她去冲了个热水澡，神经紧绷了一晚，身心俱疲。

结果总算是好的，他们打了个漂亮的反转仗。

严贺禹用这么冒险的方式解决了问题，他说这个事情不彻底解决，对尹子于就是个雷。

没有秘密，那姜正乾就找不到他们的把柄。

温笛正在吹头发，好像听到了敲门声，关了电吹风，仔细听。

“温笛？”

温笛放下电吹风，从衣柜里找件外套穿上，这才去开门。

严贺禹给她送来一杯牛奶，看她头发湿漉漉的：“刚才在吹头发？”

“嗯。”她从他手里拿过玻璃杯，“谢谢。”

“我给你把头发吹干。”

“不用，我自己吹。”

“你喝牛奶。”

严贺禹推着她的肩膀，让她坐在化妆台前，他去浴室拿来电吹风。

“事情解决了，你今晚好好睡一觉。”

温笛从镜子里看着他：“你到底给了梁雨多少好处，她才愿意这么做？”

“不算多，可能还没姜正乾给她的资源多。”

温笛不信，低头喝牛奶。

房间里只有电吹风的声音，严贺禹给她吹好头发，她的牛奶喝完，他拿走她手里的杯子："去刷牙睡觉。"

温笛没急着去浴室，看着他说："你要是补偿给梁雨的资源还没有姜正乾给她的多，她怎么可能冒风险？"

"我亲自去找她，以你男朋友的身份跟她聊了聊。"他不是以严贺禹的身份，不是以京越集团老板的身份去的，没有架子，没有高高在上，认真了解了在尹子于这件事上，梁雨到底是怎么想的，对自己以后的演艺事业有什么规划，而不像姜正乾那样，命令加威胁。

因为他给予梁雨尊重，梁雨也慢慢放下戒备心，只要能保证姜正乾不找她和家里人的麻烦，她愿意帮他们。

梁雨最后说，她很痛苦，没想到张乔预劈腿是出于那么不堪的原因，仅仅是为了钱。她不想再跟张乔预有任何纠缠，想好好演自己的戏，给父母更好的生活。

搁以前，他会跟姜正乾一样，甚至用最简单粗暴的方式拿钱解决，钱解决不了的，就找到对方的弱点，还怕对方不妥协？

现在，生意上可能还会这样，但对其他人，他不会了。

"以前答应过你，要做个不差劲的人。"严贺禹抬手抱她，"慢慢在改，以后会比现在更好一点儿。我得让所有人都觉得，你没再看错人，不会再给任何人说你的机会。"

温笛失眠了，凌晨三点半，她还是没有任何困意。脑子里塞满了东西，她想到了尹子于，不知道这个傻姑娘是不是还在掉眼泪。

她想到今晚的舆论公关，要是没反转又会怎样。

她又想到了瞿培，瞿培在国外疗养，也时时刻刻关注着她的消息，看到今晚的舆论，说："事情处理得比我想的要利索，你长大啦，不用我再跟着瞎操心了。"

不自觉地，她又想到了隔壁那位。

一个她爱过、恨过、怨过、念过，也意难平过的男人，曾经放下过、遗忘过，后来，她又挣扎过、矛盾过、五味杂陈过，也被他感动过、温暖过。

他带给她那么多复杂的情绪，她彻底睡不着了。

温笛在床头摸了几下，摸到手机，给他打电话。

"怎么了？"严贺禹关切地问道。

他声音沙哑，一听就是睡着被吵醒了。

温笛说："没怎么，问问你睡没睡着。"

严贺禹笑了一下，隔着手机屏幕他都能感受到她那个坏劲儿："睡了，睡得不怎么深。"

温笛："那幸亏我打电话，你再重新入睡，会睡得深一点儿。浅睡眠对身体不好。"

"谢谢。"

"不客气，这是身为房东的义务。"

"温笛。"严贺禹坐起来，倚靠在床头，接着说，"你要是睡不着，我们找个地方聊天。"

"我现在有点儿困了。"

"那晚安。"

温笛挂了电话，打个哈欠，再不睡天就快亮了。

她睡着，换成严贺禹没有了困意，她终于肯对他任性一点儿了。这通三更半夜的电话，是她迈过了很多心里的坎，才打的。

温笛这一觉睡到第二天早上九点钟，起来洗漱后，阿姨给她准备好早饭，说严贺禹半个小时前去了公司。

温笛脱口而出："他今天不休息？"她问完自己又笑笑，阿姨怎么会知道。今天周六，她以为他会歇一天。

她一边吃早饭一边翻看热搜，跟梁雨和尹子于相关的话题词条只剩两个，在热搜榜的榜尾。

她给尹子于发消息："在家吗？"

过了几分钟，尹子于给她发来活动现场的照片："温老板，快夸我敬业。"

温笛很确定，这几天没给她安排任何工作："什么时候接的工作？"

"昨天半夜。主办方想抓住我被张乔预劈腿后首次露面这个宣传点，半夜联系莉姐，出场费是我以前的好几倍。莉姐本来不想接，我一听钱这么多，我傻啊不接。"

莉姐是尹子于的经纪人，昨晚那件事莉姐心疼尹子于，一直陪着尹子于，当时主办方给莉姐打电话，尹子于就在边上，想都没想，说必须接。她为渣男浪费了感情，不能再浪费钱。

温笛担心地道："你眼睛不肿啊？"

尹子于："有点儿。"她发了一张自拍给温笛看，"主办方说，就要这个效果。"

温笛："……"

尹子于笑道："我是不是又美又飒？"她不忘拍马屁，"没办法，员工随老板。"

尹子于又告诉温笛，她下午要去试戏《人间不及你》，周明谦那边通知她下午三点过去。

温笛："我开车送你，给你拍马屁的福利待遇。"

尹子于被逗笑了。

温笛事先给她打个预防针，她去试戏也不一定能争取到那个角色。

《人间不及你》的男主角定下来了，由谈莫行饰演，他是为数不多的能在大银幕和小银幕都获得奖项且成绩不俗的男演员之一。

周明谦并不是很看好尹子于跟谈莫行能演出情侣间细腻的那种感情。他们俩的气场更适合《欲望背后》里相爱相杀式的相处，每个眼神都有张力和杀伤力，要是演一对有烟火气息的情侣，看着违和，很容易让观众出戏。

周明谦心里更倾向于另一个女演员。

尹子于让温笛放心，能不能拿到角色她看得很开，去试戏只是挑战一下自己。她不能被渣男打败。

她一直记得温笛在《欲望背后》招商会说的那句话——"往前走一步都是成功的"。

吃过午饭，温笛驱车前往公司，路过花店，她特意下车买了一束花。

尹子于上午的活动结束后直接去了公司，在公司蹭了顿饭，这会儿造型师在给她化妆，为下午试戏做准备。

尹子于从镜子里看到温笛捧着鲜花进来，以为是严贺禹送给老板的花："温老板，不带这样虐我们的。"

温笛说："我虐我自己。"她把鲜花放在化妆台上，"这是送你的。"

她失恋那段时间，每天都能看到鲜花，有时几朵，有时一小束，虽然治愈不了伤痛，但看着鲜花能让心情不那么沉闷。

她不知道这个法子对尹子于管不管用。

尹子于放下手机，把那束花抱在怀里，什么花都有，很杂，但搭配在一起令人赏心悦目。

“温老板，商量件事儿。”

“说。”

“以后每天都送一束鲜花呗，我尽心尽职地拍马屁。”

“行啊，但过节不送。”

“为啥？”

“那几天鲜花涨价涨得厉害。”

“哈哈。你好抠门哦。”

温笛不逗她了，让她快去试衣服，转了一笔钱给园园，让园园负责每天订一束鲜花送给尹子于。

园园知道她来了公司，过来给她还书，是那本英文版的《重返普罗旺斯》。园园花了八个月终于啃完了那本书，有一半看不懂，园园买了中文版对照着看。

“温笛姐，你平时都在哪儿淘书啊？我也去淘。”

温笛告诉园园二手书店的名字和地址：“我发给你。”她编辑好了消息发了过去。

园园问：“《重返普罗旺斯》也是在那儿淘的？”

温笛笑了：“你自己买的你忘了？”

园园疑惑地道：“这书是我买的？你在秦总书柜上找到的？”

“是啊，我给了你钱，你淘了几十本，我挑中了两本。”

园园还以为是她第一次淘来的书里有这本书，原来是第二次：“温笛姐，那肯定不是我买的。我第一次买书是胡乱挑的，但专门给你淘书那次，我是认认真真翻看的，我挑没挑英文小说，我自己还不知道？”

温笛喊来秦醒，问怎么回事。

现在他也没瞒着的必要了，反正温笛不会不要这本书。秦醒说：“严哥给你买的书，没想到你看中了。”

温笛今天给严贺禹零花钱时，多加了五毛。

尹子于换好衣服，准备出发去试戏。她最终没让温笛送，有种家长送考的感觉，会紧张，她带上温笛送她的那束花：“有这个，肯定好运。”

见温笛手上拿着书，她说借去看看，最近苦学英语，试着读一本英文原著。

温笛在公司待了一会儿，今天天气晴朗，她忽然想四处开车溜达溜达，从秦醒的办公室出来，她遇到了谈合作回来的沈棠。

沈棠搂着她的肩膀："先别急着走，跟你商量去哪儿旅游。"

"我们俩？"

"四个人吧，不然我们吃喝没人照顾，要是走累了，到底是你背我还是我背你？"

"……"

上次四人出游还是六年前的夏天，他们出海钓鱼。

温笛不知道严贺禹最近忙不忙，能不能抽出旅游的时间。

沈棠说："那就是蒋城聿跟他的事了，让他们自己商量。"

他们最终决定去海棠村玩几天，严贺禹跟蒋城聿商量好了哪天出发，开始着手安排工作。

蒋城聿言语间透着嫌弃："你尽量别掉链子，到时拖累我。"

严贺禹："我比你年轻两岁，要拖累也是你拖累我。"

他正在看电子邮件，办公室来了不速之客，关向牧来找他。

两人快小半年没见面了，平时都忙，时间凑不到一起去。关向牧这段时间正好在京城，过来坐坐。

"梁雨的经纪人和经纪公司安排妥当了。"

严贺禹谢过，关心地问道："你跟二姑妈怎么样？"

关向牧有三分之一的时间在江城，但见到温其蓁的机会有限，除非在她公司门口特意等她下班。

"还能怎么样，有进展我还能憋得住不跟你说？"

严贺禹关掉邮件页面，亲自去给他倒杯热水。

关向牧现在格外自律，不抽烟不喝酒，每天坚持锻炼保持体形，尽量少熬夜早睡觉，他从来没有那么讨厌过过生日，因为那意味着他又老了一岁。

"我跟其蓁吃过一次饭。她跟我说，不打算三婚，要是找男朋友，可能考虑找个四十出头的。"

严贺禹："你今年四十七岁了吧？"

"四十六周岁。"

"有区别？"

关向牧喝着水，兀自笑了出来。

他现在自欺欺人的本事是一流的。

他自我调侃："我发现自己挺旺情侣复合的。你看蒋城聿跟沈棠复合了，连孩子都有了，你跟温笛也差不多有希望了，我怎么就不旺旺我自己？"

他不再说自己，问严贺禹跟温笛年底有没有希望见家长，催严贺禹："你尽量快点儿，别把我熬到五十岁。"

关向牧放下空杯子，道："你忙吧。"

他统共坐了不到十分钟就离开了。有些话他对旁人没法说，只能到严贺禹这里说两句。

送走关向牧，严贺禹关了电脑，跟温笛说了一声，他晚上先回趟老宅，差不多十点钟到家。

下周要去旅游，他回去看看母亲和妹妹，当然，炫耀的成分居多。

严贺禹给妹妹发消息："你几点到家？"

严贺言："在路上。你干吗？到家啦？是不是带温温回去了？"

"温温连我们自己家都没怎么适应，过段时间再说。"

"等你跟温笛关系缓和，我带着我儿子走亲戚，去找你闺女玩。"

严贺言也有只猫，比温温大几个月。

二十分钟后，严贺禹的手机响了，是严贺言打给他的，他的车子已经拐进老宅的院子了，他直接挂断。

严贺言不死心，再次打进来。

"哥，你先别回来。"

"怎么了？"

"姜昀星的爸妈在我们家。"

"我车都停好了。"

严贺禹挂断电话。

叶敏琼听到院子里又有汽车进来，问阿姨是谁，阿姨说是严贺禹。

儿子突然回家，是她没料到的，之前还问他这周回不回来吃饭，他说工作忙，哪儿知道又回来了。

严贺禹不用问就知道姜昀星父母为什么在他家，是为了姜正乾的事。

姜昀星的父亲放下架子主动来谈和，应该是姜昀星的意思。他之前没接姜昀星的电话，她便知道这事没得谈，只好麻烦她父亲做和事佬，尽快调和他跟她小叔之间的种种矛盾。

简单招呼一声，严贺禹在姜父对面坐下，双腿交叠靠在沙发里。

姜父知道严贺禹的脾气，直接找严贺禹未必好说话，于是，他先到严家坐坐。巧了，他遇到严贺禹回来了。

他一直看好严贺禹，欣赏严贺禹的担当、能力跟手段，完全符合他对未来女婿的要求。

当年严贺禹跟女儿谈恋爱时，他暗自欣喜，没想到两个孩子闹到分手。他也劝过女儿，严贺禹只是脾气不怎么好，有点儿高姿态，等他再成熟一些，会有所收敛，但女儿说她忍不了。

后来，女儿不是没后悔过，但也无济于事。

姜父先数落了自家弟弟："你们现在这个情况，已经不算商业竞争了，是互相拆台，损人还不利己，这不是让其他人渔翁得利吗？你说你们算的什么账？我当个和事佬，这事就到这儿，生意上的事我不掺和，弱肉强食，你们谁有多大本事使多大本事。"

他表态："昀星她小叔查你行踪，又给温小姐那边带来那么多麻烦，其间所有的损失算我们家的。你看你那边需要什么补偿，让你的助理联系昀星。"

严贺禹："补偿就算了，我也不差那点儿钱。一般都是我补偿给别人。"

叶敏琼："……"

她就知道儿子会很狂。

严贺禹看向姜父，语气平淡："您跟伯母这么有诚意，那我也让一步，让姜正乾跟我道歉，这事就翻篇。"

这哪儿是让步，是杀人诛心，让姜正乾跟人道歉，不如给他一刀痛快。

姜父面不改色地笑道："回头我跟他说说。"

姜母放下茶杯，适时告辞："不耽误你们一家吃饭了，我们也回去吃饭。"

叶敏琼送他们到门口，回到屋里，人家兄妹俩已经坐在餐桌前等开饭了。

“妈，他们过来干什么？”严贺言好奇地问道。刚才她在楼上，不知道他们聊了什么。

“你哥和姜正乾的事。”

“不容易啊，姜昀星她爸居然主动找上门来。”

“你以为他愿意来？他拿他弟弟没办法，再不放下架子，姜家都要乱成一锅粥了，最终，损失的还是姜家的利益。”叶敏琼不管儿子怎么处理，她绝对不掺和。今天要不是儿子回来，姜昀星父母过来这件事她都没打算跟儿子提。

她问儿子:“你不是说不回来？”

严贺禹:“回来陪你们吃饭，下周没时间。”

也没人问他下周要忙什么，他自顾自地说:“我跟温笛要去旅游。”

“哟，我说呢！”叶敏琼调侃儿子，“比度蜜月还高兴吧？”

“没有。度蜜月会更高兴。”

严贺禹回到温笛的别墅才九点半，比预计的时间早半个小时。他倒了半杯红酒，拿着酒杯上了楼。

温笛在书房正忙着，门没关，严贺禹敲了下。

有身影靠近桌边，她抬眸，严贺禹指间的酒杯靠近她的嘴边：“开了另一瓶，尝尝。”

温笛喝了一小口。

严贺禹转动酒杯，将她的唇压过的酒杯沿转到自己这边，顺着她喝过的地方抿了一口。

“《人间不及你》今天开始试戏。”他今天听康波提了句，“尹子于也去试戏了？”

“嗯。我是她的老板，只要我觉得不错的剧本都会让她去争取。能不能拿到角色，得看她最终适不适合，但够呛，她现在的状态受张乔预的影响，我本来还期望她能突破一下，演出不一样的感觉。

“你既然交给周明谦选角，就不要过多干涉。”

严贺禹道：“不会干涉，要是干涉我就不会让他公开选角。交给他，我就会尊重他的决定。

“还喝不喝？”他把杯子再次送到她的嘴边。

还不等她张嘴，他突然想起什么：“等等，看看你能不能喝。”他记得她生理期就在这两天。

温笛一头雾水，只见他点开了手机。

严贺禹问她：“你生理期大概什么时候？这个小程序里记录的不一定准。这三年，我每个月都是按照比上月延迟三天记录的。不过，有时你推迟三天，有时也推迟两天，跟你的实际日期应该有出入。”

温笛望向电脑屏幕，蒙了一瞬：“你记录这个干什么？”

“习惯了。”顿了下，严贺禹又道，“当时抱着一个念头，万一哪天跟你复合，你突然闹情绪，我心里能有数是为什么。”

他问她上个月生理期是哪天。

温笛也不太记得，点开手机备忘录，告诉他具体日期。

严贺禹说：“跟我这个程序里记录的出入了十几天。”

他重新输入日期计算，然后把酒杯递给她：“可以喝。”

温笛喝了一口，已经尝不出酒味了。

第二十章

和好

周三那天他们出发去海棠村，挑了一个不是节假日的时候过去玩，海滩上人要少一些。

飞机上，温笛和沈棠坐在一起聊天，严贺禹跟蒋城聿坐在另一侧的窗边，给她们剥瓜子。

两人似乎是较上劲了，看谁剥得多。

蒋城聿剥得手腕发酸，瞅了一眼严贺禹："剥个瓜子，能不能别这样比较？"

严贺禹也剥得指尖发麻："你没事带什么瓜子，直接买袋瓜子仁多好。现在怪谁？"

他抽张湿纸巾擦擦手，把剥好的瓜子仁递给温笛："要不要喝咖啡？我让人给你们煮咖啡。"

温笛想了一下，点了点头，又问："有蛋糕吗？"

"有。"虽然只有三个多小时的飞行时间，他该给她准备的都准备齐全了。飞机刚买来的头两年，基本都是为她服务的，他使用的频率反而不高。

温笛和沈棠闲得慌，把各自的瓜子仁放在果盘里，拿牙签数盘子里有多少个瓜子仁。

严贺禹回到自己的位子，跟蒋城聿说："不是我想比，你看她们那个架势，是逼着我们比。"

他趁着蒋城聿转头看她们，拿了一点儿蒋城聿剥好的瓜子仁放在自己跟前，然后，他若无其事地挽起衣袖接着剥。

其实在半个小时前，蒋城聿趁他不注意，也偷了他的瓜子仁。

他们到达海棠村是晚上，沈棠今晚跟他们一起住在民宿，她家的房子在一楼，看不到海景，住民宿三楼能看到海上日出。

她提前让民宿老板留了三间房。

严贺禹一听是三间，不用想，他跟温笛各一间，但当沈棠说，她跟温笛一间，他和蒋城聿各一间的时候，他心理突然平衡了。

各自回到房间放下行李箱，去旁边的海鲜烧烤店吃晚饭。

他们加钱，在露台上要了张桌子，吃着烧烤，看着海上渔火。

温笛以前经常跟沈棠在这儿吃，也跟严贺禹吃过一次。一晃，三四年过去了。

温笛放下啤酒罐，问沈棠要不要来点儿白酒："白酒才够味。"

沈棠几乎没有犹豫："来一杯吧。"

严贺禹不让温笛喝白酒："你每次啤酒和白酒一起喝就醉，想喝明天专门喝白酒。"

温笛："我少喝点儿。"

跟严贺禹预料的一样，温笛有点儿醉了，沈棠也是，这个白酒后劲儿大，很上头。蒋城聿背着沈棠先回民宿，温笛非要去海边转转。

夜里十一点钟，海滩上没几个人。

潮水慢慢退去。

温笛抱膝坐在严贺禹身上，两脚踩在他的胸口上。

严贺禹躺在沙滩上，不敢乱动。她不许他动弹，本来是要挖个坑埋了他，后来她不干了，嫌他躺着太长，挖坑要挖好久。

"不埋你，你得谢谢我，知道吗？"

严贺禹："谢谢。"

这是他第三遍跟她说谢谢了。

温笛下巴磕在膝盖上，她醉后从来不哭闹，但喜欢折腾人。

"你知道我本来不想回收你的。"迎着海风，她散落下来的发丝被扬起，过了几秒，她突然问他，"你知道你属于哪一分类吗？"

"知道。可回收垃圾。"

"嗯。"

她很认真地点了点头："我得把你变废为宝。"

"……"

温笛忽而蹬了一下他的心口："跟你说了你不准动。"

“我没动。”

“那我怎么有点儿晃？”

“你有点儿醉。”

“我没喝多。”

严贺禹不跟她进行毫无意义的争辩，两手扶着她的肩头。

温笛看了他半晌，想到哪里说哪里：“你把我举高。”

“怎么举高？”

“像我举小柠檬那样。”

小柠檬是沈棠的女儿。

严贺禹借着这个机会，道：“那你从我身上起来，我站起来才能把你举高。”

“那我没地方坐，你想办法举高我。”

“……”

严贺禹只好岔开话题：“温笛，我们聊聊天。”

“聊什么？”

“聊聊我们分开后，你高兴的事和难过的事。你从来没对我说过，应该也没跟别人说过，老憋在心里也不行。”

“我们分开过是吗？”温笛好好想了想，“是分开过。那你为什么跟我分开呢？严贺禹，我胃难受，头也疼。”

这应该是酒精的作用，她说话的逻辑明显不如之前，严贺禹一手扶着她，一手撑地坐起来。

费了好大劲，他把她抱在怀里：“我们回民宿，我给你买点儿解酒药。”

“你又要走？”

“不走。”

温笛靠在他的怀里，额头在他的胸口蹭了又蹭，头还是疼：“严贺禹。”

“嗯？”

“你记不记得我公寓的密码？我改了，又忘了。”

他问她，哪套公寓。

她咕哝一句，他听清了，是他们以前住了三年的那套公寓，但那套公寓早就卖了。

严贺禹问她："什么时候改的密码？"

"分手那天改的。我进不去了。"

"怎么进不去了？"

他想说，他们不住在公寓，现在搬到别墅了，还不等他说，温笛断断续续地道："就分手第三天，我忘了新密码。

"钥匙没带，半夜我进不去。我想打电话给你，问你新密码。"

这会儿她意识已经混沌了，她分手那天改的密码，怎么可能告诉他，又怎么可能会打电话给他？

温笛胃里越来越难受，在他怀里动了动："你肯定记得公寓的新密码，我的所有密码你都帮我记着，你说过，我不管忘了什么，问你就行。是不是？"

严贺禹哽咽了下："是。"

"那你那天去了哪儿？你怎么不在家等我？怎么不告诉我密码？"

严贺禹攥着她的肩头："那你后来是怎么进去的？"

"保安把锁拆了，又装上。"顿了两秒，她说，"我家里有钥匙。"

"我知道。"严贺禹亲亲她的额头。

"下雨了。"温笛擦了擦脸，又抬头看天上，"不是有月亮吗？怎么还下雨了？"

严贺禹做个深呼吸，别过头，擦擦自己的脸。

她脸上的泪，是他的。

他从来没想过，自己在三十多岁的时候，会为一个人掉眼泪。

"我们回去。"

严贺禹抱起温笛，迎着月色往民宿走。

温笛靠在他的肩头，不知道自己什么时候睡着的。

翌日醒来，她穿着自己的睡衣躺在她跟沈棠的房间，头发也是清清爽爽的。昨晚她有点儿断片，很多事情想不起来了。

房间另一张床上没人，沈棠昨晚喝多了留在蒋城聿的房间了。

温笛拉开窗帘，海边渐渐热闹起来。

今天又是晴朗的一天。

她给严贺禹发消息："昨晚你帮我洗的头发？"

"嗯，都是沙子，不洗根本就没法睡。给你吃了醒酒药，现在头还疼不疼？"

"不疼。"

严贺禹叫她换衣服下楼吃早餐，他们今天跟渔船出海。

温笛对跟着游艇出海不感兴趣，但对跟着渔船下海很兴奋，满船的鱼腥味，她闻着一点儿不觉得难闻。

每次渔网起网时，她跟沈棠比渔民还激动，开渔网跟开盲盒一样，不知道每次能捕捞上来什么鱼。

傍晚，渔船满载而归。

今天涨潮，他们还打算去赶海踏浪。

他们从渔船下来，身上都是鱼鳞和鱼腥味，几人回民宿换衣服。

沈棠拿出跟蒋城聿的情侣装换上，情侣装买了好些年，一年穿两三次，一直留到现在。

温笛换了吊带长裙。太阳已经落下去了，不用再戴帽子，她们穿着凉拖下楼。

严贺禹跟蒋城聿在民宿一楼大厅等她们，他换了一件藏青色 POLO 衫，跟温笛的吊带长裙很搭，她的吊带裙有藏青配色，不多，但很显眼。

温笛瞧他一眼，知道他心里在想什么，肯定在想，约等于他跟她穿了情侣装。

民宿跟海滩只有一路之隔，过马路时，蒋城聿转身把沈棠揽在身前，注意左右方向过来的汽车，严贺禹也下意识地去牵温笛的手，抓住后，跟她十指紧扣。

温笛在海棠村有很多回忆，跟严贺禹的也不少，民宿，还有那个烧烤摊。那时他们中间隔着人群，隔着海浪。今天就只有海浪。

到了海滩，严贺禹放开她的手，往前跨了几步，在她身前半蹲下："上来，我背你。我跟蒋城聿在来的时候找准了自己的定位。"

"什么定位？"

"工具人定位。"

"你们挺有自知之明。"

她趴在他的背上。

那边，蒋城聿也背起了沈棠。

起初相处正常，温笛和沈棠说着她们以前在这边玩的趣事，后来两人你推我一把，我推你两下，越推越用力，笑着打闹起来。

遭殃的是背着她们的严贺禹和蒋城聿，两人站在海水里，海浪来的时候，她们一闹起来，他们重心不稳，直趔趄。

这要是摔倒在水里，不管是温笛还是沈棠，都得找他们算账。

严贺禹现在是不敢说温笛的，蒋城聿小声说沈棠："沈棠，你们轻点儿打，手别打疼了。"

严贺禹："……"

这说和不说有什么区别？

沈棠说："不疼，一点儿都不疼。"

两人打累了，中间停战休息。

温笛原本一手搂着严贺禹的脖子，另一手跟沈棠打闹，现在松开他的脖子："我一会儿要两只手打。"

严贺禹："温笛。"

"干什么？"风大，她贴在他的侧脸上，"你说吧，我听着呢。"

两人侧脸蹭着，严贺禹突然不想扫兴："打不过的时候，你推蒋城聿，他摔倒了，沈棠肯定也就倒了。"

温笛笑了出来："这个可以。"

他们说话声不算小，蒋城聿能听到。

蒋城聿对沈棠说："打不过的话，你直接踹倒严贺禹，稳赢。"

温笛和沈棠后来不是打，两人互挠对方痒痒，沈棠怕痒，差点儿笑出眼泪，她躲着温笛时身体一个劲儿往另一边歪，蒋城聿失去重心，倒在水里，摔倒前，他腾出手，扯了一把严贺禹。

"扑通"，四个人都落水里了。

温笛和沈棠笑得脸生疼。

蒋城聿从水里爬起来，他还没站稳，又被严贺禹一把拽了下去，溅起巨大的水花。

"严贺禹，你这就不要脸了。"

“到底是谁先不要脸拽我的？你从小就这样，自己倒了还非要拉我垫背。”

严贺禹过来从水里拽起温笛，她笑得站不起来，他拿手背擦擦她的脸，拉她到浅水边，给她拧干了裙摆的水。

他也浑身湿透了，POLO 衫贴在身上，隐隐勾勒出身前的肌肉线条。

温笛问他：“你跟蒋城聿，你们小时候也打架？”

“打，你见过不打架的小男孩？天天打，打完接着玩。”

他长臂一伸，把她搂到身前，将她后背湿漉漉的地方也拧拧。

严贺禹摸摸她的肩头，冰凉冰凉的。

他看向蒋城聿：“让她们回去把衣服换了，穿湿衣服容易着凉。”

蒋城聿也是这个意思，正跟沈棠商量这件事。

几人回了民宿，一两百米的距离，很快就到了。

换好衣服，沈棠打开水龙头冲把脸，长长地呼了口气：“好几年没这么放松了。”自从爷爷离开后，她都不敢回海棠村，再也没有人在门口等着她回家。现在她过得这么开心，温笛也在慢慢变好，爷爷肯定看得到。

温笛绾起长发，在头顶扎个丸子头：“我跟你一样。”

不用她说，沈棠也知道她这几年的状态，伸手揉了两把温笛刚扎好的小丸子玩，以前的那个温笛又回来了。

结束了海棠村的四天之旅，他们周末回到了京城。

他们刚下飞机，尹子于给温笛送来好消息，她争取到了《人间不及你》的角色，中午时接到了周明谦那边的通知。

“温老板，谢谢你的鲜花带来的好运。”

尹子于原本不抱希望，去试戏的都是一线演员。

现场搭戏的是谈莫行，自从谈莫行那晚说了那句话，她见到他时有点儿别扭。

可能就是这样的别扭，把她身上那点儿冷冽的气质给遮住了。

周明谦后来说：“你们的眼神里都是戏。”

到底是什么戏，谁又能说得清楚？

温笛悬着的心终于落下，为尹子于现在的状态高兴。她进组后忙起来，不会有那么多时间再去想张乔预，时间能冲淡一切。

“什么时候开机？”

尹子于道：“年前，又要在剧组过年，今年是在江城。周导说，取景的地方是你们装好的那个院子，还有江城的古街。”

温笛说：“到时候去我家过年，我家地方大，多少人都能坐得下。”

“说好了啊，到时赖你家不走。”尹子于说笑了几句，挂了电话。

严贺禹问：“周明谦定了尹子于演女主角？”

“嗯。”

“你看人眼光不错。”

温笛把手机装进包里，觑他，他是拐着弯夸他自己不错，她说：“也眼瞎过。”

严贺禹颔首，表示理解，然后他让蒋城聿背锅：“我也没想到蒋城聿长大了还会拉人垫背，这个不能算你眼瞎。”

温笛：“……”

严贺禹笑笑，不逗她，把她手拿过来握着。

他这边，月底有个高端商务酒会，他以前从来都是一个人参加，这次想带她过去，不知道她什么意思。

“有不少投资人过去，你感兴趣的话，可以认识认识。”

温笛感兴趣，但是不去：“以后要去哪儿，得我带着你，不是你带着我。”

“没问题。常青娱乐每年都有慈善拍卖会，到时你带我去？”

“没空，我要带尹子于去。”

不管她那天带不带他去，严贺禹先让康波把他那晚的时间空了出来。

从机场回来，温笛直接去了二手书店，她给爷爷奶奶和庄老板从海棠村带了花茶回来，给他们送过去，又在那儿陪他们三个老人吃了晚饭。

温笛和爷爷奶奶说，今年春节，可能邀请剧组的一些人到家里过年。

爷爷奶奶现在喜欢热闹，说到时提前多准备些年货。

严贺禹今晚在家加班，温笛十点钟回到家，他还在忙。

温温在书房陪着他，黏在他的腿边。

温笛抱着几本从庄老板那里淘来的书进了书房，严贺禹对温温说：“你跟我说没用，你得跟你妈说，她当家。”

温笛把书放在书柜上："温温跟我说什么？"

严贺禹："温温觉得，父母长期分居，不利于它健康成长。"

"严贺禹，你现在无所不用其极。"

严贺禹自顾自地说："那我今晚就搬过去。"

温笛没搭腔，回了自己的房间。

严贺禹弯腰，揉揉温温的脑袋："你妈妈答应了。"在海棠村的这几天，她心情不错，刚才不说话基本是默许了。

他处理完最后一封电子邮件，关上了电脑。

温笛正在整理行李箱，严贺禹进来了，拿着他的枕头、水杯和手机充电器，温笛的枕头靠床右侧，他将枕头放在床的左侧，充电器放在左边的床头柜上。

之后他一趟又一趟，把自己的衣物从次卧搬进主卧。

衣柜里又变回了以前的样子，里面是她各种颜色的礼服和他相对单调的衬衫和西装。

每个衣柜里都是有她一多半的衣服，一小半空间留给他。

温笛洗过澡出来，他所有东西搬完，反锁上房门。

她说："我觉得有必要约法三章。"

"你打算在床中间弄个分界线考验我？"

"那倒不至于，都让你住进来了，再弄那些虚的，自欺欺人。"

严贺禹抬手搁在领口，一边解扣子一边看着她。

温笛："我能管你，你不能管我。"

她只说了其中一条，严贺禹打断她的话："我只有一个要求，其他你说了算。"

温笛问他："什么要求？"

"每天给我打个电话。"

这个要求应该不算过分，不限时长不限哪个时间打给他，想起来给他打通电话就行。严贺禹摘下手表，去浴室洗澡。

浴室门关上，下一秒又从里面拉开，他对她说："不是只让你主动打，我也打给你。"

门关上了。

以前他们为了谁先主动给谁打电话，没少较过劲，甚至有时闲得无聊，会数一下，谁主动打的多。基本上每周都是严贺禹打的多。

温笛在手背上挤了点儿护手霜，心不在焉地两手对搓，她关了主灯，开了严贺禹那侧的落地灯。

严贺禹从浴室出来，温笛背对着他躺下，一个人卷走被子，他的枕头横在床边，眼看着要掉到床下。

他不用想，肯定是她蹬了他枕头出气。

严贺禹把枕头拎起来往里边扔了扔。

“喝不喝水？”他问她。

“不渴，麻烦你早点儿关灯睡觉，我这几天在海棠村没睡好。”她晚上跟沈棠聊到半夜还不睡，第二天又要早起，不是出海就是看日出，没一天能睡个好觉的。

严贺禹关了灯，连她带被子都搂进怀里。

他的嘴唇抵着她的耳垂：“明天记得买避孕套。”

温笛没应声，后背贴在他的胸膛上，人很疲倦，不知不觉便睡着了。

半夜，她被噩梦惊醒，梦里她呼吸不畅，好像在海底又好像不是，快要窒息时睁开了眼。

她的心口被严贺禹的胳膊压住，压得她喘不上气，难怪她会做这样的噩梦。

温笛推开他的手，拍了两下，他没反应。

搁以前，她刚才那样推他，他早就醒了，迷迷糊糊中会问她怎么了。今天他丝毫没有醒来的迹象。

她慢慢转身，跟他面对面躺着。

眼睛慢慢适应黑漆漆的房间，温笛看清他的轮廓。以前他睡着时她经常这么看着他，他们认识那么多年，现在再看，她还是觉得他好看。

他呼吸均匀，但有点儿重，看上去比她还疲惫的样子，好像很久都没能好好睡上一觉了。

温笛拿胳膊肘撑着，半坐起来，在他眉宇间轻轻亲了一下。

隔了大概两三秒，她气不过，又踹了他一脚。

严贺禹动了动，太困了没醒，他下意识抬手摸摸，摸到她后，把她搂进怀里。

温笛不再闹他，安静地靠在他的怀里闭上眼。

严贺禹和温笛的生物钟不一样，早上不到六点钟就醒了，昨晚睡觉时温笛还贴在他的怀里，现在她睡在了自己的枕头上。

一个人睡久了，可能是不太习惯两人搂在一起睡觉。

他起床，拿上今天要穿的衣服去次卧洗漱。

自从搬到别墅来住，他路上用来处理工作的时间变多了，到公司的这段路上，夜里收到的电子邮件他全看完了。

办公室里，秘书冲好咖啡。

康波在等着汇报工作，在老板旅游期间，他只打扰过一次，跟华源实业有关，等不及老板回来了。

严贺禹坐下来，问:“还是华源实业那件事？”

康波:“嗯。刘董早上又给我打电话了，说梅特公司那边最终让一步，修改付款方式，修改后基本不存在压货款的情况，风险在可控范围。”

刘董是华源实业的现任董事长，持有华源实业的股份。以前刘董从来不私下里汇报经营情况，自从跟肖宁集团竞争，刘董凡事都很谨慎，这次跟梅特公司即将要签订 6 亿美元的大单，刘董在签合同前知会了他一声，让他将情况汇报给老板。

这笔订单是刘董管理华源实业以来，接到的最大的一笔单子。

梅特公司是一家总部在北美的跨国企业，华源实业是它众多供应商里最不起眼的一家。

去年一年，梅特公司跟华源实业签订了合计 2.8 亿美元的单子，往年更少。这一下突然签下之前几年订单的总和，刘董确实心动，关键是对方修改了付款方式。

不过，梅特公司修改付款方式有额外要求，那就是华源实业要优先供货，将他们的订单排在其他客户之前。

严贺禹喝了半杯咖啡提神:“最迟供货时间是几月？”

康波回复:“十二月底。”

还有一个多月的时间。产能就那么多，这就意味着，华源实业要把其他客户的订单推迟到明年交付。

严贺禹放下咖啡杯："你告诉刘董，我管理的企业，从来没有优先大客户之说，可以给优惠，但没有优先，更没有特权。如果他非要签梅特公司的单子，那就随他。"

"我这就转达。"康波没敢耽误，给刘董回电话。

老板的意思已经那么明确，估摸刘董会慎重考虑到底要不要签这个合同。

现在梅特公司无形中有成为华源大客户的趋势，一旦这次给了特权，什么都优先他们，以后他们还会提出更多的要求。这世上从来没有知足的商人，只有更得寸进尺的商人。

老板最不喜欢被大客户拿捏，也从来不会过分依赖大客户，那样风险太大，一旦大客户崩盘，自己公司就会产能过剩，资金链也会受影响，严重时也会跟着大客户一起崩盘。

康波在给刘董打电话，严贺禹又跟康波说了句："你告诉刘董，这笔大订单是另一个陷阱，不是指梅特公司有问题。"

至于谁有问题，又是什么陷阱，他没明说。

严贺禹拿过桌上的项目计划书翻看，康波给他打印了纸质的计划书。

康波结束通话后，说道："《欲望背后》也有一个差不多的情节，谈莫行饰演的男主角拿到一个大单，一旦签了合同，就得延迟交付其他客户的订单。"

严贺禹抬头，问道："温笛在剧本里是怎么处理的？"

"我还没看到那个剧情。"

当初《欲望背后》在江城别墅取景，康波送老板过去，正好谈莫行在看剧本，因为是商战剧，他还挺感兴趣，拿过来瞅了几眼，看得津津有味时，老板安排他事情，他只好把剧本还给谈莫行。

后来，他忙着处理工作，也没机会再去别墅。所以，他不知道那个商战的下文如何。

"您可以回去问温小姐，后来是怎么处理那笔订单的。"

严贺禹道："不用问。到时陪她看电视。"

康波感觉老板应该只会看有自己别墅入镜的戏份，提前询问：“到时需要把别墅的戏份在哪几集问清楚吗？”

“……”

康波好像在奚落他，但他知道康波不会故意这么做。

严贺禹摆摆手，示意他去忙。

上午严贺禹约了人谈事，一直应酬到中午。

忙完，严贺禹给温笛打了个电话。

温笛刚吃过午饭，正要出门，她接听，另一只手拿上包和风衣走向院子里。

“还没午睡吧？”

“没。我出去一趟。”

“去哪儿？”

“周明谦给我打电话，说《人间不及你》里要在庄老板书店取景，让我跟庄老板商量，他愿意以什么形式让书房和书店出现在电影里。”

说着，温笛拉开车门坐了上去。

严贺禹说了自己的想法：“书店和不对外开放的书房都取景。”

“看看庄老板的意思，我们尊重他的意见。”温笛发动引擎，“我开车了。”

严贺禹让她路过便利店或是药店门口时，别忘了停一下。

这是提醒她买避孕套，温笛说：“你怎么天天净想这些事？”

“我要不想才不正常。”

“挂了啊。”温笛挂断电话，手机扔在控制台上，驱车离开了别墅区。

今天是周一，书店里冷冷清清的，只有两三个年轻人在挑书。

店员认得她，热情招呼她坐，说庄老板他们今天不在书房，平时都在附近逛逛，今天赶巧出远门了。

“去哪儿玩了？”

店员给温笛倒水，说：“他们一早出的门，说天气好，爬山赏枫叶，天黑前能回来就不错了。”

来都来了，温笛找本书看，在店里等他们回来。

刚翻两页书，她对面位子有人坐下，轻声唤她：“温笛姐。”

声音有点儿熟悉，温笛猛地抬头，对面的人是严贺言。

严贺言笑笑道："这么巧。你低着头，我刚才差点儿没敢认。"

温笛笑着问："你下午不忙？"

"不忙，我在休年假，再不休的话，今年年假就作废了。"严贺言刚忙完一个项目，连着两个月无休，她给自己制订了计划，每月至少来书店两次，但最近经常出差，不是出差就是加班，书店关门早，她下班过来赶不上，趁着休年假，来多看几本。

严贺言没看到哥哥，伸脖子往书店里头寻找，没找到熟悉的身影："你一个人过来的？"

"嗯，过来找老板商量点儿事。"

"哦。我还以为姐夫跟你一起来的。"

温笛："……"

她想了半天才明白，严贺言口中的姐夫指的是严贺禹，刚才严贺言喊她"温笛姐"，便直接称自己哥哥为"姐夫"。

她开玩笑道："小心你哥听了气晕过去。"

严贺言双手托腮，笑道："喊他姐夫也是勉勉强强，完全看在你的面子上。就他那个样，我真想用高跟鞋从他脸上踩过去。"随后她叹了一口气，"有时我忍着踩他的冲动，劝自己算了吧，他要是破了相，你更看不上他。"

两人同时笑了。

严贺言没再闲扯，让温笛帮她淘几本书。

温笛把自己的书反扣在桌面上，陪她去书架前淘书。

严贺言告诉温笛，之前她看了哪几本，找差不多类型的即可。

"温笛姐，晚上你跟我姐夫有约会吗？"

"没有，平常我们都忙。"

"那今晚我跟姐夫抢一下你的时间，我们俩在外面吃，聊聊你的女儿跟我的儿子。"

"没问题，我请客。"

她们俩都喜欢猫，中间还有严贺禹，可以聊的话题有很多。

温笛给严贺言挑了两本书，两人回到桌子前坐下，之后严贺言没再找她说话，专心看书。

天快黑时，庄老板和爷爷奶奶回来了。

庄老板听说她在书店等了一下午，当成了自家小辈谴责："你说你这孩子，怎么不打个电话？我们还能提前回来，让你等那么长时间。"

他们两点钟就从山上下来了，又在附近吃了饭，慢慢悠悠现在才到家。

温笛说："就是不想打乱你们的计划，我来之前才没打电话，反正我在哪儿看书都一样。"

她把严贺言介绍给他们认识："这是严贺禹的亲妹妹。"

温奶奶说："兄妹俩长得像。"

严贺言忙不迭地道："奶奶，我特别喜欢江城，以后去看您跟爷爷。"

温笛笑道："你不用有那么强的求生欲。"她拍拍严贺言的肩膀，"你接着看书，我去里边跟庄老板谈点儿事，一会儿我们去吃饭。"

以庄老板和严贺禹的交情，如今再加上跟温爷爷的交情，电影怎么取景，他没有任何意见。

他这一生，最后能把自己的故事留在电影里，已经很圆满了。

征得庄老板的同意，温笛把庄老板的微信名片分享给周明谦，后续的一些事情周明谦直接联系庄老板。

她们从书店里出来，已经快七点钟了。

严贺言知道温笛喜欢附近的哪家饭店，她提前订了位子。

她们都以为晚上能聊到严贺禹，结果说起温温和严严的有趣日常，两人根本停不下来，分享欲爆棚。

严贺言说，这两只猫咪一看就是有做亲戚的缘分，名字都是妈妈姓氏重叠起来的。

"温笛姐，等你哪天不忙，带着姐夫去我家玩，再带上温温。"

温笛笑道："有空过去。"

她们吃到九点半，结账离开。

这回是温笛买单，严贺言打算下次找个合适的机会再请温笛。

温笛在等红灯时，给严贺禹打了个电话。

严贺禹今晚有饭局，还没散。

刚好桌上有人要敬他酒，他看了一眼手机屏幕，歉意地道："温笛的电话，我接一下。"

现在谁不知道温笛是严贺禹的心头肉。

严贺禹接听电话，声音温和：“到家没？”

“没，还在路上。”

严贺禹看手表，他这边大概还得半小时结束：“十一点前我应该能到家，没喝多少，喝了两个半杯。”

他事无巨细地交代着，包间里落针可闻。

严贺禹又问：“晚上吃饱没？没吃饱我给你打包一盅汤带回去。”

温笛跟严贺言差点儿吃撑，一口汤也喝不下去了。

因为严贺禹说了十一点前赶回家，今晚组局的人把控好时间，在十点钟左右结束饭局，他们还有其他消遣，没喊严贺禹过去。

严贺禹比预计的时间提前十五分钟到家，温笛洗过澡正在楼下客厅看电视，他站在门口，有种恍如隔世的感觉。

以前她也喜欢在楼下看电视，等他回家。

他顺手把西装搭在侧边沙发上，绕到她身前。

温笛推他，他挡住了电视。

严贺禹两手撑在她身后的沙发靠背，俯身，带着红酒味的唇压在她的唇上。

温笛扔掉遥控器，捧着他的脸，不让他亲：“不是说喝得不多？”

“给你打过电话，又喝了半杯。”因为那通电话，他心情好，让服务员又给他加了半杯。

这点儿酒对他来说不多，人很清醒。

“我去洗澡。”他低头，在她脸上亲了一口。

温笛拍了他一下。

严贺禹问：“买了吧？”他今天一直在关心这件事。

“没。”

“那你开车，我陪你去买。”

温笛点开手机，转了 200 块钱给他：“你买的那几盒转让给我。”

“不怕我扎洞？”

“你不敢。”

温笛推他：“别挡我看电视。”

严贺禹回楼上卧室，走到楼梯上又返回，关掉电视，把她抱回楼上。

温笛的包和卡夹都在沙发上，她没来得及拿："我的包。"

"充电器在里面？"

"不是。"

"那我一会儿给你拿上楼。"

回到卧室，严贺禹只用了十来分钟洗澡，头发都没怎么擦干就出来了。

温笛拿着手机充电器从书房回来，刚给手机充上电，屋里的灯忽然熄了。眼前什么都看不见，身边是熟悉的、清冷的、强势的气息。

他身上还有酒精味，混合着沐浴露的清冽一起散开。

严贺禹将她揽到身前，她的后背贴着墙。他顺手开了一旁的落地灯，调到很暗很暗，仅够看清彼此。

他跟温笛的影子叠在墙上，只看得见他的影子，她被他整个笼罩住。

买的那几盒东西他都拿到了主卧，拆了一盒递给温笛。

严贺禹问她："明天不用去公司吧？"

温笛懂他什么意思，她要是不去公司，他可以晚一点儿睡。

她故意道："去不去不影响，你十分钟还不够吗？"

严贺禹无声地看着她。

他发梢的水滴顺着脸颊淌下来，温笛抬手替他擦去水珠。

动作很轻，是下意识的行为。

她给他擦脸上的水，搅动了他所有的情绪。

温笛并没有时间关注他在想什么。

她关了灯，回了床上。

严贺禹直直地看着她，屋里黑，谁都看不清对方的眼里有什么，但温笛能感受到他身上剧烈的心跳声。

"温笛。"他低头，"亲我一下。"

温笛在他脸上轻啄了一下，刚撤回去，就被他堵住了嘴。

不知道是不是他喝了酒的缘故，吻很烫人。

温笛看着上方的人："就一次，我明天还有场重头戏要写。"

严贺禹亲她，顿了顿："尽量。"

他说尽量，然而后来，他说话根本不算话。

温笛早上不到六点钟就醒了，嗓子干，是被渴醒的。

昨晚睡前她太累，忘了喝点儿水。

睡觉时应该快凌晨三点了，也可能三点多了。

严贺禹以前在这方面的自控力还算不错，不会瞎胡闹，如果第二天要上班，他会有个度。

昨晚破例，他有点儿纵欲。

温笛把严贺禹的胳膊从她身上拿下来，他睡得很沉，她从他怀里起来他也没醒，连动都没动一下。

她刚坐起来又躺下，感觉身体有点儿不是自己的。

缓了缓，她再度撑着坐起来，挪到床下。

六点钟的闹铃准时响起，严贺禹反手摸手机，摸到后关了闹铃，后知后觉反应过来，怀里空空的。

他睁开眼一看，温笛不在床上。

浴室那边的灯没开，衣帽间也是，不像有人在里面。

她的手机还在床头柜上。

“温笛？”

没人回应。

严贺禹起来，简单洗漱后，去衣帽间找了衣服穿上。

温笛还没回卧室，他去外面找。

书房的灯亮着，他喊她：“温笛？”

温笛应了一声，以为严贺禹能听清，但嗓子沙哑，那一声“嗯”只有她自己听得见。

严贺禹进来，她靠在书桌边，拿着水杯喝水，书房里有饮水器，她已经喝了一杯，这是第二杯。

她清清嗓子，说话声音带着沙哑：“你不睡会儿？”

“上午还有会。”严贺禹很少因为私事推迟定下来的会议，从她手里拿过水杯，剩下的半杯水他一口气喝光。

“家里有没有润喉片？”他问她。

“不用吃。”温笛拍拍喉咙，多喝点儿水就行，以前也哑过，那时是她跟他冷战，好几天没理他，后来关系缓和，他没有克制。

严贺禹又倒满一杯水，把杯子递给她：“今晚我克制一点儿。”

温笛没接水杯，定定地看着他。

严贺禹改口：“今晚我们都早点儿休息。”

温笛这才接过杯子，小口小口咽水润嗓子。

严贺禹把她抱在桌上坐着，低声问她：“还有哪儿不舒服？”

温笛推开他的脸：“你这是废话。”

严贺禹看了眼手表，时间差不多了：“我让阿姨中午给你煲汤喝，嗓子不舒服的话，吃点儿流食。”

“我去公司了。”他轻轻抱着她。

温笛送他一脚，严贺禹淡淡地笑笑，纵容着她的小脾气。

她对着他背影喊道：“你等下。”

严贺禹正在扣衬衫最上面的扣子，转头问她：“怎么了？”

温笛见他扣好了扣子：“没什么。”她叮嘱他，“今天你最上面的两个扣子别敞开。”

严贺禹：“不会，我今天系领带。”他走出了书房。

他锁骨上被她咬了一排牙印，两边还咬成了对称的，今早两排都是紫红色。脖子上也被她种了好几个深紫色的草莓。

在一起的几年，他尽量避开在她外露的地方留下痕迹，她跟他相反，哪儿容易留下吻痕，她就在哪儿下口，要是他脸上能轻易留下，她得天天咬。

温笛以为自己今天不用出去，不到八点钟，她接到了秦醒电话，问她什么时候抽空来趟公司，他们几个人开个会。

“我九点半到。”

她出门前，忍着酸疼在瑜伽房做了拉伸运动，还好平时一直运动，不然昨晚严贺禹折腾到那么晚，她今天连床都下不来。

影视公司刚完成B+轮融资，账上有了钱，秦醒打算投资电影《人间不及你》，只是有初步的打算，心里没什么底。

这部电影备案后，网友一直不看好，都在吐槽资本借着剧版《人间不及你》无下限圈钱，就算是谈莫行来演，也摆脱不了烂片的命运。

这部剧里的男女主角的成长和细腻感情的互动，在两个小时的电影里无法展现，容易拍成流水账剧情。

秦醒想投资是因为信得过温笛和周明谦，信他们能拍出不一样的电影版本，用票房回应那些质疑声。

但投资数额不是几百万元，打了水漂就当买经验教训，动辄上亿，不能凭着感觉决定投不投。

他考虑了好几天，昨晚差点儿失眠，最终还是没下定决心，于是叫沈棠和温笛来公司一趟。

他们几人都是影视公司的创始人。

“这是我连夜做的 PPT（演示文稿），所有分析都在上面，你们看看。”秦醒也跟着一块看向大屏。

秦醒头脑还算清醒：“严哥投资这部电影，是因为电影对他有不一样的意义，关键是严哥有钱。哪怕电影赔了，他不心疼。我们不一样，没那么多钱任性。”

优秀的制作团队加上优秀的演员，不代表高票房。

目前，除了严贺禹，只有两家影视公司有意向投资，也只是有意向，还没最终决定，他们看了二创的剧本，但有没有耐心看完，谁也不清楚。

“温笛，你什么意见？”

温笛笑道：“你真会问。我能说我自己的剧本不好？”

秦醒揉揉眉心：“电影票房有时真的很玄学。”

“不玄。”温笛接话说，“观众从来不会让一部好电影被埋没。”

秦醒关掉 PPT，吐了口气：“有你这句话，我就放心了，必须投。”

温笛问他：“我说什么了你就放心了？”

沈棠笑道：“他就是拉我们来走个过场，要是票房不怎么样，自然有人替他背锅。”

秦醒哈哈笑道：“不要揭穿我。”

温笛问他：“你打算投多少？”

他不会像严贺禹那样大手笔，只是在公司能力范围内投资：“最多占这部电影总投资的 10%。”

要是真亏了，他卖房卖车还能维持公司的日常开销。

沈棠拧上水杯盖，起身：“具体投多少你看着办，投资这种事，有亏有赚，不用想太多。”

她下巴对着温笛一扬：“走，逛街去。”

温笛收拾包，跟沈棠一道出去。

她问：“要买什么？”

沈棠很少在工作时间去逛街。

“置办一套慈善拍卖会的衣服，我跟你穿姐妹装。”沈棠挽着温笛下楼，“有几家的新品成衣到货，去试试，看有没有合适的。”

现在她跟温笛不需要走红毯，不用再穿高定，但出席群星璀璨的场合，现场都是镜头，还是得穿得讲究一点儿。

她们从电梯出来，冷风直往脖子里灌，温笛和沈棠下意识拢拢大衣。

沈棠说：“又到冬天了，再有两个多月就过年了，这一年年过得可真快。”

“可不，你都做妈妈了。”

沈棠歪头看着温笛：“我有时都不敢相信，我有俩孩子。我认识你那会儿，你十九岁。现在我都当妈了，你应该也不远了。”

她们都不再年轻。

温笛笑道：“我永远十九岁。”

“那我永远二十岁。”

两人说笑着坐进车里。

说起今年的春节，温笛问沈棠去不去江城玩几天，龙凤胎大了，会走路了，正是有意思的时候。

“我妈问了我好几遍，说你和两个宝宝什么时候去我家玩。”

沈棠扯了安全带系上，两手放在方向盘上，不说话，也不发动车子。

温笛瞅着她：“发什么呆？”

沈棠转头问她：“以后我把你家当娘家，每年都去，跟你一起回家。叔叔阿姨可别嫌我烦。”

“真的？”温笛欣喜若狂，抱抱她，“你不许骗我！”

“骗你干吗？”

她从小被父母抛弃，父母离异后各自有了家庭，谁都不要她，她只有爷爷一个亲人，现在连爷爷也走了，从某种意义上来说，她是没家的。

当初她遇到温笛时，正是她人生的低谷期，没戏拍，各种黑料满天飞，只有温笛跟她玩，永远信任她、力挺她，她心情不好时，温笛就带她回江城。

其实去年春节前她就想跟蒋城聿去江城，但那会儿温笛跟严贺禹还没和好，只能作罢。

温笛猜到沈棠想到了沈爷爷，转移她的注意力："以后回我们家，指挥严贺禹和蒋城聿干活。"

"那必须的，我们俩负责玩儿。"

她们刚刚鼻子还在发酸，这会儿又笑开了。

温笛已经开始期待早点儿过年。

今天心情好，温笛看什么衣服都觉得好看，试穿了两套都买了下来。

置办好参加慈善拍卖会的服装，沈棠想给蒋城聿买几件，年底要出席的活动多："我今年没怎么给他买衣服。"

温笛陪着她逛："那多买几件。"

沈棠问她："你要不要逛逛严贺禹喜欢的几个品牌，顺便给他买点儿？"

温笛斩钉截铁地道："不给他买。"

话音刚落下，手机有电话进来，是严贺禹的号码。

沈棠笑道："他可能感应到你不给他买衣服，不甘心，一个电话追了过来。"

温笛接听，严贺禹问她嗓子还疼不疼。

"不疼。"

"多喝点儿水。"

"我跟沈棠在商场。"

言外之意就是，她没时间和他闲聊。

严贺禹听说她去逛街了，有些话不方便在电话里说："你逛吧。"

他又想起来："你卡夹里我放了几张银行卡，买什么东西你直接刷卡付。"

温笛从包里摸到卡夹，打开看，后面几个卡位都是有他名字的卡，一共四张。她昨天还没发现："你什么时候放的？"

严贺禹道："今天早上。"

她的包在客厅沙发上，卡夹在包口，他下楼时正好看到，于是拿了自己几张卡塞了进去。

温笛扣上卡夹，塞进包里：“我以前都不用你的卡，现在更不可能用。”

“知道。”顿了下，严贺禹说，“我也拿了你的一张卡，互相刷。”

“……”

温笛无语。

严贺禹告诉她卡的支付密码：“跟我手机上的一样，还是当初你设置的那个。”然后他问她，“你的卡密码是多少？”

她的卡都是绑定手机用的，温笛自己也不记得密码：“你多输几次试试。”

说完，她又觉得不对：“你刷你自己的卡！”

严贺禹敷衍她一句，说知道。

温笛刚要挂电话，他又对她讲：“跟你说件事。”

“什么事？”

“你每天给我打电话的时间改一下。”

温笛以为他晚上有应酬时不方便接：“那改中午。”

“晚上吧，八点半到九点之间，你随便选个时间定闹铃。”

“不影响你应酬？”

“不影响，想在应酬时接到你的电话。”

“……”

温笛直接挂断电话。

严贺禹今晚还真的有饭局，康波陪同参加。

其他人不甚在意，但康波坐在老板旁边，注意到老板在几十分钟里瞥了不止十次手腕上的表。

一开始他以为老板是想早点儿结束饭局，但老板又不是急着走，跟桌上的其他人不紧不慢地聊着，没有敷衍了事。

他推断老板在等温笛的电话。

严贺禹拿起手边的杯子，不动声色地扫了眼时间，手表上指针指向九点钟，温笛还是没打来电话。

她应该是故意不打给他的。

九点零一分，桌上的手机振动了。

不知为何，康波却莫名松了一口气。

他想，今晚他们找老板帮忙的事，应该稳了。

严贺禹说："我接个电话。"

康波刚要起身陪同到门口，发现老板压根儿没有站起来要出去的意思。以前老板接温笛的电话都是去包间外面，今天好像打算当众接。

严贺禹按了接听键，手机放在耳边，过了几秒说道："还没呢。今天要晚一点儿，一点钟前到家。"

之后，他又说："没喝酒，一口也没喝，不骗你，喝没喝酒等回家你一闻不就闻到了。答应了你不喝肯定不喝。"

电话那头，温笛翻了个白眼，她什么时候说过不让他喝酒？

"好，我知道，你忙完早点儿睡。我尽量早回去。"严贺禹挂了电话。

严贺禹今晚确实没喝酒，康波替他挡了酒。

结束这边的饭局，严贺禹又赶去会所的场子。

别人请他吃饭是让他帮忙，去会所是要给发小的项目牵线。

康波没跟着去会所，他喝了不少酒，从饭店出来直接回家了。

今晚秦醒也在会所消遣，他决定投资《人间不及你》电影版，自打在合同上签字的那一刻起，所有的压力都上头了。

他现在能感同身受之前温笛投资《欲望背后》的压力。

压力太大，他过来排遣排遣。

"严哥，就等你了。"

严贺禹脱了大衣坐过去，瞅着他："天天都有你，不能忙点儿正经事？"

秦醒幽幽地道："谁让我有钱，又命好呢。"

旁边人啐他。

秦醒哈哈大笑，把牌扔给严贺禹，让他洗牌。

他这才注意到严贺禹系了领带，皱眉："你大晚上打领带干吗？"

严贺禹在洗牌，抽空瞧他一眼，说："保暖。"

秦醒差点儿被噎死，把酒杯拿远："你冷啊？"

"嗯，畏寒。"

秦醒刚要回撑，看到严贺禹身后走过来的人时，脸上神情一怔，不只他，包间所有人都齐刷刷看向门口。

包间里顿时鸦雀无声。

“你们干吗？”严贺禹随之转头。

过来的人是姜昀星。

姜昀星扯出一抹笑容，尽量让自己不尴尬，她跟他们从小就认识，平时见到都会打招呼，但今晚场合不一样，多少有点儿尴尬。

她微微点了下头：“不好意思，打扰你们几分钟。”

严贺禹丢下手里的牌：“你小叔的事，没得谈。”

姜昀星在他旁边坐下。上次来这个包间还是八年前，那时包间还不是他的，只是会所的一个豪华包间，后来才成为他的私人包间。

他每年花那么多钱在包间上，别人都说他是有钱烧的，一年他也来不了几次，基本免费给他们用。

他根本不听劝，还是执意要了这个包间。

听说是他到其他包间玩，总有美女问他要微信，他嫌烦。别人的场子他不能管人家带哪些朋友，他自己的包间，他们能带哪些人来不能带哪些人来，他说了算。

姜昀星开口：“不要为难工作人员，是我非要进来的。”他们不敢硬拦着，得罪不起她。

她又解释：“没查你的行踪，是我让人在会所等你，等了好几天才等到你过来。”

她想了想，还有什么是他忌讳的，她一次性说完。

“当着你这么多朋友的面，也不会有误会。”

包间十几个人，还真是误会不了。而且他们都知道，姜正乾做了什么事。

姜昀星拿包挡在身前，右手微微攥着放在包后。要不是实在没办法，谁想来找他？

她知道是小叔咎由自取，可怎么也是看着她长大的小叔，姜家大家族里，真心对她好的只有小叔。

即使她跟小叔意见不合能吵到摔杯子，他依旧力排众议把她安排在集团权力的核心位置。

“我今天代表我小叔来跟你讲和。”

严贺禹看向她：“你们家利益受损，你就要来讲和，当初他算计温笛的时候呢？他不只会毁了温笛的剧，还会毁掉尹子于，这不是钱的事。”

姜昀星："伤害已经造成，现在说什么也于事无补，为什么不谈谈最实在的东西？"

她都为利益暂时放下了面子。

"因为我不缺钱。"严贺禹略停顿，"姜昀星，再难听的话我不想说。不想让别人觉得我对以前的人和事刻薄，也不想让温笛觉得自己看上了一个没有风度的男人。你小叔的事是他不长记性。"

姜昀星再次表明："是谈钱，不是谈原谅。"

严贺禹态度很坚决："没得谈。我要是因为你来一趟，就跟你们家讲和，你小叔还以为你的面子在我这里好使，下次他还会拿温笛来威胁我。同样，我也不想让人误会，我对以前的人和事余情未了，更不想让温笛为这点儿事吃醋。"

严贺禹觉得自己说得够明白了。

结果姜昀星道："我过来是觉得，鹬蚌相争，让人家渔翁得利，我们没必要做这种蠢事。"

话说到这个份上，她没有再争取的必要。

他们谈不成，那只能商场上见。

姜昀星告辞："我还有事，不耽误你们打牌。"

门合上，秦醒大口喘气，刚才他是屏息在听他们俩聊。

"严哥，其实，我们私下都说，你可以停下来了，就算你跟姜家讲和，也没人会觉得你是看在姜昀星的面子上，那可是真金白银搭上去呀。"

其他人都附和，让他理智一些，温笛不是那种不讲理的人，会理解他跟姜正乾讲和的。

严贺禹又拿了牌接着洗："你们是没想过，我当时要是那个舆情没处理好，温笛的剧彻底毁了，我怎么办？"

所有人都闭嘴了。

严贺禹突然停下洗牌的动作，他拿起手机编辑消息发给康波："你再问问刘董，梅特公司那笔大单，到底是什么陷阱，想清楚没？"

严贺禹十二点半离开会所，回到家时是一点十分。

楼下客厅温笛给他留了一盏壁灯，是暖黄色的。

他以为温笛已经睡了，轻轻地推开卧室的门，房间里的灯亮着，温笛靠在床头看书。

“怎么还不睡？”

温笛头也没抬：“中午睡了两个钟头。”她刚加班忙完今天的工作，没困意。

严贺禹把她抱在他那侧的床上，让她靠在他的床头看书，低头靠近她，让她闻一下身上：“没喝酒。”

温笛拿书捅他：“别妨碍我看书。”

严贺禹站直，摘下手表放在床头柜上，注意到床头柜上放着一个精致的盒子，上面印着某个品牌的 LOGO。

“给我的？”他打开看，是一条男士皮带。

“谢谢。”

温笛抬头：“我受够了你天天在我跟前说好几遍，你十几块钱的皮带扣不怎么好解开。接下来，你几年的零花钱没了。”

严贺禹解开旧的，换上新皮带，问她：“能不能把下辈子的零花钱也提前透支，你给我再换块手表。”

温笛：“想什么呢，谁下辈子还想遇到你。”

严贺禹低头扣皮带扣，说：“我想再遇到你。”

第二十一章

吃醋

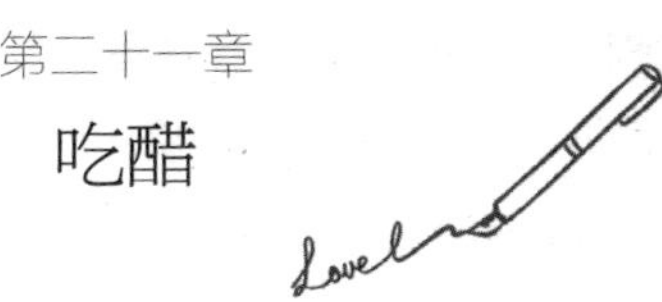

他说下辈子想遇到她，温笛有点儿被触动，不管有没有下辈子，谁都爱听暖心的情话。

眼前这页书看完，她翻过去。

“你现在嘴上功夫不错，知道怎么让着我。”

严贺禹扣好皮带，抬头凝视她。

房间里一点儿声都没有，安静得诡异。

温笛也抬眸跟他对望：“你这是什么眼神？”

严贺禹说：“有点儿没理解。”他又道，“可能是我理解错了。”

温笛越听越一头雾水：“什么理解错了？”

严贺禹：“你刚才说的前半句。”

温笛刚才说他“你现在嘴上功夫不错”。

“……”

她说的嘴上功夫不错指他现在说话会拐弯，愿意哄她高兴，不像几年前，喜欢跟她硬拧。他倒好，故意曲解她的意思。

“我后面还有一句‘知道怎么让着我’被你吃了？”

严贺禹如实道：“没注意。”

他朝床前靠近半步，弯腰：“帮我解开。”

温笛垂眸，视线落在书上：“你又不是没手，自己解。”

严贺禹抽走她手里的书，扫了一眼页码，记在心里，合上放在床头柜上，拉着她的手放在他的皮带扣上。

温笛微微一笑，看上去要帮他解开皮带扣，脚下却没闲着，只是不等她抬脚踢出去，就被严贺禹一把按住。

她什么眼神，下一秒要干什么坏事，他门儿清。

“不准动脚。”严贺禹把她困在怀里，亲着她，自己单手解开皮带扣。

温笛搂着他的脖子：“不要忘记早上出门时你说的话。”

今天早点儿睡觉。

严贺禹说：“没忘。”

刚才她把他身上的火又撩了起来，顾及她的身体，他只能自己纾解。

“那帮我把领带松开。”

温笛扯下他的领带，扒开他领口看看，吻痕还没彻底消下去，相比早上颜色浅了。

她钳住他下颌，手指往下来了一寸：“以后我要在这个地方留痕迹。”

那个地方在领子上，靠打领带挡不住。

严贺禹说：“人都是你的了，你想在哪儿留你说了算。

“我去洗澡，你先睡。”

严贺禹把她塞进被子里，关了灯。

次日清早，温笛睡到自然醒，睁开眼发现自己躺在严贺禹的怀里，他还没起，那应该不到六点，她又感觉不对。

昨天早上不到六点醒来是因为嗓子干得难受，今天她没道理还醒那么早。

怀里的人翻来覆去，严贺禹醒了。

温笛伸长了胳膊要摸手机看时间，他拿过来递给她，问她：“上午还要出去？”

“今天不用。”温笛看时间，已经七点五十六分了。

她回头看他：“快八点了，你怎么还在家？”

严贺禹掀被子起来：“十点前到公司就行，不耽误事。”昨晚他应酬太晚，康助理把他上午的工作延后了。

温笛也起了床，她一般八点二十吃早饭，九点钟开始干活。

今天很难得，两人在工作日凑在一起吃早饭。

严贺禹坐她旁边，说起她跟严贺言吃饭的事，他昨天听严贺言提了一句。

“什么时候想去我家？”

“不想去。”

“等休息时，我先带温温过去玩。”

今天换他给她夹面包，他左手把面包递给她。

温笛第一眼看到的是他无名指上的戒指，他现在但凡能用左手干的事，决不用右手，给戒指最大的曝光度。

“你在饭局上喝酒，也是左手拿杯子？”

“嗯。”严贺禹摘下戒指，“吃过饭再戴，一会儿还得洗手，严贺言让我尽量别让戒指沾水。”

说着，他把戒指放到餐盘旁边，又往她那边推了推，试图让她仔细看看变了形的戒指的材质。

这个变形的戒指戴一天，晚上取下来，手指上就会被扣个很深的压痕。

温笛视若无睹，专心吃手里的面包。

她一眼看透了他什么心思，想让她给他买个戒指。

皮带、手表，这又开始惦记上戒指了。

“昨天沈棠给蒋城聿买了不少衣服？”严贺禹漫不经心地问道。

“你连这都知道？”

“昨晚秦醒在群里喊蒋城聿过去玩，他说没空，在家里试衣服。”

“……”

温笛差点儿被面包噎着，端起果汁杯喝了几口。

严贺禹继续说衣服的事：“不知道的，还以为沈棠给他买了百八十件呢，需要试一晚上。”

温笛算了算沈棠一共给蒋城聿买了多少件衣服和裤子：“十二件，一件件试穿，确实花时间。”

“才十二件，我以为有多少。”

“你就酸吧。”

严贺禹笑了，切了一段烤肠，尝一口觉得味道不错，剩下的喂到温笛的嘴里。

那枚戒指放在她眼前十几分钟了，她看都没看，他拾起来戴上。

“我今晚没应酬。”临走前，他跟温笛报备一声。

不巧，温笛今晚有约。

今晚周明谦做东，请《欲望背后》的主创人员吃饭。他新戏开机在即，《欲望背后》开播发布会后没空跟他们小聚，趁现在有空，聚餐提前。

温笛发现尹子于异常沉默，除了敬酒时说了两句，大多时间在默默低头吃东西。

她小声问尹子于：“工作上的事，还是……”

尹子于忙摇头：“莉姐给我安排得妥妥的。”连她妈妈都感叹，说她命好，遇到这么贴心的经纪人。

温笛说：“看你心情不太好。”

她心情不好不坏，只是自打她进入包间，只要她抬头就感觉谈莫行在看她，可能是她的错觉，所以，她干脆低头吃菜。

“温笛。”秦醒喊她。

温笛和尹子于的聊天被打断，她偏头看向秦醒，他举高杯子要敬她。

她自己开车过来的，用果汁代酒回敬他。

他们之间无须客套话，秦醒一杯酒闷下去：“电视剧马上开播，严哥和肖冬翰的价格战还没打完，他们到底怎么打算的？”

温笛并不是敷衍秦醒，她跟秦醒一样，知道得不多：“我不了解，涉及商业机密。你要实在好奇，就问严贺禹。”

秦醒有自知之明：“问了也是白问，严哥不会告诉我。”

温笛让他等剧开播，每天守在电视机前准时追剧，会在剧里找到答案。

谈莫行参与到他们的聊天中，说起自己最感兴趣的部分：“我觉得我接到一笔大订单那个剧情有意思，是我没想到的处理方式。”

他拿起酒杯，隔空和温笛喝了一杯。

秦醒不记得有什么订单剧情，看了那么长时间剧本完全看了个寂寞，追问：“什么订单？”

谈莫行跟温笛一样的口吻：“秦总到时追剧就知道了。”

秦醒笑道：“不带这样欺负人的。”

说起那笔订单的剧情，大家都热议起来，只有秦醒像听天书一样，他求助温笛：“你给我科普一下。”

温笛道：“一两句说不清。”

秦醒不抱希望了。

虽然《欲望背后》杀青半年多了，顾恒还记得里面不少情节，关于订单那场戏，他至今记忆犹新："订单是我下的套。"

秦醒又来了兴趣："结果呢？谈老师上没上套？"

顾恒笑道："你追剧就知道了。"

全桌人哄笑。

秦醒是开心果，没有脾气没有架子，他们喜欢开他的玩笑。

秦醒转而看向温笛："顾恒演的是肖冬翰的原型，后面的剧情处理，是不是肖冬翰点拨了你？"

温笛："不算。那场戏是我后来才改的。"那会儿她跟肖冬翰已经分手，也没再打电话咨询他。

"不过，肖冬翰跟我说过一句话，'人见利而不见害'，我当时就想，要是对方在见到利益后又看见后面的害处了，这时下套的那个人怎么办？他会不会就此收手，而谈老师在识破对方的陷阱后，舍不舍得放弃这么大的诱惑？"

人性的贪婪有时难以估量。

秦醒突发奇想："要是在商战中，严哥和肖冬翰遇到这样的情况，他们会怎么做？"

温笛摇头："我哪儿知道？"

在现实中，梅特公司这笔订单，让刘董确实难以割舍。

面对这么大的订单，谁能说不要就不要？

但严贺禹让康波转达了那番话，又问他，看清另一个陷阱是什么没？他又不得不再三斟酌。

梅特公司迟迟没有得到华源实业的回复。

姜昀星在三天后接到肖冬翰的电话，肖冬翰道："你将功补过，就给我补成这个样子？知不知道让梅特公司帮一次忙，我这边要拿什么交换？"

姜昀星也没料到会引起刘董的警觉。这半年，严贺禹忙着京越集团的事，还要对付她小叔，基本抽不出空过问华源实业那边的事，她暂时没想明白是哪儿出了岔子。

肖冬翰摘下眼镜，揉揉鼻梁："一次性跟刘董签 6 亿美元的订单，你还真舍得本钱。”

“不然怎么办？小订单又不能让刘董优先安排，华源实业的产能完全能安排好小订单。”

金额大了容易引起怀疑，金额不够，也是打水漂。她左右为难。

肖冬翰：“你不会分三次，一次 2 亿美元，接连给他追加订单，你看效果一不一样？”

姜昀星没吱声，她不是没想过，又觉得订单拆开，不够大客户的特权待遇。

肖冬翰说了一句：“固定思维模式要不得。”

姜昀星不跟他辩驳，问他：“那你接下来是什么打算？”

“不能打草惊蛇。刘董如果不优先安排订单，再让梅特公司修改付款方式，这笔订单还是给他们。”

“行，我心里有数了。”

他们打算在华源实业一心对待梅特公司这样的大客户时，抢走华源实业在国内的中小客户。

华源实业的产能就那么多，优先给了梅特公司，其他客户就得排队等订单，他们这边再放出原材料要涨价的信号，客户肯定着急，想囤货，与其在华源实业排队等订单，不如转到肖宁集团这边。

等他们的市场和客户稳定了，梅特公司就不会再跟华源实业合作。

肖宁集团想迅速在国内市场站稳脚跟，前期就必须得拿钱砸市场，梅特公司的订单就是拿钱出来砸的诱饵。

肖冬翰跟她确认一件事：“你小叔想要毁了《欲望背后》那部剧是吗？”他刚刚听说这件事。

姜昀星不敢直接奚落他，但言语间也免不了带刺：“你这个前男友还挺关心她。”

“这部剧给了我唯一一段感情，你说我该不该关心？”肖冬翰直言不讳，“你该庆幸你小叔没得逞，不然我能弄死他。”

“你不会没听说她跟严贺禹复合了吧？”

“知道，比你知道得早。”

姜昀星让他清醒点儿：“她现在跟你没关系。”

“她过得好跟我没关系，她不如意就跟我有关系。”

姜昀星匪夷所思，也不理解：“你跟严贺禹都有点儿魔怔了。我不是说温笛不好，我就是单纯好奇，她跟前前前任复合了，你这个前任还为她着想。”

她解释：“我是真不理解，没有别的意思。”

肖冬翰擦了擦眼镜，戴上，这才吭声：“你知道你为什么不吃回头草吗？因为严贺禹就不可能挽回你，更不可能追你三年零八个月。”

姜昀星拿起水杯，喝了半杯，要是肖冬翰在她面前，她真不保证一怒之下不摔杯子。

肖冬翰又说：“我没风度，你也不是第一天知道。我跟你说过，我觉得温笛好，谁都不能说她不好。”

他看了一眼时间，打算结束通话：“梅特公司那边，你盯着点儿。

“对了，”他又想起来，“你尽快调和你小叔跟严贺禹的矛盾，严贺禹往死里打压你们家，影响我的市场。”

姜昀星道：“没有办法，我找过严贺禹。”

肖冬翰给姜昀星指点迷津：“你去找温笛，还得让所有人都知道你去找了她，是严贺禹看她的面子上才愿意跟你们家和解。”

姜昀星挂断电话，总觉得肖冬翰有点儿报复她的意思，才让她去找温笛。但他说的话又不是全然没道理。

再耗下去，姜家失去的会更多。

姜昀星喝了点儿水冷静下来，先不想小叔跟严贺禹的事，打电话联系梅特公司那边的人，让他们把订单给华源实业。

康波在当天晚上接到刘董的电话，说梅特公司那边还是决定给他们订单，如果不优先安排，那只能修改付款方式。这算合情合理。

康波汇报给严贺禹，一字不落地转述。

他也疑惑，老板是不是有点儿疑神疑鬼，看到大订单就觉得是肖宁集团那边安排的陷阱。

“严总，这个订单到底接不接？”

严贺禹看完手头的文件，签上名字，不答反问：“梅特公司都把钱送到口袋里来了，为什么不收下？”

康波于是快速回复刘董，一分钟没耽搁。

严贺禹盖上笔盖，交代康波："你再跟刘董说一句，这次梅特公司给他的鱼饵没有钩子，下次就未必了。"

"好。"康波越发感兴趣，"不知道温小姐在剧本里是怎么处理那笔订单的。"

严贺禹："还有两个星期就播出了，你可以追剧。"

《欲望背后》开播前两天，温笛和沈棠飞去上海参加常青娱乐的慈善拍卖会，尹子于从另一个城市飞过来。

温笛没陪尹子于走红毯，尹子于在等候区遇到了梁雨，这是继舆论风波后，两人第一次碰面。

尹子于冲梁雨点了点头，梁雨也微微笑了下，之后各自转过脸。

主办方为了热度居然把她跟梁雨安排在差不多时间走红毯，中间只隔了一个人，广角镜头里她们肯定同框。

她不愁没有热搜词条。

她在努力走出渣男给她的阴影，不知道梁雨现在怎么样。

场内，温笛和沈棠坐在一起。

沈棠在看日历，温笛凑过去："看什么呢？"

"数数还有多少天过年，想去你家。"

"你怎么比我还急？"

"可能是很多年都没过个好年了。"

温笛以前就盼着除夕夜能陪沈棠守岁，今年这个愿望终于实现了。

"江城每年都有烟花，很漂亮，不用出去，在爷爷家露台就能看到。"

"几点？"

"两场，老城区的早一点儿，东城区是夜里十一点四十还是五十，一直燃放到零点过去。"

她最喜欢零点的"新年快乐"几个字。

不知道今年有没有新花样。

她们正聊着，沈棠拍她："你看那是谁？"

温笛循着方向看过去，人群里，严贺禹来捧场拍卖会。

她说了不带他来，他就自己跑过来了。

严贺禹跟人寒暄着，不时地朝她看过来。

温笛没过去，也没再看他。

沈棠开玩笑道："严贺禹现在恨不得让康助理举个牌子走在他旁边，牌子上写着，'我是温笛的男朋友'。"

温笛失笑："不说他。"

她跟沈棠接着聊今年过年要干什么。

今晚阮导也来，温笛听旁边的人说了后，起身去找阮导打招呼。

她先关心瞿老师的身体最近怎么样，什么时候回国。

阮导笑着说："快了，她年前肯定回国，还说要追你的剧。"他不是瞎说，妻子在电话里一本正经地说过，说对温笛在低谷时期的作品很感兴趣。

他们还没聊几句，周围的人都往她身后看，看了还又笑着看她，眼神耐人寻味。

她不用想，来的人是严贺禹。

严贺禹走近，看着温笛："不跟阮导介绍一下我？"

周围的人知道他们俩的关系，刚开始当八卦消息听听，版本太多，越听越玄乎，没几个人信以为真，直到有人看见严贺禹在温笛那个小区晨跑，又跟温笛同进同出，才信的。

今天亲眼见到，都在看着。

温笛笑笑，说："这是京越集团的严贺禹，严总。"

阮导打趣道："这个我肯定知道。"

严贺禹抬手轻轻揽着她的腰，把她往自己身边揽近半步，眼神温和，用宠溺的口吻说："不闹了，好好介绍。"

温笛微微偏头看着严贺禹，眼里含笑，严贺禹也在看她，两人对视了两三秒，用只有他们自己能看懂的眼神在无声对峙。

这个互动落在周围人眼里，他们是含情脉脉地对望。

温笛被偏爱，所以有恃无恐，而严贺禹纡尊降贵愿意纵容她，甚至根本不在意自己的面子问题。

他们终于知道，《人间不及你》这部剧是怎么来的。

严贺禹不担心温笛会当众说他是“同床好友”之类，但同样猜不透她会怎么介绍。

从他让她好好介绍开始，到她开口说话，中间不过隔了两三秒，最多三四秒，只是今天这样的场合，短短几秒却像电影的慢镜头，让人觉得煎熬。

温笛依旧嘴角带笑，跟阮导说：“那我好好地隆重地介绍一下，这是严贺禹，我们家温温的铲屎官。因为我，他在江城安了家，这几年致力发展江城经济，被评为‘江城园区十大优秀青年企业家’，我爸年轻那会儿都没评上，所以，我还挺羡慕他的。”

阮导没忍住，哈哈大笑起来。

周围人都笑了。

话题被成功带歪。

他们不少人知道温温是谁，温笛在自己微博上经常晒那只漂亮的仙女猫。

严贺禹也笑了，拿她一点儿办法都没有。

他跟阮导握握手。

她介绍了吗？看上去是介绍全了，让别人知道他们有长远的打算，连家都安在了江城，可她好像又什么都没说。

毕竟谁都能做温温的铲屎官，有钱就能在江城买房子安家。

旁边有人插话：“严总在朋友圈晒过温温，是吧？朋友的朋友截图了你的朋友圈，还说不敢信你养猫了。”

严贺禹：“对，温温那时在江城，前段时间被接过来跟我们一起住。”

温笛瞥了他一眼，他但凡有点儿机会就要暗示他跟她的关系，他手上那枚戒指，今晚估计没人看不到。

阮导也看到了那枚戒指，严贺禹这样身份的人，不会随便在无名指戴戒指出现在社交场合，戴了那就是关系确定下来了。

他笑着问道：“什么时候吃你们的喜糖？”

严贺禹看看温笛才说：“我什么时候都行。”

谁都听得出，决定权在温笛那里。

温笛微笑不语。

这个笑在旁人眼里可以解读出很多种意思，可能她现在不好意思说，也可能是被当众这样示好，太幸福而突然不知道说什么。

阮导和严贺禹说完私事又聊聊电影，而温笛转头跟旁边圈子里的熟人说话，两人看上去各聊各的，严贺禹边聊着边不动声色地把手递给温笛，还轻轻碰了她手背一下，示意她抓着他。

温笛全程没看严贺禹的手，顺着他的手腕摸到他的袖扣，把玩着袖扣。

他们两人紧挨在一起站着，手都是自然地垂在身侧，只有仔细看才能看到他们这个小动作。

拍卖会马上开始，寒暄的人纷纷找位子入座。

严贺禹和温笛的座位隔了两排："坐我那边？"

"我陪沈棠。"温笛跟他分开，回自己的位子。

今晚他们成了焦点，拍卖会开始了，还有人在小声议论。

温笛从来不在意他们怎么说她，好的坏的，真的假的。当初她十九岁跟沈棠成为朋友被人说物以类聚的时候，她都不放在心上，更别说又多吃了几年的盐，多走了几年的路，现在就更不关心了。

当然，要是有人说她好看又有才华，她还是愿意听听的。好听的话她不嫌多。

今晚她拍了三幅画，送给沈棠两幅，自己留了一幅。

"你不给铲屎官拍点儿东西？小心他回家跟你闹。"

温笛笑出来："蒋城聿跟你闹过吗？"

沈棠也笑，还是给蒋城聿留了点儿面子："秘密。"

"你不说我也能猜到，他跟严贺禹半斤对八两。绝对是闹人的天花板水准，每回都能闹出不一样的花样来。"温笛一本正经地说，"我都想开个直播间，让他们俩试衣服带货，你信不信衣服能卖脱销？"

沈棠差点儿笑出眼泪，温笛要是拿人打趣也是天花板级别的。

她拍了温笛两下，让她好好说话："我眼妆花了。再笑就出鱼尾纹了。"

慈善拍卖会后是慈善晚宴，温笛和沈棠提前离场，没去楼上的宴会厅。

温笛收到严贺禹的消息，他在酒店楼下等她，把车牌发给了她。

电梯停靠一楼，她和沈棠道别，沈棠的车在地库。

严贺禹看到她出来，从里面给她推开车门，他往旁边挪了一下。

温笛上车，带进来一阵凉气。

司机在前面，两人心照不宣，没说慈善晚宴介绍的事。

严贺禹把她脱下来的外套放在一边："晚饭想吃什么？"

温笛想了想，没什么特别想吃的："不吃了，回家。"

严贺禹给秘书打电话，让饭店煲个汤送到公寓。他刚拨出去还没打通，被温笛摁断："不想吃外面的。"

她忽然有点儿食欲："要不你给我煲汤？"

上次他给她做饭还是半年前，是在江城的老房子里。

严贺禹最不擅长的就是下厨，当初现学的那点儿厨艺早还给厨师了，和她商量："等回京城，我给你做顿饭。这边公寓好几个月住一次，什么食材都没有。"

温笛看手表："现在才八点多，我们逛逛生鲜超市。"

严贺禹决定给温笛煮鱼汤，鱼汤简单又节省时间。

两人认识的第七年，第一次一起逛生鲜超市。

超市里生鲜晚上打折，人不少。

严贺禹牵着温笛的手，去挑选他们需要的鱼和其他配菜。柴米油盐的生活本来离他很远，他无须操心这些，陪着温笛时，也能把不擅长且以前觉得没必要的事情耐心做到最好。

温笛问他："买什么鱼？"

严贺禹也不知道："找人问问。"

他问了旁边的导购，想买煮汤的鱼。

导购看他们连买什么鱼都不知道，又热心地告诉他们买回家怎么炖，什么时候调小火，小火大概煨多长时间。

即使网上有各种教学视频，见对方那样热心，严贺禹还是拿出手机认真记录，导购语速快的地方他还反复确认。

"谢谢。"

"不客气。我家儿子也经常打电话问我怎么烧菜。"

温笛在一旁安静地看他记录，这个时候他无须多言，她都想给他买点儿东西让他也高兴一下。

不管以前还是现在，她都欣赏他工作时的冷静、果断和强大，在她眼里格外有魅力，但跟她站在烟火人间的时候，更容易让人动心。

买好所有食材，他们去收银台排队结账。

严贺禹拿出卡夹，下车时特意带下来的，抽出温笛那张银行卡。

“你试出密码了？”温笛问他。

“嗯，试了八次。”每天输入两个密码试试，连着输入四天，终于对了。

“你记得我八个密码？”

严贺禹看她：“嗯。”以前她让他帮她记着密码，他真的记住了，有些密码还是五六年前她只告诉过他一遍的。

温笛疑惑地说：“我有八个密码？”

“这我不清楚，可能有些是你心血来潮瞎编的，想故意找碴，后来你自己也忘了。”

“……”

结过账，严贺禹把银行卡放回卡夹。

温笛手机上收到消费信息。

她按熄手机，主动去抓他的手。

严贺禹怔了下，被她依赖的感觉终于又回来了一点儿。

他反握住她的手，两人离开生鲜超市。

他们到了车上，温笛手机振动，秦醒给她私发了一条消息，只有一个表情图，上面配了“瑟瑟发抖”四个字。

她给他回了问号。

秦醒没再回过来。

秦醒按熄手机，放下手里的牌。

姜昀星让人倒了两杯酒，给他一杯。

秦醒礼貌地笑笑，接过来。

包间比那晚姜昀星来找严贺禹还安静。

姜昀星还没开口说正事，秦醒预感到她找他的意图。

“想请你帮个忙。”姜昀星开门见山地道。和他们这些人打交道，绕弯子他们嫌烦。

秦醒让她说。

“你应该猜到我找你是什么事。”

秦醒也没揣着明白装糊涂："昀星姐，不是我说你，你说你也不是你小叔的监护人，他那么大一个人，自己的烂摊子自己收拾呗。"

姜昀星被他逗笑了："我知道你的意思，我为我小叔连自己的颜面都不顾。我觉得没什么，反正也不是严贺禹为难我，是我自己想替我小叔解决烂摊子，说白了，是为钱解决烂摊子。"

秦醒耸肩，跟她碰杯，人家都能看透，他这个外人用不着替人瞎操心。

"我跟温笛似乎没有见面的必要，你正好跟她熟悉，所以想麻烦你跟她说说这件事，我这边什么讲和条件都配合，只要不是故意刁难的都没问题，让她劝劝严贺禹，咱不干伤敌一千自损八百的事，留着钱砸市场不好吗？"

秦醒也觉得是个不错的法子，能让严哥及时地止损，还给了温笛面子，不过他说道："温笛乐不乐意，我不清楚。"

他在人情世故上，还是拎得清的。

万一温笛到时不乐意帮忙，严哥还继续对付姜正乾，那别人还以为严哥不给温笛面子。

"这样，我现在就问问。"

当着这么多人的面，他也能避免其中有误会。

秦醒给温笛打语音电话，温笛接听，还以为是公司的事情。

"你从慈善拍卖会上回去了吧？"

"嗯，在路上，什么事儿？"

"严哥和姜正乾的事，你应该知道吧？"

温笛知道个大概："你说。"

秦醒把姜昀星的意思转达给温笛，说完让她自己定夺，他没从中相劝。

温笛很干脆地道："他的事，我不掺和。"

"好，我知道了，你忙吧。"

秦醒挂了电话。

他看向姜昀星，电话内容她也听到了，他道："这件事可能真没有缓和的余地。"唯一能劝动严哥的人不愿掺和，那再找谁都没用。

姜昀星笑笑，不管事成没成先感谢他，喝完杯里的酒，她告辞了。

温笛置身事外，事不关己的心态是她不理解的。

她给肖冬翰打电话，告诉他，他的法子不管用。

肖冬翰听到之后很平静，只是“嗯”了一声。

“你没其他要说的？”

“说什么？在我这儿，温笛怎么做都是对的。”

“……”

“姜昀星，你要改改你固有的思维方式，解决麻烦时，你得把你的心态从姜家那个背景里择出来，不要觉得你出面的事就一定能解决，别把自己放在太高的位置，你会发现什么样的结果都变得合理了。”

“我没输不起。”

“最好是这样。连我都输过。”

“……”

姜昀星发现，他才是真的优越感爆棚，极度自恋。

“先这样，刘董跟梅特公司那边已经签好合同了，后续你自己看着怎么办。”他结束通话。

肖冬翰正在机场候机，从伦敦飞往京城，参加年终的一个商业酒会。他对这些不感兴趣，主办方负责人亲自给他打了电话，他不去不好。

他去了肯定会碰到严贺禹，但他现在不怕严贺禹再明嘲暗讽，他普通话带点儿京腔了，是特意学的。到时严贺禹估计得大跌眼镜。

姜昀星想让温笛帮忙的事，温笛没瞒着严贺禹，包括她拒绝了掺和的事都告诉严贺禹了。

严贺禹看着她：“你要劝我停，我现在就停。”

温笛摇头：“你做任何事都有你的考虑，我不是不关心。”

严贺禹握着她的手：“谢谢。”很多时候，她能懂他，知道他做事有分寸。

他们回到公寓，严贺禹开了玄关的灯，等温笛进来换上拖鞋，他抬手关掉。

落地窗帘没拉起，外面璀璨的夜景照亮了半个屋子。

严贺禹把购物袋放在玄关柜上，长臂将温笛搂到怀里不让她动。

温笛背靠在门上，推他推不动：“你这人一到家就犯毛病。”

严贺禹说：“不叫犯毛病，拍卖会前你不好好介绍我。”

他这不叫犯毛病，叫秋后算账。

“我介绍得那么隆重。”

“你知道我最想听你说什么。”

严贺禹把她托举起来，跟他视线平齐。

他背对着落地窗，半张脸隐匿在昏暗里，五官被衬得深邃。

严贺禹在她唇上亲了下，吻带着他的体温。

他问道：“下次再遇到这样的场合，你怎么介绍我？”

“那就尽量不遇到。”

“……”他笑了一下，唇又覆上去，亲过又问，“万一遇到，你到时对别人说我是你什么人？”

温笛开玩笑地道：“我人生的合伙人。”

“我不是跟你搭伙过日子。”严贺禹又亲她，这次是深一点儿的吻，退出来后，抵着她嘴唇说，“就不能跟别人说我是你男朋友。”

温笛没说话。

“算了。”严贺禹又改变想法，“下次跟别人说，我是你老公。领证我随时都可以，我妈最近问了我好几遍，问我什么时候需要户口本，让我回家拿了放在身上。”

温笛：“你现在很会哄人。”

“哄你开心，我也不会拿这种事瞎哄。”

严贺禹两手抱着她，不方便拿手机，让她帮忙。

房间里的光线不够，无法人脸识别，温笛问他开屏密码。

他说：“你生日。”

他改了之后没再变过。

温笛解锁，他报手机号码，她帮着输入，输了前几位，搜索栏下排最前面的号码备注是他的妈妈。

“看到我妈的号码没？”

“看到了。”

“你直接拨出去。”

温笛看着他：“你要干吗？”

“找我妈有点儿事。”严贺禹让她开扬声器。

叶敏琼很快接听，问儿子什么事。

“妈，您在家吗？”

“在你姥爷家，怎么了？”

“没什么，问问户口本您搁哪儿了。”

“我拿出来放在桌上几天了，昨晚我又给放回保险柜了，反正你最近两年也很难用上。”

“……”

“怪我，没事让你把户口本放在身上干吗？还给你造成一种错觉，以为马上就能跟温笛领证。我跟你爸说了这件事，你爸让我赶紧收起来，说放你那儿，你还不得一天翻好几遍？户口本外壳都能被你翻散了，还得再买个新的。”

严贺禹无言以对。

温笛别开脸，没忍住，无声地笑了。

叶敏琼让儿子放心：“不会耽误你用，等你带温笛回家，我就把户口本给你，现在给你，你也用不上，还添烦恼。”

她又关心地问儿子跟温笛最近怎么样。

严贺禹说：“挺好的，她对我跟以前一样好。”

温笛的视线又落回他的脸上，她自己都不清楚她对他好在哪里。

他挂了电话，温笛把手机搁在柜子上。

严贺禹看着她：“户口本这件事没哄你。以后领证的话在京城，或者去江城，都行。”

温笛感觉自己被他带偏了，他还没转正，就谈到要领结婚证了。

《欲望背后》首播那晚，严贺禹没有任何应酬。

康波心细，知道今晚是什么日子，提前把时间空出来，该汇报的工作他要么提前了要么推后到第二天，保证老板八点前能到家。

温笛正在看综艺节目，温温靠在她的腿边。

严贺禹脱了大衣挂起来，问她吃过没。

“吃了，喝了鱼汤。”温笛的注意力在电视上，她心不在焉地回他一句。

严贺禹叮嘱阿姨，晚上给温笛炖鱼汤。

参加慈善晚宴那晚，他跟温笛在超市买了鱼和配菜回去，等到家要下锅时才发现没有调味品，他又下楼去买。

鱼汤炖好快半夜了，温笛已经迷迷糊糊地睡着了，只喝了几口。于是今天他让阿姨补炖。

严贺禹给温笛倒了一杯热水放在茶几上，挨着她坐下。

温温现在跟他熟悉了，只要他回家它都会黏着他。

他把温温抱在怀里，给温温顺顺毛，转头跟温笛说："年前我带温温回家一趟。"

温笛不置可否，他当她默认了。

《欲望背后》开播前两分钟，他们小群里热闹起来，秦醒 @ 所有人，让他们记得准时收看。

这是秦醒全程参与并跟组的第一部剧，跟带自己的孩子一样，有感情。

温笛调到另一个频道，赶巧了，片头曲的音乐刚刚响起，当歌手低沉的声音响起，她的思绪也被拉回两年半以前。

那时她刚决定创作这部剧，去伦敦旅游，她还去坐了伦敦眼，满舱的人都在拍照，就她一人盯着泰晤士河发怔，热闹跟她没关系。

那段时间，她一边开心一边痛苦，人前的光鲜，人后的压抑，反复纠缠交织在一起。

在剧中，尹子于饰演的女主角崩溃痛哭过。她也哭过，夜里一个人哭了一场，为自己哭。

哭完心里舒坦多了。但哭完也睡不着，她起来开电脑，挑灯写剧本。她写给尹子于一句话：哭一次就够了，再哭第二次，影响赚钱买好看的鞋子。

这时片头曲收尾，电视屏幕上出现几个字：第一集。

温笛暗暗吸了口气，过去所有的悲伤和不如意随着这部剧的开播而落幕。在外人眼里，过去的三年多，是精彩纷呈的。

对她而言，最精彩的可能是今晚《欲望背后》如期播出。

她终于破茧而出。

电视里传来顾恒高高在上又无情的声音："你有能力又怎样？可惜，你没那个实力。"

隔着屏幕，温笛都能感受到，此刻尹子于在屏着呼吸，心里满是难堪、委屈和不服气。

当初拍这场戏时，尹子于还说过在剧里被顾恒给无情碾压。

剧情刚展开，然而，开场时顾恒就把肖冬翰给演活了。

周明谦把场景的氛围感拉满，每一帧画面都像高清电影。

尹子于本人也在追剧，当初拍的时候都是很碎片的感觉，也不是按照播出顺序拍的，现在连起来看完全不是之前的感受。

她还沉浸在剧中自己的委屈里，结果镜头一转，切到了另一个画面。

她在剧里受了委屈连难过的时间都没有，只能匆匆赶往下一站，因为工作不能丢。

尹子于给温笛发消息："温老板，我现在好想点播大结局解恨。"

温笛笑道："建议你最近先别追剧，你在剧中的悲惨生活刚刚开头。"

尹子于发了一个吐血的表情包："我先不追了，影响我看《人间不及你》的甜剧本。"

《人间不及你》下周开机。

"有我别墅的剧情，是哪一集？"严贺禹追完第一集，问温笛。

温笛回完尹子于的消息，转头看他："在后面，等尹子于有钱才能买得起，她现在连房租都在精打细算。"

严贺禹趁着播广告的时间，去酒柜取了一瓶红酒打开。

他以为自己不会追剧，结果不知不觉一集看完了，剧情紧凑，第一集已经有了两个商业陷阱。

原本感情戏部分温笛在那段时间写不出来，后来改了剧本后，弥补了不足，谈莫行跟尹子于接下来的感情线走向也让人好奇。

第一集里，他唯一不喜欢的是肖冬翰家的庄园，在后半集就出现了。

周明谦把庄园秋天的景拍出让人身临其境的感觉，如果肖家要开放庄园，看完这部剧，估计有很多人想去那里旅游。

严贺禹倒了两杯红酒，给温笛一杯："这部剧的收视率和播放量应该能超过剧版《人间不及你》。"

他提前给她庆功。

温笛："庆功是不是太早了？这才第一集。"

"我都愿意看，别说其他人。"

严贺禹微微仰头，将红酒一饮而尽。

他陪温笛又看了第二集。

看完，严贺禹收回之前那句应该能超过剧版《人间不及你》，不是应该，是肯定能超过她以前任何一部作品。

严贺禹把温温送到猫窝，回来找温笛。

温笛在刷微博，顾恒和谈莫行在两集还没播完时就上了热搜，两人第一次演同一部剧，且有大量的对手戏。

看完剧的网友表示，有没有感情戏不重要，光看他们两人的对决就让人过瘾。

在这部剧中，不管是顾恒还是谈莫行，都不再是之前的银幕形象。

剧开播前，大多数网友以为谈莫行饰演的男主角是正面形象，看了后发现并不是善类，一样不择手段、机关算尽。

他表面上给人一种谦和、低调的感觉，私下里却城府极深，运筹帷幄，是幕后最大的 BOSS（老板）。

他好到让人觉得值得托付人生，又坏到让人不禁怀疑人生。

顾恒饰演的那个角色，以肖冬翰为原型，更是颠覆了他以往饰演的正面形象。

肖冬翰这个人别人对他的评价褒贬不一，负面的比较多，剧里面没有刻意美化他，用网友的话说，顾恒饰演的斯文败类又坏又带感，让人欲罢不能，不知道跟这样的男人谈恋爱是什么感觉。

电视剧才播出两集便不难看出，不管是男主角还是男配角，都是行走在欲望之巅的人。他们是游戏规则的制定者，自身却游走在规则之外。

“群里人问我，谈莫行饰演的那个角色原型是不是我？”严贺禹看完群消息，看向温笛。

她没有专门为他写过剧本，《人间不及你》不是他们的感情故事，只是让她相信有那样的爱情。

温笛抬眸，反问：“你觉得是你？”

严贺禹道：“有点儿像又不完全像。”

温笛：“像的那部分是所有商人的共性。”

她已经说得很明白，根本不是他。

“你谦和吗？低调吗？”

这些特质跟他确实不搭边，严贺禹道：“不是正在改？”

“我创作的时候跟你分手那么久，不会拿你当原型。再说，那时你还是高高在上的，那个高姿态旁人架梯子都够不到，所以跟你没关系。”

“等我变得谦和，自然跟我有关。”

严贺禹坐她旁边，抵着她的鼻尖，两人靠得太近，像是看清彼此又什么都看不真切。

他抵开她的唇，搅乱了她的心跳。

温笛知道，他吃醋了。

她抬手，环住他的腰。

严贺禹抱她上楼，回到卧室，没开灯，将她放沙发上压在身下。

严贺禹参加商务酒会那天，恰好电影版《人间不及你》开机，温笛飞去江城，参加开机仪式。

去酒会的路上，康波接到华源实业刘董秘书的消息，说下个月要召开董事会，商讨扩大产能，新建生产线的事。

康波把消息转发给老板，老板不是明面上的董事，不会参加会议，所以刘董吩咐秘书把会议内容提前告知老板。

就目前来看，他们有点儿盲目扩张。但随着华源实业这两年新订单的大幅增长，华源实业原有的产能无法满足市场需求，尤其是梅特公司在原订单基础上又签了6亿美元新订单，听说之后还会陆续有订单。

“严总，您什么意见？”

严贺禹看完后删除消息，问：“刘董还说了什么？”

“说他心里有底。”

“随他吧。”

在巨大的诱惑面前，谁又能做到真的无动于衷？

康助理不清楚刘董那句心里有底是有什么底。

他这几天一直在追《欲望背后》，想知道谈莫行在接下那笔订单后，如何反转陷阱。

但那个剧情应该在后面，现在才播到第八集，还早呢。

“严总，今晚的酒会，肖冬翰也参加。”

严贺禹点了下头，没说什么。

严贺禹看到肖冬翰的第一反应居然是看肖冬翰的袖扣，还是以前那副，温笛给他买的那副。

一副袖扣他打算戴一辈子不成?

他转念一想，肖冬翰天天戴的话总有磨损到无法戴的时候。

那就让他现在天天戴着，看能戴多久。

肖冬翰也看到了他，隔空跟他碰杯。

手一抬，那个袖扣在灯光下更耀眼了。

严贺禹将酒杯略斜，算是回应。

两人离得不远不近，肖冬翰说什么他能听得到，之后就听肖冬翰跟旁边人说到“乌泱泱的”。

严贺禹一开始没敢确认那个口音是肖冬翰的，可音色又是。

康助理小声告诉他:“肖总最近可能在学京城话。”

“学成那个鬼样子?”

“……”

严贺禹突然后悔来酒会了，夜里怕是得做噩梦。

后来两人又碰面了，肖冬翰这次是故意说给严贺禹听的，他正好从侍应生的托盘里拿酒，说:“我不要那个，您这个给我。”

严贺禹:“……”

他忍着没抬步就走。

肖冬翰捏着高脚杯过来，似笑非笑地道:“我最近学了不少京城话，比如，你是人渣。”

严贺禹握了握杯子:“何苦折磨你自己，你听着不难受?”

肖冬翰笑笑:“乐趣，你懂什么?”

他自顾自地道:“我最近又在看古装剧本。”

“你看得懂?”

“两年前还真看不懂。”

肖冬翰在炫耀，自己现在看得懂。

严贺禹并不想打击肖冬翰，但肖冬翰送上门来让他打击。

他猜到肖冬翰看的是温笛的古装剧本，说了句里面的台词，是温笛引用了《桃花扇》里的一句:“‘残山梦最真，旧境丢难掉，不信这舆图换稿。’什么意思，懂吗？”

肖冬翰还没看到这个地方。

严贺禹道:“《桃花扇》里还有最著名的一句，你应该听过，那句共勉。”

他怕肖冬翰再开京腔，转身去找其他人。

肖冬翰喊来鲁秘书，问他《桃花扇》里最有名的是什么。

鲁秘书想起来:“是‘眼看他起朱楼’那句。”

肖冬翰“嗯”了一声，若有所思，轻抿一口红酒。

鲁秘书说:“刚才姜昀星给我打电话，说刘董那边准备扩大生产线。”不知道刘董是不是慢慢进入了那个陷阱。

第二天，严贺禹休息，温笛还在江城没回来，他带着温温回家了。

到了陌生的环境，温温像个小孩子一样，黏着严贺禹，趴在他的怀里东张西望，不愿下来。

严严可着急了，想跟温温玩，绕在严贺禹脚边一圈又一圈转悠。

后来它没辙，叼来自己的小玩具球，自己在那儿玩，故意把小球弄到严贺禹脚边，吸引温温的注意力，想让温温和它一起玩玩具。

叶敏琼示意严鸿锦看严严:“还真是外甥随舅舅，不用教都知道怎么使出浑身解数吸引人的注意。”

严贺禹无奈地看了母亲一眼。

严贺言哈哈大笑，本来以为严严会奓毛，会对温温有敌意，没想到还蛮和谐的，也可能是温温还是不下来，说不定下来就要打架。

她喊爸爸过来:“抱抱您孙女。”

严鸿锦笑道:“等温温熟悉熟悉。”他又瞧儿子一眼，“我什么时候才能真的抱我孙女？户口本早就准备好了。”

严贺言踢了哥哥一脚:“今年过年去江城吗？”

严贺禹:“去。”

严贺言打算年后也去一趟，当初她在江城古街的许愿树上许了愿，要是哥哥能跟温笛和好，她去还愿。

一晃两年过去了。

说到江城，严鸿锦想到了梁书记，问儿子：“你还真叫梁书记给你做媒人了？”严贺禹托梁书记把他介绍给温家，想跟温笛相亲。

严贺禹没搭腔，不过确有此事。

那时温笛跟肖冬翰还没在一起，他托梁书记牵姻缘线，只是还不等梁书记有时间跟温长运说这件事，温笛就跟肖冬翰在一起了。

后来听闻温笛分手，梁书记又去跟温长运提了这件事。后续他并不知情。

“哥，我突然有个妙招。”严贺言坐直，给哥哥出主意，“人家温笛一大家，聚在一起肯定说江城方言，你学说江城话，真要学会了，这好感度会上涨的，信我的保准没错。”

严贺禹说：“在学。”

“真的假的？”严贺言轻轻踢了哥哥一下，“说两句给我们听听？”

严贺禹不说，觉得还不算地道，现在要是说出来跟肖冬翰说京城话是一个效果，吓人。

江城方言可比京腔难多了，江南那边的方言都难懂，学了大半年江城方言，他现在都能听懂大部分上海话了。

“你跟谁学的？范智森给你找的江城本地老师？”

“不是，跟我们江城的邻居，黄先生。”

他利用中午休息的时间跟黄先生学的，从五月开始一直学到现在，没有特殊情况基本不间断上课。

严贺禹在老宅待了一天，天黑前带着温温回了别墅。

他发给温笛几段小视频，都是跟温温有关的。

温笛刚从片场出来，点开视频，是严贺禹父母陪温温玩的画面，她还是很喜欢严贺禹家的家庭氛围的，而严贺禹时不时打温情牌。

严贺禹问她：“什么时候忙完回来？”

温笛还不确定，剧组场地协调方面，她出面沟通更容易一点儿：“年前我回去一趟，接温温回来过年。”

严贺禹：“别来回跑了，我送温温过去，正好参加园区的团拜会。”

他提前申请了航线，回江城那天，带上温温所有熟悉的东西，一路上温温没闹，很乖地趴在他的腿上。

当时他就想，要是他有了女儿，会不会也这样黏着他？他以前不羡慕别人有什么，现在有点儿羡慕蒋城聿家的龙凤胎。

飞机落地江城，温笛来接机。

温笛问他："你在江城待几天？"

严贺禹："过年前可能不回去了。"

他又要留在江城过年。

温笛劝他回去："一个人过年没意思，你还是去你爷爷家和你姥爷家热闹。"

严贺禹模棱两可地道："再说。"

温笛径直地走向自己的车，开车门拿了一个礼物盒出来，待会儿直接送温温回爷爷家，不准备跟他同车回去。

她把礼物给他："提前祝你新年快乐。"

严贺禹受宠若惊："谢谢。"

他收下礼物，顺势单手把她搂在怀里。

回到车上，严贺禹打开礼物盒，是一副春联，她写的，没有模仿温爷爷的字体，就是她自己的笔锋。

她对他新年的祝愿也都写在了这副春联里。

以前过节，她都是一次性买几十件礼物送给他，送多了连她自己也不记得送了什么，现在愿意给他精心准备一份礼物了。

严贺禹明天就要参加团拜会，肯定会遇到温长运，还会跟他坐在一桌。

严贺禹在群里咨询那些以前不受老丈人待见的朋友："你们是怎么过岳父岳母那关的？"

群里某些人跟失忆了一样："除了你，还有人不受待见吗？"

严贺禹："非得让我点名？我都帮你们记着呢。"

秦醒看热闹不嫌事大："说两件听听。"

他们挤对了严贺禹一番，最后看他可怜，给他出主意，至于哪条经验对他有用，让他到时候随机应变。

次日，严贺禹提前了二十分钟前往新春团拜会现场。

范智森在门口等着严贺禹一道进去："温老弟到了，我刚给他打过电话。"

到了宴会厅，严贺禹跟熟悉的人一一打过招呼，去自己那桌。

他和范智森还有温长运坐在一桌，只是座位有点儿区别。

这样的场合，大家都心照不宣地按自己企业的实力找准自己的位子，不会随意坐。

空着的主位不言而喻是严贺禹的。

严贺禹轻轻拉开自己的椅子，看向温长运："爸，您过来坐。"

温长运一时蒙了。

范智森没糊涂，助了一把力："温老弟，孩子喊你过来坐呢，你咋还不好意思了？"

桌上其他人反应过来，严贺禹这声"爸"是在喊温长运，他们都知道严贺禹在追温长运的女儿，没想到进展这么快。

他们也跟着凑热闹："温董快过来，你说你坐那个位子，实属让孩子为难。"

严贺禹一下从严总变成了温长运家的小辈。

就这样，温长运被众人热情地推到严贺禹的位子上，而严贺禹恭恭敬敬地在他旁边坐下。

严贺禹喝了半杯温水才平复下来，刚才心跳快得让他差点儿没听清周围人说什么。

群里人的经验还是有用的。

严贺禹今晚给温长运挡了两次酒，向来都是别人给严贺禹挡酒，被严贺禹架得太高，温长运都有点儿不适应了，尤其是严贺禹每次称呼他"爸爸"时。

温长运知道女儿跟严贺禹正处着，说是在磨合，所以严贺禹喊的这声"爸爸"，他应也不是，不应也不是，只得含含糊糊地"嗯"了一声。范智森从中打圆场，今晚这顿饭可热闹了。

"侄女婿，来，我们喝一杯。"范智森也不再称呼严总，侄女婿喊得那叫亲切。

在旁人眼里，范智森是乘机套近乎。

只有严贺禹和温长运知道，范智森是在缓和他们两人的尴尬气氛。

范智森一喊侄女婿，严贺禹就成了晚辈，站起来敬了范智森一杯。

这三年，范智森在他跟温笛复合这条路上出了很多力，是真心实意地在帮他，帮他时又反复确认他对温笛到底是不是真心，说自己不能干对不起温老弟的事。

在商场浸淫那么多年，他已经很少能遇到像范智森这样面对巨大诱惑还尚存良知的人。

一杯酒下肚，范智森问道："今年在江城过年还是回京城？"

严贺禹搁下酒杯，话没说满："看情况。没要紧的事，我就留在江城，到时除夕陪爸喝两杯。"

温长运："……"

这是要拿他当借口。

当着桌上那么多人的面，说话前都得在脑子里过一遍，他体面地拒绝："酒哪天都能喝，过年还是得回家去，老人一年到头就盼着家里团聚，少一个人都少了年味。"

其他人附和，过年不比其他节日。

严贺禹家不存在这种情况，不管是严家还是叶家，人太多，少一两个真的不影响，说不定长辈都不记得谁来了谁没来。但他不会当众反驳温长运的话："嗯，到时尽量回去。"

他们这桌人有一大半是江城本地人，酒过三巡之后，他们不自觉地用江城方言聊了起来。

还是范智森提醒他们，说严总听不懂。

严贺禹正在给温长运倒水，用江城话说："我听得懂，你们尽管聊。"

他的方言讲得没那么地道，可能是刚开口说还有点儿生硬，但有那么一点儿意思，他们不敢置信地道："真听得懂？"

严贺禹把水杯放在温长运手边，还是用方言回道："可能除了一些不常用的词我不会说，其他都没问题。"

方言能瞬间拉近人跟人之间本来隔着的钱与地位的距离，他们给他递了江城这边常抽的烟。

严贺禹接住，说了谢谢，又道："我平常几乎不抽烟，尝尝这个烟劲道怎么样。”他拿起桌上的打火机点着。

范智森知道严贺禹不抽烟，但其他人不清楚，搁在以前，别人热情给严贺禹烟，他若不想抽，连话都不会多讲，顶多摆手示意一下。

今晚他给足了其他人面子，其实是给温长运面子。

其实他是佩服严贺禹的，平心而论，换成他，他做不到严贺禹三年如一日的坚持。因为自己做不到，所以对做到的人总是莫名多了一份欣赏。

如果严贺禹家世败落，或是他的事业遭遇重创，不得已才放低姿态，那范智森不会帮忙，偏偏是他翻手为云的时候愿意改变自己，在这个名利圈里，实在是难能可贵，这也是范智森愿意帮严贺禹的原因。

“严总学江城话学多久了？”有人好奇地问道。

严贺禹吐出烟雾，依旧用江城方言说：“半年多，跟温笛学的。”

“半年多就能说这么好，那是下了功夫。”

温长运余光瞥了一眼旁边的严贺禹，严贺禹江城方言说得那么好也出乎他的意料。他揉揉额角，感觉头疼，不知道是不是喝酒的缘故。

严贺禹回到住处快凌晨了，家里客厅的灯亮着，还有电视声。

崔姨平常不在客厅看电视，而且那么晚，她早就休息了。

他大步跨进别墅，严贺言正靠在沙发里，迷迷糊糊睡着了，身上盖的毛毯也滑到地毯上。

可能睡得很浅，听到脚步声，她忽然睁开眼。

“哥，回来啦。”

“什么时候来的？”

“天快黑时到的。”

严贺言弯腰捡起地上的毛毯，拍了两下放在沙发扶手上：“崔姨说你参加团拜会去了，我就没给你打电话。”

“来之前也不说一声。”

“我是从上海来的，坐高铁一个多小时就到了，打车过来也方便，就没想麻烦你，知道你忙。”

严贺言关了电视，从沙发上站起来，伸了个懒腰。

严贺禹脱下外套，自己去倒水。

“你明天回家，今年不用你陪我在这儿过年。”

严贺言慢慢悠悠地走到客厅，倚在中岛台上：“我不是陪你过年，过来把许愿牌挂上去，了了一桩心事。”

她年后跟朋友约了去旅游，没时间来江城，正好年前有时间，提前过来把要紧事给办了。

“许愿牌？”严贺禹转头看她。

“对啊，我专门找店家定制的，质量可好了，只要树在，它肯定在。”

严贺禹又拿了个杯子出来，问她要不要喝水。

严贺言摇头：“我包里有杯子。”

严贺禹让她把许愿牌拿给他看看：“上头写了什么？”

严贺言不给他看：“这是我许的愿，给别人看了就不灵了。”

她嗅嗅，酒精味特浓，哥哥的脖子上也泛红了。

“你喝了多少？”

“三杯。”

“分酒器那种的三杯？”

“嗯。”

“这都快一斤了吧，你不要命了啊？”

严贺禹在回来的路上吃了解酒药，这会儿感觉还成吧。他上次在江城被灌酒去医院挂水的事还历历在目。

严贺言撸袖子：“我给你煮点儿醒酒汤。”

“不用。吃过药了。”

“你就不能少喝点儿呀。”

严贺禹又喝下半杯温水：“应酬，免不了。”

严贺言拍拍他，催他去睡觉。

次日没什么事，严贺禹睡到七点多才起来，严贺言起得更晚，他在餐厅等了她一个多小时，才等到她出来吃饭。

严贺言买了下午的高铁票回去，让哥哥吃完饭就带她去古街。

严贺禹给温笛发消息：“今天贺言过来了，三点钟我去找你。”

古街上午人不多，今天天冷，更显冷清。

严贺禹记得那棵许愿树的大体位置，跟妹妹一路走过去。

院子里这会儿一个客人也没有。

“老板，还记得我吗？”严贺言笑着问道。

老板有印象，这对兄妹长相气质不一般，当年还是 VIP。

“去年没来吧？”他怕自己记错，又先给自己找个台阶，“不过，我有半天没在店里，可能你们来的时候我正巧不在。”

严贺言说：“没来，今年来还愿。”

既然他们是来还愿的，肯定之前许的愿灵了。

老板挑好听话说了一大堆，看严贺禹的气场也不是一般人，他不会瞎忽悠，也会说上两句真心话。

“其实灵不灵，咱不好说，有时就是个心理寄托，不管什么愿望，努努力，也许就实现了，对吧？”

严贺言笑笑，应了一句。

她今年还是选了 VIP 套餐，要把自己的许愿牌挂在树顶上。

严贺禹问了老板多少钱，打开手机准备扫码，严贺言不让他付：“我许的愿，我自己付钱，心诚则灵。”

严贺禹又收起手机。严贺言爬升降梯，他在那棵挂满红丝带的树下来回踱步，看看能不能找到自己前年写的祝福丝带，找了半天没找到。

手机振动，温笛回他消息：“你陪贺言吧，我在剧组这边忙。”

严贺禹：“她下午就回去了，我等会儿送她去车站。”

他问她，下午忙到几点。

温笛：“还不知道，你有什么事？”

严贺禹今天没有工作安排，春节假期他提前放了两天：“下午陪你逛街。”

“我没东西要买。”

“那就不买东西，四处走走。”

梯子上，严贺言挂好了自己的许愿牌，里面的字是她提前写好密封起来的，很长的一段：

如果你们还没正式复合，那么今天是你们分开的第 1425 天，我都清楚地记着呢。

这半年我断断续续地看了五本爱情方面的书籍，收获良多。

这是我第二次来江城古街，盼着以后还有无数次。

希望你们拥有再次毫无保留地爱上对方的勇气和力量，愿你们白头偕老，恩爱一生，自此悲伤与分离再与你们俩无关，余下人生全是美丽晴朗的日子。

——妹妹，贺言祝

送走严贺言，严贺禹直奔老城区。

路上，他接到了关向牧的电话。

关向牧的公司今天也放假了，他正在机场候机，是飞江城的航班。

他问严贺禹今年的春节安排："留在江城还是？"

"我现在就在这儿。"

"知道。"关向牧知道他昨晚参加江城工业园区的团拜会，"在那儿过春节？"

"嗯，目前是这个打算。"

关向牧说："我去看看温其蓁，过年还是得回来。"他无法像严贺禹那么潇洒，留在哪儿过年都一样。他父母年纪大了，身体不好，他能陪他们的时间似乎一个巴掌都数得过来。

他一个人无牵无挂时，也会去江城过年。

他的人生过去了一多半，刚才闲下来时想了想，好像没有什么东西真的属于他。而他跟温其蓁的关系，只是比陌生人近了一点点。

"你要是晚上没事，找范智森他们到我家打牌。"

严贺禹："你让范智森带几个人去玩，我陪温笛。"

"行啊。本来还想等晚上打牌跟你说，那再多耽误你几分钟，电话里和你讲讲。"

严贺禹问他什么事。

"姜正乾知道了他投资的那几部剧你也私下进行操作了，成了那几家影视公司的股东，他费心费力地打点各个环节，结果你坐享其成。他差点儿没气出毛病。"

关向牧笑道："他这辈子估计都对温笛有阴影了，不会再找她麻烦了。"

他们又聊了几句，结束通话。

到了老城区，严贺禹把汽车停在原先常停的地方。

他给温笛打电话，让她出来。

温笛在片场，走到院子里看看："没看到你。"

"我没去老房子那边，在巷子口。"

温笛和周明谦他们说了一声，拿上包离开。

她还没走到巷子口，远远地看到了严贺禹，他手里拎着给她打包的关东煮，她快半年没吃这些小吃了。

早上经过那些小吃店门口时，她还想着等晚上忙完买点儿吃。

严贺禹也迎着她走过来，走近了，她看到关东煮还冒着热气。

"冷不冷？"他牵过她的手。

"还行，屋里开了空调。"不过她大多时间在外面的走廊上，屋里在拍戏。

他们到了车上，温笛搓搓手。

严贺禹看着她："忘了放在哪儿焐手？"

温笛跟他对望几秒，随后两只手都贴在他的脖子里，又往他的羊绒衫衣领里探了探，里面热乎乎的。

以前她都是这么焐手。

严贺禹手上提着她的小吃，坐在那儿没乱动。

"以后再去片场，多穿件衣服。"

温笛说："穿了不少，厚毛衣、厚羽绒服都穿上了。"但她穿再多，也禁不住站在冷风里吹风。

不是只有她一个人挨冻，大家都这样。

她的鼻尖冻得发红，严贺禹换一只手拎小吃，腾出右手握着她的后脑勺把她往自己怀里推了推，他低头，嘴唇亲了上去。

被他这样抱在怀里取暖，那还是四年前的事情了。

车里暖气渐渐足了，温笛没那么冷了。

严贺禹推开车门下去："你在车里，我去拿东西。"

"拿什么？"

"给你买的零食，应该好了。"

他刚才给她打电话的时候在店里下的单，这会儿应该打包好了。

五分钟后，严贺禹拎着打包袋回来了，一杯热饮，一盒冰糖葫芦，还有一袋糖炒栗子。

严贺禹递给她："烤红薯没买，听说美食街那边有一家很好吃，路过那边给你买。"

温笛中午吃了不少菜，现在不饿："不买了，我吃点儿栗子就好。"她两手捧着饮料杯子暖手。

她放下热饮，又把手伸到他的脖子里，这回带给他的是热乎气。

严贺禹等她坐好，发动车子离开。

天太冷，不适合在商业街上逛，他直接将车开到商业街的一家商场的地下车库。

停好车，他替她解开安全带："我在江城这边没多少衣服，你陪我逛逛，买几套过年应酬时穿。"

温笛剥了一个栗子放在嘴里："我只负责挑，你自己带好卡，别到时候说你手机里钱不够。"

严贺禹今天真的没带卡夹，考虑几秒，把自己的手机递给她："用我的手机付款，这没问题吧？"

"跟你自己扫码付，有什么区别？"

"你付款，我可以当成是你给我买的。"

温笛无语了，把他手机塞进她的包里，推开车门下去。

严贺禹来这家商场还是两年前，这两年进驻商场的品牌有调整，新开了一家男装品牌，旗舰店就在一楼。

他牵着温笛的手打算先陪她逛女装，温笛没什么要买的："我之前陪尹子于逛了好几次，该买的都买了。"

他们直接去逛男装店。

温笛知道他的尺码和喜欢的颜色，很快就帮他挑好了。

严贺禹没试穿，温笛以前给他买的任何一件衣服，穿上去都合身，现在他也没必要再试。

结账时，严贺禹发现温笛是用她自己的手机支付的，他的手机就在她的包里，她没拿出来。

付过款，温笛只拎了一个购物袋，其余七八个都是他自己拿的。

他们回到车上，温笛把他的手机还给他，什么话也没说。

严贺禹环住她的肩膀，低头亲她："谢谢。"

他的手指摩挲着她下巴，他再次亲上去，在她唇上辗转厮磨。

手机接连振动，是群里的消息。

他们问他什么时候回去，好组局打牌。

严贺禹回复："年前不一定能赶回去，温笛给我买了不少衣服，我试穿一下看合不合适。"

所有人："……"

第二十二章

人间不及你

温笛不知道严贺禹在回什么消息，又回了什么内容，但他看上去心情很不错，也可能是她给他买了衣服的缘故。

严贺禹发动车子，偏头跟她说："有没有其他想去的地方？"

江城不像京城，约会的地方多。天冷，除了逛街看电影，好玩的去处实在少之又少。而春节档电影还没上映。

温笛想了想："回去看书吧。"

书是百看不厌的，从早看到晚她也不觉得无聊。

严贺禹把车从地库开出来，商场门前这条路是单行道，得绕个大圈子才能开上回别墅的主路。

他对江城的路还是不怎么熟悉，为免走错，他开了导航。他的车跟着导航走，路过他们以前走过的一条路。

温笛支着脑袋看着窗外，这一段路她也印象深刻。

"温笛。"

"嗯？"

她没回头看他。

前面是路口，车子都缓缓停下来等信号灯，严贺禹也轻踩刹车，从前挡风玻璃看着路边："记不记得我们走过这条路？"

那还是前年，江城下了雨，人行道上都是落叶，她陪他走了一段路，但没走完，她就在这个路口停下，对他说，左拐是美食街，右拐是商业街，然后跟他说了句失陪，她便原路返回。

那晚，他一个人把美食街从南到北走了一遍。

温笛还在看窗外："你是提醒我，当时把你扔在半路上？"

"不是这个意思。"严贺禹看着她的侧脸，"等天不冷，我陪你把江城大街小巷都走一遍。”

“要走你一个人走，我可不想。”

“你以前不是要带我逛江城？”

温笛终于转过身来，说：“我说那句话的时候可能刚洗过澡。”脑子进水了。

严贺禹又气又想笑：“温笛，你好好说话。”

温笛说的都是实话，不是故意气他，要是现在谁让她走着逛完江城大街小巷，她肯定跟他急。

至于那会儿她想带他逛江城，是因为他从来没来过。心情怎么能一样？

她问他：“你还在纠结过去？”

“不是纠结，是想尽量弥补你的遗憾。”

信号灯放行，严贺禹踩油门，随着前面的车子往前开。

“弥补遗憾就算了，不需要。”

“那你想要什么？”

温笛反问：“你觉得我缺什么？”

她好像真不缺什么，不缺钱，不缺爱，追求她的人从来没断过，事业也算是行业内的天花板。严贺禹道：“我给你欺负一辈子。”

“你看这多好，不比弥补我强？”

“……”

过了几秒，严贺禹又说道：“以前我以为自己什么都不缺，现在才发现根本不是那么回事。”

温笛没搭腔，打开了车载音乐。

她不会问他缺什么，要是她开口问了，他缺的东西一个旗舰店都不够。

车里只有轻音乐，半晌她还是没吱声。

严贺禹要看前面的路况，只能拿余光看着她：“怎么不说话？”

温笛指指嘴巴：“有点儿累，让它歇歇。”

严贺禹笑了，她不上当，之后他专注地开车。

他们回到别墅，严贺禹拎着九个购物袋，外面风大，温笛走在他身后，让他挡着冷风。

今天家里没人，别墅的门还是严贺禹自己开的。

温笛问："崔姨放假了？"

"嗯，今天都放了，这几天我让饭店送外卖过来。"严贺禹把购物袋搁在沙发边，脱了大衣，"你想喝点儿什么？"

温笛摇头，他给她买了一大杯热饮，她全喝光了，现在不渴。

严贺禹本来要给她泡咖啡，她不喝节省了他时间，他脱下羊绒衫，从购物袋里拎出一件衣服。

温笛盯着他："不是说过年应酬穿？"

"不穿，试一下。"

他试到第三件时，温笛趴在了沙发上，脑壳疼，她拿着抱枕捂在头上。他开始试穿第四件，那是一件白色衬衫。

"衬衫你还试它干什么？"

温笛坐起来："你个头缩了？"

"你见过谁三十多岁就开始缩的？"

"那不就得了，没长高没变矮，体重跟以前差不多，还一件件试，你是不是闲得难受？"

严贺禹慢条斯理地扣扣子，道："在你眼里我是闲得难受，搁我这儿不是，快四年了，你没给我买过衣服。"

温笛拍拍旁边的沙发，让他坐过来。

严贺禹把衬衫塞进裤子里，扣好皮带才坐过去。

温笛盘腿坐在他的腿上，压着他不让他再试衣服："你要是试出瘾来了，我开直播带货，还能赚钱。"

严贺禹把她圈在怀里："试穿也只试穿给你看。以后你多给我买几件，衣服多了，我也没时间去试了。"

温笛自动忽略后一句话，跟他说话得时刻提防，稍微不慎就掉陷阱里了。

她转移注意力，不再说衣服的事，搂住他的脖子："陪我去书房看书。"

严贺禹抱她去了楼上："匀两小时给我，一个半小时也行。"

他没去书房，抱她去了书房隔壁。

温笛头一回来这里的主卧，跟他们以前住的地方装修风格一样，落地灯都是一个款式。

严贺禹拉上窗帘，边解扣子边走向床边。

温笛站起来，他走近，她抬手给他扣扣子："没有措施，你想都别想。"

"有。我从家里带了一盒。"

"……"

严贺禹两手环住她，让她给他解扣子。

他俯身，在她的脖子上亲着。

她穿的是低领衣服，他没用力亲，怕不小心留下痕迹。

严贺禹的吻从她下巴亲到唇上："你昨晚没打电话给我。"

"忘了。"

"不是让你设闹铃？"

温笛解释："手机放在包里，跟二姑妈在院子里散步散了一个多小时。"等回到楼上，她又想起他晚上参加团拜会，那不是普通的应酬场合，最后就没打。

严贺禹："昨晚没打电话，你说怎么办？"

"我给你发了'晚安'。"

"只有两个字，有点儿敷衍。不够。"他让她喊他一声老公，"就喊一次。"

温笛掐了下他的下颌，她喜欢他流畅的下颌线，手下留情没再用力掐。

她用行动告诉他，别做梦，清醒点儿。

严贺禹看着她，她现在连他的名字都很少喊，都是喊"哎"，他用下巴蹭着她的下巴："喊我一声。"

他们商量了几分钟也没商量出结果。不管他怎么哄，她都不喊。

温笛把昨天没打的那通电话，今天用关心补上，问他："你昨晚喝多了？"

"还行。"严贺禹说吃了解酒药，又说起前年在她家吃饭的事，"那次是喝多了，除了那次我没因为喝酒进医院。"

温笛亲了他一下算是补偿："以后少喝点儿。"

"嗯，尽量不多喝。"严贺禹没再勉强她喊老公。

落地灯熄了。

江城这栋别墅的主卧的床品没多少他身上的气息，枕头也是洗衣液的清香味。

温笛枕在他的新枕头上，没有熟悉感。

她没喊他，但严贺禹后来看着她的眼，喊了声“老婆”。

他喊出那声“老婆”时，声音有点儿沙哑。

温笛感觉有好些年没听他这么喊过她了。

严贺禹缓了下，将她搂进怀里。

“几点了？”温笛问他。

严贺禹开灯，找到手机点开：“不到八点，洗过澡我陪你看两个小时书，十一点钟前送你回去。”

书房里的书不是很多，洗过澡，温笛在书架上拿了一本金融方面的书，她看书，严贺禹给她吹头发。

有看不明白的地方，她会请教严贺禹。

头发吹干，严贺禹关了电吹风，拔下电源收起来放在一边。

他接了一杯温水，担心温笛嗓子明天疼，喂温笛喝了半杯，剩下的他自己喝了。

放在桌上的手机振动，严贺禹搁下水杯，拿起手机。

蒋城聿在群里发了几张照片，看完，他皱起眉头，问蒋城聿：“你怎么有跟温温的合影？”

群里有人冒泡：“蒋哥，你到江城了？”

蒋城聿：“嗯，刚安顿下来。”

严贺禹之前没听蒋城聿说要来江城，@蒋城聿：“看不见我问你的话？”

蒋城聿：“我在温爷爷家，今年我们一家在这儿过年。”

严贺禹：“没听你说要来呀？”

蒋城聿这么解释的：“怕告诉你，你心理失衡，想想还是算了。”

严贺禹：“怕我失衡，你还往群里发照片？”

蒋城聿道：“发完我想撤回，谁知道你看见了。”

严贺禹知道蒋城聿就是故意的，懒得跟他掰扯，问温笛：“你不知道沈棠今天来江城？”

温笛猛地抬头：“不知道啊，她说还没确定哪天。”

她后知后觉地道：“沈棠到了是吗？蒋城聿告诉你的？”

“嗯，他在群里发了跟温温的合照。”

温笛合上书："那我回去了。"沈棠知道她最近天天跑剧组，肯定是怕耽误她工作，便没提前告诉她什么时候到。

严贺禹跟她一起下楼，把她的外套递给她，自己也拿出大衣穿上。

"不用你送，送来送去麻烦。"温笛从茶几上拿了他的车钥匙，"你的车借我开，明天我让司机还给你。"

严贺禹不放心："我在家也没事。"

"实在没事你就追剧，贡献点儿收视率。"

严贺禹还是坚持要送她回去，她一走家里只有他一个人。他送她回家后虽然回来还是他一个人，但去的路上，至少她坐在他的旁边。

温笛拗不过他，把钥匙丢给他。

回去的路上，汽车经过之处万家灯火。

严贺禹打破车里的安静："明年我也跟你回家过年。"

"就为了跟蒋城聿争个高下？"

"你知道不是这个原因。等领了证，我们生个女儿，最好长得像你也像我，性格随你。"

温笛趴在车窗上，不再跟他说话。她现在还没想那么多，以前想过，想着她跟他的孩子像谁，也会想严贺禹做爸爸是什么样。

严贺禹也没再找她聊天，一路上他在想要是有了女儿，取什么小名好听。

汽车抵达温爷爷家别墅门口，严贺禹没开进去，在门口停车。

温笛火速解开安全带推开车门下去，迫不及待地想看到沈棠和小柠檬。

"你开车小心点儿。"她挥了下手，转身小跑着往别墅奔去。

别墅大门缓缓打开，远远就能听到别墅里传来的欢笑声，今天大伯一家也过来了，前面停车坪停满了车。

身后的车子还没发动，温笛忽然驻足，顿了两秒，又转身快步回去，绕到驾驶座。

严贺禹降下车窗："怎么了？"

温笛弯腰探进车里，抱抱他："你说你一人在那么空荡的别墅里待着，除夕夜也一个人，你回家不行吗？"

他轻轻拍拍她的后背："没事。靠你近，一个人也热闹。"

温笛关上自己的同情阀门，让自己清醒点儿，他这人就是蹬鼻子上脸的主，她不能心软，不能可怜他。

“晚一点儿我给你打电话。”

“嗯，进去吧，我等你电话。”

她刚走两步，严贺禹又想起来，道：“你跟蒋城聿说一声，温温是我的女儿，让他少抱，不要再往群里发照片。”

“……”

她刚刚就应该直接进家门，不应该同情他。

“温笛？”院子里，沈棠找了出来。

大门开了半天，家里阿姨说是温笛回来了，迟迟不见她的身影，沈棠穿上外套出来找她。

温笛第二次跟严贺禹告别后，一溜烟冲进了院子里，和沈棠来了一个满怀抱，她责怪沈棠不让她去接机。

“你跟温叔叔谁接都一样。”

“我爸去机场接你们的？”

“嗯，我带的东西多，去了两辆车。”

她们两人挽着胳膊，一边聊着一边进了屋。

蒋城聿和温长运还有温笛两个堂哥在打牌，其他人围着龙凤胎，拿着玩具逗俩孩子玩。

一周岁多的孩子，正是有趣的时候。

小柠檬看到温笛，眼睛一亮，笑着奔向温笛。

温笛举起小柠檬：“宝贝有没有想我？”

小柠檬在吃水果，腮帮子鼓鼓的，腾不出嘴巴说话，一个劲儿点头。

温笛在她的小脸蛋上亲了亲，抱着不舍得放下来。

温其蓁在逗小柠檬的哥哥玩，想起了两个儿子这么大的时候，十几年了，一眨眼的工夫就过去了。

几分钟前，关向牧给她发消息，说已经出了机场，问她明天中午有没有空，想和她一起吃顿饭。

她还没有回复。

到了两个孩子该睡觉的时间，沈棠带他们去洗澡，温笛抱着小柠檬，帮着沈棠一起给孩子洗澡。

温其蓁没事做："我也去凑热闹。"

沈棠住在三楼，家里最大的套房给他们和两个孩子住。

家里有闹腾的孩子，欢笑声总是不断。

温笛的衣服被俩娃扑腾上了水，脸上也是。

"二姑妈，明天我和棠棠去你常去的那家烧烤店，你要不要跟我们一起？我去公司接你。"

温其蓁说："关向牧明天中午找我吃饭，我还没回他。"

沈棠："要不，叫上他跟严贺禹，明天咱们仨一桌，让蒋城聿跟他们俩一桌，各吃各的，又能互相看得到。"

温笛笑道："那关总的火气能直接把烧烤烤熟了。"

几人都笑了出来。

温笛最后决定，谁也不带，就她跟沈棠两人去吃，让蒋城聿在家带孩子。

给俩孩子洗过澡，沈棠给他们读睡前故事，温笛轻轻地带上门，回了自己的房间。

严贺禹给她发了一条消息，内容有点儿奇怪："小石榴、小葡萄、小荔枝、小青柠。"

温笛坐到沙发里，回他："什么意思？"

严贺禹："给女儿取的小名，你看看哪个好听？"

"……"

温笛看着这些名字，有点儿哭笑不得："不聊了，我去洗澡。"

严贺禹："不是要给我打电话？"

温笛："等会儿再打，你正好冷静冷静。我先去洗澡，尽量让脑子多进点儿水，不然咱们聊不到一块儿。"

温笛洗过澡，去楼下倒红酒，客厅的牌局还没散，爸爸在一旁喝茶，换成大伯陪他们几人打。

温长运无意间转头，看到女儿从楼梯上下来，看看时间，马上十点半了。女儿去了吧台那边，他也拿着茶杯走过去。

"这么晚了还喝红酒？"

"明天没什么事。"她又多拿出一个高脚杯，问父亲要不要来半杯。

温长运笑道："昨晚差点儿去医院挂水，不敢喝了。"

幸亏当时严贺禹给他挡了两次，要不然，他肯定得去医院。

父女俩有大半年没坐下来好好聊聊了。

温长运在旁边高脚凳上坐下，团拜会上的事他还没跟女儿提，他怀疑严贺禹的方言不是跟女儿学的，女儿哪儿有时间教人说江城方言。

"严贺禹的江城话跟你学的？"

"啊？"

温笛一脸迷茫，看向父亲的眼神是："严贺禹会说江城话？"

看来他第六感没出错，严贺禹是瞒着女儿偷偷学的江城话，想在女儿这里加个印象分。

温长运道："说得还不错，反正我听着不尴尬。他在酒桌上说，是跟你学的，其他人都信了，以为你们感情好着呢。"

他喝了一口花茶，这个花茶是海棠村的特产，清爽润喉。

温笛消化片刻，摇着酒杯，一时忘了喝。要不是父亲告诉她，她不一定信。江城的方言比上海话还难学，有些发音让人摸不着规律，今天学了明天说不定就忘得一干二净。

严贺禹晚上不是加班就是应酬，他哪儿有那么多时间学好一门地道的方言？

"他学江城话也就算了，还当众喊我爸。"

"……"

温笛刚抿了一口酒，差点儿被呛着。

温长运拍拍女儿的背："怎么这么不小心？"

温笛摆了摆手："没事。"

"我还没跟你妈说，严贺禹喊我爸。"在昨晚那样的场合，严贺禹喊得他心里没底，又有点儿头疼，不过他完全看女儿的意思，女儿高兴才最重要。

后天又是一年的除夕，温长运问女儿有没有给自己做个年终小结。

温笛："在心里做了个小结。爸爸你呢？"

"我啊。"温长运笑了笑，说，"工作上能打个 101 分，多出来那 1 分是嘉奖自己；生活上嘛，不及格。"

温笛拿脚钩了个凳子过来，坐在父亲旁边，认真聆听。

温长运先检讨："我对你关心不够，对你妈妈也是，对你爷爷奶奶就更不用说，忙累了回家倒头就睡。"

他上次跟妻子出去还是去年过年时，他们一家三口去看电影，后来就忙个不停，不是他出差就是妻子出差，好不容易休息一天只想在家待着，哪儿也不想去。

好几个重要节日，他跟妻子在不同城市出差，隔着几千里，只能送份礼物。

温长运又跟女儿说了说新一年的打算，工作上达到优秀，家庭上争取能达到 80 分，平衡好工作和家庭。

"跟爸爸说说你一年的情况，工作、感情都行。"

温笛支着额头："事业上我没什么不满意的。"她在父亲跟前像个小孩子那样嘚瑟，"成绩怎么样，您不是知道吗？"

温长运笑了，以茶代酒恭喜女儿。

《欲望背后》在好几个网络平台同步播出的情况下，收视率还能破一，在他眼里非常了不起。他没想到女儿不但擅长写商战，还把里面人物的家庭都给写活了。

商战部分一环扣一环，剧情刺激；家庭戏部分让人有代入感，三个主角来自三个完全不一样的家庭，不互通悲喜。

"爸爸今年给你包个大红包，大到让你拿不动。"

"那你可不能在里头放钢镚。"

温长运笑出来："之前我还没想到，亏你提醒我。"

温笛把杯子里的酒喝光，没再跟父亲聊自己的感情："爸爸，我去睡了，你也早点儿休息。"

"嗯，你早点儿睡，我这个年纪不像你们年轻人觉不够睡。你妈妈在屋里追剧，我陪她再看两集。"

温长运捏着茶杯，斟酌后，转头对着女儿的背影道："笛笛，感情上你自己觉得好就行。只要是你带回来的人，不管是谁，我和你妈妈都会喜欢的。不过，自己硬凑上来的不算，还是要喝趴下送医院去。"

温笛笑了，眼里带着点儿湿润："谢谢爸。"

她回到房间，手机上没有任何消息，严贺禹没催她。

温笛不仅脑子进了水，还进了点儿酒，这样跟严贺禹聊起来没有负担。

她打通电话，用的是江城方言，问他刚才在做什么。

严贺禹一愣，也不由自主地跟她说起方言：“温叔叔告诉你我会说江城话？”

“嗯。学了多久？”

“半年多，天天练。”

“怎么想起来学江城方言？”因为学不学并不影响交流，他们习惯说普通话。

严贺禹：“想让江城商圈的人知道我在意你，其他的法子我暂时没想到，觉得学方言不错。”

当初他跟她在老城区找合适的房子，她跟房东用江城方言聊天，他一句也听不懂，是这件事给了他启发。

撇开方言，温笛接着说：“你怎么还乱喊爸爸？”

“没有乱喊。以后也是我爸，只是提前喊了。”

严贺禹还惦记着女儿的小名，再次问她哪个名字好听。

温笛反问：“你觉得呢？”

严贺禹喜欢小青柠，跟蒋城聿家的小柠檬凑一个差不多的名字。

温笛说：“那你还纠结？你喜欢什么，就给你女儿取什么名字。”

严贺禹强调：“是我们的女儿。”

“嗯。你早点儿睡吧，晚安。”

一个“嗯”字，让严贺禹觉得他们之间和以前不一样了。

除夕那天上午，剧组照常拍戏，温笛又去探班，也是专程请主创人员到她家里过年。

家里的地方毕竟有限，她尽地主之谊，在江城最好的餐厅包下一个宴会厅，请剧组所有工作人员吃年夜饭，还给他们安排了一些活动和抽奖环节。

尹子于早就盼着去温笛家，打算在书房里打一夜麻将，沾沾书卷气息。

这是她跟周明谦团队一起过的第二个除夕。谈莫行的家是上海的，离江城并不远，但他也没回去，跟他们一起去温笛家。

今天早上她收到一份礼物，是一个保温杯。

后来她才知道，剧组主创人员都收到了差不多的杯子，说是谈老师送他们的新年礼物。

“为什么我没有？”温笛拿起她的杯子左右看看，好像跟其他杯子不一样。

尹子于笑道：“你是资方，送了你，有拍马屁的嫌疑。”

温笛戳戳她的脑袋，让她去换衣服。

尹子于蹭温笛的车去温爷爷家，其他人同坐一辆保姆车过去。

享受着老板给她开车的除夕福利，她靠在椅背里，跟着车载音乐哼歌。

最近她忙着背《人间不及你》电影版的台词，没时间追《欲望背后》，从不刷微博，怕看到不好的评论她会受影响。

助理也从来不在她跟前提另一部剧怎么样。

“温老板，收视率怎么样啊？”

“照目前的口碑和势头应该能赶超《人间不及你》。”

“这么好？”

尹子于激动不已，“噌”地坐直，当初电视剧版《人间不及你》可是打破多项纪录，两位主演直接封神。

《欲望背后》这部剧感情戏部分偏少，和《人间不及你》没法比，开播前她心里没底，怕观众对商战不感兴趣。

“我还以为成绩不怎么样呢。温老板，你不知道我心里那个急，想看又不敢看。成绩这么好，周导真沉得住气，休息时从来不聊。”

温笛说：“可能他觉得这就是他的导演水准，没什么可说的。”

尹子于笑出来：“这话很像周导的风格。”

温笛让她有个心理准备，很多网友认可她在《欲望背后》里的演技，但随之而来的是越多的声音质疑她，怎么能出演电影版《人间不及你》，完全是两个风格，一点儿不搭，想想就出戏。

“有人觉得你在《欲望背后》里是本色出演，不叫演技，你知道最好的回应是什么吗？”

“知道，《人间不及你》的票房不能扑。”

温笛也笑了笑。

尹子于让温笛放心，张乔预对她的影响已经没有多少了。

虽然她有时想起来还是会难过，也在夜里哭过几回，但第二天看《人间不及你》电影版的台词，看到那个小院子，看到楼下黄先生和黄太太一家简单的小日子，痛苦就这样一点点被治愈着。

“温老板，那间房子里的所有东西都是你跟严总布置的？”

“嗯。”

“难怪。道具组老师说可省了他们的事儿。”

尹子于知道严贺禹在江城，随口问道：“严总今年也在你家过年吗？”

“他不去。”

“哦。”

尹子于心里疑惑，那严贺禹一个人过年？

她疑惑归疑惑，老板的私人感情，她没多打听。

温家从来没这么热闹过，院子里的停车位不够，后来的车只能停在门口路边。

客厅的沙发被抬到一边，摆了四张餐桌。

这么多椅子，似乎并不多严贺禹一个人。尹子于不知为何冒出这样的想法，盼着温老板情场也如意。

今天严贺禹没有给温笛打电话，怕她忙得没时间回复，也怕自己再得寸进尺想见她一面。

他们见了面或许他还会想着他们能不能一起过除夕。

人总是不知足的，他索性不联系她。

他一个人吃年夜饭，简简单单的几个菜，是范智森从家里给他送过来的。

温笛忙着招呼人，没顾得上给严贺禹打电话。

大表弟和小表弟今年在这边吃年夜饭，给她带来两盒巧克力。

大表弟说：“今年不送你花了。”

因为有人送给她。

“为什么没有我的巧克力？”温其蓁笑着抗议，“我可是大龄单身哦，是家里边最应该被照顾的那个人。”

大表弟道：“不是送给你花了吗？”

温其蓁逗儿子：“我突然想吃巧克力。”

她之前说不要巧克力，现在又要，真是一天一个主意，下次她说不要的东西也不能再信，还是得买。

“那等母亲节，我给你订无糖的。”

“……”

其他人哄笑。

大表弟发现自己说错话了，可能是母亲常说她这个年纪要少吃糖，注意三高，刻在他的脑子里了。

吃年夜饭时，温笛坐在沈棠旁边，左边是二姑妈。她们没聊上几句，就开始不断敬酒，这桌跑完跑那桌，没多少时间坐下来吃饭。

“你不喝红酒？”温其蓁发现侄女的杯子里是白开水。

温笛笑了下:“不喝。”

她没瞒着二姑妈:“等吃完饭，我想去看看他。”

她还是不忍心让严贺禹一个人过除夕。家里这么热闹，衬得他那里那么冷清。

温其蓁揉揉侄女的脑袋，时至今日，她依旧不多跟侄女说什么，不引导不劝说，尊重侄女的所有决定。

“那等明天姑妈陪你喝一杯。”

“好。”

沈棠把俩孩子交给蒋城聿，给温笛挑了点儿吃的:“今晚没见你动筷子。”

温笛找了个理由:“我吃零食吃饱了。”

“少吃点儿尝尝。”沈棠拿公筷喂她一口。

蒋城聿那桌吵闹起来，欢笑声不断。

“他们在干吗？”温笛问道。

“在划拳，输的人负责收拾桌子和洗碗。”

“谁输了？”

“蒋城聿和谈莫行都输了，周明谦还在硬扛，迟早会输。”沈棠想说要是严贺禹在这儿，蒋城聿干活时还能多个伴，话到嘴边又咽了下去。

这顿饭吃到十点半，所有人都帮着收拾，蒋城聿和谈莫行负责把盘子和碗放到洗碗机里。

盘子太多，不知道什么时候能洗好。

谈莫行拿条围裙系上，撸起衣袖："我手洗，比放洗碗机里快。"

周明谦也加入了洗碗的行列。

家里卫生打扫完是一个小时后，吃过饭打麻将是年年的保留节目，他们收起餐桌，支起麻将桌，准备玩个通宵。

"笛笛，你还不走吗？"温其蓁看了眼手表，催侄女去看严贺禹。

"这就走。"温笛跟周明谦他们打了声招呼，让他们几人不用客气，家里准备了五间客房，困的话随时可以休息。

周明谦看她拿着外套："这么晚你还要出去？"

"嗯，出去一趟。"即使她没说去哪里，其他人也知道。

"喝了酒你怎么开车？"

"没喝。"

温笛拿上包匆匆出门，刚走到院子里，母亲在身后喊她："笛笛，等一下。"

"妈，您怎么出来了？"温笛拢拢外套，呼出一团团热气。

赵月翎递给她一个保温手提袋："今晚你也没怎么吃，这里面是冻水饺，你奶奶特意给蒋城聿包的饺子，多包了一些，你过去煮点儿吃。"

温笛抱抱母亲："谢谢妈。"

"一家人说什么见外的话？快去吧，路上小心。"

"没事，十几分钟就到他家了，路上都是车，不要紧。"

马上还有一场烟花秀，今年比往年多了十分钟，从十一点四十燃放到零点十分，不少年轻人开着车来看零点的这场大型烟花。

她开出爷爷这边的别墅区不远，烟花腾空燃起。

迎着一路绚烂的烟花，温笛在十一点五十三分到了严贺禹的别墅门口，拿出手机给他打电话。严贺禹秒接，好像是一直在等她的电话。

他开口的第一句话是："以为你忘了。"

"你开门。"

"你在哪儿？"

"开门。"

严贺禹愣了半秒，不敢相信她半夜来看他。

“你别挂断。”他拿着外套夺门而出。

严贺禹拿遥控开大门，黑色越野车缓缓驶进来，车灯刺眼，他的视线偏向旁边。

温笛解开安全带推开车门下来，他已经走到了车前。

严贺禹抓着她的胳膊把她拽进怀里：“你怎么来了？”

温笛直直地看着他，烟火下，他的侧脸被映得通红。

是啊，她怎么就来了？

因为她惦记他，也因为她想他，但她什么也没说，就这么看着他。

零点时，“新年快乐”几个字升空，紧跟着是两个字母“I”“U”，中间是梦幻的心形。

除夕这样特殊的日子，这种形式的我爱你，不算突兀。

今晚来看烟花的年轻情侣对今年的烟花秀很惊喜。

新的一年，也是他们认识的第八年。

中间的种种不易，外人只是看了个热闹，所有的酸甜苦辣，所有的挣扎与痛苦，只有他们自己知道。

严贺禹伸手，擦去她脸上的泪。他和她一样，什么都说不出来，他抵着她的额头，后来他的眼泪跟她的眼泪混在一起。泪从她的嘴角滑过，很咸。

他低声说：“新年快乐。”

温笛点点头，钩住他的脖子。

严贺禹撩开他的大衣衣襟，将她裹在怀里，低头亲去她脸上的泪水。

烟花还在继续，他们没进屋，在院子里拥吻。

烟花结束，他们的拥吻才结束。

温笛的舌根疼，嘴唇疼。

两人在外头站了十几分钟，被冷风吹透了。

严贺禹不放心她回去，知道温家每年过年都是通宵打牌：“明天再回去，我今晚陪你通宵追剧。”

温笛不信他能真的通宵追剧，不想破坏气氛，没回撑。

她开后备厢，给他带来的饺子还没拿下来。

这是四年来，严贺禹过得最踏实又最满足的一个除夕。

严贺禹烧水煮水饺，今年一个人的年夜饭他没吃饱，吃得没滋没味的。

温笛让他煮一份，她不想吃，倒不是真的不想吃，是嘴巴疼，不想张口嚼东西。

其实她比他还饿，想到他一会儿有水饺吃，心理不平衡，踹了他两脚。

严贺禹随她怎么踹："我喂你吃。"

"不用。不想吃。"

房子大人少，半点儿过年的氛围都没有。

温笛开了电视，把声音调到最大。

严贺禹说："明年过年不会再这样了，我们去你家，或是去我家。"

温笛不搭茬，站在灶台边陪他煮水饺，他挽起衣袖，往锅里加水时像模像样的。

他们刚才只顾着接吻，没闲空聊零点时的烟花。

她屈腿，膝盖顶一下他的腿："烟花是不是你赞助给园区的？"

"你要觉得是，我没意见。"

"不承认？"

严贺禹第二次往锅里加水，见瞒也瞒不住了，道："是我。"

"假如我们没复合呢？你打算年年放？"

"签了二十年的协议。二十年后还会不会放，我不知道。可能到那时，江城也禁放烟花了。"

他的表盘上晕了一层薄薄的水汽，她用手背给他擦去。

不等他说话，她抢先道："你别跟我说，让我给你买防雾的手表。"

"……"严贺禹失笑。

水饺煮好出锅，温笛坐在餐桌边陪严贺禹。

"是谁包的饺子？"

"我爷爷和奶奶。我们这里过年不吃饺子，专门包给蒋城聿的，他不是爱吃饺子吗？"

严贺禹夹了一个水饺，直接放醋碟里，整个饺子沾满了醋。

他这是真的在吃醋。

温笛无语至极，要说他幼稚，打死他，他都不承认。

"以后，让爷爷奶奶也专门包给我吃。"

“那也得我爷爷奶奶乐意。”

“我才是他们孙女婿，蒋城聿是假的。”

“……”

温笛站起来，不想跟他多聊，刚站直又被他一把拽回去。

严贺禹：“开个玩笑。”

温笛拨开他手：“我给你倒水。”倒水是借口，她把醋瓶子拿来，倒满醋碟。

她让他一次吃个够。

严贺禹后来不再蘸醋，吃到一半他拿出手机，拍了几张照片发到家庭群里。

他没拍温笛整个人，把她的衣服拍了进去。

“你们不用担心我没饺子吃。”

严贺言第一个冒泡：“哟，这小心机。”

叶敏琼问：“温笛给你包的饺子？”

严贺禹：“她不会包，是温爷爷和温奶奶包的。”

严贺言：“你吃吧，别打扰我们看电视。”

“晚会不是结束了？”

“我带着全家看《欲望背后》，阴谋剧，看得可刺激啦，哈哈。”

“……”

叶敏琼@严贺禹：“别跟她说，她又喝多了。不过，那部剧真不错，今年年夜饭我们都在讨论剧情，猜接下来的反转。”

“你姥爷也觉得挺好看的，打算明天从第一集开始补。说等你带温笛回来，他有话题跟温笛聊。不能让温笛觉得他是个严肃古板又不好说话的老头。”

严贺禹：“替我谢谢姥爷。”

“饺子凉了。”温笛叩叩桌面。

严贺禹给温笛看聊天框：“我姥爷很少夸人，他愿意追剧，肯定不是讨好谁。”

温笛对严贺禹姥爷了解不多，从严贺禹平常的只言片语里知道他说一不二，很强势。

“你这部剧立意和深度跟以前的哪一部都不一样，应该能拿奖。”

温笛创作了那么多叫卖的作品，但没拿过最佳编剧奖，只获得过两次提名。

温馨的除夕夜，扯得有点儿远，严贺禹吃完饺子，快凌晨一点钟了。

“太晚了，明早再走吧。”严贺禹抱着她回了楼上。

他找了自己的衬衫给她暂时当睡衣：“你泡澡还是淋浴？泡澡的话我给你放水，家里冰箱备了玫瑰花。”

“不泡澡，有点儿困。”

温笛冲个热水澡，冲走去年的烦恼。

吹干头发，躺到床上快凌晨两点钟了。

严贺禹关了灯，搂她入怀，他们熬过了七年之痒。

他把手塞到她的手里。

一开始温笛不攥，她推开了好几次，他锲而不舍，将手指放在她的手心。

温笛最后攥住，靠在他的怀里闭上眼：“晚安。”

她本来以为能安稳睡个好觉，严贺禹却亲她的唇角，喊了声“老婆”，后来一发不可收拾。

别人通宵打牌，他们通宵补生理课。

睡前，严贺禹给她吃了润喉片，又让她喝了半杯水，第二天早上没因为嗓子难受早醒。

日上三竿，他们才醒来。

严贺禹睁眼，怀里的人已经起来了，浴室传来洗漱声。他也掀被子起床。

温笛换了件衬衫，还是他的。

“什么时候起来的？”

“起来不到十分钟。”

盥洗台上多了个玻璃杯，里面养了两朵玫瑰。

看来，她的心情不错。

严贺禹挤牙膏刷牙，从镜子里一直看着她。

温笛刚洗过脸，脸上都是水珠。

刷过牙，严贺禹转头看着她：“你今年的新年愿望是什么？昨晚忘了问你。”

温笛：“希望家里人都健康平安。”

“我第一个愿望跟你一样。”

温笛感觉前方有陷阱，不接话。

严贺禹放好牙杯，趁着新年第一天，趁着她心情好，自顾自地道：“第二个愿望要靠你实现。”

他没再卖关子：“新年新气象，我能不能转正？”

“……”

温笛淡淡地瞅着他：“你怎么没跟你的烟花一样？”

这句话翻译过来就是：你怎么不上天？

严贺禹笑道：“你昨天夜里不是对我挺好的，半夜还来看我。”

温笛道：“对你好是夜里，现在是白天。”

严贺禹把她搂在怀里，笑着看她：“你白天下了床就翻脸不认人？”

温笛仰着头，眼神肆无忌惮：“是的。”

严贺禹低头亲她：“那我们找个晚上，给我转正，白天我就是待岗的状态。”

这次换温笛笑了笑，推开他：“好了，快点儿洗漱吧，我还得赶回家拜年。”

严贺禹放开她，说：“我当你同意了。”

找个晚上给他转正，这样也行。

大年初三，严贺禹去剧组探班，今天秦醒也过来了。

秦醒在家里待得无聊，最好的两个发小都在江城，觉得自己也应该过去凑凑热闹。

“严哥，你们什么时候回去？”

“初六回去。”

“那我跟你们一起回去。”

秦醒过年除了打牌，还抽时间追剧，没像往年醉生梦死，喝得差点儿连自己爹都不认识。

“我推算了下，顶多再有五六集，就能知道谈莫行最终怎么应付顾恒给他下的圈套了。”

在剧中，谈莫行已经开始扩大产能，新建生产线。

严贺禹觉得应该再有十多集才能揭晓谜底。

电视剧里的各种陷阱，在现实中几乎每天都在上演，只不过形式有所不同罢了，本质都一样。

刘董过年也没闲着，因为北美那边不放假。

秦醒掐灭了烟，外头实在是寒冷：“严哥，我们进屋暖和暖和。”

今天还有最后一场戏没拍，要等着天黑黄先生家的小厨房亮灯，拍出院子里的烟火气息。

“温笛今天怎么没来？”

“可能跟沈棠逛街去了。”

秦醒点了点头，在小群里 @ 温笛：“要是来片场，带点儿江城的小吃。”

温笛没看到，手机在沙发上。

她今天没出去，陪沈棠家的龙凤胎在玩，两个孩子要玩躲猫猫，她躲，让两个孩子找她，玩得不亦乐乎。

他们一直玩到天黑，晚饭上桌才停下。

温奶奶招呼他们吃饭：“今天小蒋下厨做了几道菜，你们快来尝尝。”

温笛的手机这个时候振动个不停，是秦醒的电话。

“严哥在片场受伤了。”

“怎么回事？”

温笛的心忽然提到了嗓子眼。

“一句话说不清，他不让我告诉你，你要是有空就来看看他。”

“严不严重？”

“还行。”

“……”

“不说了，周明谦喊我。”

温笛哪儿还有心思吃饭，要是伤得不重，秦醒不会给她打电话，但严贺禹应该也没有大碍，不然早就送去医院了。

“你们吃吧，我去一趟片场。”

温其蓁给她盛了饭：“吃完再去呗，也不在乎这半个小时。”

“有点儿急事，我去处理一下。”

他们以为是剧本要改动：“那你快去，饭给你留着。”

沈棠要陪她一起去，温笛没让：“你在家带孩子。”

她一个人驱车前往，不知道严贺禹是不是被什么机器给砸着哪儿了。

一路上，她心神不宁。

等红灯时，她想给尹子于打个电话问问到底什么情况，又作罢，说不定尹子于这会儿在拍戏。

就算她问了也不一定问出什么，他肯定交代他们不要说。

她以前没觉得到老城区那么远。

停好车，温笛三步并两步朝老房子走去。

她推开院子大门，院子里正热闹着，他们刚拍完最后一场戏。

“你看谁来了？”秦醒让严贺禹回头。

严贺禹和周明谦正在聊天，忙转身，温笛急匆匆地奔他而来。

“哪儿伤着了？”走得急，她呼吸不稳。

“没事。”严贺禹瞥了一眼秦醒，“你添油加醋了是不是？”

秦醒笑了，心虚地道：“真没。这个要看个人理解，我真没说什么。”

严贺禹把手给温笛看，手指上蹭了一块皮，隐隐有点儿出血：“刚刚那场戏，门口那个柜子有点儿碍事，要暂时挪一下，我怕他们不小心弄掉下面的支撑腿，搭了把手，没注意蹭到墙上了。”

温笛用力拍了下他的手心，有道具组忙活，他添什么乱？

支撑腿是他亲手加的，也是因为那晚，他跟温笛的关系有了明显的缓和，柜子对他意义不一样，不只是电影道具。

严贺禹自我调侃：“好不容易受一回伤，连创可贴都用不上。”

温笛：“……”

她从包里找出一个创可贴给他。

严贺禹：“你帮我贴一下。”

温笛想了想，又把创可贴收了回去：“算了，贴了浪费。”

严贺禹笑了，不过确实不用贴。

秦醒邀功：“严哥，是不是得感谢我？今晚请客。”

严贺禹：“行，今晚请所有人吃饭。”他又看向温笛，“能不能介绍一下我？”然后他往她那边靠近半步，用只有他们两人能听到的声音说，“现在天黑了。”

温笛：“……”

周明谦也在旁边助力：“温编剧，不介绍一下？”

秦醒也跟着起哄：“那必须得介绍。”

大家看热闹不嫌事大。

温笛没像之前在慈善晚会上那样搪塞过去，看了一眼严贺禹，说：“这是我的男朋友，严贺禹。”

白天待岗这句话，她用眼神留给严贺禹自己体会。

严贺禹喉头滚动，轻轻地抱住了她。

在这个小院子里，他们迈出了想迈却一直犹豫的那一步。

秦醒说：“今晚我请客。”

严贺禹和温笛正式和好的第四天，他们结束了在江城的春节之行，带着温温回到了京城。

刚到家放下行李，温笛接到了严贺言的电话，约她晚上吃饭。严贺言末了不忘提醒，让带上姐夫一起。

他们吃饭的地方选在胡同里的一家私房菜馆，离二手书店只有两三百米。

二手书店昨天就开门营业了，春节期间搞促销活动，买一赠一。

温笛去饭店前先到书店看看庄老板，店里的人不少，每张阅览桌上都坐了三两个人，店员正在给桌上的多肉植物浇水。

见她跟严贺禹一前一后进来，店员忙放下水壶过来打招呼：“老板在书房，这几天天天整理书架。”

温笛让店员忙自己的，她跟严贺禹去找庄老板。

庄老板拿着鸡毛掸子正在掸书架上的灰尘，看到他们，手一摆：“到茶室去，这里全是灰。”

他小心翼翼地从凳子上下来，拿湿毛巾掸掸身上，又擦把手，去了茶室：“什么时候回来的？”

他知道他们回江城了。

严贺禹道："两个小时前。"

庄老板要给他们泡咖啡，他没让，说一会儿就走。

温笛带来一束向日葵，摆在茶桌上。

庄老板看看向日葵，莫名欣慰，笑道："你们俩总算和好了。"去年他们每人买了一束向日葵，看上去就生分。

温笛笑而不语，之后说起别的："庄老板，您还有多少书架没整理？我明天过来帮您。"

庄老板："不用不用，我闲着没事，剧组说四月份到我这里取景，我顺带着把这里的卫生搞搞。"

他们聊了一会儿《人间不及你》的拍摄进度，温笛和严贺禹还要赶去跟严贺言吃饭，在店里待了半小时便告辞了。

等他们离开，庄老板扶着沙发扶手站起来，把那束花放在他的书桌上，迎着落日余晖。

他一直记着去年春节后他们俩来看他，两人站在书桌旁看同一本书的画面，跟油画一样。要是那样的画面能拍进电影里，会很有意境。

从书店出来，严贺禹自然而然地把手递给温笛。

温笛瞅着他，然后抓住他的手。

他的手温热，她的手指冰凉，他的手正好给她焐手。

车停在另一条路上，他们走着去饭店。

路过汽车前，严贺禹特意扫了一眼他的车，他还记得他们刚分手那年，她到店里淘书，他遇到她，在车里等了她几个小时，天黑了她才从店里出来。

那时她跟祁明澈在一起，拎着书边走边和祁明澈打电话，路过他的汽车，在路灯下的影子映在他的身上，一晃而过。

今天太阳还没落下去，余光也将她的影子投在他的身上。

跟那天不同的是，他们中间再也没有那道车玻璃，他牵着她的手，她的影子一直在他身上。

他们到了饭店，严贺言已经在等他们了。

还不到吃饭的时间，他们是店里第一批客人。

严贺言跟朋友在外面玩了几天，下午刚回来，在高铁上没吃好，就等着这一顿。

她要笑不笑地看着严贺禹："哟，还真是新年新气象呀。衣服都是新的。"

严贺禹："好好说话，别阴阳怪气。"

温笛以前就见识过他们兄妹俩不对付，算是习以为常。

严贺言看向温笛时又瞬间变回正常的表情，把餐单递给温笛："嫂子，他们家出了新菜品，你看看。"

这兄妹俩，一个比一个能挖坑，她连嫂子都叫上了。

温笛接过她递来的菜单，仔细看。

严贺禹长臂一伸，拿过妹妹的杯子，给她倒上柠檬水。这个时候的严贺言看着顺眼。

严贺言轻吹柠檬水，看似闲聊："哥，你家女儿过年长胖没？"

"没，温温自觉，从不多吃。"

"什么时候带温温去家里玩儿呀？"

"问你嫂子。"

温笛："……"

俩人一唱一和，配合得还挺默契。

严贺言又把皮球踢给严贺禹："那你跟嫂子回家商量商量，我上半年都不忙，周末正常休息，你们哪天去我都在家。"

温笛点好菜，把菜单递给严贺言，邀请严贺言，等天暖带严严去她的别墅玩，院子里草坪大，足够两只猫玩耍。

"那必须的呀。严严还挺喜欢妹妹的，等它们熟悉了对方的气息，应该不会再打架了。"

严贺言又点了两道菜，提交单子，等着上菜。

严贺言今天请他们吃饭，一来恭喜哥哥获得认可，二来恭喜温笛的剧大卖，提前给她庆功。

这几天她在外玩也没耽误追剧，精彩的地方还会回看。

"嫂子，你和我哥追没追剧？"

温笛："追，这部从开头追的，一集没落。"

"你还有没追的剧？"

"有。"

严贺言总能精准地抓到她话里的重点。剧版《人间不及你》她没看完，到现在也没看。

严贺言没问哪部没看，下巴对着哥哥微扬："有空陪嫂子追追剧。"

菜上来，他们边吃边聊。

严贺言发现，温笛会把自己盘子里不吃的菜夹给哥哥，哥哥照单全收，一点儿不剩地给吃光，也没有所谓的"我不吃别人夹的菜"这个禁忌。

严贺禹问温笛："要不要喝点儿啤酒？"

温笛摇头："给你要两罐？"

"行。两罐黑啤。"

"贺言你呢？"温笛又问道。

"我也来一罐吧。"

温笛扭头喊服务员，严贺禹看着她的侧脸，没正式复合前，他问她要不要喝酒，她除了摇头不会再多说。但现在，她会关心他想不想喝。

服务员很快送来三罐啤酒，严贺言打开一罐，倒了一半在杯子里，留一半在易拉罐里，她敬自己。

哥哥终于守得云开见月明，而她也功德圆满。

温笛没喝酒，回去时她开车，严贺禹坐在副驾驶座上。

他们路过一家药店，严贺禹让她靠边停。

温笛开始没注意到药店，以为他有事，她找个允许停车的地方缓缓停下。

"怎么了？"

"买避孕套，家里没几个了。"

"你记得怪清楚的。"她开车门，"以后省着点儿用，给你点儿零花钱你都买这个了是不是？"

严贺禹解开安全带："你给的那点儿零花钱根本不够。"

他刚开车门，被温笛抓着胳膊拽住："你等等，什么叫那点儿零花钱？"

严贺禹坐回来，外面冷，他怕她冻着，先关好车门，用开玩笑的口吻说："一楼黄先生给他家小孩的零花钱比我的都多。"

温笛笑了出来："你可真是出息了，跟一个小孩比。"她两手攀着他的肩膀，“你想要多少零花钱？”

严贺禹：“这个随意，你卡在我这儿，不够就刷卡。”他凝视她，“你是不是也该花一点儿我的钱？四张银行卡在你那儿，你一张没刷过。”

温笛点了点头：“我现在就花。”她解开安全带，让他在车上等着，下车直奔药店。

几分钟后，她拎着一包东西出来了。

“喏，刷你的卡买的。”温笛关上车门，把那一包避孕套塞进他的怀里，“应该够一年用的，不用你再买了。”

严贺禹别过脸，不禁哑然失笑，把药袋放在后排座位上。

他指望她花他的钱有点儿困难，所以还得像以前那样，成打成打地给她买礼物，堆在那儿等她闲着无聊时拆礼物消遣时间。

他们回到家，《欲望背后》已经播了大半集，温笛打开电视，边盯着电视屏幕，边脱外套。

严贺禹倒了杯温水放在茶几上，温笛调大声音，急忙去洗了手回来。

同样是用温水洗手，她的手还是冷的，她侧坐在严贺禹的腿上，手搁在他的脖子里焐着，眼睛一瞬不瞬地盯着电视。电视剧正播到最精彩的地方。

谈莫行在给顾恒打电话：“谢谢你帮我把那块地拿下。”

顾恒之前给了谈莫行一个大单，抛下诱饵，谈莫行接了单子，并新建生产线。

新建生产线需要场地、设备，投资数额巨大，他把公司这些年的老底掏空了不说，又从银行贷了款。

一旦市场萎缩，公司将面临产能过剩的处境，投入的成本根本收不回来，陷入资金链断裂的危机，巨额负债会使公司举步维艰。

董事会有个董事坚决不同意这么干，觉得谈莫行被眼前的利益蒙了眼，有点儿盲目扩张。但董事反对没用，谈莫行还是一意孤行。

他拿下了地，正在建厂房，结果公司两个大客户突然抽身，愿意支付违约金而不再继续履行合同。

两个大客户就是当初给谈莫行大订单的客户。

公司失去这样大体量的客户，那边厂房建到一半，停还是不停，不管怎么选择都是损失。

无形中，谈莫行失去了跟顾恒的竞争力。

然而，谈莫行并没有像众人想象中那样焦头烂额，他波澜不惊，给顾恒打去电话，感谢顾恒帮他拿下建厂房的那块地。

他早就有意向迁厂，只是多方协调也协调不下来看中的那块地方。

这个时候顾恒给他下套，他将计就计，以新建生产线的名义想在那个地方建厂房，顾恒为了让他掉下陷阱，暗中帮忙操作，给他解决了麻烦，让他顺利拿到了地。

谈莫行道："我不是新建生产线，是整体搬迁，现在老厂址是块肥肉，多少人看中想从我这里买走，苦于一直没找到合适的地方，这回你帮了大忙。"

那几个大单也让他赚了一笔，现在有没有无所谓。

顾恒轻笑："知道你失去了什么吗？"

谈莫行没吱声，电话陷入沉默。

谈莫行失去了尹子于，因为他不相信尹子于，没告诉她真相，还利用了尹子于，将她当成一枚棋子。

尹子于是顾恒一手栽培起来的，后来尹子于辞职，因为感情加入了谈莫行的阵营，顾恒失去了得力的助手。

所以这一次，他没赢，谈莫行也没赢，尹子于会跟谈莫行彻底决裂。

这一集结束。

严贺禹看向温笛："知道我跟肖冬翰到哪一步了吗？"

温笛茫然地道："什么？"

"订单。"

"……"

在现实中，刘董虽然计划扩大生产线，但也只是计划，只是董事会上决议通过，远没到实施那步。

严贺禹告诉温笛："梅特公司正在给华源实业抛诱饵，在我的提醒下，刘董看到了诱饵后面的钩子，没上当。肖冬翰怕打草惊蛇，直接把诱饵从鱼钩上取下来抛给刘董，你说不吃不是傻子吗？"

温笛："那现在呢？"

严贺禹："梅特公司抛出了第二个诱饵，刘董还是很谨慎，于是他们再次去钩，吃完第二次没钩子的鱼饵，对方不可能再无条件抛第三次。”

“所以，刘董提出扩建生产线，迷惑对方，让他们以为自己见利忘害？”

“嗯，第三次怕是吃不到了，但要把第二块鱼饵踏踏实实吃完。”

温笛感觉肖冬翰不会事先分析不出刘董的意图：“他什么时候这么大方了，第二次无钩抛鱼饵？”

严贺禹拿起遥控器，调低电视音量。

“因为鱼饵只有他的三分之一，剩下三分之二是肖正滔的。”肖正滔在损失了两次之后，不会再傻到继续抛第三次。

肖宁集团跟华源实业的竞争，肖冬翰花了多少代价，给了姜家多少海外项目交换利益，肖家所有人都看在眼里，不会怀疑肖冬翰有其他的想法。

毕竟是为了整个集团的利益，肖正滔不能一毛不拔，跟梅特公司的交换，肖正滔拿出了三分之二的利益。

肖冬翰宁愿把所有利益都让给严贺禹，也要让肖正滔损失三分之二的利益。肖冬翰能容忍竞争对手暂时得到利益，但决不允许肖家人羽翼丰满，他是逮着机会就割肖家人的肉。

“这次梅特公司的订单是由姜昀星跟进的，就算最后利益受损，姜昀星替肖冬翰背锅，肖正滔哑巴吃黄连。”

严贺禹倾身，从茶几上拿了水杯给她。

温笛问：“姜昀星知道自己被人利用了吗？”

“现在应该知道了，但她无所谓，反正肖冬翰该给她家的利益都给到位了，损失的不是她，肖正滔也拿她没办法。”

温笛喝了几口水，剧里面，谁都没赢。

在现实中，除了肖正滔，谁都没输。肖冬翰看似在争夺市场上落了下风，可他利用严贺禹对付了肖正滔，保证了他在肖宁集团内部的绝对优势。

看完第二集，温笛去泡澡。

尹子于给温笛发来消息：“温老板，听说我明晚就开始黑化了？”

今晚播出的《欲望背后》第二集尹子于跟谈莫行闹掰，当初拍那场戏，她哭到不能自已。

温笛：“你不是说不追剧？”

尹子于："是谈莫行让我看的，说看看我当初哭得有多惨。我只是看个片段，不说了，我还要背台词。"

温笛笑笑，没多说，跟她道了晚安。

她刚放下手机，浴室叩门声响起。

玻璃门上有个黑影："温笛，我进去了。"

严贺禹推开门，手里拿着半杯红酒。

温笛脸上贴着几片玫瑰花瓣，眉心正中间有，身前也是，她低头抠下来："你干吗呀？我还没说让你进来。我不喝酒。"

严贺禹把酒杯搁在置物台上："你以前泡澡不都是要喝点儿红酒？"

放下酒杯，他又去给她拿睡衣。

他把睡衣和浴巾放在一旁的置物架上，在浴缸前半蹲下来。

温笛整个人往下躺，头靠在浴枕上。

严贺禹从浴缸里捏了一片玫瑰花瓣，上面沾了水，他直接贴在她的眉心上。

温笛："……"

她将手猛地从水里伸出来，连拍他了两下。

胳膊带出来的水弄湿了他的衬衫。

严贺禹淡淡一笑，不再逗她，起身拿毛巾擦擦衣服："别泡太长时间。"他去书房加班。

泡过澡，温笛又敷面膜，弄完之后，严贺禹还在忙。

她在飞机上睡了一觉，现在不困，去书房找书。

严贺禹正坐在书桌前看电子邮件，没坐椅子，在楼下拿来一个凳子，没有靠背。

以前别墅书房也备了一个凳子，她在书房看书时他会把椅子拿一边换成凳子，这样方便她靠在他的身上。

温笛从书架上抽了一本书，先搁在桌角，她贴在他的后背上，双手环住他的脖子，侧脸蹭了下他的脸。

严贺禹右手握着鼠标，突然不知道要点击什么。

他左手用力按住她的胳膊，怕她突然起身站直："今晚别看书了。"

温笛在严贺禹背上趴了大半个小时，他一直按着她的手。

严贺禹处理好几封电子邮件，她也趴得腰酸。

“能放我起来了吧？”

这次换她纵容他一回。

严贺禹还有别的工作：“康波送来的项目书我还没看。”

他反握着她的手，把她拉到身前，让她坐他的腿上看书。

温笛坐在他的怀里，黑色记事本在电脑旁，她拿过来看。

四年过去，还是当初那个本子，已经快用完了，记录到了末尾几页。他喜欢动手记录东西，这个习惯一直保持到现在。

她翻看着笔记本，他很少记自己的心情，大多跟工作有关，偶尔写两句当天的重要私事。

记事本前面很多页有她的签名。

温笛翻到其中一页，上面写着：“在开会，突然想你了，生日快乐。”

她看了眼记录日期，那天是她的生日。以前她很难想象，他在开会时会走神想她。

温笛接着往后翻，看到她的签名被“严”的那一撇给托住。

这个签名是她后来签给他的，那时他们早分手了，那天她去融资路演现场，结束后，她遇到主办方负责人王总，王总问她要签名，说他家女儿是她的粉丝。

“没什么好看的。”严贺禹抬头说了一句。

温笛“嗯”了一声，确实没什么好看的，他们分开这三年多的时间，只有寥寥数字提及他的心情。

严贺禹单手抱着她，另一只手在翻项目书，他看她还在看笔记本，在她的脸上亲了下。

温笛扭头看着他，他又在她的唇上吻了吻。

她调整坐姿，面对他，主动亲他，很轻，一下一下落在他的唇角、唇间。

严贺禹的心被撩动，他放下项目书。

他抱着她起来，让她在桌子上坐着，两手撑在她的身侧，低头深吻她。

后来，项目书从书桌上被撞掉下来。

次日，温笛醒来时，严贺禹去了公司。在床上缓了缓，她关闹铃起床。假期结束，她又要闭关创作剧本了。

昨晚《欲望背后》那两集是全剧高潮部分，上了四个热搜，收视率破了 1.6，单集播放量也创下新高。

鲁秘书给她发来消息，恭喜她的新剧破了《人间不及你》保持的多项收视纪录，另外又说，肖冬翰很满意剧里给他的设定，没把他降智，没让他输，写出了他阴狠的那一面，也写出他人性温暖的那一面。

肖冬翰还把这部剧推荐给自己的母亲，让母亲知道，他没那么龌龊不堪。当然，他骨子里依旧不是什么好人。

一周后，《欲望背后》迎来大结局。

词条 # 看完最后一集感觉失恋了 # 上了热搜，因为大结局是悲剧，那份善良在物欲横流里，在他们麻木的人生里，显得格外孤独。

尹子于回看了最后一集，看完心里空空的，所有人最后都只留一个背影，今天结束了，大家又投入到另一个未知里。

她给温笛发消息："虽然是电视剧，还是希望他们几个有平行的世界。"在平行世界里，男女主角能重逢，顾恒饰演的肖冬翰不再孤独。但她也知道，没有平行世界。

温笛："你今天不用背台词？"

一句话把她打回现实，尹子于哈哈笑道："这就去背。"

四月份，《欲望背后》在其他台复播。

温笛的新剧本《我该如何爱你》第一稿完成，随着《欲望背后》大爆，她的版权费到了业界天花板的高度，又把天花板往上推了推。

她顺带提高了严贺禹的零花钱数额，每个月给他 600 块，严贺禹每次收到钱都会退给她 80 块。

天气回暖，院子里的海棠花开了，花园里她亲手栽的月季也竞相绽开。

终于完成了剧本，温笛打算好好调整两个月。

今天是周六，严贺禹休息，他习惯六点钟起来，到了时间不用闹铃叫，自然醒来。

温笛背对着他躺在他的怀里，严贺禹小心翼翼地抽回胳膊，拿枕头给她枕上。

温笛翻身，腿一抬，压在他的身上。

严贺禹亲她的额头："我要起来跑步。"

温笛不放他走。

他躺下去，把她重新圈在怀里："再睡两分钟够不够？"

"不够。"

"那五分钟。"

"等五分钟到了，你再给我加时间。"

严贺禹抱着她又睡了十分钟回笼觉。

其实温笛后来没睡着，聊天把困意给聊没了。她睁开眼，打算跟严贺禹一起晨跑。

严贺禹先起床，简单洗漱后，换上一套黑色运动装，拿来白色运动装给温笛穿。衣服是同一个牌子，勉强算得上情侣装。

太阳还没出来，他们围着别墅区的人工湖慢跑。

两圈下来，温笛跑不动了。

严贺禹把手伸给她，拉着她跑。

温笛体力跟不上他，跑完四圈她实在撑不住，岔气了。她挥挥手，让他自己跑，她沿着健步道快走。

严贺禹跑到第十五圈时，发间都是汗，汗珠顺着额头往下滚。

手机一直振动，他渐渐慢下来，手机屏被手心的汗给浸潮了。

秦醒在群里 @ 他："严哥，什么时候给我们发红包？"

严贺禹不明所以："什么红包？"

秦醒："温笛在朋友圈让你转正了，这么大的喜事，你不得发红包表示一下？"

群里早起的人纷纷冒泡，让他至少发两个红包。

严贺禹忙点进温笛的朋友圈，她趁他跑步没注意时拍了两张照片，一张是他跑步的背影照，还有一张是他的侧面照。

温笛有霸道总裁的属性，万年不发朋友圈，以至于家里人都以为她分组屏蔽了他们。

这几年她一共发了三条朋友圈，都是跟温温有关的。刚才那条动态是第四条。

严贺禹转身去找她，湖边的健步道没有她的身影。

温笛从别墅那个方向走来，手里拿着保温杯。

严贺禹擦了把汗，朝她走过去。

温笛回家给他倒了一杯温水送来："不跑了？"

"差不多够数了。"严贺禹接过杯子。

"那你再陪我走一圈。"

"行。"严贺禹微仰着头喝了半杯水，盖上杯盖，靠前一步，在她唇上印了一吻，"谢谢。"

他白天也终于不用再待岗了。

温笛只走了半圈，剩下半圈严贺禹背着她走，直接背回家了。

温笛新剧本完成，严贺禹想让她出去放松放松，《人间不及你》电影版五月份要去撒哈拉沙漠取景，他问她想不想去。

"不去。我五月下旬想去山城待一段时间。"

严贺禹随她："那你去你以前布置的出租房住几天。"

"房东不短租，再说，就算短租，也不一定正好没人租。"温笛拆开头发重新扎了个丸子，边扎边走去浴室。

严贺禹跟着她一起进了浴室："房子空在那儿。"

"啊？"温笛回头，一时没懂他的意思。据她所知，房东只租不卖，要不然，她早就买下来了。

严贺禹："是我租下来的。"

那套房子在他买下《人间不及你》影视版权后，便让康助理长租下来，先付了五年房租，平时让房东帮忙打扫卫生。

他打算电影里也在那儿取一点儿景，跟剧版联动，已经征得剧版导演和投资方的同意。

温笛搂着他的脖子："那我提前去，中旬就去。"

严贺禹那个时间正好在忙："我要开股东会，没空陪你去。"

"不用你陪，我自己去。"

当天晚上，温笛就开始为旅游做准备，提前收拾行李。

五月中，温笛订了机票，带上一个大行李箱前往山城。

昨天《欲望背后》复播迎来大结局，再次上了热搜。复播依旧取得了不俗的收视率。

周明谦在群里说，她有望凭《欲望背后》拿到最佳编剧奖。

秦醒还开玩笑道，让她先想好获奖感言。

温笛当时在飞机上，没看到群消息。

飞机落地山城，严贺禹安排了人来接机。

是那套房子的房东和他媳妇来接她的，几年不见，他们还跟以前一样热情，从机场回来的路上热聊了一路。

院子一点儿没有变，树上的鸟笼，树下趴着的狗，满墙的蔷薇开得正盛。

屋里还是以前的样子，所有半旧的家具都是她当初一件件淘来的。

温笛放下行李箱，到阳台打开窗户，站在这里往下看，感觉像进了电视剧的《人间不及你》里。

那部剧她至今没追完。

傍晚时，严贺禹给她打电话，问她在干吗。

“追剧。”

“又在刷《欲望背后》？”

“不是，我在看《人间不及你》。”

严贺禹还在公司，说：“等晚上回家，我陪你一起看。”

“好。”

温笛看完这集点了暂停键，等晚上跟他同步看。

上次他在电话里陪她看电视还是很久之前的事，久到严贺禹忘记是哪一年了。

晚上回到家，他打开电脑，手机充上电，给她打去电话。

温笛接通，告诉他，已经追完第三集了。

两人在同一个平台观看第四集，同时点播放键，随后声音重叠。

温笛关了自己电脑的声音，剧里面人物的说话声通过手机从严贺禹的电脑里传来。

时隔四年多，他再次以这样的形式陪她看电视。

在不知不觉中，一集看完了。

温笛拾起手机：“你去忙吧，我自己看。”

严贺禹：“再陪你看一集。”

“不用。”温笛跟他道晚安，挂了电话，接着追剧。

温笛花了十天时间，把《人间不及你》从头到尾看了一遍，看累了她就暂停，去逛山城的大街小巷，吃点儿山城的特色小吃。

山城多雨，严贺禹生日前一天，山城又下起了雨，温笛撑着伞出门，房东太太正在楼下逗狗：“下雨还要出去呀？”

温笛浅笑：“嗯，我出去逛逛，顺便买点儿东西。”

她到附近店里买了几张带有山城特色的明信片，想给严贺禹一份不一样的生日礼物。

回来的路上，温笛接到了严贺禹的电话。

明天就是他的生日，严贺禹怀疑她已经不记得了，问她：“哪天回来？我给你订机票。”

温笛骗他说：“再过几天。”

她订了明天下午回京城的机票，晚上不耽误陪他过生日。明天上午她要去邮寄明信片，盖上他生日当天的邮戳。

严贺禹没提自己的生日，让她在那儿多放松几天。

翌日，是个晴天。

温笛拉开窗帘，晨光从窗户外洒进来，落了几道在书桌的一角。楼下的院子里，房东养的鸟叽叽喳喳欢快地叫着。

她拿出昨天买的明信片，挑了一张最喜欢的，提笔认真书写每一个字：

认识你八年了，有时候会突然感觉自己不再那么年轻，但你还在我的身边，我又觉得自己还是跟二十岁时一样，依然可以任性，依然可以不讲理，依然被你纵容。

我听着二十岁时喜欢听的歌，在我租的第一套房子里给你写明信片，好像什么都没有变。

我爱的人间，依旧不及你。

生日快乐。希望运气好一点儿，你能收到这份生日礼物。

——你的温笛

明信片写好晾干，温笛又检查了一遍是否有错别字，拿出信封装起来。白色信封和明信片一样，印有山城特色的山水图，是她精挑细选出来的。

才早上六点半，邮局还没开门，她把昨晚没装进箱子里的零碎东西整理到收纳袋里，放在随手拎的包里。

一切收拾妥当，温笛拿着包出门了。

她在院子门口遇到买早餐回来的房东，问声早，房东跟她说十一点钟他们出发去机场，保证她时间充裕。

“好，谢谢您。”

“太客气了。”

她约了房东的车，让房东帮忙送她去机场。

温笛在附近的早餐铺子吃了早餐，顺手拍了几张照片发了微博。上次发微博还是两个月前的事，秦醒提醒她好几回，让她没事动动手指。

“笛宝值得拥有八次恋爱”的 ID 在前排留言：“笛宝，你又去山城了！”

温笛回复：“这也看得出来？”

她点的早餐不是山城特色小吃，很普通，哪个城市的早餐店都有。

“笛宝值得拥有八次恋爱”去过《人间不及你》的院子好多次，她是个吃货，附近的早餐店全吃遍了，有一家店的餐具很特别，她印象深刻。

但她没暴露温笛具体在哪儿，只在评论里回复：“这家早餐店的盘子和碗我认识！可千万别是连锁店，那就丢人了。”

一家很小的早餐铺子，哪儿来的连锁店？

温笛看了一会儿评论，之后退出来专心吃早饭。

邮局分理处离这儿不远，吃过早饭，温笛走路过去。到那边还没到开门的时间，她在门口又等了二十多分钟。

现在几乎没人邮寄信件，不需要排队，很快就办理好了。

她跟工作人员确认，是不是加盖今天日期的邮戳。

工作人员点头，说肯定是。

她回到出租屋，离出发去机场还有一个多小时。

温笛没事可做，开始听音乐。

单曲刚循环到第二遍，门外传来一声：“温笛？”

温笛起初以为自己出现幻听了，没以为是严贺禹真的在门外。

“温笛？”门外又传来一声。

紧跟着是叩门声。

温笛趿拉着拖鞋跑到门口，从猫眼看向外面，严贺禹站在门口，头发和衣服一丝不苟，没有丝毫赶飞机的疲倦。

门开了，严贺禹还没看清人，她就扑到他的怀里。

他接住她，把她抱起来。

温笛搂着他的脖子，亲他：“生日快乐。”

严贺禹抱着她进屋，温笛顺手关上门。

他将她抵在门板上，回亲她，看着她的眼睛：“以为你忘了今天是我的生日。”

“怎么会？”她说，“我订了下午的机票回去。”

严贺禹看到了立在客厅沙发旁的行李箱，桌上也收拾得干干净净。

温笛的手指抚着他的下颌：“早饭吃了没？”

“吃了。跟你在同一家早餐铺吃的。”

温笛反应过来：“你看了我的微博？”

“嗯。”严贺禹找到那家早餐铺时，她已经不在那儿了。

温笛知道他最近会议多，商谈也多，分身乏术：“今天又不是周末，你怎么会有时间过来？”

“一天的时间，不耽误其他事。”严贺禹把她抱到沙发上放下，“申请了晚上的航线回去，不影响明天的洽谈。”他又道，“正好接你回去。”

“不想我？”严贺禹脱了西装放在一边。

“想。”

要不是等着今天给他邮寄明信片，她早就回去了。

严贺禹俯身亲下来，低声说：“帮我把手表和戒指都摘下来。”

温笛摸索着，摘下他的手表，又将他无名指上的戒指拿下来，套在自己的拇指上。

严贺禹去洗手，回来又去阳台关上窗户，拉紧窗帘，楼下的鸟叫声忽然间变得很远。

后来，温笛好像听不到鸟叫了，耳边，严贺禹喊了她一声“老婆”。

两人鼻尖汗涔涔的。

温笛趴在他的肩头，身心都感受着他的存在。

温笛退了机票，跟他晚上一起回去。

洗过澡，她问他中午想吃什么，给他庆生。

原本她在京城订了餐厅，推迟回去后根本赶不上过去吃饭了。

严贺禹说："随便，吃什么都一样。"其实他对生日无所谓，不过是想跟她一起庆祝，希望她记得并放在心上。

温笛擦干头发，打开行李箱，从里面拿出包好的礼物盒。

"生日快乐。"她把礼物给他。

礼物盒不大，严贺禹接过来："谢谢。"

他拆开盒子，里面是一部旧手机。

那天温笛翻看他的日记本，有一年他在生日那天写道："温笛说过要送我一部她淘汰下来的旧手机。想问她要，不知道她还会不会给？"

他写这几句话时，她跟他分手两年多了，他还在想着她参加《如影随形》综艺录制时，节目组发给嘉宾的手机。

她说过等录完节目就把手机换下来给他用，后来节目没录完，他们已经分开了。那部手机她用不上，录完节目一直放在那儿，来山城前翻出来，还能照常用。不过，功能和像素不如新款的机子，只能凑合用。他有张江城的手机卡，那个号码联系的人不多，可以把卡放在旧手机里。

严贺禹伸手，轻轻抱着她。

温笛决定就在这间出租屋给他庆生："我给你订蛋糕，再打包几个菜回来。"

严贺禹看着她："要不你给我做一顿生日饭？"

温笛："你什么时候这么幽默了。"

严贺禹笑道："你不是会泡面吗？"

"这个我最拿手。"大学时，谁没在宿舍里吃过泡面？

她从来没下过厨，他也不舍得让她偶尔学一两道菜，不过烧水泡面每年还是可以来上一回，可以算作他的生日长寿面。

温笛烧水，严贺禹下楼到附近便利店买了两桶面，外加两根火腿肠。她以前跟他说过，人间最有滋有味的饭，就是火腿肠加泡面。

一顿最简单的生日饭，让他们都感觉像回到了读书那会儿。

下午，他们离开出租屋去机场。

温笛也结束了两周的山城行。

回到京城的别墅已经快凌晨了，温笛不在家的这段时间，收到几份新剧本版权的合同，快递是阿姨签收的，之后交给了严贺禹。

她问："合同在你那儿吧？"

"嗯。"严贺禹把她的行李箱拎回主卧衣帽间。

"放哪儿了？给我，我收起来。"

"以后重要文件我给你收着，你不用再担心忘记放在哪儿了。"严贺禹放下行李箱过来。

"往后我的所有重要东西你帮我保管和打理，包括我的私人财产。"

他低头在她的脸上亲了下："去书房看看。"

书房就在隔壁，平时门敞开着，今天房门紧闭。

温笛几步走过去，推开，眼前的景象让她为之一震，偌大的书房堆满了各种大大小小的礼盒。以前他是满车送惊喜，现在他是满房送惊喜。

她转过头来："什么日子？"

"五月二十号那天你在山城，我生日时你辛苦给我准备礼物、准备生日餐，马上六一了，这几个节日的礼物一起送。"

温笛张开双臂，严贺禹上前两步，抱她入怀："看书看累了就拆几样。等你拆得差不多了，我再给你补上。"

"一个人拆礼物没意思。"

"那等我休息时，陪你一起拆。"

零点了，他的生日过去了。

温笛在他的唇上亲了下。

这一天对严贺禹来说，圆满又知足。

他还不知道，温笛给他的特殊礼物正在来的路上。

十多天后，那封盖着严贺禹生日当天邮戳的信件才到严贺禹秘书的手里。这样一封信，秘书都没怎么上心，直到看清是从山城寄来的。

寄件人除了温笛还能有谁？

严贺禹正在会议室开高管会议，中间休息时，秘书给他送了过去。

秘书说："严总，应该是您太太寄来的。"

康波扫了一眼秘书，这个小秘书拍马屁的本事登峰造极，知道老板爱听什么，专挑老板爱听的说。

秘书任务完成，离开了会议室。

严贺禹认出是温笛的字，小心翼翼用裁纸刀裁开封口，那是一张山城的明信片，字体工整清秀。

看到开头她说有时感觉自己不再年轻，他的鼻子发酸。

这封信，他反反复复地看了三遍。

十多分钟的会议休息时间结束，出去抽烟的人陆续进了会议室。

他们看到老板左手抵在鼻梁上，眼眶发红，盯着手里的明信片出神。

大家你看看我，我看看你，不知道怎么回事。他们刚才出去时，老板很正常，还给他们扔了一包烟。

老板是第一次在他们跟前失态，他们坐下来后，噤若寒蝉。

谁都没出声，包括坐在旁边的康波。

直到严贺禹自己回神："给你们看看对我来说，价值连城的一件礼物。"他把明信片递给康波，"你投影在大屏幕上。"

众人看完后，会议室更沉默。

他们已经很久没被什么人或事感动了，应该说触动更合适。这个时候他们也想到了自己年轻时，想到了很多年轻时的事。

严贺禹把明信片装回信封里，又看了两眼信封上的邮戳，原来那天她是等着到邮局寄出明信片再赶回来替他庆生。

收拢思绪，在开会前，他又多说了句："以后你们另一半过生日时，除了买礼物，你们也用心手写一封信。写的人我自掏腰包给你们多发年终奖。"

他们笑了，表示没有年终奖也会写。

这个话题告一段落，他们接着开会。

会议持续到中午才结束。

严贺禹回到办公室便给温笛打了电话，温声道："礼物我收到了。"

"严贺禹。"

"在听着，你说。"

"等你忙完这段时间，我带你回江城。"

“你能不能再说一遍？”他怕自己听错了。

“等你不忙了，我们回江城，回我家，带你见见我爸妈，见见我爷爷奶奶。我跟奶奶说了带你回去，她说到时专门给你包饺子吃。你不是说过要陪我爸喝两杯的吗？我爸也准备好了酒。”

严贺禹半天没说出话，缓了好一会儿，哑声说：“温笛，我爱你，比我以为的还要爱。我们这周六就回去看爸妈和爷爷奶奶。”

他何其有幸，能陪她去走往后的人生岁月。

（正文完）

番外一

初识

温笛认识严贺禹那天，是平安夜的前一天。

那晚印总做东，她的第一部作品《渔晚》收官，收视和口碑大爆，尤其女主角赵渔晚收获了一大批剧粉。

印总请客算是给他自己投资的这部剧庆功，顺带喊她一块过去。

她原本不想去，找好理由给推掉了，跟瞿培说，要不就说她要准备期末考试，没空去。

瞿培："是我以前跟印总提过，改天他组的饭局带上你，多认识一些圈子里的人。"

其他应酬不能保证在酒桌上遇到些什么人，会不会被灌酒，不过印总自己组的饭局，酒桌上不会乌烟瘴气的。

"印总算是你的伯乐，他亲自打来电话，不去不好。"

印总是看完剧本因为自己喜欢才决定投拍，不管是在选角上，还是在拍摄和制作上都花了心思，这才有《渔晚》今天的成绩。

温笛不好再拒绝，准时前往。

她跟印总接触过几次，对他印象不错。

设宴地点在常青酒店，离她住的公寓不远，瞿培还是给她安排了司机，负责接送她。

温笛到了包间才知道，她是最后一个到的，明明她已经提前二十多分钟了。

不等她道歉，印总笑道："你没迟到，是严总下午在附近开会，散会后我们提前过来打牌。"

那时她还不知道严贺禹的名字，隐约猜到印总口中的严总是坐在印总对面，气场强大又不可一世的男人。

他衬衫衣袖挽了两道，正在洗牌。

印总介绍她给他们认识："这是《渔晚》的编剧，温笛，还在读大学，我非常欣赏的一个小辈。"

严贺禹抬眸，看了一眼温笛，她正和其他人寒暄，他没说话。

放下牌，印总给他递烟，他没抽，搁在了一边。

打过招呼，温笛找张椅子坐下。

手机有消息进来，沈棠遗憾地道："小笛子，我明天要赶通告，没法陪你吃大餐了，等回去陪你吃两顿，三顿也行。"

她跟沈棠约好一起过圣诞节，现在沈棠在外地赶不回来。

温笛宽慰沈棠，等她忙完回来再约："明晚我一个人可以吃两份。"

沈棠："就你那吃饭速度，你要是吃两份，我怕你吃到餐厅打烊都吃不完。"

温笛发了好几个狗头的表情包过去。

印总那边牌局结束，招呼大家入席。

今晚的饭局只有三位女士，温笛挨着另外两人坐着，就她年龄最小，另外两个人孩子已经上初中了，都是职场女强人，自己当老板。

直到坐下来，温笛才知道，那位严总就是严贺禹，他坐在印总旁边，跟她是一条对角线。

印总征求严贺禹的意思："严总想喝点儿什么？白的还是红的？"

严贺禹说："我都行，问问几位女士，是喝红酒还是喝果汁。"

印总看向她们："要不红酒和果汁都给你们来一点儿？你们想喝什么就喝什么。你们随意，真要酒量不好，别勉强自己，拿白开水敬严总，他都不介意。"

温笛对严贺禹的好印象就是从印总这句话开始的，为此，她特意看了他一眼，而他正好看她这个方向，二人视线猝不及防撞在一起。

她故作若无其事，还算镇定，视线没挪开，对着他斜后方的服务员说："给我来一杯玉米汁吧，谢谢。"

"好的，您稍等。"

严贺禹收回目光，拿起手边的水杯，轻轻地抿了一口。刚才他没注意，服务员在他附近。

温笛之后没再看那边，旁边的人跟她聊起来，她们说在看《渔晚》，有段时间出差还不忘追剧。

后来，她跟严贺禹再次有交集，是他主动敬她：“温编剧，恭喜。”

他是恭喜她第一部电视剧获得这么好的成绩，温笛举杯：“谢谢严总。”

严贺禹不是只敬了她一个人，刚刚他还敬了另外两位女士。

他将杯子里的酒一饮而尽，温笛也喝完杯中的酒，放下酒杯，又看了一眼他那边，严贺禹正侧脸跟印总说话。

他的侧脸线条是她见过最好看的，正面更是。

温笛不动声色地收回视线，低头吃菜。

今晚这个饭局，印总借着庆功的名义主要是替自己一个朋友牵线认识严贺禹，其他人都是顺道请来热闹热闹的。

众人聊到最后，交换联系方式才是头等大事。

严贺禹今晚给印总面子，点开二维码，把手机递了过去，让他们自己扫码。

两个人扫了二维码后，还有人想添加严贺禹的联系方式，手机便传了过去。除了温笛，其他人都是生意场上的人，难得有这个积累人脉的机会，谁都不可能错过，于是纷纷添加严贺禹。

只有温笛，她吃自己的菜，全然不关心这些。

虽然她觉得严贺禹的能力和长相都符合她曾经对未来男朋友的期许，但严贺禹那样被别人捧上天的男人，应该不会放下身段主动追谁。她更不可能主动追求一个男人。

所以，她还添加联系方式干吗？

即便添加，也是他来加她，而不是她主动加他。

手机在几分钟后又回到严贺禹手里，他用余光瞧了一眼温笛，她还在吃。

“还要玉米汁吗？”服务员见她杯子里没多少玉米汁了，小声问道。

温笛抬头，笑道：“再加半杯，谢谢。”

“不客气。”服务员给她添了半杯玉米汁。

“温编剧。”好听的声音打断了她跟服务员的对话。

温笛看过去，是严贺禹在叫她的名字。

严贺禹看着她，歉意地道：“不好意思，刚才不小心点了拒绝，我再加你一下。”他把手机递给了康助理。

康波拿着老板的手机，绕到温笛旁边。

温笛有点儿发蒙。她没加他呀。

连添加的验证消息都没有，所以他是怎么拒绝她的？他凭空想象？还有一个可能，他在找借口添加她的联系方式，应该是这样。

康波已经打开了老板手机的扫一扫功能，就等着温笛点开自己的二维码。

温笛拿出手机，让康助理扫二维码。

康波熟悉温笛的这个头像，她跟微博上一样用了同一个头像，老板微博账号的关注列表里，就有温笛的账号。

当天晚上，温笛收到了严贺禹的消息，她应酬完回来，泡过澡刚躺到床上，他的消息就进来了。

他问：“到家了？”

温笛看着他的聊天框，突然一种很奇怪的感觉涌了上来，说不清道不明。

她趴在枕头上回他的消息，只有两个字和一个标点符号：“到了。”

严贺禹：“什么时候到的？”

“早到了。”

过了半晌，他那边还没动静。

就在温笛以为他不会回过来时，严贺禹说：“换别人，我不会再聊了。”

他是怪她把天给聊死了。

温笛：“那我现在把‘天’给救回来。”

严贺禹：“……”

他突然间无语。

温笛：“‘天’差不多起死回生了，你继续聊它吧。”

严贺禹：“……”

“有没有人被你活活气死？”

温笛笑道：“所以，我吃饭时比较安静，很少插话，怕把人噎着。”

提到吃饭，严贺禹自然想到了今晚的饭局：“添加个联系方式，你都要欲擒故纵。”

这可真是冤枉她。

温笛说：“我从来没想过擒，你这样的丛林之王，擒不住。我只想当个快乐的小狐狸。”

严贺禹不懂，问她什么意思。

温笛解释：“狐假虎威。而且不用我去欺骗老虎，是他自愿让我仗势。”

严贺禹：“要求挺高。早点儿睡吧。”

温笛回个“嗯”字，聊天结束。

她退出聊天框，关了灯。

今晚有点儿玄幻，她就这样认识了严贺禹，他主动给她发消息。但又不难看得出，他高姿态惯了，主动添加她的联系方式，主动问一声她到没到家，都觉得已经是纡尊降贵了。

反正，她是不会主动找他。

翌日，平安夜。

温笛复习了一天，傍晚去附近餐厅吃大餐。

她提前两周订的位子，沈棠不在，她一个人也要有仪式感。

餐厅布置得浪漫又热闹，她从门口一路走过，餐位上大多是情侣，也有闺密约着一起来的，有的餐桌是夫妻带着孩子一起庆祝。

像她这样一个人过来吃饭的，整个餐厅她是独一份。

她自我安慰，一个人吃饭的好处是吃累了可以歇一歇。

今晚她收到不少平安夜祝福，父母和二姑妈还特地给她订了平安果和鲜花送到家里。

吃饭时，她两次点开手机，没收到想收到的那个人的祝福。

明明欲擒故纵的人是他，他还往她身上赖。

她不知道他是不是经常这样，主动添加对方的联系方式，偶尔给点儿暧昧的关心，然后就等着对方找他。

温笛再次打开手机，把严贺禹的备注改为“严欲纵”，时刻提醒自己，提防他的陷阱和套路。

手机突然振动，有电话进来，看清号码，她稍微有一点点失落。

那是瞿培的电话，温笛接听。

瞿培问她，在哪家餐厅吃饭。

“瞿老师，您怎么知道？”

“我在你的公寓呢，你说我怎么知道。”

瞿培过来找温笛，阿姨说温笛不在，出去庆祝平安夜。据她所知，温笛唯一的闺密沈棠，在上海出席活动。

“你跟谁在一起？你大学同学还是男朋友？”

或许温笛最近交了男朋友，她不知情。

温笛说：“我一个人。”

“你一人吃大餐不无聊？”

“还行，我吃的是两人份套餐，假装对面那个人去洗手间了。”

瞿培竟不知道要说什么好。

温笛问道：“您找我什么事？”

瞿培：“顺路给你送版权合同过来，版权费差不多年前都能到账。”

温笛前段时间又卖出两个剧本，都是她大学这两年创作的，因为《渔晚》热播，她有了一点儿名气，刚卖出的两个剧本跟公司分成后，每个剧本税后还能到账一大笔。

瞿培接着道：“我们家老阮，说等拍完手头那部剧，打算跟你合作，拍你的剧本。”

“阮导要拍我的剧本？”

“嗯。最早得明年。就当给你今年的圣诞礼物。”

对她而言，这是最有惊喜的圣诞礼物。

用圈内的话说，阮导跟她合作是给她抬咖，她这样的小编剧很难入阮导这样知名导演的眼。

她不用想，这是瞿老师的功劳。

瞿培给她带来几个平安果放在茶几上：“你吃饭吧，一会儿菜都凉了。”

挂了电话，温笛第一时间看通话期间有没有人找她。

聊天页面干干净净，没有未读消息。

温笛放下手机，以前从来没有过这种心情。她只在剧本里写过主角患得患失地看手机，没想到有一天会发生在自己身上。

此时，另一家餐厅里。

严贺禹扫了眼桌角的手机，今晚他已经好几次这样看手机了。每次恰好都被对面的严贺言捕捉到，她瞧着他："在等姜昀星的电话？"

"这哪儿跟哪儿，你提她干什么？"

严贺言也不想提："没见你特意等过谁的电话，但除了她有这个可能，我又实在想不到还有谁能让你吃饭都要看手机。"

严贺禹没承认自己一直看手机，淡淡地道："吃你的饭，不想吃我结账了。"

严贺言剜他一眼，撑道："你哪只眼看到我不想吃？"

说起姜昀星，她一个小时前刷朋友圈，看到姜昀星更新了九宫格，是在欧洲滑雪的照片。

自打去年姜昀星跟哥哥分手，一连两年的圣诞节，姜昀星都是和一帮朋友去国外滑雪，玩得乐不思蜀。

反观哥哥，两年平安夜都是陪她过的。

朋友圈里的人都觉得哥哥不管怎么渣，心里始终放不下姜昀星，因为没见哥哥再对谁好过。

他们说得煞有介事，但她不以为然。哥哥真要放不下，不会跟姜昀星分手。然而今晚，她开始怀疑自己的直觉是不是出错了。

姜昀星在滑雪，他在等她的电话？

严贺言在胡思乱想中吃完了这顿饭，结过账，她跟哥哥下楼，在门口等车。

车子停在露天停车场，司机正在开过来。

"哎，"她拿胳膊撞他一下，"真对姜昀星余情未了？后悔分手？"

严贺禹偏头，旁边有人，他低声道："你有完没完？"

"搁我跟前承认有什么不好意思的？我又不会大嘴巴说出去，顶多我一个人嘲笑你。"严贺言又说，"你这样欲盖弥彰，我能不多想？"

"不是等她的电话。"

严贺言嗅到八卦消息的味道："那你在等谁的电话？"

“你不认识。”

“你说了我就认识了。”

“一只小狐狸。”

“……”

严贺言气得翻白眼，高跟鞋对着他的脚背一脚踩下去。

一阵钻心的疼痛，缓了半分钟，严贺禹才抬腿走向汽车。

坐上车，严贺言不想搭理他，打开车载电视，这几天她在追《渔晚》，对里面男主角对女主角的好很心动。

有一集她三刷还不过瘾，又回看一遍。

看到那个剧情，她不禁感慨：“导演真会拍。”

严贺禹道：“是编剧会写。”

严贺言习惯性反驳哥哥的任何观点，但这回没顶回去。这部剧是后期凭着口碑和不落俗套的剧情收视率一路飙升的。

“你认识编剧？”他的公司是这部剧的冠名商，他认识编剧的话也不稀奇。

严贺禹道：“嗯。”

严贺言顺口问道：“是不是情商很高？”

严贺禹却说：“和你差不多大。”

严贺言不敢置信，年纪这么小就这么厉害：“你确定和我差不多大？”

严贺禹用眼神告诉她，她问的是废话。

严贺言请他帮忙：“那你介绍给我认识，我跟她对一些事情的看法，尤其是感情上不谋而合，肯定有话聊。”

还不等严贺禹说话，他的手机有电话进来，是康波打来的。

康波告诉老板：“温小姐拒收平安果。”

“没备注上我的名字？”

“备注了。”

但刚才快递小哥给他打电话，说对方拒收。温笛知道那个平安果是老板特意送给她的，依旧拒收。

“知道了。”严贺禹挂了电话。

三分钟前，温笛吃过大餐回到公寓，接到快递小哥的电话，说有人给她送了东西，让她下楼取。

公寓电梯得刷门禁卡，小哥上不去。

她问清是谁寄来的后，没收。

手机响了，温笛放下水杯去中岛台拿手机。

那是一个陌生的手机号，尾号很特别，看一眼就能记住。

她想过是严贺禹，又感觉他那么高高在上，被拒收后不管什么原因，他都不可能立即打来质问她。

她接听。

“好好的平安夜，你闹什么脾气？”

“谁闹了？”

“没闹你拒收平安果？又不是什么贵重礼物。”

“我家里给我寄了很多，吃不完。”

“……”

严贺禹摁着额角：“温笛，任性得有个度。说说你为什么拒收？”

温笛说：“送来的人不对。”

这是怪他没亲自给她送过去。

“晚上陪我妹妹吃饭，早就订好的餐位。”

这个温笛理解，说好的事肯定不能临时变卦，但吃过饭，总能挤出送苹果的时间。她的公寓在最繁华的地段，离他家应该不远，离他公司更近。说白了，他就是放不下身段，于是让其他人送来。

“严总，平安夜快乐，我挂了。”

严贺禹还想再说什么，结果她直接挂断了电话。

车子还停在路边，司机不知道是开还是在原地等着。

严贺言看热闹不嫌事大：“哎，温笛是谁？这是你第一次送礼物被退回来吧？”

严贺禹望向窗外，没搭理妹妹。

严贺言十分好奇：“你怎么不陪她过平安夜？她在外地出差？你们在一起多久了？”

严贺禹沉默一瞬，说：“昨晚刚认识。”

她平静片刻，他们刚认识二十四个小时，他就有倒贴的趋势，温笛真不简单。

“温笛是不是大美女中的大美女？”

“词汇匮乏成这样，有八卦消息的时间，还不如多读点儿书。”

“我这叫接地气！”

话题没转移成功，严贺言不依不饶，她想知道温笛到底长什么样。

严贺禹：“自己搜微博。”

既然搜真名能搜到，又那么漂亮，严贺言以为是刚出道的明星。她点开温笛的微博，简介上是编剧，代表作《渔晚》。

她瞠目结舌。

她再看温笛的相册，知道哥哥为什么能容忍她给他脸色看了。

“你是看她好看才冠名《渔晚》的，然后乘机认识她？”

严贺禹没搭腔，靠在椅背里闭目养神。

“问你话呢！”

“先看到招商的片花。”

严贺言知道哥哥的性子，要么不说，说了就不会撒谎。看来他跟她一样，觉得《渔晚》的编剧有才情，没想到人更漂亮。

哥哥的手机还横在后排座椅中间，他们刚认识，僵下去肯定得黄。

“你不亲自给她送过去？”

严贺禹：“能不能让我清静清静？”

“能。不过闭嘴前我还要说一句，被拒收再亲自送过去也不丢人，我不会笑话你，因为你是向才华和内涵低头。”

“……”

温笛正准备睡觉，手机响了。

再次接到严贺禹的电话，她感到很意外。

他说：“下楼。”

“你在我公寓楼下？”

“嗯。”

连严贺禹自己也觉得不可思议，他怎么就半夜把平安果再次给她送来了。

电梯要刷门禁卡，他在一楼大厅等着，不清楚她住在几楼，只知道她住在这边的公寓。

十分钟后，温笛穿着新大衣，姗姗来迟。

不过是一天没见而已，她有种好像隔了好几周的错觉。他表情寡淡，脸上写满了不情愿。

两人一言不发地对望，互相较着劲。

对严贺禹来说，他主动到这个份上，已经是破例了。追他的女人多到让他应付得头疼，他却深夜给一个任性的女人送礼物。

这件礼物还被她拒收过。

温笛微微仰头看着他，他不说话，她也不先开口。

严贺禹把平安果递给她："你不是要求高，是得寸进尺。看在你马上期末考试的分上，不想让你不顺利。"顿了顿，他又道，"下不为例。"

温笛笑了，喜欢他这个清奇的理由。

严贺禹送给她的是一个巨型的平安果。她长这么大，还是头一次见这么大的苹果，感觉有好几斤重。

她看着他说："你伸手。"

严贺禹不知道她要干什么，还是照做了。

温笛从口袋里掏出一个迷你小苹果放在他的手心，他手指修长，显得苹果更小，小到让人第一眼看到怀疑是不是苹果。

道了晚安，她抱着跟她脸一样大的苹果迈着轻盈的步子走向电梯。

温笛和严贺禹的联系断断续续，他忙着年底的会议和应酬，她忙着期末考试，两人都没时间。

他有天下午给她打电话，说他出差回来了，问她考没考完试。

温笛此时正坐在爷爷家二楼的书房里看书："我在家，前天就考完了。"

"在公寓？"

"不是，回老家了。"

"老家是哪儿？"

"江城。"

严贺禹听说过江城，但没去过。

他没有煲电话粥的习惯，但因为对方是她，他便多说了两句。他要是直接挂电话，会被她控诉敷衍。

“在干什么？”

“看书。”

“没出去玩？”

“上午去了一趟古街。我们江城比较好玩的一个地方。”

她去古街的许愿树许了个愿，不知道灵不灵。

许愿树应该也算灵，她上午刚许完，下午他就主动给她打电话了。

严贺禹刚回到办公室，单手解开衣扣：“你接着看书吧，我半个小时后有个会议，得准备一下。”

在他挂电话前，她喊他：“严贺禹。”

严贺禹微微一怔：“不喊我严总了？”

“严总不好听。”

“什么事？”

温笛问他：“除了我，你还跟其他人这样联系吗？”她得确定一下，也想要他的一个态度。

她不是不谙世事，知道他身边不会没人追他。

严贺禹道：“就你一个。还有要问的吗？”

“没了。那你可以追求我了，用心一点儿追。两三个月之后，我看你表现。”

“……”

严贺禹还没那样追过谁，也没那么多时间，给她泼冷水：“温笛，你现在在我这里越来越得寸进尺。”

“那你允不允许？”

“看书吧，我忙了。”严贺禹没有正面回答，挂断了电话。

温笛搁下手机，靠在躺椅里，背对着暖洋洋的落地窗玻璃。

他感觉一直在迁就她，甚至纵容她，但她觉得远远不够。

他们之间现在的好感，不过是浮于表面的喜欢，离爱还有很远的距离。

有脚步声传来，温笛坐直，扭头看过去，是奶奶给她送来果盘。

温奶奶见孙女的嘴角堆着笑：“什么事这么高兴？”

她把果盘搁在矮桌上，在旁边坐下。

温笛没说严贺禹，只道："版权费今天到了，两个剧本的钱全部到账。"

温奶奶替孙女高兴："晚上好好庆祝，想去哪儿吃？"

"太冷了，不想出去，就在家吃。"

"那请厨师来给你做。"温奶奶用叉子叉了一片菠萝递给孙女。

温笛吃着菠萝，嘴角不自觉地漾开笑意。

温奶奶感觉孙女这么开心，不是版权费到账，卖出第一部作品《渔晚》时，也没见她这么笑过，她八成是恋爱了。

温笛再次收到严贺禹的消息是除夕夜，零点时，他给她发来一条："新年快乐。"

这条卡点的消息让她觉得，严贺禹对她上了一点儿心。

客厅里实在太吵，她回楼上自己的房间。

她打算给他打通电话，还没拨出去，他的电话进来了。

"没看到消息？"他问她。

"看到了。"

他没再问为什么看到了不回，电话里突然沉默，他等着她自己解释。

"严贺禹，你发给我几个字？"

"你不是看到了消息？"

"我只收到'新年快'三个字，还有一个堵在半路可能还没到，我一直在等那个字到齐了再回给你。"

严贺禹哑然失笑："你狡辩的本事一顶一。"

"没狡辩。家里人多，声音吵。"

严贺禹听明白了，她那边现在如此安静应该是回到自己的房间了，刚才在客厅。

温笛："你现在在哪儿？周围也很吵。"

"在我姥爷家。"

"那你找个安静的地方给我打电话。"

严贺禹正准备挂电话去发小家打牌，结果她要煲电话粥。他到嘴边的话又咽下去，拿上车钥匙去了外面的院子里。

温笛听到汽车发动的声音："你晚上没喝酒？"

严贺禹："喝了。不开。"

他只是启动车子开空调。

温笛反锁上房门，窝在沙发里，听着他的声音在她耳边响起，像是他也在不远的地方。

"想跟我聊什么？"他的声音再度传来。

温笛说："聊那个被我聊死又救活的'天'。"

"温笛你好好说话。"

"在好好说。"

严贺禹听出她撒娇的口吻，也可能是他想听她跟他撒娇。

他本来应该坐在蒋城聿家打牌，这会儿却在车里跟她闲聊，这已经十分不对劲了。她的所有要求，他似乎很难拒绝。

"严贺禹，你脾气不好。"

"这还不叫好？你没看过我脾气不好的时候。"

"你改改。"

严贺禹没搭腔。

"不想改是吧？看来你没遭遇过像我这样的人的毒打。"

"……"

严贺禹无声地笑了，他永远猜不透她下一句话的走向。以前他觉得情侣间煲电话粥纯属浪费时间，因为十句话里有九句半是废话，其实她说的也是废话，不过让人有听下去的欲望。

"你别光说我，你脾气也好不到哪儿去。"

温笛不否认，但又不爽快："你一个大男人在我身上找优越感，你也真是有出息。"

"……"

除了姥爷和父母还有妹妹这么奚落过他，她是第五个人，是唯一的一个外人。

奇怪，他却不生气。

"你什么时候开学？"

“干吗？”

“问问。”

温笛眨了眨眼，想好才说：“开学早呢，要是有人想我想得茶不思夜不寐，我也不是不可以提前两天回去。”

严贺禹哪儿能听不出她话里有话：“那你还是在江城待着，别过来气我了。”

温笛说：“我还真没空提前回京城。过完年我要去一趟山城。”

严贺禹没问她去干吗，她也没说。

大年初四，温笛坐上飞去山城的航班。

她想写个跟山城有关的爱情故事，有了初步的构思，再过来找找灵感。

她跟严贺禹这几天没怎么联系，偶尔发条消息，他一直忙着应酬，也可能要端端架子，不想把姿态放太低。他大概感觉除夕的那条零点祝福已经是他最大的诚意和退让，希望她能主动联系他。

她才不会。她忙着呢。

到达山城的第二天，温笛去逛有名的巷子。

快中午时，她的电话响了，来电显示是“严欲纵”。

严贺禹开口便问：“你在哪儿？”

“我在山城。你呢？”

“公司。”

“今天就上班了？”

“嗯，海外事业部不放假，处理点儿事情。”他又问她，“你具体在哪儿？帮我带个东西回来。”

温笛告诉他具体位置，问：“你要买什么？我在的地方有没有卖的？”

严贺禹：“不用你去买，你在附近找个地方坐下来等着，我让人送过去，一会儿打你电话。”

温笛身后就有家咖啡馆，进店点了杯咖啡，逛了一上午正好坐下来歇歇。

二十分钟后，电话响起，是山城本地的号码。

电话接通后，对方道：“你好，是温小姐吧？”

“对，我是。”

“有位姓严的先生让我给你送东西，你在哪儿，我过去。电话别挂，我就在附近。”

温笛告知对方地址，扔了喝光的咖啡杯，从店里出来，有个年轻的小伙子抱着一大束花朝她走来。

确定是她后，小伙子挂了电话。

“严先生说，祝你新的一年一切如愿。”

“谢谢。”温笛从小伙子手里接过鲜花。

那是粉玫瑰和白色洋桔梗搭配的花束，清新养眼。

这两种花都是她喜欢的，她最钟爱洋桔梗。

她抱着一大束鲜花，走在山城的街头，周围经过的人频频回头看她。

在温笛的脑海中，跟山城有关的这个爱情故事有了更清晰的框架。

寒假开学的前一周，温笛收到了严贺禹的消息。

他说她在圣诞节时送给他的平安果很难吃，让她以后再送礼物时走走心。

过去快两个月，温笛差点儿忘了那个小平安果：“你真吃了？”

严贺禹瞅瞅桌角的迷你小苹果，回复她：“嗯。”

温笛：“那是我养的观赏小苹果，能不能吃我不知道。你要是胃疼别赖我。”

严贺禹：“……”

“明天早上我坐高铁过来。”

温笛：“有事？”

严贺禹：“陪我去趟医院。”

温笛没想到他借题发挥：“你真要赖我？”

严贺禹正好要去体检，但没跟她说实话：“检查一遍放心。”他问她要身份证号，给她订票。

随后他将自己的身份证号发给她：“免得你说不公平。”

温笛看了一遍，记住了他的出生年月。

她没让他订车票，自己订好了，把车次发给他。

她离家那天，奶奶问她晒干的那束花带不带。

严贺禹送她的那束粉玫瑰和洋桔梗，她从山城带回了家，对奶奶讲是为灵感特意买的花，不舍得丢。

奶奶信了。

也许半信半疑，她也没深究。

温奶奶说：“你要是带到京城，我找盒子给你装起来。”

温笛想了想：“不带了，放在我房间吧。”

在高铁上，严贺禹把自己的车牌号和停车点告诉了她。

温笛还有半个小时才到站：“到这么早？”

严贺禹：“嗯。给小狐狸该有的排场。”

温笛笑了，回给他一个得意的表情包。

她不知道自己在严贺禹跟前是不是越来越肆无忌惮，她觉得没有，但严贺禹后来说，她恨不得在他头上作威作福。

严贺禹没来出站口接她，让司机过来帮她拎箱子。

温笛将他这样的举动称之为最后的倔强。

到了车上，温笛搓搓手，外面实在太冷。

严贺禹瞅了她一眼：“不能多穿件衣服？”

温笛里面是新款的裙子，配羽绒服不好看，她穿了件大衣，好看是好看，就是冻得直打哆嗦。

严贺禹吩咐司机开车去医院。

“你还真去啊？”

“不去的话，让你回来干什么？”

严贺禹关了邮箱页面，合上笔记本电脑，示意她拿手机看日历。

“我知道今天几号。”温笛让他直接说是什么事。

严贺禹：“记一下，从今天开始，三个月。”

温笛佯装不知：“什么三个月？”

“追你。三个月，多一天也没有。”

后来，他追了她三个月零五天。

番外二

领证及宝宝日常

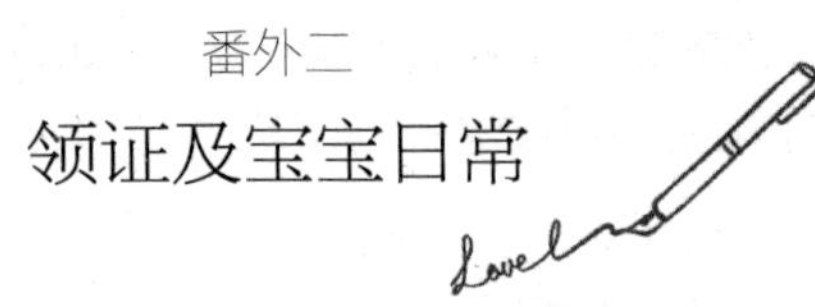

温笛一直记得七八年前严贺禹送她的第一束花是什么样子，甚至记得有多少朵粉玫瑰，又配了多少朵洋桔梗。

那束花晒干后，奶奶专门买了一个花盒放干花，不时地拿出来晾晾，还做了防虫消杀处理。

和严贺禹分手后，她打电话给奶奶，说那束花不用再留着了。

后来，奶奶把花扔掉了还是送人了，她不清楚，也没问。

温笛带严贺禹回来那天，吃过午饭，她和严贺禹在二楼书房帮着爷爷整理书架。

爷爷之前跟庄老板聊天，听说庄老板整理了所有书架，发现不少多年前淘来的宝贝，爷爷也开始了整理书架的大工程。

“笛笛，过来。”奶奶抱着两个花盒进了书房。

“哎，来了。”

温奶奶把花盒放在书房的桌上：“跟你确认下，要不要丢。”

温笛打开，里面是一束粉玫瑰和洋桔梗，依然保存完好，另一个盒子里是一朵晒干的朱丽叶玫瑰，都是严贺禹送给她的花。

她错愕地道：“奶奶，这束花不是让您丢掉的吗？”

温奶奶说：“年纪大了，看什么都舍不得扔，当时为你这束花我费了那么多功夫，就更舍不得丢了。”后来这些东西就一直放在仓库。

仓库里堆满了老物件，其实都没用，但奶奶就是不舍得扔。

这束花她没想过怎么处理，可能再放几年，不再经常拿出来晾晒，等发潮发霉也就扔了。

谁能想到孙女又跟他和好了。

温笛打开盒子，拿到阳光下晾晒，伏天里的太阳，隔着玻璃都烤得慌。

严贺禹看她蹲在落地窗前，不知道摆弄什么。

他放下手里的书，走过来："怎么开窗帘了，不热？"

温笛："晒晒干花。"

严贺禹只认得那朵朱丽叶玫瑰，是他在她看电影那天送给她的，至于另一束花，他不记得是哪个节日送给她的。

他们在一起三年多，他送给她的花得有上百束，基本上差不离，偶尔送红玫瑰，大多是送她喜欢的粉玫瑰和洋桔梗。

"另一束花是我什么时候送的？"

"第一束花。"

她仰头看着他："你早不记得了吧。"

"记得。"严贺禹拉她站起来，说，"你当时在山城。"就那次印象深刻，后来他送她的礼物，肯定不记得哪年哪个节日送的。

不过，她把花从山城带回家，又晒干保存，是他没想到的。

"你送我的那些礼物，我只留着一样。"

温笛看着他："留了什么？"

"观赏小苹果。"

"你不是说吃了吗？"

"没。"

严贺禹问她："我送你的第一个平安果呢？"

温笛笑笑，不说话，被她啃了。

每次他惹她生气，她就从冰箱里拿出来啃两口撒气。那个苹果太大，又难吃，她吃了好久才吃完。

严贺禹回头，爷爷在整理另一个区域的书架，看不到他们这边。他低头亲她："苹果被你吃了是不是？"

温笛推他："陈芝麻烂谷子的事，谁记得？"

窗边热，她推着他到没太阳的地方，接着整理书架。

他们在江城待了两天，返程了。

他们回去那天，温长运和赵月翎送他们去机场。

临别时，严贺禹用江城方言说："爸、妈，你们回去吧。"

温笛瞅着他，很想翻白眼，他喊爸妈喊得那叫一个顺溜。

他们到了候机厅，严贺禹不忘她刚才那个奚落的眼神：“你要是觉得吃亏，等去我家，你也直接喊爸妈。”

温笛不上当，塞了耳机听歌。

严贺禹打算最近带她回家，打电话问过父亲，父亲说中秋节前有两天假，到时回家，让他带上温笛一起回来。

飞机上，温笛戴上眼罩睡觉，严贺禹不困，不时看看身旁的人，她面对着他这个方向，侧身躺着。

即便戴着眼罩，她可能感应到他在看她，她摸索着升起座位间的隔板。

严贺禹抓住她的手，将隔板又降下去：“不准乱动，睡觉。”

他不说还好，说了不准乱动，她掀开眼罩，抬手捏他的下颌，轻点他的喉结，又戳他的胳膊。

她挑衅的眼神仿佛在说：我乱动了，你怎么着？

严贺禹无奈一笑，她以前就这样，让她老实下来只有一个法子。可现在在飞机上，她仗着他不好收拾她，更是肆无忌惮。

他拿下她的手，跟她十指紧扣：“回家再跟你算账。”

温笛在飞机上睡了一个小时，回到家早不记得算不算账这件事了，但严贺禹记着。

温笛被他困在床边，他还让她喊老公。

她把头扭过去，倔强得很。

严贺禹抓着她的肩膀：“温笛，转过来。”

温笛差点儿被他弄崩溃。

这方面，她不是他的对手。

“严贺禹。”

这一声，她没控制好音量喊了出来，本意并不是想喊他，让他觉得自己得逞。

温笛深呼吸几下，根本不起作用，敌不过他的力道。

她只好转过头跟他对视，捧着他的脸，亲他的眼，又亲他的鼻梁。

严贺禹从来扛不住她突然间的温柔，以前是，现在也是。

他从收拾她到取悦她，不过是短短几秒钟之内做的决定。她总是有本事让他沦陷，他明知道是陷阱，每一回都中圈套。

他给她的取悦也是温柔至极。

温笛在他的唇间失控，理智有一秒钟离开了她。

在她出声之前，她知道即将脱口而出的是什么，但放任自己喊出来没管它。

严贺禹终于在时隔那么久后，听到她喊他老公。

严贺禹倒了两杯红酒上楼，温笛洗过澡趴在露台上晾干头发，天热，她没用电吹风吹。

肩头垫了一条干毛巾，快滑下来了，严贺禹帮着往上拽拽。

温笛朝他那边挪，靠在他身上品红酒。

她对好喝的红酒总是控制不住，会贪杯，严贺禹让她喝慢点儿，争取像她吃饭那样慢："就一杯，多了没有。"

温笛说："一杯不够。"

"足够。"严贺禹晃晃自己的酒杯，"比你那杯少一半。"他在她的额头上亲一下，"我去书房回个工作上的电话。"

温笛一个人趴在露台上看院子里的花园，现在要是在高层公寓就好了，喝着酒看着城市璀璨又迷离的夜景。

这杯酒她即使再省着喝，还是喝见底了。

温笛端着空酒杯，拿上手机，打算问严贺禹再要一杯。

她刚走几步，秦醒给她打来电话。

秦醒告诉她，他表弟授权了自己的故事，随她发挥，只要别太离谱，他们没意见。

关于她想写秦醒表弟的故事，还得从《人间不及你》说起。四月份时，剧组在庄老板的二手书店里取景，当时她跟秦醒过去探班，秦醒听说了庄老板和他老伴的故事，很是动容，说他表弟和女朋友就是这样的爱情。

秦醒的表弟是律师，女朋友也是律师，他们一起走过了十多年，两人从未吵过架，也没闹过别扭。

秦醒表弟是天之骄子，而那个女孩是哑女，后天声带坏了，女孩的父亲也是个聋哑人。

就是这样两个云泥之别的人，从大学到工作后一直在异地，却从来都没有动摇过对对方的感情。

她觉得那句话正适合他们：“所爱隔山海，山海皆可平。”

这个世上有一种爱情，时间、距离，哪怕死亡都打不败。这个世上，也有很好的男人，如庄老板，亦如秦醒的表弟。

只是这样的爱情太少，少到连她都感动和羡慕。

严贺禹跟她说过，希望几十年后，她能把他加到好男人的名单里。

温笛收回思绪，感谢秦醒：“下半年我又有事做了。”她跟秦醒说了说自己的初步打算，“想把你表弟的故事和庄老板年轻时的故事放在一个剧本里。”

“拍电视剧还是电影？”

“电影。我自己投拍，所有收入都做公益，帮助和你表弟女朋友一样的人，再帮助喜欢看书又没有书看的人。”

秦醒道：“算上我一份，我卖套房子投，算是给我弟的结婚礼物。”

“你只能靠卖房子了？”

“我房子太多你知道吗？”

“……”

秦醒哈哈大笑起来，挂上电话。

结束通话，温笛去书房找严贺禹。

严贺禹已经回完电话，在看电子邮件。

她拿着空酒杯进来，他直觉便不是很好。

温笛把酒杯搁在他跟前，严贺禹当没看到，盯着电脑屏幕。她拿起杯子在他眼前晃，他头往哪边歪，她就往哪边移。

严贺禹把她拉到怀里坐着：“说了只有一杯。”

温笛拿杯沿蹭他的嘴唇：“我还想喝。”

严贺禹放下鼠标：“你要是能找个说服我的理由，说不定能通融一下。”不管她说什么，她都不可能说服他。

温笛煞有介事地道：“我刚喝那杯酒的时候，突然想回你的高层公寓住段时间。还没决定好，结果酒喝完了，想法也就随着断了。”

严贺禹：“……”

温笛精准地拿捏着他："要是你再给我半杯，想法应该能接上。"

严贺禹幽幽地看着她，想收拾她的冲动噌噌往上蹿。

两人无声对峙着。

十分钟后，温笛靠在他的怀里，悠哉地抿着红酒。

严贺禹和温笛回严家老宅是在三周后的周末，带上温温一块过去。

温笛像去朋友家做客，一点儿不紧张，这要感谢严贺禹。昨晚严贺禹跟父母视频，她正好在书房，他把镜头一转，转到她的身上，让她打声招呼。

她被赶鸭子上架，还没来得及紧张，叶敏琼和严鸿锦便先跟她寒暄起来。

他们说了几句简单的江城方言，不正宗，说得他们自己都笑场了。

严贺言也在家，加入视频中，她两手搂着父母，头挤到他们中间，几乎霸占了整个视频画面，还一遍遍地问："嫂子，我脸小，你看得见我吗？"

严贺言格外能活跃气氛，跟她在视频里天南海北地聊着。

他们聊了半个多小时，后来说到她要创作的电影新剧本。

他们都认识秦醒的表弟，也知道秦醒表弟交往十多年的女朋友。

叶敏琼经常听大院里的长辈感慨这对小情侣的不容易，面对一个不会说话的人，一天两天或许有耐心，一个月两个月也可能有耐心，可十年还依旧如初，这感情得有多深。

叶敏琼对她说："我们家跟秦醒他们家关系不错，到时我带你去多走动走动，很多小事秦醒表弟不一定记得，他们家人肯定记得。"

严贺禹的父母这么支持她的事业，将她的事情放在心上，温笛很是感动。

昨晚的视频消除了她今天见家长的紧张感。

严贺禹握着温笛的手："在我家吃饭不需要咽那么快，我陪你吃。"他交底，"严贺言会比你吃得更慢，她这段时间打着减肥的旗号，每口饭嚼五十下，我妈已经习惯了。到时你嚼三十下，在我妈眼里那是神速。"

温笛笑了出来，另一只手抱抱他："谢谢。"

"谢我干什么？不是你吃得慢，是我们吃得太快。"

温笛曾经对严贺禹动心的原因之一就是他能理解她吃饭那么慢，且有足够的耐心陪着她。

这么多年过去了，他始终如初。

温笛怀里抱着温温，揉温温的脑袋，说道："温温，我们谢谢爸爸。"她拿手指在严贺禹的胳膊上轻挠。

温温学着她，伸出前爪，也在严贺禹胳膊上挠了又挠，一边挠着还一边抬起脑袋看他什么反应。

它狡猾的样子像极了温笛。

严贺禹表情温和，接过温温抱在自己怀里。陪伴温温的时间比以前多了，温温也越来越喜欢黏着他，在家里不管他去哪儿，温温总是跟在他的身边。

他现在有点儿理解蒋城聿为什么出去应酬的次数见少，有时难得去会所玩一趟，中途接到小柠檬的电话，蒋城聿都会提前离开。

有个孩子黏着自己，自然想多回去陪伴孩子。

严贺禹看不惯蒋城聿的地方是他每次接电话都开免提，生怕别人不知道他女儿是怎么跟他撒娇的。

"小柠檬两岁了。"他偏头跟温笛说道。

温笛点头，表示知道，便没下文了。

严贺禹见她兴致缺缺，于是跟温温说："想不想要个妹妹？想要就跟你妈妈说。"

温笛："……"

他无时无刻不在想着结婚生女儿。

严贺禹手机响了，是母亲打给他的。

叶敏琼："怎么不回我消息？"

"没注意，在逗温温。"

"你看一下，厨师等着你回话。"

严贺禹挂了电话，点开母亲的对话框。母亲发了菜单过来，让他勾选，汤类有六道可选，都是温笛平常爱喝的汤。

母亲备注："你不是说温笛爱喝汤吗？你选两道，三道也行，让厨师提前给煲上。"

严贺禹问："食材都有吗？"

叶敏琼："都备齐了。"

严贺禹把手机递给温笛："选选你今天中午最想吃什么。"

温笛再次被触动，靠在他的肩头："你帮我选。"

她对吃的要求不高，也没那么挑剔，严贺禹选了两道汤，又选了四道她平常喜欢吃的菜，其他的菜他让母亲随意做。

温笛以前不那么爱喝汤，爱上喝汤是受严贺禹的影响。

她跟严贺禹第一次单独吃饭，是在她陪他去医院做过检查之后，那时她不知道他是单纯体检，真以为他吃了观赏小苹果，不放心想去做检查。

那天早上严贺禹没吃早饭，检查完从医院出来，让她陪他吃饭。

就是那次，严贺禹见识了她吃饭的速度。

他问她，是因为减肥才吃那么慢，还是牙齿咬合不太好。

她说："都不是，小时候的习惯，强迫症晚期。"

每口饭和菜嚼那么多下，咽下去时便没什么味道了。

严贺禹喊来服务员，让厨师煲一道汤，不是简单的菌汤或是番茄蛋汤，那汤炖了一个半小时，他也陪她吃了那么久。

等汤上来她才知道，他专门让人给她煲汤是因为她吃菜吃到最后尝不出菜香，喝汤能尝到味道，还养胃。

后来她跟他在一起，严贺禹经常让崔姨给她煲汤，有时吃饭吃到菜快凉了，一碗热乎乎的汤喝下去，胃很舒服。

自那之后，她喜欢上喝汤，就是煲汤特别费时间。

在不知不觉中，汽车开进了严家的院子。

温温常来，认识这里，跟严严成了小玩伴，不过每次见面都要打一架，严严基本都是让着它，把所有玩具都给它玩。

听到汽车声，严贺言从别墅出来，对着屋里喊："爸爸，您孙女来啦，快出来迎接！"

温温和严鸿锦不常见，上次见面还是两个月前，早不记得他了。但严鸿锦抱它时，温温一点儿也不排斥。

昨晚视频的好处，就是温笛今天见到严鸿锦和叶敏琼，很自然地打招呼，没有任何拘谨。

谁都不尴尬，聊天气氛很好。

两只猫咪在草坪上玩耍，他们也没进屋，在院子里花架下的休闲椅上坐下。

阿姨送来零食和水果。

严贺言关心起电影《人间不及你》:“嫂子，电影什么时候杀青？”

“这个月月底。”

温笛话音落下，严贺禹给她叉了块水果，然后给她剥瓜子仁。

叶敏琼记得《人间不及你》大概的开机时间:“拍了有七八个月吧？”

温笛:“八个半月。”

叶敏琼说:“时间够长。”

严贺言接过话:“没办法，在好几个国家取景，转场浪费时间。”她趴在母亲的身上，探着头，“妈，你给我喂个西梅。”

严鸿锦听女儿要吃水果，正在给温温和严严拍视频，停下来后，看向女儿:“你吃吧，我帮你数着五十下。”

严贺言:“……”

她笑了出来:“爸，您这是故意的。”

一家人说说笑笑，时间过得很快。

饭菜上桌，严贺言陪着温笛吃了一顿舒心的午饭，有严贺言在，气氛从不会冷场，喝白开水都是甜的。

吃过饭，严贺禹带温笛去他的房间看看。

这是他从小住的地方，里面的布置跟他们现在住的卧室没什么不同。

严贺禹告诉她:“这是套房，连着一个小书房，前面有个门。”

温笛根据他的示意，穿过过道，有个十多平方米的书房，书房的窗户对着西侧的花园。

书架上摆满了他学生时代的书，里面说不定有他的过去，她没乱动，只是走马观花地看了看。

“你是找本书看，还是睡午觉？”

温笛道:“你找一本给我看。”

严贺禹淡淡地笑着:“非得我找？”

“想看你找的书。”

“你自己找，看我以前的笔记也行。”

“我可不敢随意乱看。”

严贺禹听出了话外音：“又乱吃醋。”

他抱抱她，哄着她：“这么多年，我唯一带回家里的只有一张明信片。放心看，想看什么看什么。”

那是她从山城给他寄来的明信片，他把明信片和学生时获得的所有奖牌放在了一起。

它们是独一无二的，也是无价的。

温笛拿了他中学时的一本课外书看，严贺禹有午睡的习惯，换了家居服，躺在床上休息。

他问她：“你睡不睡？”

温笛摇头，从衣帽间找了一块地毯铺在床前，盘腿坐在地毯上，严贺禹的手搭在床沿上，她的下巴正好垫在他的手背上。

她把书竖起来倚在他的身上，严贺禹渐渐入睡，她翻书的动作很轻。

一本书看了三分之一，她上下眼皮直打架，后来枕在他的手上睡着了。

温笛在严贺禹家待到下午三点半，秦醒不知道她今天去严贺禹家，在小群里问她，有没有空，来公司开会，晚上公司聚餐。

严贺禹送她去公司，又去京越集团加班。

傍晚，严贺言给他打电话，让他回去一趟。

“有要紧的事，你最好回来。”

“什么事？”

“电话里说不清。”

“贺言，你多读几本书，应该能表达清楚。”

严贺言气得直接挂了电话。

严贺禹忙完手头的工作，驱车回家，正好赶上家里吃晚饭，只有父母在餐桌前，不见严贺言的影子。

“妈，贺言呢？”

“在楼上。”

他们正说着，严贺言端着餐盘从楼上走了下来。

她两手捧着，很是隆重。

严贺禹坐在那儿，看不见妹妹的盘子里是什么。

严贺言笑着说：“等等再吃，先上我的菜。”她端着盘子直奔哥哥坐的位子。

严贺禹蹙眉：“你又出什么洋相？”

“什么叫出洋相呀，会不会说话？”严贺言把盘子放在他跟前，“知道这叫什么吗？这叫头盘。”

精致的餐盘里放着用自封袋装的户口本。

严贺禹：“……”

严贺言挑着眉：“是不是做梦都梦到过这道菜？”

严贺禹笑了，扶着额半晌说不出话。

他有了户口本，还得温笛愿意和他结婚才行。于是，求婚这件事就被提上了日程。

严贺禹心里没有底，求了，她不一定答应，她那个性子，什么都做得出来，当初转正转了好几次她才愿意正式介绍他是她的男朋友。

不管求婚现场有谁，只要没打动她，她照样拒绝，还拒绝得让人觉得她很有道理。

严贺禹在群里 @ 蒋城聿：“打算跟你做邻居。”

他在蒋城聿的别墅区也有一套别墅，当初交付的时候是精装，因为不想跟蒋城聿住在同一个小区，房子一直空着。

现在他没有办法，他们住得近方便温笛去找沈棠玩。

蒋城聿：“行，我知道了。‘远亲不如近邻’这句话，不适合我跟你。”

秦醒冒泡，发了一个狂笑的表情包后，继续潜水。

严贺禹：“过段时间我要跟温笛求婚，你们到场见证一下。”

群主：“万一，我是说万一你被拒，我们要是见证了，你还能让我们活着出去吗？”

秦醒没忍住，正吃着饭笑了出来。

严贺禹：“你们就不能盼着我一点儿好？”

傅言洲也看到了群消息，接着说：“不是不盼你好，是你没发红包。”

严贺禹：“……”

他给每人发了 200 块钱。

领到红包的人，都祝他求婚成功，早生小青柠。

玩笑过后，他们言归正传。

蒋城聿大概猜到严贺禹想在哪儿求婚：“你是不是想在你的别墅院子里求婚？”

严贺禹：“嗯，去其他地方，温笛能觉察出来。”

蒋城聿：“行啊，我到时帮你准备。”

群主：“时间定下来后在群里说一声，再忙也过去。”

傅言洲：“+1”

秦醒：“+2”

…………

“+59”

后面还在继续往上加。

严贺禹没想到他们一个个那么闲：“不用来那么多人，都来了我得买多少烧烤食材？红酒就得上百瓶。来几个就行了。我们家也没那么多凳子。”

群主：“我们自带凳子，桌子也自带。”

秦醒又笑喷了。

“你笑什么？”沈棠受不了秦醒，对着手机笑个不停。

秦醒撒谎：“在看冷笑话。”

温笛对沈棠说：“可能是在跟女朋友聊天。”

今晚他们公司聚餐，但秦醒心不在焉，一直盯着手机。

求婚那天晚上，夜空晴朗。

院子里种了棵桂花，正好是花期，芳香四溢。

今天沈棠开车，从别墅另一个大门开进去，让温笛帮忙，在通讯录里找个号码出来。

温笛本就对别墅区不是很熟悉，分不清哪栋别墅靠哪边，低头找号码期间，汽车直接开往严贺禹别墅那里。

别墅外观一样，院子差不多，外人很难辨别出来。

今天来烧烤聚餐的人比以前多了两三倍。

温笛解开安全带，瞅着外面：“什么情况？”

沈棠面不改色地道:“有个人今天正好过生日，都来我们家凑热闹。”

直到这一刻，温笛还以为自己来的是沈棠家。

因为是晚上，即便院子里跟沈棠家有点儿出入，温笛也没注意到。

烧烤架摆在差不多的地方，右边草坪上摆着五六张麻将桌。

温笛问:“你又添置了几张麻将桌？”

沈棠:“没。这些桌椅都是他们自带的。”

“……”他们为了打麻将也够拼的。

他们不是为了打麻将，是想见证一下严贺禹到底会怎么求婚。

简单招呼一声，沈棠拽着温笛去烧烤架前。

旁边有水管冲手，也有干净的毛巾，连围裙都备好了，不用去屋里。

温笛闻到一阵阵桂花香，惊喜地道:“你们家什么时候栽了桂花？”

沈棠演技好:“上个月刚栽。”

她们正聊着，严贺禹的车开进来了。

温笛并不惊讶他过来，来之前跟他说过，晚上到沈棠家里吃烧烤，他说正在谈合作，晚上没其他应酬，忙完会过去。

严贺禹过来跟她说了几句话，便去跟朋友打牌。

一切跟往常在沈棠家吃烧烤时并无两样。

直到沈棠家的龙凤胎每人抱着一束红玫瑰送给她，严贺禹也向她走来，温笛后知后觉，今晚的聚餐过于盛大，而所谓的寿星过生日不过是个幌子，那个梦幻的蛋糕是为她准备的。

小柠檬和哥哥倚在温笛的身前，他们不知道严贺禹要干吗，好奇地仰着脑袋看。

严贺禹哄着两个孩子:“你们俩先到旁边好不好？”

小柠檬头摇得像拨浪鼓一样:“不好。”

“你们站在这儿，我没法跪。”

沈棠笑着拎过两个孩子。

院子里摆了架钢琴，不是严贺禹准备的，是群里有人送他们的求婚礼物，说先放在院子里，等求婚成功弹两首曲子。

只是还没等严贺禹跪下求婚，有人就坐在钢琴前试了几个音。

温笛循声看过去，这才注意到在花园一角还有一架三角钢琴，钢琴前坐着两个人。温笛离得稍微有点儿远，灯光又暗，她没认出是谁。

严贺禹问秦醒："他们干什么呢？"

秦醒："三哥和五哥准备四手联弹。"

严贺禹："……"

他没想到他们表现欲这么强。

他让秦醒和蒋城聿帮忙："你们去拦一下，两人心里一点儿数都没有，连钢琴四级都没过，还想四手联弹？他们能弹什么？"

院子里哄笑声一片。

不得不感谢一下想弹钢琴的两个人，严贺禹这会儿没那么紧张了，刚才紧张到一度忘记求婚要说的话。

院子里的焦点再度回到温笛和严贺禹身上。

严贺禹向后退半步，单膝跪在温笛面前。

她垂眸，他仰望。

严贺禹手里拿着一枚钻戒，温笛看着眼熟，猛然记起，这是她在剧版《人间不及你》剧本里，给女主角设计的戒指。但后来男主角求婚时，戒指不是重点，没拍，可能是找道具麻烦。

她想象中这个世界上最好看最浪漫的戒指，此刻就在他的手里，戒指托是她的指围。

严贺禹轻握她的手："今天能在这里求婚，我已经知足了。"

他看着她，准备好的誓词突然间觉得都没有多少分量。他们一路走来的这八年，哪儿是几句爱她、想守护她就能说完的？

"往后，我会做得更好，不管多少年过去，让你都不后悔写了《人间不及你》，也不后悔在那间出租屋里给我写明信片。我们的小青柠应该也想我们了，温笛你想不想她，反正我想她了。她肯定希望爸爸和妈妈能早点儿结婚，她就能早点儿见到我们。"

温笛被他后面几句话破防。

严贺禹其实还有很多话想说，但分开的那三年多，犹如一把利剑，很多时候只能对一些事一些话，避而不谈。

他想告诉她，他在印总的饭局前已经关注她很久了，她的每一条微博动态，他都在关注着。

想告诉她，他对她从没有过虚情假意，不管是惊喜还是纵容，都是出于那一刻的本能，他一直都爱着她。

还想告诉她，他感恩这一生能遇到这么好的她。

温笛等着他说那句："嫁给我吧。"他一直没说，就这么安静地看着她。

她想，他可能因为紧张忘记接下来要说什么。

她的右手还在他的手里，她轻轻握了一下他的手指。

严贺禹回握她的手，这个细微的小动作旁人没注意。

"我知道，自己做得远远不够，但还是自私地想让你嫁给我。我想一回家就看到你坐在沙发上看着电视在等我。你可以一辈子都把你的枕头压在我的枕头上面。

"温笛，嫁给我吧。"

温笛平复一下，开口道："就算你不弄得那么隆重，我还是会嫁给你。决定带你回江城，答应跟你回家的时候，我就想好跟你过一辈子了。"说完，她把左手伸给他。

这时人群里有人起哄，不知道谁说了句："四手联弹呢，赶紧上呀！"

他们再次哄笑起来。

严贺禹将那枚戒指小心地套在她的无名指上，尺寸正好。

他是半夜等她睡熟后给她量的指围。

他给温笛戴好戒指，那边钢琴曲也响了起来，断断续续的，似乎要先看谱子，然后再低头找琴键，有些音没弹准。

弹琴的两人互相埋怨，都在指责对方不靠谱。

严贺禹起身，抱起温笛亲了上去。

沈棠蒙住两个孩子的眼睛。

小柠檬两只小手扒拉沈棠的大手，着急地道："妈妈，妈妈，我看不见，是不是秦叔叔要偷吃我的蛋糕？"

沈棠笑道："没人吃你们的蛋糕，那个蛋糕是严叔叔送给你们的。"

温笛以为那个梦幻蛋糕是给她的，其实不是，是给小柠檬和哥哥的礼物，求婚蛋糕还没上来。

温笛被亲吻的时候，蛋糕上来了，一共八层，每一层都是她编剧的每部电视剧里一个经典的表达爱意的场景。

这个蛋糕是好几个蛋糕师花了一天的时间完成的。

温笛在巨型蛋糕前呆了几秒，随后的反应是："手机给我。"

严贺禹知道她要干什么："已经录了视频，也拍好照了。"

温笛转身抱着他："谢谢。"

很多年后，她可能不记得他求婚时具体说了什么感人的话，但一定记得这个蛋糕。蛋糕并不是最重要的，是制作蛋糕的背后，这些年他陪她追完了她所有的剧，知道她最喜欢哪些场面，而且记住了。

点上蜡烛，他们许了一生一世的愿望，蛋糕师帮忙切蛋糕，每人一块，谁都没浪费，还有的人吃完一块端着盘子又去要，比如秦醒。

小柠檬的脸上被抹了不少奶油，她全蹭在蒋城聿的怀里了，蹭干净了再往脸上抹，专挑色彩鲜亮的抹。

蒋城聿的白衬衫成了彩色涂鸦墙。

不管小柠檬怎么折腾，蒋城聿都耐心十足，什么都不说，随女儿蹭。

这可把严贺禹羡慕坏了，他不禁想，他的小青柠应该也会这么调皮。

"温笛。"

他转身叫她。

温笛在吃蛋糕，嘴角沾了白色的奶油："什么事？"

严贺禹低头，亲去她嘴角的奶油，说："等领证，我们就考虑要孩子。"

温笛把他的头推到一边："你别影响我吃蛋糕。"

严贺禹给她倒了一杯红酒："今晚你喝多少都行，喝多了我们就在这儿住下。"

温笛和他碰杯："婚后住在这儿？"

"嗯，你跟沈棠见面方便。"

这正合她意。

温笛吃着蛋糕，品着红酒，院子里无比欢闹，严贺禹就在她的身边，她从未有过地满足。

桌上的手机不停地振动，沈棠给她发来几段小视频，有严贺禹求婚时的，有她对着蛋糕许愿的，还有院子里热闹的场面。

温笛保存视频，顺手发到温家的家庭群里。

之后的时间，她银行账户余额变动的短信就没断过。

家里人习惯给她发大红包，连被求婚也是。

二姑妈说：“场面比金融峰会还盛大。”

GR 金融高峰论坛开幕时，都没今天严贺禹求婚时人到得齐。

温笛很难想象，严贺禹是费了多少心思才聚齐了这么多人。

她抬头对严贺禹说：“其实你叫上你最好的几个朋友就行了，用得着这么兴师动众吗？”

严贺禹如实道：“他们自己非要来，自带桌椅，我总不能拦着不让他们来。”

“没看出来，你人缘还不错。”

“是你眼光好。”

温笛笑了，腹诽他变着法子夸自己。

严贺禹也笑，温笛的杯子刚靠近唇边，他拦住：“等一下。”他拿着酒杯从她臂弯里绕过来，跟她喝了一杯交杯酒。

温笛手臂架在他的胳膊上，这杯酒咽下去时感觉很奇妙。

没有人打扰的交杯酒，居然会生出一丝心动。

今晚的烧烤聚餐一直到凌晨才散。

他们没回去，在这边别墅留宿，别墅里的所有用品一应俱全，他们的衣服也备了几套。

洗过澡，两人上了床。

温笛坐在严贺禹的身上，两脚踩着他的心口。

严贺禹关灯，房间里突然暗下来，什么都看不见了。

温笛抗议：“你关灯我怎么醒酒？”

他没听说过开灯还能醒酒。

严贺禹哄着她：“马上两点了，睡觉行吗？”

“我不困。”说着，她哈欠连天。

过了几秒她又道：“我再看你两眼。”

严贺禹撩起被子，把她裹好，随后开了灯。

温笛没看他，而是盯着无名指的戒指：“是对戒吗？”

“嗯，一对。”

“男戒给我。”

她从严贺禹身上起来，让他去拿戒指。

戒指盒还在楼下，他下去拿。

在他拿戒指的空当，温笛去衣帽间找裙子换上，柜子里衣服不多，只能凑合穿。

几分钟后，严贺禹拿到戒指推门进了卧室，她整理好头发，从衣帽间出来。

他手上那枚几块钱的戒指，是当初她不情不愿给他戴上的。

温笛摘下那枚戒指，给他戴上对戒，抬眸看着他："我爱你，也比你想象中多。"

她用力踮脚，搂住他的脖子，深吻他。

严贺禹先关灯，两手环住她将她搂进怀里。

本来两人已经累了一晚，没多余的精力，可这会儿又有些情动。

在严贺禹求婚的第三天，电影《人间不及你》杀青。

尹子于在群里看到求婚蛋糕的视频和照片，给温笛发来祝福："温老板，我爱你，回去请你美美地吃上一顿。"

蛋糕上还有《欲望背后》里难得温暖的一个场景，她保存了那张蛋糕的照片。

温笛："一顿可不够。"

尹子于笑道："一顿半吧。"她现在在欧洲，得月底回去，她打算给自己放个小长假玩几天再回去。

"温老板，我在三刷你借我的那本《重返普罗旺斯》。"她打算去普罗旺斯待几天，去找书中描写的地方。

"等我回去，你再推荐几本书给我。"

温笛："没问题，我别的没有，就是书多。"

尹子于："温老板，你什么时候领证？"

温笛没多想，顺其自然，哪天有空哪天去领："说不定明天，也可能是后天。"

严贺禹原先急着领证，一想到求婚纪念日跟领证纪念日离得那么近，他只得作罢，说往后推推。

温笛和尹子于聊了几句，刚放下手机，二姑妈来了。

今天二姑妈来京城出差，她和二姑妈约了吃午饭。

温其蓁盯着侄女打量：“比我上次见到你时又变好看不少。”

温笛说：“那是你看自家孩子，再丑都觉得好看。”

温其蓁笑道：“别说实话呀。”

温笛：“……”

她被自己射出的回头箭给射中了。

她递给姑妈一杯温水，问姑妈待几天。

“两天。”

“到时我送你去机场。”

“不用，关向牧送我。”

“哦，那就好。”

温笛不再多问。二姑妈从来不劝她，而她也从不多问二姑妈的感情。

不管二姑妈做什么，她永远都是支持的那一个。

温其蓁解释：“关向牧公司现在是我们公司甲方，在这边谈完事，还得跟他去趟上海协调几件事。”

关向牧连她的机票一起订好了，说到时一同去机场。

电池续航瓶颈有望突破，她现在把感情放在一边，只谈工作。

到了她这个岁数，很难再因为一件事情感动得不行。感情在她心里的排序永远在最后。

她自己、家人、事业，最后才是感情。

所以，感情对她来说只是锦上添花。如果没有，一切也照常。

今年春节期间，她去给亲戚家的长辈拜年，他们让她赶紧找个对象，一个人过算怎么回事。

她回他们：“像我这样的，叫人生赢家，有孩子有事业，没老公，多好。”

她说出来后，可把那些年长的亲戚给气坏了。

“你和严贺禹领证后，不找个地方旅游？”温其蓁记不起侄女上次旅游是什么时候，“出去放松放松。”

温笛：“有这个计划，想去云树村。”

温其蓁点了点头。

云树村这个名字，她印象很深刻，是曾经让严贺禹锥心刺骨的地方。

和二姑妈在餐厅楼下分开后，温笛驱车回家。

今天周末，严贺禹休息，跟以前一样，一周休一天，遇到忙的时候，也可能一个月才歇两天。

温笛回到家，严贺禹一人正在院子里打网球，她刚吃过饭，不想做剧烈的运动，坐在旁边看他打球。

温温原本在草地上玩玩具，看她回来，玩具不要了，趴在她的怀里。

严贺禹中场休息，过来喝水。

他身上的T恤湿透了，温笛看着他："最近怎么天天练球？"

严贺禹："戒烟戒酒，多锻炼。"

温笛秒懂，他在以最健康的身体状态等领证后要孩子。

严贺禹放下水杯，道："我们下个月月初领证，挑周一那天。"

"那天有什么特殊的意义吗？"

"没有。领证后就有了。"

"周一上午你不是有例会？"

"请假。"

温笛笑了，看穿了他心里的小九九，他以领证的事由请假，这样公司所有的高管都知道他们老板领证了。

在领证这件事上，她满足他，按照他的想法来。

领证前的那个周末，严贺禹在加班。

温笛完成当天的工作，带着温温去京越集团接他。半路上，她接到手表旗舰店负责人的电话，订的手表到货了，问她什么时候方便，给她送过去。

温笛决定自己去取，在前一个路口掉转车头。

等红灯时，她给严贺禹发消息："我有点儿事，晚一个小时左右。"

严贺禹："不着急，我至少还得忙一个小时。"

温笛打开音乐，还是那首听了很多年的老歌。

手表是她送给严贺禹的结婚礼物，满足他一年来心心念念让她买手表的愿望。

她到旗舰店拿到手表，又买了一束花，跟温温前往京越集团。

温温好像知道今天要去干吗一样，全程都很乖。

她又收到严贺禹的消息："到了给我打电话。"

严贺禹已经忙完了，明天上午要去领证，他今天过来把事情提前安排好，该签的字都签了。

温笛还没到，他给父亲发了条消息。

"爸，我跟温笛明天去领证。不知道您当年和我妈领证前是什么心情。谢谢您一直以来的理解和包容。希望自己能像您一样，做个好丈夫、好父亲。"

消息发出去后，温笛的电话打了进来："老公，我到楼下了。"

"我这就下去。"严贺禹关了电脑，拿着风衣出门。

温温趴在车窗上，翘首以盼。

如果温温会说话，肯定老远便喊他爸爸。他今年的生日愿望多了一条，希望温温陪他和温笛久一点儿。

温温的前爪在空中挠了挠，像是对他招手。

严贺禹快步走向他们。

副驾驶座上放着一小束鲜花，严贺禹拿起花坐了上去，把温温抱在怀里。

温笛说："花是温温送给你的。"

严贺禹把花放在后座："那我把花放在院子里晒干，一直保存。"

温笛没急着发动车子，从包里拿出手表："这是我送给你的。"

严贺禹往她那边靠，她化了眼妆，他亲她的唇："谢谢。"他看着她的眼睛，又亲一下她的唇角。

温笛告诉他，自己订好了餐厅，又特意加了一句："我没点鹅肝。"

他的喜好，她开始用心去记。

深夜，严贺禹才收到父亲回复的消息，那时他已经睡着了。

第二天，他跟温笛领证的日子，他睁眼就看到了父亲发的那条信息："很抱歉，一直忙到现在才有时间坐下来看你的短信。我当年跟你妈妈领证时的心情应该跟你差不多。说到好丈夫、好父亲，我受之有愧，经常忙到连你和贺言的生日都忘记了。其实不是我理解、包容你，是你包容我这个父亲。我也要感谢你的信任和尊重，你每次做重要的决定时，都会专程跟我说一声。人生说长也长，说短也短，在一起的时候，好好珍惜，无论是家人还是爱人。共勉。爸爸相信，你肯定会是一个好丈夫、好父亲。祝你和温笛幸福长久，也祝我的孙女温温，健康快乐。”

这是父亲跟他说过最长的一段话，也是他收到的最珍贵的新婚祝福。

今天路上和往常一样，堵到看不见尽头。

他们领证带上了温温，崔姨抱着温温坐在后座。

严贺禹牵着温笛进了婚姻登记大厅，温温和崔姨留在车里。

温笛在剧本里写过领证的戏份，今天终于是她自己走进来了。

签下自己的名字，她跟严贺禹的证件合照被盖戳那一刻，严贺禹用力攥了攥她的手，难以言表的心情，只有他们俩能感同身受。

严贺禹的心终于满了。

温笛也是。

领证两个星期后，严贺禹才现身会所，他们调侃他，儿童房终于布置好啦。

他和温笛上周搬到新别墅，打算把隔壁房间改成儿童房，他在群里虚心请教有孩子的群成员，布置儿童房有什么地方需要注意的。

温笛也从沈棠那里取经，一条条归纳做了笔记。拍电影的出租房她都耐心地一件件挑家具，自己孩子的房间，她更有兴趣和耐心。

他出门来会所时，她正在家里设计儿童房。

傅言洲旁边有张椅子，严贺禹没坐，拎起来放在蒋城聿旁边。

他嫌弃的意思太明显，就是不想挨着傅言洲。

傅言洲睨他：“我旁边的位子还对不起你了？”

严贺禹：“近墨者黑。等你复婚，我再赏你面子。”他在蒋城聿旁边坐下，要跟傅言洲彻底划清界限。

秦醒看了一眼傅言洲，叹气道：“我当时怎么说你来着，让你从严哥和蒋哥身上吸取教训，千万别走他们俩的老路，你根本不把我的话放在心上。”

他话锋一转，宽慰道：“不过你犯的不是原则性错误，好好悔改，争取早日拿到你的婚戒。拿到戒指你离复婚就不远了。”

傅言洲在一年前离婚了，是妻子提出来的。

那枚他曾经戴了一个月的婚戒，离婚时被妻子要走了，离婚她什么都没要，只拿走她买的那枚戒指。

其实他并不想离婚，可不知怎么就走到了那一步。

傅言洲不想提自己的事，岔开话题：“关向牧最近怎么样？”

其他人笑了出来，尤其秦醒，笑个不停。

现在谁最惨，大家就惦记谁，跟那个人比幸福。以前是严贺禹在关向牧身上找幸福感，现在换成傅言洲了。

秦醒说：“姑父最近在忙电池续航难题攻克的事，没空跟我们这些闲人啰唆。”

关向牧不喜欢别人喊他叔叔，倒喜欢人家喊他姑父。

“严哥，开瓶酒喝？”

严贺禹最近心情好，基本上是有求必应，他自己去会所的酒窖取酒，拿了两瓶，寓意好事成双。

他还没回到包间，温笛给他打来电话。

每晚八点半到九点之间的电话，她定了闹铃，九点零一打给他，从来不会提前，就算想起来也不提前打。

电话接通后，温笛听到他那边格外安静：“你没在包间？”

“在外面的走廊上，刚去酒窖拿了两瓶红酒。”

“哦，那我挂了。”

“再多说两句。”

“你旁边又没人，说不说都一样。”

“……”

“我还忙着设计儿童房呢。”

“那也不差打电话的几分钟。”

严贺禹把红酒给包间外的工作人员，让人送进包间，他找处安静的地方打电话。不自觉地，他走到温笛喜欢的一处地方，镜子和植被那里。

他问温笛：“你决没决定好哪天去云树村？”

温笛正站在儿童房门口，在脑海里勾勒出一个童话房间，哪个地方放什么，搭配什么样颜色的家具。

“温笛？”

“在听呢。”温笛在草图上做标记，暂时放下纸和笔，专心和他说话。

严贺禹单手插兜，倚在栏杆上：“你要是定好哪天，我这边提前安排好工作。”

“下周五晚上去吧，玩两天，不耽误你工作。”

“你不用考虑我这边，度蜜月不能这么敷衍。”

他之前打算陪她去国外度蜜月，多玩几天，她说没有特别想去的地方，喜欢的景点和城市上学时都去过。学生时代的寒暑假，她全用来旅游了。

她说想再去一趟云树村。

严贺禹道：“在云树村待一周。”上次他过去找她，没顾得上看风景，不记得景点有什么。

“那就周五过去？我让康助理订票。”

“行，随你。”温笛催他，“你去打牌吧，跟我聊天浪费时间，回来我们再聊。”

“不觉得浪费时间。”

严贺禹已经习惯每晚接到她的电话，要是哪次她敷衍了事，他反而不习惯。

温笛和他说了五分钟才挂电话，和以前煲电话粥时差不多，说的内容一半是废话。

搁下手机，温笛又拿起草图。

她把所有的浪漫都用来给小青柠布置公主房了，可能是严贺禹念叨多了，她也经常会去想小青柠，想女儿长什么样子，还会想，女儿喊爸爸的时候严贺禹会有多高兴。

但她生男孩还是生女孩不是她和严贺禹说了算的，所以他们打算布置两个儿童房，一个女孩的房间，一个男孩的房间。

温笛回到书房，按照自己想象中的效果画图，忙起来便没注意时间，直到外面传来严贺禹的声音：“温笛？”

严贺禹从会所回来时，已经凌晨一点了，可卧室里没人，他到书房来找。

温笛应着，抬起头，严贺禹已经推开了书房的门。

“这么晚了，怎么还不睡？”

“给小青柠设计衣帽间。”

“太晚了，明天再设计。”

“这一边马上好。”温笛让他先去洗澡。

严贺禹在包间里沾了很浓的烟味，没抱她：“十分钟内关电脑，不能再晚了。”他回卧室冲澡。

温笛嘴上答应十分钟去睡觉，二十分钟过去，她也没从电脑屏幕上抬头。

严贺禹洗过澡来找她：“温笛，能不能听话？”

桌上铺满了草图，他没动她桌上的东西，关了台灯。

温笛保存设计图，关了电脑。她抬手，严贺禹将她打横抱起。

她凑近他的唇边，没闻到酒味，没等她退回去，严贺禹贴上她的唇，直到现在，他的吻技依然能扰乱她的心跳。

她迷恋这样的状态。

“一晚上都在忙女儿的公主房？”

温笛点头：“灵感源源不断。希望公主房能用得上。”

严贺禹知道她担心什么：“我们生两个，不管是哥哥和妹妹、姐姐和弟弟，还是姐姐和妹妹，公主房肯定用得上。”

“那万一是哥哥和弟弟呢。”

“温笛，还没生，别说这么泄气的话。”

温笛笑道：“好吧。”

严贺禹把她放在床上，低头亲她：“你这个月生理期是不是快到了？”

“你小程序不是有记录？”

“早就卸了。”

“为什么卸了？”

“用不着了，以前你闹脾气是我做得不好。”现在再看，她以前生理期闹脾气，那也是他有地方惹她不高兴了，现在他什么事都由着她，不跟她冷战不跟她吵架，她再也没有乱发过脾气。

他亲她的眼睛：“以后我不会再惹你生气。”

严贺禹抬手关灯。

自从领证了，他们不再做措施。

严贺禹这几天陆陆续续地收到公司高层送给他的特殊的结婚礼物，他什么都不缺，他们送给他的是手写的信。

这些信没有年终总结那样刻板，应付差事。最厚的一个信封里，董事会的一位董事洋洋洒洒写了七张信纸，那人和他父亲差不多的年纪。

董事将半辈子的体悟都写在了上面，信中提到，他在儿子三十岁生日时，给儿子写了一封信。

儿子看后哭了，也回了他一封信，那是他们父子俩第一次心平气和地交流。数年的隔阂和矛盾，因为那封信彻底化解。

严贺禹逐字逐句看完七页信纸，后面五页是对京越集团发展到现在的深刻总结，那些他已经忘记的细节，这位董事还记得。

他做得尚且欠缺的地方，董事给他提出了珍贵的建议。

而这些建议，是他在会议上听不到的肺腑之言，也被职场称为出力不讨好的建议。毕竟没有哪个领导喜欢听不好听的话，即便这些话是真话。

严贺禹花了一个下午，看完了所有的信件。

他之前让他们在另一半过生日时手写一封信，他们有些人给另一半写了，还有的另一半生日没到，他们就给自己的孩子写，也有给自己父母写的。不管是送给谁，他们在下笔的时候，思绪万千。

他们在信里跟他分享了他们的家人收到信件的喜悦和感动，除了祝他和温笛幸福，说得最多的就是公司的发展，以及目前存在的一些问题。他们不仅提出了问题，还给出解决方案。

他们都说他这四年里变了很多，具体哪里有变化，他们自我调侃，说词汇量匮乏，反正就是变了。

他对竞争对手还是跟以前一样心狠手辣，一样毫不留情，但对身边的人，确实不再像以前那样倨傲。

以前没和他接触过的人，现在接触时，会恍然：原来严总是《欲望背后》里谈莫行饰演的原型。

他离温笛心目中的男主角还是很远，目前他只是跟谦和沾了一点儿边。

严贺禹拍下所有信件的信封，发给温笛："京越集团高层送我的结婚礼物，沾你的光。"

温笛不明所以。

严贺禹:“我给他们看了你给我的明信片。现在我又有了新目标。”

温笛让他说说。

严贺禹:“不只是做个不差劲的人，还要做个有人格魅力的领导者。”

温笛回他:“想你了。”

随即满屏落下星星雨。

她不是想说“想你了”，是要送给他星星雨鼓励一下。

严贺禹上次看到满屏星星还是分手前，时隔四年多再次看到了。

他把信件收起来，放在保险柜里。跟温笛认识的这八年，他收获的不只是一份爱情，还有这些人的真心。而在名利场里，最难得到的就是别人的真心。他却一下得到这么多。

严贺禹又发给温笛:“今晚我没应酬，回家给你做顿饭。”

上次他做饭是十个月前，给她炖了鱼汤，没炖好，味道不怎么样。

温笛在收到消息前，正在给他编辑消息，问他今晚能不能早点儿回来。

她看看旁边的测孕纸，两道杠，正好在想他的时候，他说要回来给她做饭。

“老公你早点儿回来，我想喝鱼汤。”

严贺禹:“好，下班我去买鱼。”

上次炖鱼的经验，他早不记得了。但还好，手机备忘录有记录。

严贺禹买了鱼和配料，在天黑前赶回了家。温笛正在沙发上看书，最近状态好，上午就能完成当天的工作。

“老公，你回来啦。”

“嗯。”

严贺禹把鱼交给阿姨，走到沙发前，俯身，温笛在他的脸上亲了一口。

她嘴角翘着，越翘越高。

严贺禹亲了亲她的嘴角:“笑什么？”

“你给我做饭我高兴。”

严贺禹说:“以后多给你做，一个月做两三次。”

“也不用，做多了就没惊喜了。”

温笛搂着他的脖子，不让他走。

严贺禹的手撑在她背后的沙发上:“你不放开，我怎么给你炖鱼汤？以后小青柠要是像你，我还做不做饭了？”

温笛看着他，嘴角的笑一点点消失，有点儿凝重：“老公，如果我这个月没怀上，你可别失落。”

之前是严贺禹着急，现在换他开解她，不希望她有压力：“不是第一个月就能怀上。别想那么多，顺其自然。”

他本来想问问她，是不是到了经期，看她的表情，应该来大姨妈了。她本来那么高兴，他就不该提小青柠。

“我去给你炖鱼汤，喝点儿热汤肚子舒服。”

温笛还是不放开严贺禹，她演技拙劣，嘴角的笑又藏不住。

她贴着他的唇，口齿不是很清：“老公，恭喜你当爸爸啦。”

严贺禹身体往后撤，离开她的唇，她明明笑着，眼里却是湿润的。

他心脏狂跳，剧烈到他自己仿佛能听到心跳声。刚才他好像听到了“爸爸”这两个字。

他怕空欢喜一场：“你刚才说什么？”

温笛拿着他的一只手贴在她的小腹上：“他说，想喝爸爸炖的鱼汤，那肯定是世界上最好喝的鱼汤。”

严贺禹抵着她的额头，想说点儿什么，又不知道要说什么，只能用力抱着她。

他们去云树村度蜜月的计划，因为小生命的到来只好暂时搁置。温笛打算等明年再陪严贺禹过去。

严贺禹整晚都沉浸在荣升做爸爸的喜悦里，之前只能幻想女儿，现在他对小青柠的感情变得更具体了。

他突然能理解岳父的心情了。

“老公，鱼汤好了没？”温笛催问。

吃顿严贺禹做的饭不容易，她从六点半等到八点，还没喝上鱼汤。

严贺禹在厨房，走到门口回她：“再煨十分钟。”

温笛看到他手里的高脚杯，佯装责怪：“你居然背着我喝酒？”

严贺禹淡笑道：“就喝了半杯。”他保证以后不喝，什么时候她能喝酒了，再喝。

温笛放下书，过去找碴。

她揪着他的衣领，嘚瑟地道：“我现在有护身符。”

严贺禹长臂一伸，将酒杯搁在中岛台上，拦腰搂着她：“你没有护身符也能随时找碴。”

他靠近她的唇：“给你闻闻酒味，隔空解馋。”

温笛笑了，使劲儿推他的脸。

严贺禹扣住她的手反剪在她的身后，低头亲她。

他怕她缺氧，不敢像以前那样深吻她。

鱼汤炖好了，严贺禹给她盛了一碗。

温笛想喝鱼汤，但舀了一勺放在嘴边时，胃里一阵翻江倒海。

她扔下汤勺，别开脸缓了缓。

严贺禹端开鱼汤，轻轻顺她的后背：“看来小青柠不喜欢喝鱼汤。下回给你炖别的汤。”

温笛逗他：“说不定小青柠喜欢，你儿子不喜欢。”

“温笛，”严贺禹无奈地道，“你说点儿高兴的不行？当然，男孩儿也好。”

只是他过于羡慕蒋城聿，每次看到蒋城聿和小柠檬互动，他也希望自己能有一个那么可爱又灵动的女儿。

炖的鱼汤最后严贺禹自己喝了，他给温笛热了一杯牛奶。

这一夜，温笛跟严贺禹都没睡好。

“睡觉。”在黑暗中，严贺禹说了句。怀里的人不时翻个身，他知道她跟他一样兴奋。

温笛振振有词：“你不是也没睡？”

她转过来面对着他，啃着他的下巴。

严贺禹把她的脸按在他的胸口：“不准闹了。”

她没有分寸想胡闹，但他不能没分寸。严贺禹给她轻轻揉着太阳穴：“你闭上眼，什么也不要想，一会儿就睡着了。”

温笛不知道自己几点睡着的，第二天醒来已经八点了。

身体没有任何反应和不适，她照常写剧本，还抽空安排好孕期和生产期间的工作计划。

秦醒表弟的爱情故事，她年前能写完，孕后期，她不适合久坐，打算利用这段时间整理素材，构思下一个剧本。等孩子半岁左右，她便可以动笔了。

明年年初，《我该如何爱你》这部剧开拍，她还要打磨剧本。

接下来的一年，她将会忙碌又充实。

保存好工作计划，温笛手机振动，是妈妈的电话。

“笛笛，妈妈一会儿就到你们的别墅了。”

温笛噌一下从椅子上站起来，激动地道：“妈，你怎么来了呀？”她边打电话边快步下楼。

赵月翎：“过来看看你。”

一起来的还有温长运和温其蓁，得知温笛有了宝宝，他们夜里没睡好，下午的航班过来的。

温其蓁特意给侄女买了一束鲜花。

温笛搬家时他们来过一次，严贺禹考虑周到，给了他们一张别墅区的门禁卡，汽车直接开了进来。

停好车，司机和温长运从后备厢里拎行李箱，一共三个箱子。

带的东西多，他们今天开商务车过来的。

温笛没想到爸爸和二姑妈也来了，挨个人都抱了抱，心里的喜悦难以言表。

温其蓁捏捏侄女的脸蛋：“我大宝贝有小宝贝了。”她把鲜花塞进侄女怀里，“整个孕期的鲜花，姑妈包啦。”

“那我就替小青柠谢谢温仙女。”

“这个称呼我喜欢，可千万别喊我姑奶奶。”说着，温其蓁自己笑了起来。

他们几人说笑着进了屋，温笛挽着妈妈的胳膊：“你们那么忙，打个电话就好了呀。”

赵月翎说：“不忙。过来看看心里踏实。”

温笛看看爸爸和二姑妈推着的那几个行李箱，转头跟母亲说：“妈，我什么都不缺。”

赵月翎：“那可不一定。上午我跟你二姑妈一起逛街买的，都是孕妇专用的。”

这些东西温笛还真没有，不过严贺禹昨晚跟她说，不用她操心，所有的东西他来准备。

温笛给严贺禹发消息："我爸妈还有二姑妈今天过来看我，孕期的东西都准备得差不多了，你不用再买了。"

严贺禹在开会，简短回复她："各尽心意。"

他不懂这些，全交给母亲去置办。

叶敏琼这会儿正在商场里，她中午列好清单，等女儿下班，跟女儿一起逛街。

严贺言头一次逛孕婴旗舰店，对什么都好奇，看什么都好看，全部想买下来。

逛了两三个小时，她们给温笛选好不少东西，严贺言还想给小侄女买点儿，看着那些漂亮的小衣服和小裙子，站在那儿舍不得走。

"妈，全部都买下来吧，我出钱。"

叶敏琼："孩子的东西现在不着急，等儿童房布置好了我们再来买。"

严贺言和母亲拎着大包小包，依依不舍地离开。

严贺禹应酬完，过来找母亲和妹妹。

严贺言打趣他："哟，我侄女的爸爸，晚上好呀。"

严贺禹："少贫。"

但妹妹对他的称呼，还是挺顺耳的。

严贺禹接过母亲手里的东西放到车里，叶敏琼说："先买了一部分，等温笛忙完手头的剧本，我跟贺言陪她一起逛，我们的眼光跟她的肯定不一样。"

"行。"严贺禹道，"我有空也能陪她去逛。"

叶敏琼看着儿子，不由地想起她去江城陪他过春节那年，他心里的难过她至今记忆犹新，如今终于都圆满了。

虽然昨晚在电话里恭喜过儿子，但今天还想当着面再说一遍，叶敏琼笑着说："恭喜你当爸爸了。不管男孩还是女孩，都是跟你的缘分。女孩的话，你要教会她怎么爱自己；男孩的话，就教会他怎么爱别人。"

严贺禹用力点了下头，轻轻抱了一下母亲："会的。谢谢妈。"

叶敏琼下巴对着车门微扬："快回去吧。"

严贺禹跟母亲和妹妹道别，坐上车离开。

街上人群熙攘，他看向窗外，人行道上有扛着女儿的爸爸，他会多看一眼。

一天下来，他都在想着小青柠。

除夕的前一天，严贺禹陪温笛去医院检查，确定了温笛怀的是同卵双胞胎。

当晚，严贺禹去了一趟蒋城聿家。

他家和蒋城聿家相距不到两百米，走路只要几分钟。

蒋城聿也是今天放假，晚上没饭局，他正陪小柠檬玩。看到不速之客，他纳闷地道：“你不在家陪温笛，到我家干什么？”

严贺禹给自己倒水，卖关子：“因为你能体会我的心情，不来你这儿我去哪儿？”

蒋城聿皱眉：“什么意思？”

严贺禹说：“我也有两个孩子了。”

这么高兴的事，蒋城聿不会再拿他开涮，先是恭喜，又问：“也是龙凤胎？”

“是同卵，应该是两个女儿。”

蒋城聿点了点头，实话实说：“也有可能是两个男孩。”

严贺禹：“……”

小柠檬正黏在蒋城聿的怀里，手里拿着几支可洗水彩笔，直接在他的白衬衫上涂鸦。

这件白衬衫是专门给女儿画画用的，蒋城聿每天回来的第一件事就是换下身上的衬衫，穿上这件。

他低头亲亲女儿：“又调皮了？”

小柠檬呵呵笑着，对爸爸翻个小白眼，白眼没翻好，她又拿小手帮忙翻上去，随即哈哈大笑。

自娱自乐一阵，她接着在蒋城聿的身上画画。

这个温馨的画面，再配上刚才蒋城聿那句“也有可能是两个男孩”，深深刺激了严贺禹。

跟蒋城聿话不投机半句多，他坐了不到五分钟便告辞了。

他回到家，温笛在看书。

温温安静地趴在她的腿边。

温笛抬头："怎么这么快就回来了？事情商量好了？"

"嗯，几句话的事。"

严贺禹出门前跟温笛说，去找蒋城聿商量公司的事，没告诉温笛，他是去显摆的。

脱了大衣，严贺禹在温笛旁边坐下，抽走她手里的书。

温笛的小腹隆起来了，没法像以前那样随心所欲地跨坐在他的腿上，她往他那边靠靠。

她看着他："是不是高兴坏了，不知道说什么？"

严贺禹握着她的手："是不敢相信。"

从温笛怀孕到现在，他经常恍惚，怕是自己做的一个梦。

他低头，碰碰她的唇："谢谢。"

温笛揉揉他的下巴，即便胡子刮得干干净净，还是有些扎人。她又亲了一下。两人无声地看着对方，看了好一会儿。

几乎同时，他低头要亲她，她正好抬头也去含他的唇。

严贺禹轻轻抚着她的肚子，没敢亲太长时间。

"听秦醒说，给你报名了今年电视节的最佳编剧奖项。"

"嗯，应该能获得提名。"

"在我这儿，你早就是最佳编剧了。"

"严总谬赞。"

严贺禹笑道："不许这么喊。"

昨天报名截止，《欲望背后》的呼声很高，是各大奖项的夺奖热门。

"先不说这个。"温笛说道，"我们只有一个宝宝的名字，再取一个。"

严贺禹："以前不是取过四个小名备用吗？再选一个小石榴。"

温笛想说，那万一是男宝宝呢？

她欲言又止，不给他泼凉水。

不用她给他泼，严贺言兜头给他浇了一桶冰水。

翌日除夕，她今年和严贺禹在严家过年，明年再去江城。

严家一大家人正在讨论他们宝宝叫什么名字："你们来得正好，我们想半天没想到好听的小名。”

严贺禹说：“早就取好了。”

“只有一个小青柠，不够。”

“还有一个小石榴。”

严贺言说：“那要是双胞胎男孩呢？你总不能也叫他们青柠、石榴吧？我感觉是男孩，真的。我前几天做梦梦到我有两个小侄女，她们追着喊我姑姑，然后我就醒了。不都说梦是反的吗？”

严贺禹：“贺言，不会说话就少说两句。”

温笛用胳膊肘轻轻碰他一下：“如果真是男孩，你还不给取名字啦？”

严贺禹跟她对视几秒：“那就叫大宝和二宝，好记又顺口。群里不少人有两个儿子的都这么叫。”

“……”

严贺禹现在明白了，群里那些人为什么直接叫孩子大宝和二宝了，是因为不想取名，反正孩子长大了直接叫大名。

今年除夕零点时，温笛问严贺禹：“老公，你的新年愿望是什么？”

严贺禹：“很多。”

他希望家人健康平安，希望她永远爱他，希望两个宝宝健康快乐。

今年，是他们认识的第九年。

人生总不可能十全十美，但十全九美，也不错。

严贺禹没有盼来他的小青柠，大宝和二宝的名字倒是用上了。

六月六号那天，天气正热，两个宝宝比预产期提前近三周出生了。

严贺言激动地说：“他们肯定是学霸，赶在高考前来的，不耽误高考。”

全家人都笑了起来。

严贺禹守在温笛的床边，拿起她没打针的手，放在唇边轻轻咬了咬。

温笛已经醒了：“我没事。”

但他害怕，她在手术室里的那几个小时，他从来没那么怕过，担心她有什么闪失。他还没来得及好好爱她，许诺她的很多事还没兑现，焦急却又无能为力。

当护士出来，告诉他们母子平安时，心里的煎熬找到了宣泄口，他不再关心是男孩还是女孩，只要她平安，什么都好。

男孩、女孩他都爱，那是她拼了命生下的宝宝。

六月被温笛称为幸运月，她迎来了两个健康的宝宝，事业上也迎来另一个高峰。就在她生产的第五天，还没出院，今年的电视节闭幕，《欲望背后》成为赢家，斩获了五大奖项，而她也获得最佳原创编剧奖。

她无法到现场，沈棠替她上台领了奖。

“不许哭。”严贺禹吻掉她脸上的眼泪，怕她情绪激动时牵扯到伤口。

温笛不承认：“我没哭。谁哭了呀？”

严贺禹哄她高兴：“是我的眼泪掉进你的眼睛里了。”

温笛又笑了，眼睛里还有泪花。

她入行十年，拿到了含金量最高的奖，也算圆满了。

“老公，手机给我。”

严贺禹拿过手机解锁，递给她。

他问：“发给尹子于？”

“嗯，祝贺她一下。”

尹子于凭借《欲望背后》夺得视后，估计高兴得又哭又笑。

她点开微信，尹子于已经给她发消息了：“温老板我爱你，温老板我想你了。”

尹子于这会儿在闭幕式现场，刚接受完采访，情绪还没平复下来。她高兴的不只是拿奖，还有谈莫行在一个小时前给她发的消息。

他说：“《欲望背后》我没入戏。从你提名视后到现在，我比你还紧张，担心你错失大奖会难过。错失了也没关系，你还有我。”

尹子于告诉温笛：“温老板，谈莫行跟我表白了。”

温笛毫不意外，她每次去探班《人间不及你》时，都感觉谈莫行是在本色出演，戏里对尹子于的含情脉脉，演是演不出来的。

《人间不及你》在今年暑假档上映，等她出了月子正好去影院观看。

和尹子于聊了几句，温笛退出聊天框。

严贺禹给她轻轻揉揉眼眶放松，这几天的祝福消息都是他代她回复的，怕她看屏幕时间久了眼睛不舒服。

温笛抓着他的手垫在侧脸上，枕着他的手心：“大宝和二宝还没醒？”这几天叫下来，她居然觉得大宝和二宝这两个名字还蛮好听的。

严贺禹：“没醒，睡得很香。”

他问她要不要喝点儿水。

温笛摇头，这几天身体恢复了一些，刀口不像前几天那么疼了，她有了精神跟他聊天：“你还想要小青柠吗？”

严贺禹不假思索地道：“不要了。两个孩子正好。要是再生一个，我跟你都没有那么多时间放在对方身上。我们还有温温要照顾。”

温笛看着他：“会不会很遗憾？”

严贺禹：“再生一个也不保证就是女儿。万一再是儿子呢？”他说完，两个人都笑了。

严贺禹握着她的手，跟她商量：“温编剧。”

他一喊这个，准没好事。

“你还是喊我的名字吧，喊老婆也行。”

严贺禹道：“等我把话说完。”

温笛做出洗耳恭听的表情。

严贺禹：“等有空给我写个剧本，不拍成电视剧，我收藏了一个人看。”

温笛明白了：“变着法子让我夸你好。”

“不好的你也写，写了我改。”他低头亲她，“也不是现在就要写，明年或者后年都行。”

有些遗憾温笛还是可以弥补给他的，便答应下来。

然而直到大宝和二宝两周岁，温笛也没开始动笔给严贺禹写剧本。生过孩子后她写了一个古装剧本，打磨剧本打磨了近一年半。

上个月，这部剧开机。

除了忙工作，她还要陪俩孩子，挤不出时间给严贺禹写剧本。

严贺禹偶尔闲的时候会想起剧本的事，但大多时间被俩娃缠得焦头烂额。

今天是周六，只要不出差，是他每周固定陪孩子玩的时间，今天也一样。

俩娃刚过完两周岁生日没几天，昨天从江城回来。

不知道温家谁教他们学了几句江城方言，他们这个年纪接受能力强，可能还有点儿语言天赋，很快就学会了，居然学得有模有样，回来到处展示他们学的江城方言，还拿他的手机发语音到严家家庭群里，叶家家庭群也发，差点儿发到他的工作群里，被他及时阻止。

严贺言 @ 严贺禹:“我大侄子把你爱炫耀的基因遗传得淋漓尽致。”

严贺禹:“语言天赋和学习能力也遗传了我。”

严贺言发了一个翻白眼的动图:“那是遗传了我嫂子的好不好？”

“我晚上去，你让阿姨把他们的东西收拾好。”

严贺禹:“明天早上你来接吧，我陪他们玩一天。”

他跟温笛去云树村的计划终于提上了日程，订了明天上午的航班。这两年他们带大宝和二宝旅游过几次，这是他们俩领证后第一次单独出游。

“砰”的一声，有东西倒地。

严贺禹猛地转身看过去，阿姨扶起摔在地上的画架。即便旁边有人看着大宝和二宝，他们俩要是闹腾起来，怎么防都防不住。

大宝和二宝在小柠檬家看到画架，看小柠檬在院子里写生，他们也要画，画笔都拿不稳，在画布上乱涂，乱涂就算了，涂着涂着他们往对方脸上抹，你抹我一下，我抹你一下，脸成了调色盘。

刚才他们推推搡搡，把画架给推倒了。

收起手机，严贺禹大步走过去，看他们的脸涂成那个样子，哭笑不得，蹲下来:“到爸爸这儿来，带你们去洗脸。”

大宝和二宝终于不再闹了:“爸爸！”两个孩子一边异口同声地喊着爸爸，一边朝他怀里冲来。

严贺禹张开胳膊，一边抱一个。

大宝在自己脸上使劲儿揉了揉，手心都是颜料:“爸爸，我给你化妆。”两只手直接拍在严贺禹的脸上。

二宝跟着哥哥学，把自己脸上的“彩妆”也分给爸爸一半。

严贺禹脸上花了:“大宝、二宝！”

两个孩子在他怀里笑得前俯后仰。

他在想自己小时候是不是也像他们这样，皮起来时把父亲气个半死。他听母亲说，大宝和二宝顽皮的性格跟他简直一模一样。

他给他们洗干净脸，换上衣服，像打了一场仗。

大宝和二宝终于消停了，回房间玩玩具去了。

严贺禹拿毛巾擦擦身前的水，给他们洗个脸他们都能弄得他身上到处是水。

陪他们成长是件能被气死但也充满着快乐的事情，他们也有很贴心的时候，最喜欢吃他做的饭，再难吃也说好吃。

今天温笛去了公司，中午不回家吃饭，他问大宝和二宝想吃什么。

“爸爸，鱼汤。”

“我想喝鱼汤，爸爸。”

当初温笛在孕期一口鱼汤没喝，直到生产前她都不能闻鱼汤的味道，但两个孩子喜欢喝，似乎喝不够，每周他都会给他们炖一次鱼汤。

严贺禹正炖着鱼汤，温笛打来电话。

“老公，大宝和二宝闹没闹你？”

“习惯了。”

“看来闹了。”

“我和他们的衣服上都弄了颜料。”

“还在院子里画画呢？”

“没，在他们自己房间玩玩具，阿姨在看着他们。”

他光顾着跟温笛聊天，鱼汤炖好后，他忘记放盐了。

大宝和二宝每人喝了大半碗。

“爸爸，鱼汤好喝。”

二宝也跟着说：“爸爸的鱼汤最好喝。”

他们没喝完的，严贺禹端起来尝了一口，皱着眉咽下去。鱼汤已经难喝成这样，他们还说好喝。

他们有点儿挑食，但对他做的饭从来不挑。

要说他们不懂事吧，可他们明明又那么贴心。

有了大宝和二宝，这两年他已经很少去想小青柠了，有时也想。可能是他做得不够好，所以小青柠不愿意来找他。

温笛一直忙到晚上七点半才回家，大宝和二宝洗了澡，正在床上等着妈妈回来给他们讲故事。

听到卧室门外温笛的说话声，他们高兴地从床上蹦起来，连连喊着“妈妈”。

温笛没法像严贺禹那样，一手抱一个，只能将他们搂在怀里，大宝和二宝在她脸上各亲了一下。

温笛一天的疲惫瞬间消散。

给孩子读故事是她一天里最享受的时刻。

他们听着故事，总是有十万个为什么，温笛都会耐心地解释给他们听。

把孩子哄睡着，温笛去卧室找严贺禹，他正在衣帽间收拾明天去旅游的行李。

她进去时，严贺禹拿了三盒避孕套丢进箱子里。

“带这么多？”

严贺禹“嗯”了一声，其实他之前已经在下面放了几盒避孕套，怕不够又多带几盒。云树村雨天多，下大雨他们在酒店没事做，总不能大眼瞪小眼。

他跟温笛说：“在那儿多玩几天，很久没出去了。”

“不是说三天？”

“一周吧，以前就说好了一周。”

他知道温笛会想孩子，他也想，但他们难得出去一次，到时可以跟孩子视频。

云树村夏季更是多雨，他们到达景点那天，大雨滂沱，哪里都去不了。

温笛趴在窗台上看雨，对面是湖，三面环山，大雨里似云雾缭绕。

严贺禹换上他们自己带来的被套和床单，这是温笛出门的习惯，要睡在自己的床单上闻着熟悉的味道才能睡得安稳。

他走到窗边，单手将她环在怀里：“还没看够？”她洗过澡就在这儿看，看了快半个小时了。

温笛后脑勺贴在他的怀里，仰头倒看着他：“没。没想到还有风景这么好的酒店，我之前没注意。”

她上次来住在民宿里。

严贺禹轻贴她的唇，另一只手关上窗户，拉了窗帘。

温笛看到她的床单上多了件衬衫，他把自己洗澡前换下来的衬衫垫在了床单上。

她的注意力在衬衫上，被严贺禹惩罚了一下，她一个激灵，回过神来，回应他的深吻，这个吻让她悸动。

他们跟以前一样。

他头发没吹干，现在更湿了。

严贺禹无声地看着她，眼眸深幽。

温笛喊他老公。严贺禹顾及她的身体，云收雨歇。

窗外的雨也停了。

温笛换上衣服，下午还要去几个景点转转。

严贺禹带上雨衣和雨伞，牵着她的手出了门。

"老公，这次我们换一下，换我找你。"

这个大景区里一共有五六个景点，即便坐景区公交车在同一站下，左右两边都有景点，是先去左边还是去右边，是顺着左边一直往山上走，还是逛完第一个景点再回头，回到右边接着玩，有好几条路线可以选。

即便在同一个景点玩，人多，地方大，他们遇见的可能性也微乎其微。

严贺禹看她兴致勃勃，答应陪她玩。

他把温笛的雨具给她，坐景区公交先走。

温笛乘坐后一班次的公交，在第一个站点下车，拐去左边的景点。她边走边找人，走累了拧开一瓶水，无意间转头时，目光一怔，严贺禹就在她的不远处，他也看到了她。

严贺禹走过来，把手给她。

温笛抓住他的手，惊喜地道："你怎么正好在这儿？"

严贺禹看着她说："我也在找你。"

他怕她找不到他会着急，于是没走远，在第一个景点找她。

"累不累？"

温笛摇头，把手里喝了一半的水给他喝。

严贺禹牵着她的手继续上山。

路过那间在半山腰的小卖部，严贺禹停下来，转头看着温笛："要不要吃点儿东西？"

"肯定要啊。"温笛跟他讲，"我小时候就来过这里，爷爷奶奶带我来的，老板娘还专门烧水给我冲奶粉。”

严贺禹给她买了热饮和烤肠，两人在旁边的空桌子前坐下。

趁着休息，他跟严贺言视频，看看大宝和二宝。

“爸爸，是我呀。”大宝激动地道。

“爸爸，我是二宝，你看见我了吗？”

两孩子硬往手机屏幕上凑，严贺禹只看到半张脸，不知道是大宝还是二宝的：“你们俩往后一点儿，爸爸看不见你们了。”

严贺言让他们站好，把手机拿远，让他们都入镜。

温笛靠在严贺禹的肩头，和儿子打招呼。

大宝和二宝其他没看到，眼睛里只有妈妈手里的烤肠。他们平常想不起来吃烤肠，看到妈妈吃得津津有味，觉得烤肠是世界上最好吃的东西。

“妈妈，好吃吗？”

“妈妈，我也想吃。”

严贺禹拿过温笛手里的烤肠，在镜头前晃了晃：“云吃解解馋就行了。”

大宝和二宝眨眨眼，歪着脑袋在想，要怎么下口才能吃到烤肠。

大宝和二宝抠着手指，纠结半天，转头求助姑姑，云吃烤肠怎么吃。

严贺言在心里骂严贺禹，笑着安慰两个娃：“姑姑带你们去吃烤肠，云吃的话，还要把云彩吃下去，容易消化不良。”

大宝和二宝心想，才不要吃云彩呢。

他们忘记了视频那端的严贺禹和温笛，一溜烟跑开，去找自己的鞋子穿上，准备和姑姑出门吃烤肠。

严贺禹在镜头里找不到人，要换成小青柠，肯定会跟他说声爸爸再见。

温笛盯着他：“又在想你的小青柠了？”

严贺禹回过神来，否认：“没。”

他关掉视频，把烤肠递给温笛。

温笛边吃烤肠，边拿出手机跟小卖部合影留念。一根烤肠她只吃了一半，剩下半根让严贺禹帮忙解决。

“其实我也想小青柠，还梦到过几次我布置公主房。”

但就像严贺禹自己说的，谁能保证再生一个就是女孩。

她也特别想要个女儿，像温温那样黏着她。她自己就能把女儿宠上天，就如妈妈对她那样。

他们在云树村玩了六天，第七天返程。

六天里下了一天半的雨，温笛和严贺禹在酒店没出门，带来的几盒避孕套全都用完了。

没有大宝和二宝同行，他们更能投入。

他们回到京城那天正好是周六，家里来了客人。

他们到家时，关向牧正陪着大宝和二宝在院子里的草坪上踢球，他一脚踢下去，两个孩子要跑半天才能追上。

严贺禹下车："来之前也不打个电话。"

关向牧："我是帮温其蓁给大宝和二宝捎东西，你在不在家都一样。"

他昨天从江城回来，回来前和温其蓁一起吃饭，她最近忙项目，说没时间过来，给大宝和二宝改装了两辆新能源玩具小汽车，前几天刚完工。

她花了不少时间才改装好。

"礼物交给阿姨收着了，你有空带他们玩。"

院子的休闲桌上，有阿姨煮好的咖啡，严贺禹和关向牧移步那里，大宝和二宝黏着温笛，无心踢球。

严贺禹递给他一杯咖啡："你到底什么打算？"

关向牧："没有打算。"

如今钱、地位、婚姻，对他来说没什么意义，他更在乎身体健康，更在乎是不是能给家人和温其蓁多一点儿陪伴。

这是他四十岁出头都不曾有的想法，这些想法他只在心里想想，从不去说教严贺禹他们那帮年轻人。人只有到了那个年龄段，才会有那个年龄段潜意识里的危机感。

他说："傅言洲叫我今晚去打牌。"说着，他自我调侃，"我永远都不缺不幸福的年轻朋友。"

严贺禹笑了，曾经他和傅言洲一样，打牌就会叫上关向牧。

关向牧喝完一杯咖啡，起身告辞。

从严贺禹家里出来，他给温其蓁打电话，告诉她玩具送到了，严贺禹和温笛也已经回来了。

温其蓁："谢谢。"

这样的回应最容易把天聊死。

关向牧问："在忙？"

温其蓁在准备开会的PPT："下午有个协调会。"

"那你忙。"他中间顿了几秒，又道，"其蓁，你闲着无聊的时候可以给我打电话。"

电话里沉默了一瞬，温其蓁说："行啊。那我挂了，PPT还有地方要修改。"

结束通话，关向牧吩咐司机去公司。

他没把温其蓁那句"行啊"当真，以为是她的客套话，或是当时给他的一点儿面子。

三周后的下午，关向牧接到了温其蓁的电话，还以为项目上出了什么纰漏。

"项目收尾，我过来看看大宝和二宝，晚上你有空吗？请你吃饭。"

关向牧此时在江城的高铁站，刚刚出站，他这段时间忙，一直都没腾出空来江城。他没有多想："有空。我可能要七点左右才能忙完，能不能等我一阵？"

"不着急。我把餐厅地址发给你。"

温其蓁挂了电话。

关向牧在原地站了几分钟，对着暗下去的手机屏幕看了半天。

周围人来人往，这样的热闹总算跟他有关系了。

漫长的二十八年，他终于等到她主动打给他的电话。

秘书不知道关向牧怎么了，看老板出神，应该不是好事。他小心翼翼地提醒道："关总，车来了。"

关向牧抬头，思绪回笼："其蓁在京城，她晚上要请我吃饭。"

秘书跟着高兴："我这就订回去的票。"

温其蓁刚出机场，汽车往城区开去。

她给大儿子发消息，告诉儿子她在哪儿，来看谁。

大儿子和小儿子今年去了国外读研，两人申请了同一所大学。

大儿子回过来："妈，你无论做什么我和我弟都支持。今天说两句煽情的话，谢谢你和我爸从来没有给我们任何负面情绪，印象里一次都没有。我和我弟一直很崇拜你们，从没觉得你们感情和婚姻失败。希望你能幸福，要是你哪天觉得不幸福了，你就回来，不要在意别人怎么说你，我和我弟永远是你的退路。"

温其蓁擦擦眼泪，欣慰地道："恋爱了就是不一样，情商都变高了。"

她把儿子的这段话截图保存。

她到了温笛家，严贺禹带大宝和二宝出去了，温笛一个人在家。

温其蓁觉得哪里不对，以前她每次过来，侄女都是跟严贺禹陪孩子玩，今天侄女也没加班，正坐在院子里看书。

"跟严贺禹吵架了？"

"没啊。他现在什么都让着我。"她跟严贺禹偶尔会有分歧，那也是在教育孩子时，不过争执两句就算了，他自己气一会儿，又会回来抱她。

温其蓁揉揉侄女的脸颊："那怎么不陪大宝和二宝？"

温笛抱抱二姑妈，靠在姑妈的肩头叹口气，后来不禁又笑了起来。

"你这孩子，写剧本走火入魔了？"

温笛站直："姑妈，我又有了。"

温其蓁给侄女整理头发，一时没反应过来："有什么？"

温笛指指自己的肚子。

温其蓁愣了，而后笑起来，她终于明白侄女今天为何如此反常了，是怀了宝宝惊喜，但又担心还是个男宝。

"怎么不早点儿告诉我？"

温笛："我也是今天刚知道。"

从云树村回来后，她跟严贺禹都忙了起来，也记不清上次经期具体是什么时候，今天严贺禹给大宝和二宝炖鱼汤，多炖了一碗给她喝，结果还不等她咽下去，胃里一阵恶心。后来测试，是两道杠。

严贺禹本来很激动，但一想到她怀大宝和二宝时就不能喝鱼汤，直觉三宝应该也是男孩，瞬间平静下来。

于是吃过饭，严贺禹带两个孩子去湖边广场玩二姑妈给改装的遥控汽车，她留在家里休息，看看书，想想接下来一年的计划。

怀孕四个多月的时候，温笛编剧的那部古装剧杀青，导演给她打电话，让她过去热闹热闹。

尹子于友情客串了其中一个角色，最后一场戏也有她的戏份，听说温笛也参加杀青宴，她便留了下来。

温笛怀孕后才重了几斤，从背后看根本看不出她怀了宝宝。

“温老板。”尹子于从后面追过来，挽着温笛的胳膊一起进了杀青宴的宴会厅。她伸手轻轻抚摸温笛的孕肚：“小侄女刚踢了我一下。”

温笛笑道：“你就会哄我开心。”

尹子于：“我觉得是侄女，真的。”

尹子于盯着温笛的脸：“从你的皮肤就能看出来。反正我妈说她怀我的时候，是她最好看的时候，脸上不涂脸霜都细腻光滑。你脸上也是，十八层滤镜滤出来的皮肤都没你的水润。”

“这马屁我爱听。”

“哈哈。”尹子于笑后，一本正经地说，“没骗你，你怀大宝和二宝时皮肤就没这么好，脸色还有点儿灰暗。”

她转而又道：“不管男宝还是女宝，只要健康就好。”

这也是温笛最大的愿望，她只盼着宝宝健康。

温笛从包里拿出一个首饰盒：“明天是你的生日，提前祝你永远十八岁。”

“谢谢温老板。”尹子于开心地收下。

“打算跟谈莫行怎么庆祝？”

“还不知道，他没跟我说。”

尹子于和谈莫行谈了快两年了，两个人都忙着拍戏，聚少离多，但他每天都给她打电话，有空就去看她。

不过，他们的恋情一直没公开，只有身边的人知道。

跟谈莫行在一起，她经常患得患失，总觉得跟他差距太大。

凌晨时，尹子于睡得迷迷糊糊，被经纪人的电话吵醒：“谈莫行公开恋情了！”

“跟谁的恋情？”

“子于，你睡傻了是不是？”

谈莫行的那条动态爆了。

“生日快乐，永远爱你 @ 尹子于。”

这是一个简单又直白的文案。

温笛是第二天早上看到的热搜，她转发，给他俩送上祝福。

严贺禹从浴室出来就看到温笛靠在床头看手机，一看时间，才六点十分：“你不睡了？”

“嗯，上午去趟公司。”

她放下手机，开始穿衣服。

她现在晚上九点多就睡了。

严贺禹擦干头发，过来帮她拉裙子上的拉链：“去公司开会？”

“嗯。我和沈棠跟常青视频合作，打算推出一档跟孕产妇有关的综艺节目，关爱孕产妇身心健康。”

她的工作排到了生产前的一周。

每天跟沈棠待在一起工作，她一点儿不觉得累，经常忘记自己是个孕妇。

三宝很乖，从来不闹腾她，她只在前三个月孕吐了几次。她的食欲很好，除了不能喝鱼汤，其他没有任何忌口的。

出门前，严贺禹低头在她的肚子上亲了下：“晚上回来给你读故事。”

大宝和二宝也喜欢给她读故事，自从三宝有了胎动，他们俩晚上最喜欢靠在她的旁边，小手放在她的肚子上，一边感受胎动，还一边给她读故事，遇到不认识的字就瞎猜。

大宝和二宝都盼着有个妹妹，给妹妹取名叫三宝。

中午时，温笛接到了严贺禹的电话，严贺禹让她注意休息，别累着。

“不累，三宝听话。”也可能是单胎的原因，比起怀大宝和二宝时，她感觉自己身轻如燕，走着走着都能跳两下。

严贺禹陪她说了几分钟，临挂电话前，道：“我今晚没饭局，晚上去接你。”

只要没应酬，他都准时下班，回家带大宝和二宝玩几个小时，等他们睡了，他再到书房加班。

马上又到一年的除夕了。

今年他的愿望又多了一个，希望三宝健康到来。

三月份，天气回暖，他的三宝来了。

他在手术室外等候的煎熬和提心吊胆，跟第一次时一样。但这回多了两个陪他的人。大宝和二宝今天格外懂事，安静地坐在他的腿上，一个多小时里不吵不闹，也很少说话。

大宝说："爸爸，不怕。"

严贺禹笑笑："爸爸不怕。"

刚才他宽慰岳父母，让他们别担心，大宝用差不多的话来安慰他。

二宝亲了他一下："妈妈马上就能出来，对不对？"

严贺禹点头："对，很快就能见到妈妈。"

等候区几乎都是他们的家人，每人都是差不多的心情，喜悦里又带着担心。

手术室里终于有护士出来，说母女平安。

严贺禹用力抱抱大宝和二宝，他和温笛认识的第十二年，终于等来了他们的小青柠。

严贺禹连着两晚都失眠了，不睡觉也不困，他守着温笛和小青柠，不知疲倦。

但凡他能做的事，都是亲力亲为。

叶敏琼劝儿子休息："我们这么多人照顾呢，你有什么不放心的，一直不睡觉身体熬不住。"

"没事。"严贺禹正抱着小青柠。小青柠刚睡醒，眼睛睁一会儿闭一会儿，偶尔哭两声，不知道哪里不满意。

小青柠头发乌黑，鼻子秀气精致，她的眼睛跟温笛一样漂亮。反正在他眼里，女儿就是仙女。

他看着不时吮嘴的女儿，忍不住又亲了亲她的额头。

叶敏琼忍无可忍："你不想睡就算了，但你能不能让我们也抱一下小青柠？"

严贺言跟着抗议："我们排队排半天了，你是看不见还是怎么回事？"

严贺禹舍不得放下女儿，又抱了两分钟才给母亲。

他去看温笛，温笛刚醒，比昨天状态要好，她醒来的第一件事就是想看女儿。

“我妈和贺言在哄孩子。我这就去把孩子给抱过来。”

他刚转身，被温笛一把扯住胳膊：“等等吧，让她们抱一会儿。”

严贺禹在床边坐下，握着她的手。

温笛看着他，情不自禁就会笑出来，她的小青柠终于还是找到她了。女儿的到来像止痛药，伤口没上次疼，这大概率是心理作用。

严贺禹拿起她的手亲了下：“怎么不说话？”

因为她突然词穷，不知道怎么说，也不知道说什么，反正就是高兴。

温笛拉着他的手搁在侧脸上摩挲着：“你觉得小青柠像谁？”

严贺禹：“像你，也像我。”

他更希望女儿长大像温笛。

温笛同一个姿势躺累了，小心翼翼地翻身。

严贺禹移步到床的另一边坐下，接下来的一个月她应该会很闷：“等出了月子，天暖和了，我们去度假村玩。”

温笛问：“去哪个度假村？”

严贺禹随她：“你想去哪个，我们就去哪个。”

反正两个度假村，他都持有股份。

小青柠满月后，温笛也解放了。那天风和日丽，她换上新裙子，化了淡妆，带着大宝和二宝去湖边广场玩改装的小汽车。

今天是周六，严贺禹上午有会议，结束后他推了中午的饭局。他刚离开公司，关向牧打来了电话。

关向牧问他在不在家：“我和其蓁在去你家的路上，中午喝两杯。”

“你和二姑妈喝，我周末不喝酒。”严贺禹给自己定的规矩，只要是亲子日，他滴酒不沾，平时应酬喝酒那是没办法，私人时间绝对不喝。

“他们都说你是女儿奴，一点儿不假。”关向牧看窗外的路标，汽车马上拐进别墅区，“不聊了，马上就到你家了。”

他挂断电话。

今天温其蓁来看小青柠，他去机场接到她，跟她一起过来。

这半年，她来京城的次数多了，基本一个月来一次，每回都是来看大宝和二宝，现在又多了一个小青柠。但每次她都会给他打电话，说她几点的航班。

他就当作她是专程来看他的。

关向牧收起手机，看向温其蓁，她正看着窗外。

今年是他们认识的第三十个年头，时间过得太快，把他们催老了。还好，她还在他的身边。

汽车经过湖边，他们看到休闲广场上的大宝和二宝。

关向牧和大宝、二宝混熟了，他们远远朝他招手，让他跟他们一起玩。

下车后，他陪两个孩子玩，温其蓁和温笛绕着湖边散步。

温笛挽着二姑妈的胳膊，她跟严贺禹明天要带着大宝和二宝去度假村玩，问二姑妈："你和关总要不要去？"

"在那儿过夜？"

"不过夜，早上去晚上回。"这段时间母亲休假，一直在她这里帮忙照看小青柠，可即便有那么多人照看孩子，她跟严贺禹还是不放心，已好久没带大宝和二宝出去玩了，所以打算明天去玩。

她跟严贺禹商量过了，等小青柠再大一点儿，他们一家去度假村玩几天。

温其蓁考虑片刻，决定和侄女一家一起去度假村，她也很久没好好放松一下了。

就算是一天的短途游，温笛要给两个孩子带的东西也不少，吃喝玩的东西带了一大包，还专门给他们去市场买了两个风筝。

严贺禹正在刮胡子，女儿应该快醒了，他抱女儿前的第一件事就是刮胡子，生怕胡楂扎到女儿。

大宝和二宝说过爸爸的胡楂扎人很疼。

"老公，"温笛突然想起来，"以后你晚上不用再刮胡子了，我给你缝了个下巴兜。"

严贺禹想象不出来下巴兜是什么："口罩？"

"不是。跟口罩差不多，也有两根带子挂在耳朵上，不过只把你的下巴兜起来，嘴巴可以露出来，是大宝和二宝取的名字。"

"谁缝的？"

“能干的温笛。”

严贺禹笑了，开水龙头冲掉剃须水，随意擦了把手，右手把剃须刀放回去，左手一伸把温笛拉到怀里：“我看看有多能干？”

温笛被他揽在怀里，抬头看着他，他吻了下来。

他下巴上的水蹭在她的脸上，混合着清新的剃须水味。

严贺禹将她抵在盥洗台边，顶开她的唇，他的舌头长驱直入。

温笛身体还没恢复好，他一直忍着，有时连吻她都是蜻蜓点水，怕自己克制不住。

“爸爸，爸爸，妹妹醒了。”

“爸爸，你在哪儿？”

大宝和二宝冲了进来。

严贺禹来不及关浴室的门，离开温笛的唇，拿起台子上的剃须刀塞进温笛的手里，抓起她的手腕把剃须刀放在他的下巴上比画。

大宝在门口停住脚步，二宝跑得急没停下来，撞在大宝的身上，两个孩子又往前冲了几步。他们天真地以为，妈妈看不惯爸爸的胡子，亲自动手给爸爸刮胡子。

大宝仰头盯着妈妈手里的剃须刀：“妈妈，爸爸什么时候好？妹妹醒了。”

严贺禹从镜子里看着两娃，替温笛回答：“马上，刚才我刮完给你妈妈检查，不合格。”

温笛忍着笑，下次他们再接吻得记住反锁卧室的门。

严贺禹若无其事，假装拿毛巾擦擦下巴，随着两个孩子去了公主房。

叶敏琼和赵月翎在逗小青柠，小青柠出生一个多月了，跟刚出生时完全是两个样子，五官更立体了。

叶敏琼看到严贺禹进来：“刮个胡子怎么那么长时间？”

大宝抢过话说：“妈妈说爸爸刮得不干净。妈妈又给爸爸刮了一遍。”

严贺禹没吱声，从婴儿床上轻轻抱起女儿。

女儿身上有淡淡的奶香味，安稳地趴在他的肩头，他有说不上来的满足感，像得到了整个世界。

他现在盼着女儿能喊爸爸，以前羡慕小柠檬黏着蒋城聿，有时蒋城聿在会所打牌，小柠檬还在电话里给爸爸加油，说爸爸肯定能赢了所有人，很快他就不用再羡慕蒋城聿了。

翌日，他们一家早起，天刚亮便开车前往度假村。

大宝和二宝因为过于兴奋，早上五点多就醒了，一路上精神头十足。他们的安全座椅各占一边的窗户，他们看着窗外的风景，给温笛唱着在幼儿园学的儿歌。

今天严贺禹自己驱车，温笛坐在副驾驶座上。

她听着两个儿子的儿歌，翻看相册里女儿这一个多月以来的成长照，工作和生活里各种不易和挫折，在这一刻她觉得人间值得。

严贺禹专心看前面的路，喊她："温编剧。"

温笛知道他想说什么，他的剧本到现在连框架都没有。她再次承诺："两年内给你写。"

"不用了，我自己来写。"

温笛笑了出来："那我期待严编剧的大作。"

后排的大宝插话："爸爸，那我能做男主角吗？"

二宝接着道："我也做主角。"

严贺禹："我写个大宝、二宝调皮捣蛋记。"

这句话惹得两个孩子哈哈大笑。笑声从车窗钻出来，传到后车。

关向牧的车跟他们隔着十几米远，孩子的笑声近乎魔幻，他们听得很清楚。

他也是自己开车，旁边是温其蓁。

上次出游还是带着父母出去的，他一个人没出去玩过，哪怕是城郊短途游。

前段时间，大哥和大姐两家人出海钓鱼时叫他过去玩，他找个理由推掉了。

大姐说，那等温其蓁有空，我们三家一起去。

昨天他陪大宝和二宝在广场上玩汽车，他们想弯道漂移，但技术不行，屡试屡败，后来他帮他们实现了弯道漂移。

大宝和二宝高兴地搂着他的脖子不松手，差点儿没把他勒死。

大宝问他最想做什么，帮他实现。

他开玩笑地道："想去江城你外公家。"

大宝和二宝一本正经地说："等春节带你去。"

"其蓁。"

温其蓁正在看路边的风景，收回视线，偏头看着他："怎么了？"

关向牧："今年除夕我没什么事，到时去江城陪你。"

温其蓁："现在才四月份，说春节的事，是不是有点儿早？"

关向牧没吭声，在他这里并不觉得早。

两个多小时后，他们的车驶入度假村。

今天有风，但不大，正适合放风筝。

温其蓁是放风筝高手，江城有个风筝公园，一年四季都有人在那儿放风筝，春夏时节人最多。

小时候父亲经常带她去公园放风筝，有时一放便是一天。满天都是风筝，最高的像飘在云端。

后来二哥家有了温笛，她跟父母带着温笛去放风筝。

那些画面清晰如昨。

温其蓁给大宝和二宝放了个风筝，她帮忙拽着，自己又放了一个，风筝越飞越高。

关向牧给她录视频，难得见她这么开心。

他们放着风筝，严贺禹和温笛去了私人休闲区，温笛最喜欢那边的溪流，从山上一直淌下来。

她现在才知道，这个私人休闲区不对外开放，只给她一个人用。

这条溪流也是他花钱从山上引下来的，只是为了让她创作剧本时有个舒适的环境。

温笛撩了一捧水，转头问他："你投资两家度假村，一共赚了多少钱？"

严贺禹："还没回本。"

"那以后每月再给你涨点儿零花钱，补贴一下亏损。"

严贺禹淡笑着说："给多了花不完。"

"花不完你就存起来，当私房钱。"

“真存了，你还不得找我算账？”他伸手，“过来。”

温笛甩甩手上的水，过去坐在他的怀里。

严贺禹翻开一本杂志，俱乐部经理挺会安排的，在桌子上放了育婴杂志。

温笛拆了一袋零食，跟他一起看杂志。

二十岁时，她坐在他的怀里看狗血言情小说；三十多岁时，她在他的怀里看育婴杂志。再过十年，她不知道到时会看什么书。

一本杂志看了三分之一，关向牧和温其蓁带着大宝、二宝来找他们。

大宝和二宝冲向严贺禹的怀里，央求道：“爸爸，你带我们去湖里划船。”

“行。”严贺禹合上杂志，在没看完的那页折了一角，下次带着小青柠来的时候接着看。

关向牧不是第一次来度假村，却是头一回来这个休闲区，大开眼界。

他问严贺禹：“这里一直通到山顶？”

“嗯，通到山顶的蓄水池，当时我打算陪温笛爬山的，一直没时间，你们先去看看风景。”

这条路上的风景，比其他路旁的风景要优美。

关向牧和温其蓁今天穿了休闲装和运动鞋，适合爬山，他带上水和零食，跟温其蓁顺着溪边的小路上了山。

温其蓁走在他的身后，不时捧起一把溪水。

走到上坡路时，关向牧回头，伸手攥住她的手腕，拉着她往上走，而后分开她的五指，跟她十指紧扣。

一路上景色不错，可直到到了山顶，他们也想不起来自己看过什么。

第二年的春节，小青柠会说话了，他们回江城过年。严贺禹在这一年年底收到温笛给他写的剧本，是以日记形式写的。

剧本里记录了他跟她，还有跟孩子们的点滴。

对他来说，这比剧本还要珍贵。一个剧本不足以说尽他们之间的故事。

关向牧的愿望也终于在这一年实现。

蒋城聿和沈棠也带着两个孩子跟他们一道回去。这是温家最热闹的一年，孩子们追打玩闹，欢笑声不断。

严贺禹抱着小青柠："再喊声爸爸，一声不够。"

小青柠顽皮地道："妈妈。"

严贺禹笑道："喊爸爸。"

小青柠跟着他学："喊爸爸。"

严贺禹把她抱起来举高："喊不喊？"

小青柠两条小腿在空中乱踢，一边踢，一边咯咯笑。

严贺禹胳膊举酸了才放下来抱在怀里，亲了女儿一下："你不听话。"

小青柠也亲他一下："你不听话。"

温笛冲好奶粉，过来找小青柠。

"妈妈，妈妈。"小青柠挣扎着让温笛抱。

温笛先把奶瓶递给严贺禹，自己抱过孩子。

小青柠抱着一个大奶瓶，一脸的满足。严贺禹帮忙扶着奶瓶。

温笛跟严贺禹说："刚才二姑妈给我打电话，让家里再多准备一个人的饭。"

严贺禹："关总也来吃年夜饭？"

温笛点头："应该快到了。"

严贺禹觉得不错，他和蒋城聿多了个洗碗帮手。

小青柠喝奶要躺着，温笛把女儿放在沙发上，拿靠枕垫在女儿身后，给她调整好舒适的姿势。

严贺禹坐旁边看着女儿喝奶。小青柠喝奶时不老实，跷起小脚想搭在爸爸的肩头上，奈何腿不够长。

严贺禹抓住女儿的脚，按在沙发上，温和地道："听话，好好喝，别呛着。"

小青柠喝过奶，他把女儿拉起来揽在怀里："告诉爸爸，还想吃什么？"

"鱼汤。"小青柠说，"爸爸做。"

严贺禹亲亲女儿："好，爸爸给你炖鱼汤。"

小青柠不再闹了，搂着严贺禹的脖子，凑近他的耳边，奶声奶气地说："谢谢爸爸，爸爸我爱你。"

严贺禹亲女儿的额头："爸爸也爱你。"

他单手抱起女儿，拿着奶瓶到厨房去冲洗。

厨房里十几个人在忙活，好不热闹。

蒋城聿在陪小柠檬包饺子，小柠檬玩心重，把手上沾的面粉往蒋城聿脸上涂，说是高级粉底液，涂了比妈妈还白。

蒋城聿满脸面粉，任由女儿折腾。

严贺禹经过中岛台，对小柠檬说："我看你爸还不够白，再多涂一点儿。"

"严贺禹，你……"他上辈子做了什么孽，小时候天天跟严贺禹打闹，成家后还要一起过除夕。

屋里不见温笛和沈棠的身影，楼上书房也没有，严贺禹猜她们俩出去玩了，他带着小青柠去弹钢琴，小青柠什么都不懂，一通乱按，被爸爸夸奖后，她弹得更起劲了。

温笛和沈棠正在大门口堆雪人，今年江城下了大雪。两人用铁锨铲雪，堆了一个大号的雪人，累得气喘吁吁。

嘴巴前的围巾上，一层水汽。

这是她跟沈棠认识的第十五年，她们还跟以前一样。她希望，岁岁有今朝。

这时，有汽车驶过来，车窗降下。

温笛和沈棠看到车里的关向牧和二姑妈，她们笑着摆摆手。

温笛打招呼："二姑父，过年好呀。"

沈棠则差不多时间说道："二姑父，好久不见。"

关向牧笑意更浓："过年好。以后在温家，还请你们俩多多关照。"

汽车驶进院子。

温长运不只对温笛，对妹妹也一样，只要是主动带家里的人，不管是谁，他都会真诚款待。

这一年，江城的烟花照旧。

吃过年夜饭，妈妈和二姑妈还有沈棠带着五个孩子去老城区观看七点半那场烟花秀，温笛留在家里陪父亲聊聊天。

客厅里和往年一样，都是麻将声。

"爸爸，今年的年终小结写了没？"

"写了。工作上给自己打 95 分，生活上能打 80 分，明年再接再厉。"温长运倒了两杯红酒，陪着女儿喝。

他问女儿：“你呢？”

温笛笑着说：“我可不谦虚，给自己工作上打90分，生活上也打90分，留10分给自己进步。”

温长运和女儿碰杯：“那我们明年再看看谁进步了，谁又有哪些地方没做好。”

“必须的呀。”陪爸爸聊天成了她每年春节的保留节目，即使有时不回江城过年，她也会在电话里跟爸爸说说这一年的收获与体悟。

他们在爷爷家待到十点半，大宝和二宝困了，而小青柠早就在严贺禹的怀里睡着了。

温笛和严贺禹带孩子们回家，其他人打算通宵打麻将。

回家后，他们先放下小青柠，然后给大宝和二宝洗澡。

洗过澡，他们累得没精力听故事了。

“爸爸妈妈，新年快乐，我永远爱你们。”

两个孩子说着一样的祝福。

等他们都睡着了，温笛和严贺禹去露台看十一点四十的那场烟花。

每年的烟花秀主题都和前一年不同，今年的主题是“岁岁有今朝”。

温笛看着腕表，十一点五十八分，她问：“老公，你今年的新年愿望是什么？”

严贺禹看着她：“我的愿望都已经实现了。”新的一年，他会更爱她和孩子们。不过，他还有个下辈子的愿望。下辈子他还想遇到她和大宝、二宝还有小青柠。

如果他从现在开始虔诚地许愿，连着许五十年，应该会实现吧。

零点的钟声响了，烟花比往年还要绚烂。

房间里，三个孩子安稳入睡。

露台上，严贺禹把温笛用大衣裹在怀里，低头去吻她，吻得肆意又热烈。

番外三

高定情人节

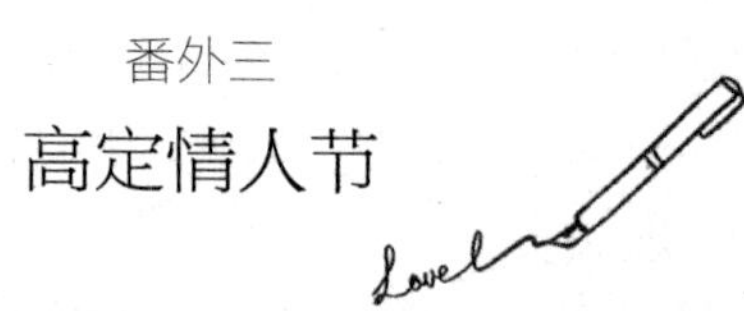

今年的情人节，温笛依然在加班。

严贺禹带着三个娃，一早起来便开始准备礼物。大宝和二宝给妈妈准备了一幅画，画了三个小时还没完成。

小青柠羡慕哥哥们画画好看，她也想送给妈妈一幅画，可她刚学画画，只能画出一些简单的线条。

她画了半天，纸上黑成一团，越看越丑。

伤心了半天，她决定送妈妈一束花，于是拿出几块钱零花钱给严贺禹，让爸爸给她买花，还特意交代："爸爸，买一百朵花。你别忘了。"

严贺禹数数手里的钢镚，一共六个，笑道："6 块钱买一百朵花？买什么花？"

小青柠认真地说道："玫瑰花，红玫瑰，你送给妈妈的那种玫瑰。"她对钱没概念，以为花不了那么多，"爸爸，剩下的钱送给你。"

她亲了一口严贺禹的脸："谢谢爸爸。"

"不用谢。"严贺禹收下女儿的 6 块钱，决定将自己订好的那束玫瑰以她的名义送给温笛。

小青柠为自己能给妈妈买一大束花而兴奋不已，蹦蹦跳跳地去找两个哥哥，看他们的画有没有画好。

严贺禹在手心掂掂女儿给他的 6 块钱，不禁一笑，他把钢镚放在书房的抽屉里，接着码放礼物。

除了准备鲜花和蛋糕，他还像以前一样，给温笛准备了几十个礼物盲盒，准备让她无聊时拆着打发时间。

准备的鲜花要以女儿的名义送，他又打电话让人送来积木玫瑰花，准备自己动手拼好送给温笛。

一共六朵玫瑰花，他花了两个多小时拼好了五朵，在拼第六朵时，一个小脑袋从门外探进来："爸爸，我饿了。"

小青柠软软糯糯地道。

只要严贺禹在家休息，孩子们饿了不去找阿姨，直接找爸爸。

"爸爸这就去给你们做吃的。"严贺禹暂时放下手头的活儿，还特意交代女儿，"爸爸在给妈妈拼玫瑰花，你别乱动这些东西，好不好？"

"好。"小青柠嘴上痛快地应着。

严贺禹下楼给几个孩子做饭。小青柠蹲在书房里，拿起几朵玫瑰好奇地看起来，小手指在玫瑰花上摸了又摸，没有刺。

这时大宝和二宝完成了自己的巨作，给画涂上颜色后来找妹妹，看见妹妹手里的玫瑰花："这是爸爸拼的吗？"

小青柠一个劲地点头："爸爸要送给妈妈的花。"

大宝和二宝知道妹妹送给妈妈一百朵玫瑰花，他们也想送，送个跟妹妹不一样的花，他们看上了积木玫瑰花，觉得很特别。可这些花是爸爸拼出来的，他们自己拼的才有意义。

于是，兄弟俩一不做二不休，直接把严贺禹拼好的五朵玫瑰花给拆了。

小青柠推推大哥："爸爸说，不让我乱动这些花。"

大宝振振有词："爸爸是让你不要乱动，你年龄太小，没不让我们乱动，知道吗？"

小青柠眨巴眨巴眼睛，觉得哥哥说得很有道理，然后她也帮忙拆，拼积木她不在行，拆积木难不倒她。

半个小时后，阿姨上楼喊三个孩子洗手吃饭。

大宝和二宝扔掉手里的积木，一人牵着妹妹的一只手，用力摇着妹妹的胳膊，逗得小青柠咯咯直笑。

孩子们并排坐在餐桌前，津津有味地吃着爸爸煮的面。

严贺禹趁孩子们吃饭的间隙，想赶在温笛回家前，拼好第六朵玫瑰花。

推开书房的门，他傻眼了，地上一片狼藉，一堆玫瑰花的碎片，之前拼好的五朵玫瑰花被拆得七零八落。

他大步下楼，几个孩子还在吃面。不能在孩子吃饭的时候教育孩子，他先忍着，在孩子们的对面坐下。

小青柠吃了半碗面，剩下一口吃不完，夹起来：“爸爸，给你吃。”

严贺禹绕到女儿旁边，吃下几根面条，两手举起女儿抱在怀里，跟她秋后算账：“是谁把爸爸拼好的玫瑰花给拆得乱七八糟的？嗯？”

小青柠转着眼珠子，在想要怎么说。因为爸爸说不让她乱动，可她也帮忙拆了。

她用小手戳戳爸爸的下巴，那里有点儿扎手：“爸爸，我手疼，你扎到我了。”

严贺禹给女儿吹吹手：“不疼了。现在能不能告诉爸爸，玫瑰花是怎么回事？”

大宝和二宝这才意识到问题有点儿严重，两人对视了一眼。

小青柠在爸爸脸上亲了一口：“爸爸，我没乱动，我是……就……就正常动的。”

严贺禹无奈地失笑。

“爸爸，我也拆了。”大宝和二宝异口同声地说道。

大宝说：“我和弟弟想送妈妈玫瑰花。”

严贺禹还能说什么，只好让他们快点儿吃，吃完他们一起拼玫瑰花，希望在妈妈下班前，他们能把六朵玫瑰花全拼好。

只可惜，事与愿违。

他话音刚落下，院子里有汽车开进来的声音，温笛回来了。

温笛怕孩子们等太久，紧赶慢赶，在天黑前赶到家了。停好车，她提着大包小包进了别墅。

“妈妈！”小青柠扑了过去。

温笛放下礼物，接住女儿抱起来：“想没想妈妈？”

“想了，一直在想。”小青柠在妈妈的脖子里蹭了蹭，“妈妈，你想我吗？”

温笛摸摸女儿的脑袋：“当然想。”

小青柠最黏温笛，只要温笛在家，她时刻赖在妈妈的怀里，不管温笛干什么，她都像小尾巴一样，寸步不离。

这一点，小青柠很像温温。

这会儿温温从沙发上跳下来，在温笛脚边亲昵地蹭着。

严贺禹过来，抱起温温。

孩子们没睡觉前，他跟温笛基本没有单独相处的时间。

“饿不饿？”温笛问女儿。

小青柠摇头：“爸爸给我们做了面条，我们每人半碗，爸爸说等妈妈回来，我们吃蛋糕，再吃大餐。”

温笛亲亲女儿的额头，放下女儿：“那先拆礼物，等饿了我们再吃饭。”

虽然是情人节，孩子们也有礼物，包括温温，她给温温买了一套玩具。几个孩子到客厅拆礼物，温温也跟过去凑热闹。

大宝先将温温的礼物拆开，拿出玩具给温温玩。

温温陪着他们长大，他们都喊温温姐姐。

孩子们被礼物吸引，温笛和严贺禹才有二人空间。严贺禹牵着她的手上楼：“给你的礼物出了点儿小状况。”

温笛与他十指紧扣，问：“是有瑕疵，还是运输时被撞坏了？”

严贺禹没说，领着她来到书房：“你自己看吧。”

温笛顿时就笑出了声，一猜就是家里几个神兽干的好事。她踮脚，在他唇边碰了碰：“我陪你拼。”

严贺禹扣紧她的腰，把她带进怀里，低头吻上她的唇。

他钩着她的舌尖，攻城略地。

“妈妈！妈妈！”

那是小青柠的声音。

“妈妈！”

接下来喊她的声音此起彼伏，大宝和二宝也喊了起来。

伴随着一阵“咚咚咚”的声音，几个孩子上楼了，声势浩大。

严贺禹松开温笛，把她的裙子整理好。

孩子们拆完礼物，过来感谢妈妈。

严贺禹若无其事地道：“要不要帮爸爸拼玫瑰花？”

“要要要！”

严贺禹带着三个孩子忙碌起来，温笛盘腿坐在旁边看他们拼，怀里抱着温温，这是她过得最温馨的情人节。

“温笛。”

“嗯？”

严贺禹看向她：“五月份，我们办婚礼吧。”

不等温笛说话，几个孩子替她回答了。

“好的，好的。”小青柠最激动，“我要看妈妈穿婚纱，妈妈是最漂亮的新娘，我要当伴娘。”

温笛笑道：“你这么小，只能当花童。”

“那我和姐姐当花童，还有柠檬姐姐。”

温笛顺着温温身上的毛，结婚那天，温温必须得上台。

严贺禹早就想办婚礼了，终于等到温笛点头，迫不及待地告诉了母亲，开始着手婚礼事宜。

·

婚礼一共举办两场，在江城办一场，京城这边再办一场。

四月底，婚纱赶制出来了。

婚纱上面镶满了钻石，手工费也是天价。

温笛试穿婚纱时，小青柠拿手抠抠上面的钻石，被严贺禹给揽过来抱在怀里：“抠什么呢？”

小青柠仰着脑袋：“抠下来粘在妈妈的戒指上。”

温笛平时戴的戒指是素戒，没有钻石，小青柠想给妈妈制作一枚大钻戒，别的新娘有的东西，妈妈也要有，只是苦于找不到钻石。

严贺禹笑道：“妈妈有钻戒，上面是最大的钻石。”

小青柠眼睛一亮：“真的吗？”

“真的，爸爸不骗你。婚礼那天戴。”

小青柠这才放心地出去玩。

阿姨帮温笛换好婚纱，离开了衣帽间，严贺禹反锁上衣帽间的门。

温笛从镜子里看着他，嘴角上扬，问道：“怎么样？”

她将这件婚纱衬得更华美高贵。

严贺禹附在她的耳边说：“跟我第一次看到你的时候一样好看。”

他握着她的指尖，跟她对望：“紧不紧张？”

温笛点了点头，一开始没感觉，三个孩子都这么大了，婚礼其实就是个形式，她都没怎么放在心上，该忙工作忙工作，全程都是严贺禹在操办。

还有两天就要举行婚礼了，她昨晚居然失眠了，没有任何心事，但就是睡不着。

严贺禹道："我也紧张。"

他拿着她的指尖放在唇上碰了碰："你要是睡不着，我今晚陪你。"

"不行，明天我们不能见面。"这是习俗，她并不讲究，但是家里长辈讲究。

严贺禹突然想起来："贺言说，婚礼那天，她要当兼职摄影师，全天跟拍你。"

严贺言为了干好这份兼职，还专程去了培训班，又找专业的摄影师指导过。

她说没人比她更懂他们之间的感情，知道怎么拍细节，这些连专业摄影师都不一定能抓拍到。

婚礼在江城最大的宴会厅举行，江城名流几乎全部到场。

《欲望背后》的所有主创人员也到齐了，以温笛娘家人的身份出席。

最忙的就是严贺言，她早上五点钟起来，从温笛起床化妆开始拍，一直到酒店，她一刻没闲下来，忙得连口水都顾不上喝。

"言言。"

她在宴会厅突然被人一把抓住。

"谁啊？"她不耐烦地回头。

叶敏琼："你忙得连你妈都不认识了？"

严贺言赔笑："哎呀，这不是人多嘛，我没听出是您的声音。"

叶敏琼其实是信不过女儿的摄像水平的，她又请了几个专业摄影师。

她把水杯送到女儿嘴边："喝两口。你自己结婚时都没见你这么积极。"

"那哪儿能一样，你又不是不知道我哥情路坎坷。"严贺言喝了两口，敷衍了事，"妈，我忙去了啊，您照顾好温温，一会儿把它送到台上来。"

温温作为家庭一员，今天也要和几个孩子们一起走红毯。

音乐响起，温笛挽着父亲的手缓缓地走来。

严贺言将镜头对准哥哥，哥哥含情脉脉地看着红毯那头走来的人。

今天婚礼过后，她就功德圆满了。

小青柠走着走着，忽然发现温温不见了，一时忘记撒花，着急地喊温温，几个孩子都帮忙找。

温温顽皮，躲在长长的拖地裙纱下面跟他们玩躲猫猫。

他们找了好一会儿才找到。

温温意识到自己玩大了，不好意思地慢慢走到温笛脚边，拿脑袋蹭温笛，像是在认错。

所有人都笑了。

这个欢快的小插曲很快就过去了，婚礼继续。

严贺言用镜头记录下所有“人间不及你”的美好时刻。

（全文完）

图书在版编目（CIP）数据

不知如何爱你时 / 梦筱二著 . -- 成都：四川文艺出版社，2022.10

ISBN 978-7-5411-6448-4

Ⅰ . ①不… Ⅱ . ①梦… Ⅲ . ①长篇小说 – 中国 – 当代 Ⅳ . ① I247.5

中国版本图书馆 CIP 数据核字 (2022) 第 182944 号

BUZHIRUHEAINISHI

不知如何爱你时

梦筱二 著

出 品 人　张庆宁
出版统筹　刘运东
特约监制　王兰颖　代琳琳
责任编辑　邓　敏
选题策划　马春雪
特约编辑　马春雪　刘玉瑶
封面设计　安柒然
责任校对　段　敏

出版发行　四川文艺出版社（成都市锦江区三色路238号）
网　　址　www.scwys.com
电　　话　010-85526620

印　　刷　天津鑫旭阳印刷有限公司
成品尺寸　145mm × 210mm　开　本　32开
印　　张　24.5　字　数　760千字
版　　次　2022年10月第一版　印　次　2022年10月第一次印刷
书　　号　ISBN 978-7-5411-6448-4
定　　价　69.80元（全二册）